FOLIO BIOGRAPHIES

collection dirigée par

GÉRARD DE CORTANZE

Jésus

par

Christiane Rancé

Gallimard

Christiane Rancé est écrivain. Parmi ses dernières publications, un roman, *On ne fait que passer* (NiL, 2000), un essai politique, *Ingrid ma fille mon amour*, qu'elle a traduit et préfacé pour Yolanda Betancourt (Robert Laffont, 2006), et un beau livre de photos de Jean-Luc Manaud, *Chroniques sahariennes* (Éditions du Chêne, 2006). Grand reporter, elle a été chef du service « Enquêtes » pour le *Figaro Magazine*. Éditrice chez Robert Laffont et NiL, elle a publié notamment Phoolan Devi et Zlata Filipovic.

Pour Martine,
ma sœur, ma lumineuse

Comme Dieu est sa vie, le fait que Jésus vivait et a vécu est infiniment plus décisif que tout ce qui peut découler de là dans l'histoire.

SÖREN KIERKEGAARD

Palestine du Nouveau Testament

Approches de Jésus

« Qui suis-je au dire des hommes ? [...] Et vous, qui dites-vous que je suis[1] * ? » (Mc 8, 27-29) demande Jésus à ses disciples. Ces deux questions restent d'une nouveauté entière — une nouveauté qui ne se dément pas, et se perpétue d'âge en âge. Elles résument les deux grands débats qui ont agité l'histoire à propos de Jésus le Nazaréen. Qui était-il et peut-on dresser son portrait au vu des textes et des témoignages qui lui étaient contemporains ? Et qu'est-ce que ses disciples, et plus largement les hommes, tout au long de la longue histoire du christianisme, ont dit qu'il était ? C'est parce qu'il est presque impossible de répondre à ces questions en toute sûreté, sauf à faire des choix — à preuve les schismes, les hérésies et les guerres que les tentatives de réponse ont déclenchés —, qu'une biographie de Jésus a été considérée, à partir du XIXe siècle, comme une entreprise improbable ou, tout au moins, à considérer avec la plus grande prudence. Il semble inéluctable qu'une biographie ne puisse qu'être

* Les notes bibliographiques sont regroupées en fin de volume, p. 357.

sujette à interprétations subjectives, ou tranche de façon trop arbitraire sur un Jésus de la foi ou un Jésus de l'histoire.

En effet, d'hagiographies en dogmes, ce personnage hors du commun, si l'on en juge d'après les conversions que son message a opérées, s'est mille fois peint de couleurs différentes, mille fois voilé de légendes, d'exégèses, ou de dogmes. C'est que Jésus inspire. Tout au long des siècles, chaque civilisation, chaque société a tenté de tirer à elle son mystère, et de l'y adapter. La raison en revient à la modernité radicale de ses paroles. Jésus a déclenché une révolution historique, de saint Paul au siècle des Lumières, et jusqu'à nos jours. Et personne ne s'est étonné de le retrouver en ascète cathare, en « citoyen sans-culotte » en 1791, ni au cœur de la théologie de libération. Peut-être cette galerie de figures christiques tient-elle à l'autre révolution qu'est son enseignement : une formidable révolution religieuse ; Jésus, c'est « Dieu fait homme », « parole faite chair ». En Jésus, Dieu s'est incarné. Dès lors, comme le note le théologien Alain Houziaux, « ce qui compte en Jésus, c'est ce que signifient sa naissance miraculeuse (il est né de l'Esprit de Dieu), son baptême, sa transfiguration (il est consacré Fils de Dieu), sa résurrection (il est légitimé et reconnu comme Fils de Dieu) [2] ». Jésus, c'est Dieu à la rencontre de sa créature, l'homme. Cette relation a porté en elle l'embryon de l'humanisme, et jusqu'à la notion même de droits de l'homme. Le désir d'expliquer ce mystère en l'adaptant à l'humeur du temps a travaillé beaucoup d'écrivains, de philosophes et d'historiens. Au XIXe siècle, les biographies de Jésus ont connu un véritable engouement. À leur propos, Albert Schweitzer put constater que, chaque fois qu'un auteur écrivait sur Jésus, il en dessinait une nouvelle image. Il en a déduit que cette multiplication de figures christiques — dangereux zélote, joyeux drille, naïf humaniste, sombre prophète apocalyptique — reflétait en fait l'attente de ses inventeurs, chacun y allant de ses préjugés.

Certains de ces ouvrages firent scandale. Ainsi la *Vie de Jésus* d'Ernest Renan, parue en 1863. Renan voulut mettre en avant la personne humaine de Jésus, en faisant œuvre rigoureusement scientifique, en accord avec le positivisme qu'il découvrait. Il a cherché, avec une infinie déférence, à raconter, selon ce que son temps pouvait en savoir, un Jésus laïque — « Tous les siècles proclameront qu'entre les fils des hommes, il n'en est pas né de plus grand[3] », tout en s'affranchissant des contraintes de la doctrine catholique et du rationalisme du XVIIIe siècle — « Nous ne disons pas : "Le miracle est impossible" ; nous disons : "Il n'y a pas eu jusqu'ici de miracle constaté[4]" ». Paradoxalement, les critiques les plus virulentes dont son Jésus fut la cible vinrent justement des historiens et philologues comme Frédéric Nietzsche qui le ridiculise dans *L'Antéchrist*[5] : « Pantin *in psychologicis.* » Avant Renan, il y eut des tentatives ancrées dans le rationalisme, niant le surnaturel tout en s'efforçant de maintenir un noyau historique dans chaque épisode évangélique. En 1835, le *Jésus* de David Friedrich Strauss s'est lui aussi attaché à éradiquer le surnaturel pour prouver que les Évangiles, œuvres de pure fiction selon lui, n'avaient tendu qu'à moderniser les mythes de l'Ancien Testament.

Près d'un siècle plus tard, l'exégète allemand Rudolf Bultmann * voulut trancher sur la question du bien-fondé d'une biographie de Jésus : « Nous ne pouvons rien savoir de la vie et de la personnalité de Jésus, parce que les sources chrétiennes en notre possession, très fragmentaires et envahies par la légende, n'ont manifestement aucun intérêt sur ce point, et parce qu'il n'existe aucune autre source sur Jésus[6]. » Mais c'est encore à partir de ses convictions personnelles que s'exprimait Bultmann. Des convictions puisées dans la théologie luthérienne du *Sola fides* : « La foi seule suffit, point n'est besoin pour elle d'indices historiques[7]. » Depuis les années 1950 (et grâce aux nombreuses découvertes archéologiques : Qumrân, Nag Hammadi), des exégètes et des historiens ont trouvé la voie étroite qui leur permettait de reconstituer la vie de Jésus, la juste articulation entre le Jésus de l'histoire et le Jésus de la foi, convaincus que l'un ne pouvait exister sans l'autre. Pour autant, leur démarche n'a jamais été d'établir une chronologie rigoureuse des actions et des paroles de Jésus, mais de faire comprendre comment les disciples de Jésus ont pressenti en lui un *mystère*, qu'ils ont expliqué en reconnaissant en lui le Messie, puis le Fils de Dieu.

* Dans son *Jésus de Nazareth* (Flammarion, 2007), Benoît XVI note que « pour traduire dans l'existence chrétienne d'aujourd'hui cette perspective eschatologique imminente qui n'est pas immédiatement intelligible pour nous, on a fait bien des efforts. Bultmann par exemple a eu recours à la philosophie de Martin Heidegger : ce qui compte serait une attitude existentielle, la "disponibilité permanente" ».

Alors pourquoi une nouvelle biographie ? Simplement pour tenter d'approcher cet homme qui vécut en Palestine il y a deux mille ans, qu'une foi vive et viscérale animait, comme elle animait ses contemporains, ces Juifs dont il était résolument le coreligionnaire et qui attendaient l'envoyé de leur Dieu unique. Sans le rappel de cette foi dans un Dieu inscrit dans l'Histoire de tous les Hébreux, Jésus, déjà difficilement saisissable dans sa réalité, devient incompréhensible. Il n'est bien entendu question ni de prouver l'existence de Dieu (ou *a contrario* de vouloir démontrer par les sciences de l'histoire, archéologie, philologie, ethnographie, que Dieu n'existe pas) ni de prouver que Jésus était ou n'était pas Son fils, ni un prophète, ni le Messie, ni de vouloir dresser un portrait sans retour et sans retouches de l'homme, de ce qu'il fut et de ce qu'il fit — projet irréaliste autant qu'irréalisable. Tel n'est pas l'objet de cette biographie qui tente simplement d'animer, en les replaçant dans leur contexte, les faits et les gestes de Jésus de Nazareth, comme nous pouvons seulement supposer et déduire qu'ils ont eu lieu, sans prétendre détenir la vérité historique ou théologique de ce personnage ; sans chercher non plus à séparer celui qui serait le Jésus de l'histoire de celui qui serait le Jésus de la foi, tant il est évident que les deux sont indissociables. François Mauriac, Nikos Kazantzakis ou José Saramago, sans même qu'il soit besoin d'évoquer les films de Pier Paolo Pasolini, Martin Scorcese ou Mel Gibson, ont signé en leur temps des œuvres romanesques très diverses inspirées par Jésus. Nul roman ici, mais le projet, dans un dépouillement assumé, de raconter une vie qui n'exclurait ni les éléments jugés merveilleux (ainsi la naissance dans une étable, la visite des Rois Mages ou la fuite en Égypte), ni les réserves émises justement par les historiens sur des événements dont ils n'ont pas trouvé trace, ou dont ils ont prouvé le caractère erroné (le massacre des Innocents). Il sera à chaque fois indiqué à quel genre appartient chaque partie. Cette biographie n'avoue qu'une ambition : dresser le portrait *en mouvement* de cet homme si singulier que tout le monde connaît au moins de nom, qui vécut il y a plus de deux mille ans en Palestine, qui s'appelait Jésus, et que certains nommaient le Christ.

J'aimerais dire aussi que cette écriture a commencé dans l'effort de regarder deux mille ans en arrière pour tenter — si cela est encore perceptible et intelligible — de comprendre les mots et les pas de Jésus à la lumière du judaïsme du Iᵉʳ siècle ; et qu'elle a continué dans l'étonnant spectacle de sa silhouette qui, au fur et à mesure qu'elle se précisait d'une parole à l'autre, échappait à son temps, rattrapait le nôtre, le dépassait et se plaçait loin au-devant, beaucoup plus en avant que quiconque le sera jamais — comme une figure *à venir*, une lumière sur l'horizon.

Il convient toutefois de répondre à quelques questions préliminaires pour bien dessiner le cadre de cette biographie. Et tout d'abord celles de l'existence de Jésus et des sources qui la relatent. Jésus a-t-il vraiment existé ? Aucun historien, aujourd'hui, n'en doute. L'idée qu'il n'ait jamais existé, émise par certains modernes, n'a, de nos jours, plus aucun crédit. Même les plus anciens polémistes,

Celse, au IIe siècle, et Porphyre, au IIIe siècle, qui avaient réuni l'un comme l'autre contre le christianisme une masse impressionnante d'arguments, étayés par une lecture fouillée de la Bible et une analyse critique des traditions orales, n'ont jamais eu le moindre doute sur la réalité du témoignage des disciples qui connurent Jésus, ni sur celui de Paul, le premier apôtre et le premier écrivain chrétien. L'existence historique de Jésus n'a pas été davantage remise en cause par la tradition juive. Les mentions très polémiques du Talmud n'utilisent jamais cet argument, ni même les *Toledot Yeshou*, parodies des Évangiles qui, rédigées au début du Moyen Âge en araméen, hébreu, yiddish et allemand, visaient à discréditer sa naissance virginale, sa filiation divine, sa thaumaturgie et, enfin, sa résurrection, ni même par le Coran qui voit en Jésus un prophète annonçant Mahomet. De plus, des textes témoignent de l'existence du Christ, et si aucun ne lui est contemporain, ils ont été écrits, pour les premiers, une vingtaine d'années tout au plus après sa mort. Parmi les textes non chrétiens, *La Guerre des Juifs* et les *Antiquités judaïques*, œuvres rédigées par l'historien juif Flavius Josèphe *, font référence, par deux fois, à l'exis-

* Aristocrate né en 37 ou 38 et décédé à Rome aux alentours de 100, fils du prêtre Matthias, Josèphe fut chargé en 66 de la défense de la Galilée lors de l'insurrection juive contre Rome. Seul rescapé du suicide collectif de Massada, il se rendit au général romain Vespasien et lui prédit qu'il deviendrait empereur. Libéré en 69, il accompagna Titus au siège de Jérusalem et servit d'intermédiaire entre les belligérants. Après la chute du Temple en 70, il prit le nom de son protecteur (Flavius), s'établit à Rome et composa une importante œuvre littéraire, à la fois pour se défendre et pour répondre aux attaques contre le peuple juif qu'il ne renia jamais. L'œuvre de Flavius Josèphe fut totalement ignorée du judaïsme traditionnel. Les chrétiens l'ont largement étudiée, recopiée et traduite. Elle reste, aujourd'hui encore malgré les découvertes de Qumrân, la source principale des connaissances du judaïsme à l'époque de Jésus.

tence du Christ. Dans ses *Antiquités* (XX, 200), Flavius Josèphe mentionne une première fois le nom de Jésus lorsqu'il évoque le martyre de Jacques, exécuté en l'an 62 : « Le grand prêtre Anan convoqua une assemblée de juges et fit amener le nommé Jacques, frère de Jésus dit le Christ, et quelques autres, les accusa d'avoir transgressé la Loi et les livra à la lapidation[8]. »

Une remarque est à faire sur ce court texte à propos du sens du mot Christ : sous la plume de cet auteur juif, au service de Rome, Christ est employé de façon péjorative et désigne, suivant la terminologie courante à cette époque, un fauteur de troubles qui sévit en Judée. Une seconde mention de Jésus et de ses disciples apparaît dans *Le Témoignage de Flavien*, tel qu'on le trouve dans les trois grands manuscrits connus de ce livre :

> En ce temps-là paraît Jésus, un homme sage si toutefois il faut l'appeler homme, car c'était un faiseur de prodiges, un maître des gens qui recevaient avec joie la vérité. Il entraîna beaucoup de Juifs et aussi beaucoup de Grecs. Celui-là était le Christ. Et quand Pilate, sur la dénonciation des premiers parmi nous le condamna à la croix, ceux qui l'avaient aimé précédemment ne cessèrent pas. Car il leur apparut le troisième jour, vivant à nouveau ; les prophètes divins avaient dit ces choses et dix mille autres merveilles à son sujet. Jusqu'à maintenant encore, le groupe des chrétiens, ainsi nommés après lui, n'a pas disparu[9].

Si l'authenticité de certains passages de ce texte a été contestée, ceux-ci étant soupçonnés d'avoir été insérés au IIIe siècle, personne ne nie l'authenticité de cette référence à Jésus. D'ailleurs, une recension de ce texte rapportée par Agapios, un évêque melchite de Hiérapolis au Xᵉ siècle, en reprend les éléments :

> À cette époque-là, il y eut un homme sage, nommé Jésus, dont la conduite était bonne ; ses vertus furent reconnues. Et beaucoup de Juifs et des autres nations se firent ses disciples. Et Pilate le condamna à être crucifié et à mourir. Mais ceux qui s'étaient faits ses disciples prêchèrent sa doctrine. Ils racontèrent qu'il leur apparut trois jours après sa résurrection et qu'il était vivant. Il était considéré par eux comme le messie au sujet duquel les prophètes avaient dit des merveilles [10].

Enfin, pour conclure avec les sources juives, dans le Talmud de Babylone, datant du IIᵉ siècle, il est dit : « Voici ce qui est transmis : le jour de la préparation de la Pâque on pendit Yeshou de Nazareth. Un héraut avait marché devant lui quarante jours en disant : Il doit être lapidé [11]. »

Dans les *Annales* (15, 44), l'historien romain Tacite relate les premières persécutions contre les chrétiens : « Néron produisit comme inculpés et livra aux tourments les plus raffinés des gens, détestés pour leurs turpitudes, que la foule appelait chrétiens. Ce nom leur vient de Christ, que sous le principat de Tibère, le procurateur Ponce Pilate avait livré au supplice [12]. » Au IIᵉ siècle, Suétone, dans sa *Vie des douze Césars*, relate l'expulsion par l'empereur Claude, entre 40 et 49, des Juifs de Rome qui appartenaient à la « secte de Chrestos ». Quant à Pline le Jeune, alors gouverneur de Bithynie-Pont, au nord-ouest de l'Asie Mineure, dans une lettre adressée à l'empereur Trajan, il note les progrès du christianisme dans sa province et s'interroge sur la conduite à tenir à ce propos. Ce texte, datant de 111, offre une lumière particulière sur le christianisme du Ier siècle, puisqu'il atteste la très rapide propagation de l'enseignement du Christ, jusqu'aux confins de l'Empire romain.

Parmi les textes chrétiens, les premiers à mentionner l'existence du Christ sont les *lettres* de Paul, qu'il rédigea entre 50 et 64. Et plus précisément la lettre aux Thessaloniciens, dont on sait de façon certaine qu'il la rédigea en 50 ou 51. Dans cette lettre aux Thessaloniciens, qui constitue le premier témoignage littéraire daté du Nouveau Testament, Paul, vingt ans à peine après la mort de Jésus, désigne ce personnage comme le Messie, le Fils de Dieu, et le Seigneur. Si elles évoquent très rarement des éléments d'ordre biographique sur la vie de Jésus, et pour cause puisque Paul ne l'avait pas connu, ces lettres éclairent l'enseignement de Jésus, et initient la rupture définitive entre judaïsme et christianisme qui aura lieu au IIIe siècle. En effet, si Moïse avait « inventé » le monothéisme au temps de Ramsès II, étape capitale mais privilège du peuple élu, saint Paul, suivant l'exemple de Jésus, propose un monothéisme dont nul ne serait exclu.

Dans cette tentative de biographie, peu de textes chrétiens sont utilisés pour éclairer les faits et gestes de Jésus. En contrepartie, l'Ancien Testament est largement consulté. C'est que Jésus était juif, et résolument juif. Toute sa prédication s'est faite dans le cadre de la Loi mosaïque, quitte à prendre les plus grandes libertés avec elle. Jésus n'a pas connu le christianisme, tel que nous le considérons aujourd'hui. En fait, il faudra le génie de l'apôtre

Paul et cent ans de polémiques pour que soient posées les premières pierres de la religion chrétienne. Premier point : jusqu'en 135-150, le christianisme n'existe pas encore en tant que religion, même si le terme apparaît pour la première fois chez Ignace d'Antioche aux alentours de 110-120. La différenciation entre christianisme et judaïsme a commencé à se mettre en place en 70, et à s'affirmer dans les années 135-150. Jusqu'à ces dates, la pièce se joue dans le cadre précis des relations judéo-juives, elles-mêmes sujettes aux relations internationales de l'époque : les rapports entre Rome et la Judée. Ainsi, après la destruction du Temple par les légions romaines, en 70, le judaïsme va se refonder autour d'un courant majoritaire : celui des pharisiens, qui parvient à marginaliser tous les autres courants esséniens, zélotes, sadducéens.

À partir de cette date, chrétiens et pharisiens se déclarent seuls et vrais représentants d'Israël, et les dissensions ne cessent plus d'éclater. En fait, il s'agit du premier schisme, le schisme originel, fondé sur deux points cruciaux : l'observance rigoureuse de la Loi, c'est-à-dire la Torah orale, et sur les interprétations des Écritures, c'est-à-dire la Torah écrite. Il convient de rappeler que jusqu'alors, il n'y avait aucune autorité ecclésiale supérieure dans le judaïsme, et chaque courant observait et interprétait ces deux lois selon son propre fonctionnement interne. Les conflits qui opposent chrétiens et pharisiens portent essentiellement sur l'interprétation de la Torah écrite (l'Ancien Testament pour les chrétiens), puisqu'elle seule permet de reconnaître ou pas Jésus comme le Messie. Mais bien avant que ces dissensions existent entre chrétiens et pharisiens, une fracture s'est opérée à l'intérieur même de la communauté chrétienne, entre ceux d'origine païenne et ceux d'origine juive. Cette division s'est fondée sur la question de l'observance de la Loi et de la connaissance des Écritures : les premiers, pagano-chrétiens, estiment que la croyance en Jésus le Messie les en dispense, les seconds, judéo-chrétiens, estiment qu'elles restent indispensables. La question est très rapidement posée par Paul de Tarse. Ce Juif, persécuteur de chrétiens, converti après une chute de cheval sur le chemin de Damas, se heurte très rapidement à la communauté chrétienne de Jérusalem, groupée autour de Pierre, de Jacques et des fils de Zébédée sur ce point de théologie stricte.

Il fait d'ailleurs part de ces dissensions dans sa lettre aux Romains. Ses écrits, notamment l'épître aux Galates, traduisent ses relations conflictuelles : Paul évangélise des païens et les baptise sans exiger, en contrepartie, une conversion au judaïsme, et ce, pour le compte de l'Église d'Antioche (aujourd'hui Antakya, en Turquie). C'est que, pour Paul, comme il l'écrit dans son épître aux Galates, dans le Christ « il n'y a ni Juif ni Grec, il n'y a ni esclave ni homme libre, il n'y a ni homme ni femme ». Seule la foi en Jésus, dont la mort et la résurrection ont inauguré les temps nouveaux, peut sauver. En 50, Paul et Barnabé, représentant l'Église d'Antioche, se rendent à Jérusalem pour demander à Jacques, Pierre et Jean de trancher sur cette question (rencontre que l'on a appelée le « concile de Jérusalem » et que relate le chapitre 15 des Actes des Apôtres). Les débats sont passionnés : pour l'ensemble de la communauté chrétienne de Jérusalem, aucun converti n'héritera du royaume de Dieu s'il ne se fait pas circoncire et s'il n'observe pas la Loi mosaïque. Les chefs de l'Église de Jérusalem finissent par trancher : pour ne pas ruiner les efforts missionnaires et l'évangélisation effectués par Paul et par Barnabé, ils admettent que la circoncision n'est pas nécessaire, mais soutiennent que le respect de certaines obligations (interdiction des relations sexuelles hors mariage, de consommation de chairs étouffées et de sang, et de contact avec tout ce qui a été touché par des idoles) reste indispensable. Mais cette décision n'éteint pas pour autant la polémique, ni ne dissipe les ambiguïtés.

Aux yeux de la communauté de Jérusalem, les païens qui reconnaissaient Jésus comme le sauveur étaient associés, et non pas intégrés, à l'Israël authentique, sauf s'ils devenaient des Juifs. Quatre-vingts ans après ce concile, les lettres d'Ignace d'Antioche témoignent de la permanence de cette polémique à l'intérieur de la communauté chrétienne. Dans le souci de concilier ces deux courants, Ignace d'Antioche invente une troisième voie qu'il nomme — c'est la première fois qu'apparaît le terme — le christianisme, au nom duquel il affirme que la croyance en Jésus comme Messie est résolument fondée sur l'interprétation des Écritures, et que le Messie est fondateur d'une nouvelle alliance, un principe supérieur qui dispense ses disciples de l'observance stricte de la Loi et de la connaissance des Écritures. La réponse d'Ignace d'Antioche ne s'adresse qu'à la communauté chrétienne. Or, en voulant la ressouder, Ignace radicalise, pour la première fois, cette fracture entre pagano-chrétiens et judéo-chrétiens. D'un autre côté, le conflit entre chrétiens et pharisiens est posé par l'Évangile de Matthieu. Depuis la fondation par les pharisiens, à Yabné, d'une école rabbinique (après que les Romains ont détruit le Temple de Jérusalem et supprimé les institutions directrices traditionnelles comme le grand prêtre et le Sanhédrin), les chrétiens (qui, rappelons-le, se considèrent toujours comme juifs) et les pharisiens débattent avec virulence sur la question de la messianité de Jésus, qu'argumentent des auteurs chrétiens comme Justin de Naplouse, ou des textes anonymes comme la *Prédication de Pierre*. Matthieu soutient que Jésus, suivant les interprétations de l'Écriture, est résolument le Messie et, à ce titre, l'interprète suprême de la Torah, sur laquelle il s'est donné autorité non pour la détruire, mais pour l'accomplir (Mt 5, 17-20). Cette position va entraîner, *de facto*, un conflit d'autorité au sein du judaïsme : celle du Messie des chrétiens, face à la Torah des pharisiens. De cette polémique qui pose encore la question de savoir ce qui sauve — l'appartenance au peuple élu ou la croyance en Jésus-Christ —, naîtra la rupture entre pharisiens et chrétiens, et l'option pour un judaïsme univoque. Hors du pharisianisme, point de salut, comme le déclare clairement la « Bénédiction des hérétiques », prière qui, en les maudissant, exclut tous les Juifs qui s'écartent de l'orthodoxie pharisienne.

Et c'est du chassé-croisé entre ces deux polémiques, imbriquées l'une dans l'autre, la première à l'intérieur du christianisme, lui-même imbriqué à l'intérieur du judaïsme, que naîtra, vers 135, cette troisième voie, à savoir ni juive ni païenne, mais chrétienne.

Et puis il y a les Évangiles. Ils demeurent la source la plus étendue d'informations pour les historiens. À partir du IIe siècle, ce terme, du grec *euanggelion* *, « bonne nouvelle » — à savoir, la venue du Messie —, désigne les livres qui rapportent la vie et l'enseignement de Jésus-Christ. Vingt-sept livres écrits en grec — un grec courant, que l'on désigne sous le nom de *koinê*, ce qui a excité l'ironie de Nietzsche — composent le Nouveau Testament, mais leurs originaux ont tous disparu, comme a disparu l'essentiel des ouvrages de l'Antiquité. Qu'on se souvienne à titre de comparaison qu'Eschyle aurait composé plus de quatre-vingt-dix tragédies, dont sept seulement nous sont parvenues... Il faut signaler au passage que le latin *Novum testamentum,* d'où est tiré ce titre, est traduit du grec *kainê diathêkê*, lui-même tiré de l'hébreu *berit hadashah* qui signifie alliance nouvelle : « Et voici que des jours viennent, oracle de YHWH, où je conclurai avec la maison d'Israël et la maison

* En grec classique, le mot a un sens courant : annoncer sur la place publique, c'est-à-dire proclamer, ce que nous comprenons mieux par la tournure négative : *ne pas faire mystère de ceci ou cela.* Jean Beaufret (*Dialogues avec Heidegger,* t. IV, Éditions de Minuit, 1985) cite, à ce propos, Martin Heidegger : « La parole de l'Évangile est bien plus proche de la parole grecque que celle des philosophes qui, au Moyen Âge, en ont tenté l'interprétation grâce à un "matériel de concepts" dérivés et déviés du grec. »

de Juda une alliance nouvelle, *berit hadashah*[13] » (Jr 31,31).

Ce Nouveau Testament est classé en quatre parties : les quatre Évangiles, les Actes des Apôtres, les épîtres des Apôtres, et l'Apocalypse de Jean. Les copies dont disposent aujourd'hui les historiens datent du IVe siècle (mais treize siècles séparent les premières recensions de Platon de son œuvre originale). Un travail scrupuleux, opéré par les paléographes, a permis de remonter, avec certitude, aux deux ou trois formes du texte néotestamentaire, qui circulaient au IIe siècle (et ce, à partir des quelque cinq mille manuscrits dont ces scientifiques disposaient). Il est essentiel de rappeler que ces textes n'ont jamais cherché à reconstituer chronologiquement le fil de la vie de Jésus. Comme le note l'exégète Ennio Floris : « Les auteurs des Évangiles n'ont pas écrit pour nous faire connaître Jésus dans son histoire, mais pour qu'on le croie Christ. Il s'agit d'un discours dont les énoncés ne sont pas des jugements historiques, mais des jugements de valeur[14]. » Les Évangiles ne sont donc en aucun cas une « biographie » de Jésus, parce que telle n'est pas leur vocation.

Ils rappellent et ravivent essentiellement les *logia*, c'est-à-dire les paroles de Jésus, et tentent de les éclairer pour aider et consolider le travail des premiers missionnaires. Et souvent, même lorsqu'ils rapportent les mêmes propos de Jésus, leur fond est inconciliable. Qui a raison, de Marc ou de Matthieu, lorsque le premier relate « qui n'est pas contre vous est avec vous » (Mc 9,40) et le second : « qui n'est pas avec moi est contre moi » (Mt 12,30).

C'est très exactement pour cette raison que le père Lagrange avait refusé, au début du XXe siècle, d'écrire une biographie de Jésus, ce que la quasi-totalité des spécialistes du Nouveau Testament avaient approuvé par la suite. En fait, chaque Évangile situe les *logia* du Christ dans un ordre qui correspond à un fil conducteur : à savoir l'argument théologique qu'il veut développer en fonction du public auquel il est destiné. Comme le fait remarquer le professeur John Paul Meier :

> On peut être pratiquement sûr que le ministère de Jésus a commencé après son baptême par Jean au bord du Jourdain et qu'il a pris fin lors d'une fatale et ultime montée à Jérusalem pour la fête de la Pâque. La durée exacte du temps qui s'est écoulé entre les deux et l'ordre exact des événements durant le ministère public ne peuvent pas être connus. En l'absence de la notion de « avant et après », aucune biographie de Jésus, au sens moderne du terme, n'est possible, ni d'ailleurs aucune esquisse de son évolution psychologique ou religieuse [15].

Quoi qu'il en soit, les historiens, fondés sur tous les travaux néotestamentaires, s'accordent aujourd'hui à reconnaître Marc comme le premier rédacteur, et à dater cette rédaction aux environs de 70 de notre ère. Marc aurait composé son texte à partir de témoignages oraux, de traditions et sans doute de quelques collections écrites. Ce passage d'une tradition orale de premières communautés répétant entre elles les paroles du Christ dans l'attente de son retour (la Parousie) qu'elles pensaient imminent, à la rédaction de ces textes et de ces *logia* s'explique sans aucun doute par la persécution des chrétiens, l'incendie de la ville de Rome commandé par Néron en 68, et par la deuxième destruction du Temple de Jérusalem, en 70, par les troupes de Titus. La communauté juive massacrée, ou asservie et entraînée hors de Palestine, les différentes écoles du judaïsme dispersées, il convenait en effet de fixer ce qui appartenait à une tradition orale rigoureusement enseignée. Les deux autres évangélistes à apparaître furent Matthieu et Luc. Ils rédigèrent leurs Évangiles très probablement entre 80 et 90. Matthieu et Luc se sont inspirés d'une collection de paroles de Jésus appelée, de façon arbitraire, source Q (du mot allemand *Quelle*, qui signifie source) et d'une part des données posées par Marc. L'Évangile de Jean est plus tardif et d'un contenu différent sur beaucoup de points, ainsi sur la présentation du ministère public de Jésus, sur le fait que le texte est écrit dans une perspective radicalement symbolique et les paroles du Christ recomposées dans une visée franchement théologique. Il semble pourtant que ce soit cet Évangile qui présente le plus d'exactitude sur le déroulement de la Passion, notamment sur la date de ses épisodes. Quant aux lettres et aux épîtres de Paul, les plus proches des faits parmi les écrits du Nouveau Testament, elles présentent fort peu d'éléments de ce qu'il convient d'appeler le Jésus historique. Centrées sur la Passion et la Résurrection du Christ, elles évoquent en permanence le Christ en gloire et non Jésus dans son ministère public.

De plus, les écrits de Paul s'adressaient à ses contemporains. Ils étaient lus à un public au fait de la vie de Jésus, à qui il n'était donc pas nécessaire de rappeler des événements sus de tous. Et lorsque ce rappel a parfois lieu, c'est qu'il s'agit de rafraîchir la mémoire à des communautés de chrétiens éloignées, ou pour élucider un point litigieux *. Ces allusions attestent, *de facto*, l'existence d'un fonds de connaissances communes, et la forte tradition orale qui s'est répétée d'une communauté chrétienne à l'autre et ce, de façon extrêmement rapide. Quant à la véracité du fonds, il faut toujours, quelles que soient ces premières sources, garder à l'esprit un fait essentiel : la foi en la Parousie. Apôtres et disciples attendaient dans la ferveur que le Christ revienne, croyaient, voire *savaient* que ce Christ avait ressuscité d'entre les morts, qu'il était Fils de l'homme : qui aurait osé mentir et inventer, dans cette attente dont dépendait le salut de chacun, celui d'Israël et des convertis ?

* Paul rappelle aux Corinthiens l'enseignement de Jésus sur le divorce (1 Co 7,10-11), sur l'entretien des missionnaires (1 Co 9,14), ses paroles lors de la Cène (1 Co 11,23-26), sa mort et sa mise au tombeau (1 Co 15,3).

« Au commencement... »

La foi. Cette foi en un Dieu unique avec qui le peuple élu a passé une alliance. Voilà l'horizon sur lequel garder l'œil rivé quand on embarque pour ces temps bibliques et ces contrées si particulières où même le soleil semble brûler d'une autre façon. Cette foi si étrange pour le reste des hommes de cette ère, qu'aucune domination, aucune tentation ni aucune richesse n'éradiqueront jamais, cette foi des Hébreux pour un Dieu dont ils n'osent même pas prononcer le nom, baigne, comme jamais peut-être elle ne l'a fait auparavant, toute la Palestine de Jésus — *Ieschoua* — de Nazareth. Les hommes et les femmes qui vivent sur cette terre que Dieu leur a promise et, un temps seulement, pleinement accordée, ce pays de Canaan « ruisselant de lait et de miel », ne sont rongés par aucun doute. Dieu illumine d'immensité, pour reprendre l'image du poète Giuseppe Ungaretti. Il se révèle à eux par la voix des prophètes. Il est unique et invisible, indicible et ineffable. Avec Lui, ils ont contracté une alliance plusieurs fois renouvelée. Alliance avec Noé, avec Abraham puis, surtout, avec Moïse, sur le mont Sinaï : à cet endroit s'est constitué l'acte de naissance de la communauté d'Israël*.

Cette communauté croit en l'amour que Dieu venu à sa rencontre lui porte. Amour exigeant, vigilant et pur de toute concession. Dès l'origine, Dieu, dans la brise du soir, a appelé l'homme, cette créature faite à Son image et Sa ressemblance. Il lui a dit « Où es-tu ? » (Gn 3,9).

Sur le Sinaï, Moïse L'a entendu.

Il a entendu la volonté qu'a exprimée Yahweh de voir ce peuple, qu'Il a choisi, se conformer à la Loi qu'Il lui dicte et dont la première règle est la fidélité.

Mais fidélité à quoi ? Fidélité à une entité vague qu'on prie parfois, qu'on adore aussi sous forme de veau d'or ou de créature fabuleuse ? Non. Il s'agit d'être fidèle à la Loi dont Dieu dicte les dix premiers principes, le Décalogue, et à la sainteté qu'Il manifeste et dont les Hébreux devront être témoins devant les nations**. « Et maintenant, si

* Le penseur anglais Christopher Dawson remarque, dans *Progress and Religion* (Sheed and Ward, London, 1929), que pour la première fois dans l'histoire de l'humanité, un peuple conçoit Dieu comme détenteur de l'histoire des nations, et comme but final de cette histoire. « La loi éternelle que les Grecs voyaient dans le développement ordonné et dans le mouvement de la matière, pour les Juifs s'accomplissait dans les vicissitudes de l'histoire humaine. Alors que les philosophes de l'Inde et de la Grèce méditaient sur le caractère illusoire et l'éternel but moral de l'histoire et interprétaient les circonstances passagères de leur époque sur la base de leur rapport à la volonté de Dieu. »

** Le nom d'Hébreux est donné par la Bible au clan d'Abraham, puis au peuple issu de lui jusqu'à son installation à Canaan, au XIIIe avant J.-C. Le terme d'Israël et d'Israélites apparaît dans la Genèse (Gn 32). C'est le nom donné par Yahweh à Jacob, puis à ses descendants lorsqu'ils s'installèrent en Terre promise. Après le schisme de 931, la tribu de Juda, berceau de la monarchie de David, donna son nom au royaume du Sud. Au retour d'exil, au Ve siècle, on appelle Judée la région de Jérusalem et Juifs ses habitants.

vous entendez ma voix et gardez mon alliance, vous serez ma part personnelle parmi tous les peuples — puisque c'est à moi qu'appartient toute la terre — et vous serez pour moi un royaume de prêtres et une nation sainte » (Ex 19,1-6). Le peuple d'Abraham est donc élu par Dieu pour être saint et, en échange de cet exemple d'excellence donné aux nations, Yahweh promet une terre de lait et de miel. Fallait-il que les Hébreux croient en Lui et Le craignent, pour accepter cette alliance ! Quelle abnégation, vouloir être prêtre ; quelle folie, vouloir être saint ! Fallait-il aussi qu'ils désirent ardemment cette terre promise que Moïse cherche pendant quarante années d'errance dans le désert, après qu'il a libéré son peuple de l'esclavage et de Pharaon ! Quarante ans avant de parvenir, enfin, au Jourdain, d'en franchir le cours et de poser le pied « chez soi ». La terre dont ils rêvent est une oasis fertile au milieu du désert. Éblouissante « par sa nature magnifique et par sa beauté[1] », comme le note Flavius Josèphe, elle est semée de vergers, de palmeraies et de vignes, d'oliviers. Les jardins croulent sous les lauriers-roses et les acacias en fleurs. Le myrte embaume. Le lac de Tibériade grouille de poissons et la clémence du climat autorise plusieurs récoltes par an.

Les douze tribus nomades qui, pour la première fois, se sédentarisent sur la terre de Canaan descendaient des douze fils de Jacob. Elles étaient unies par un pacte solennel. Certaines tribus s'éteignirent, d'autres s'imposèrent, ainsi celle de Juda d'où naquit David. Vers 1030, épuisées par les luttes intestines et les razzias d'envahisseurs comme les Philistins, elles décidèrent de se donner un roi. Contrairement à la royauté mésopotamienne qui est un cadeau des dieux depuis la naissance de l'histoire, et à la royauté égyptienne d'origine divine et consubstantielle au monde, la royauté en Israël est donc une institution établie par l'homme, et Dieu s'en garde : Lui seul doit être le maître et l'inspirateur de son peuple. Yahweh, par la bouche du prophète Samuel, alerte aussitôt les Hébreux contre les limites et les dangers du pouvoir monarchique. Le roi n'est que missionné par Lui, auprès du peuple qu'il doit défendre et conduire dans le strict respect de l'Alliance et de la Loi, auxquelles le roi doit rester soumis, plus que tout autre encore. Alors seulement Dieu lui accordera son aide et sa protection. À cette condition, le roi recevra l'onction. Le roi devient l'Oint du Seigneur — c'est-à-dire le Messie, autrement dit le *Mechiah*.

Ce premier roi fut Saül, à qui succéda David. Oint par le prophète Samuel *, David règne de 1010 à 970, agrandit le royaume, prend Jérusalem dont il fait sa capitale, y transporte et installe l'Arche d'Alliance ** et ouvre une ère de paix et de prospérité.

* *Mashiah* en hébreu, qui devient « Messie » en français. Saül et David sont oints par le prophète Samuel ; Salomon, fils de David, est oint par Nathan et par le prêtre Sadoq.

** Coffre en bois d'acacia plaqué d'or, construit selon les recommandations de Yahweh, qui renfermait les Tables de la Loi. Il reposait dans le Saint des Saints, sous une tente dans le désert puis dans celui du Temple quand il fut construit par Salomon. Elle était surmontée de deux chérubins en or entre lesquels Dieu faisait entendre sa Voix à Moïse. Lors du sac du Temple par Nabuchodonosor, l'Arche disparut, soit cachée par le prophète Jérémie ou par le roi Josias pour qu'elle ne tombe pas aux mains des Babyloniens — et alors elle réapparaîtra à l'avènement du Messie —, soit volée et emportée à Babylone.

David s'avère un roi idéal. Ses qualités, annonce la Bible (livre de Samuel), lui assurent l'alliance indéfectible de Dieu, et sa « maison » profitera de cette protection. La descendance de David hérite des promesses divines. À Jérusalem, maintenant capitale du royaume d'Israël, autrefois petite cité cananéenne fortifiée, Salomon, le fils que David s'est choisi comme successeur, fait construire le Temple. Mais à la mort de Salomon, l'unité politique du pays et par conséquence tout le royaume se déchirent. Jérusalem reste néanmoins la capitale religieuse du peuple et celle du petit royaume du Sud, dit royaume de Juda — le royaume du Nord prenant alors le nom d'Israël. En même temps, à côté du Temple, d'autres cultes apparaissent. D'autres autels sont construits qui idolâtrent Baal et Astarté.

Si, en 700, Jérusalem résiste au siège des Assyriens, elle tombe sous les coups de Nabuchodonosor un siècle plus tard, en 587. Nabuchodonosor détruit le Temple et déporte une grande partie de la population vers Babylone. Les royaumes d'Israël et de Juda sont rayés de la carte. La monarchie humaine a échoué dans sa tâche. C'est ainsi que commence l'Exil. Or, phénomène étrange qui ne cesse d'étonner à défaut d'émerveiller les populations dans lesquelles les Hébreux sont déportés, ce peuple ne renonce pas à sa croyance. Minoritaire dans d'autres empires, il n'assimile pas pour autant les rites locaux ni les cultes en cours, comme la majorité des autres peuples l'ont fait dans l'histoire. De la même manière, il n'a pas inventé quelques nouveaux dieux de la fertilité lorsqu'il a abandonné le nomadisme pour l'agriculture. Arc-bouté sur sa foi, le peuple d'Israël s'invente un destin. Envahi, déporté, massacré, presque anéanti, il se relève toujours.

Ce qui l'anime alors et le détermine, c'est l'attente d'une restauration. En effet, le royaume de David est devenu l'incarnation d'un but à atteindre : un peuple uni autour du Temple et uni dans une foi infaillible à Yahweh, honoré dans la seule ville de Jérusalem. Ce royaume désiré, véritable archétype du royaume de Dieu, est le modèle auquel tous les règnes de ses successeurs seront désormais confrontés. À mesure que le temps passe, que les malheurs s'abattent sur eux, les Hébreux se tournent vers le Ciel, l'implorent et entendent les prophètes leur répondre « Bientôt ».

Après la déportation à Babylone, c'est Ézéchiel qui vient raviver la foi et l'alliance en esprit avec Yahweh. Qu'ils opèrent une véritable conversion, qu'ils se purifient, qu'ils se sanctifient, alors les enfants que Nabuchodonosor a fait naître loin de Jérusalem la reverront un jour, si neuve dans la pureté de sa foi qu'elle s'appellera « Yahweh est là ». Les captifs entendent Ézéchiel. Ils se réunissent pour lire l'Écriture — voilà les premières synagogues. Ils respectent scrupuleusement le commandement du shabbat de ne rien faire le septième jour et de le consacrer à Yahweh. La circoncision, signe d'alliance demandé par Dieu à Abraham, tombée en désuétude, est de nouveau pratiquée. Comme si Dieu les exauçait, le nouveau roi de Perse, Cyrus, s'empare de Babylone et libère les Juifs qu'il autorise à repartir pour Jérusalem. Là, ils reconstruisent ce que Nabuchodonosor avait rasé, les enceintes, les fortifications, le Temple. Administrés par l'Empire perse, les Juifs concentrent leurs activités sur la reconstruction physique et spirituelle de la ville. Le scribe Esdras fonde une conscience nationale autour d'un triple pivot : l'Alliance, la Loi, le Temple. Il exacerbe la foi qui la fonde.

Pendant la domination grecque, du IVe au IIe siècle, la Palestine connaît toutefois de profonds changements. La formidable épopée d'Alexandre — de 334 à 323, avant l'ère courante — a porté la civilisation grecque à travers tout l'Empire perse. Des villes nouvelles sont construites. La langue grecque se déploie. Un art de vivre, fait de stades, de jeux, de théâtres, convertit les peuples qu'Alexandre a conquis. Des colons grecs s'approprient les terres, jusque-là exploitées en polycultures familiales, et les regroupent en immenses *latifundia* qu'ils vouent à des monocultures spéculatives. Pour la première fois, des bergers et des agriculteurs ont faim alors que le Ciel a pourvu à l'abondance des récoltes. Le mécontentement gronde.

À la mort d'Alexandre survenue à Babylone, sans qu'il laisse d'héritier direct, ses généraux se battent pour se partager son empire. Antigonos prend la Grèce et une partie de l'Asie Mineure, Seleucus la Mésopotamie et la Syrie ; Ptolémée l'Égypte. Les trois rêvent d'imposer le modèle qu'ils ont hérité du conquérant — une monarchie divinisée. Tous y parviennent sans grands heurts, sauf en Palestine où les Juifs honorent un Dieu unique dans un Temple que l'on dit empli d'or et de richesses. L'argument suffit à Antiochus Épiphane, descendant des Séleucides. Il a besoin d'argent pour financer ses guerres et ses armées. En l'an 167, il fond sur Jérusalem, entre dans le Temple qu'il pille et profane en plaçant, dans le Saint des Saints, une statue de Zeus à qui il sacrifie des porcs, avant d'y célébrer les fêtes dionysiaques. Par décret, il interdit le culte juif. Les fidèles observant la Loi sont poursuivis, exécutés et tous les Livres brûlés.

Dans le peuple, c'est l'horreur, puis l'insurrection. Menée par Judas Maccabée, la foule se soulève. Les hommes prennent les armes, entraînés par les annonces d'un nouveau prophète, Daniel, qui stigmatise les puissants de ce monde, les dépeint dans un livre comme autant de fauves assoiffés du sang d'Israël. La paix viendra, annonce-t-il, apportée par le « *Fils de l'homme* » (Dn 7,13). La foi est si forte, le blasphème si odieux que les Juifs sont excédés : Judas Maccabée inflige de sanglants revers à Antiochus Épiphane et lorsqu'il meurt au combat, ses frères Jonathan et Simon parachèvent la victoire *. Ceux-ci chassent définitivement les Grecs et recons-

* Les deux livres des Maccabées sont seuls à nous renseigner sur l'histoire du peuple élu à l'époque hellénistique. S'ils ne couvrent qu'un demi-siècle à l'avènement de Jean Hyrcan (176-134), ils racontent comment le prêtre Mattathias et ses fils se révoltent contre l'empire des Séleucides et leur chef, Antiochus IV, qui avait tenté d'anéantir la liberté de culte en Judée : il pille le Temple en 169 et interdit toutes les pratiques particularistes des Juifs (circoncision, shabbat et nourriture casher). La rébellion de Mattathias et de ses trois fils profite de l'affaiblissement de l'empire, pressé par les Romains et les Parthes, et miné par les compétitions dynastiques. Judas Maccabée et ses frères Jonathan et Simon reconquièrent l'autonomie nationale et procèdent à la purification du Temple. Ils organisent une véritable armée juive de type grec, et mènent une guerre de conquête, en pratiquant une acculturation caractéristique des guerres coloniales. À partir de 153, les Séleucides entérinèrent ce pouvoir de fait en instituant Jonathan, puis Simon, commandant militaire de la région et grand prêtre. Une politique de décentralisation et d'autonomie succède à l'absolutisme d'Antochios IV, en même temps que le dernier des trois Maccabées fonde la dynastie juive des Hasmonéens. C'est le moment où les Juifs créèrent le concept de « judaïsme », comme contre-modèle opposé à l'« hellénisme », où le religieux primait sur le culturel.

tituent, dans ses frontières, le royaume de Salomon, de nouveau indépendant. En 134, le fils de Simon, Jean Hyrcan, s'installe sur le trône et, avec lui, instaure la dynastie des Hasmonéens. Au-delà des frontières, confortées dans leur foi par cette restauration, les communautés de la diaspora — trois millions de Juifs contre un million en Palestine — se consolident. Religieusement, elles se réunissent le jour du shabbat. Pour qu'elle soit lue de tous, la Bible, rédigée en hébreu, est traduite en grec. Pour les trois fêtes de pèlerinage, Pessah (la Pâque), Chavouoth (la fête des semaines) et la fête des Tentes, les fidèles montent au Temple de Jérusalem où ils paient leur impôt. Hélas, la dynastie des Hasmonéens trahit très vite la Loi et l'Alliance. Leurs mœurs dissolues, la réapparition de cultes païens dans la ville, leur despotisme alimentent la défiance née de leurs origines : ils ne sont pas de lignée davidique, ils ne sont donc pas dignes de Dieu.

De plus, contre l'attente du peuple, la monarchie n'évolue pas vers la théocratie qu'augurait le règne de David, où primeraient la Loi et l'observance stricte des règles de l'Alliance. Les Hasmonéens ont emprunté aux Grecs tous les instruments du pouvoir dont ils ont pu apprécier l'efficacité. Ils frappent monnaie, construisent des palais et des mausolées, enrôlent des mercenaires étrangers dans leurs armées. Ils répandent l'écrit et l'image, adoptent le calendrier grec et, ainsi, amenuisent chaque jour davantage la mince légitimité qui pourrait les asseoir sur les deux trônes qu'ils occupent, celui du roi et celui du grand prêtre. En effet, à partir de 172, tous les grands prêtres sont investis par l'autorité royale.

Dès lors, les Juifs les plus fervents se détournent de la maison royale, quand bien même a-t-elle recréé, en géographie du moins, le royaume de Salomon, et les plus légalistes les rejoignent. Tous se regroupent autour des pharisiens, cercle d'intellectuels particulièrement pieux et attentifs au destin d'Israël. Ces pharisiens, terme qui signifie les « séparés », condamnent la dépendance, voire le cumul du grand pontificat avec le pouvoir séculier. Ils argumentent leur position à partir de la tradition biblique.

C'est que, à la foi intense qui se manifeste chez les Juifs depuis l'exil, s'ajoute, dans ces années particulières, un foisonnement théologique sans précédent. Des sectes, de grands mouvements à l'intérieur même du judaïsme voient le jour. En fait, à cette époque, le canon n'est pas encore stabilisé. Ses tendances diverses, ses interprétations ne trouvent pas de terrain commun sur lequel s'unifier. Et tandis que les pharisiens commentent, argumentent, oscillent entre mise en garde du pouvoir et compromission avec l'autorité, d'autres croyants fervents choisissent de s'éloigner de Jérusalem, trop compromise et pervertie par la culture hellénistique. Ce sont, d'abord, les esséniens *. Ceux-là

* L'historien Flavius Josèphe évoque les esséniens pour la première fois lorsqu'il relate le règne de Jonathan (161-148). Fuyant la société, les esséniens se retirent dans le désert pour y vivre l'idéal de sainteté et de pureté requis par l'Alliance. Vêtus de blanc, observant toute la journée un nombre considérable d'ablutions et de rites de purification, ils partagent tous leurs biens et se consacrent à la prière, à l'étude et à l'ascèse jusqu'à la chasteté. Cette communauté semi-monastique s'est regroupée autour d'un mystérieux « maître de justice. » L'origine du nom reste obscure. Philon, écrivain juif du Ier siècle, pense que ce nom se réfère aux « saints ». L'exégèse moderne évoque plutôt le mot « guérisseur ». Les manuscrits retrouvés à Qumrân, dits « manuscrits de la mer Morte », ont apporté beaucoup de lumière sur leurs structures

interprètent le principe de sainteté de manière littérale : ils doivent se mettre à l'écart des autres peuples, de tous ceux que le contact avec les fausses idoles a souillés. Le simple mode d'être que pratiquent leurs coreligionnaires ne les satisfait pas, particulièrement celui des sadducéens qui exercent le pouvoir politique et donc fraient avec l'étranger, suppôt et propagateur du paganisme, c'est-à-dire violeur de la règle numéro un du Décalogue.

Grâce aux manuscrits de la mer Morte, les esséniens restent sans doute les plus connus de toutes les sectes juives ou des mouvements philosophiques qui proliféraient en ces temps et qui toutes partageaient la même attente : l'avènement du Royaume de Dieu. Certain de sa réalité et de sa proximité, chacun cherchait de son côté comment s'y préparer au mieux, comment faire partie des élus de cette révélation, de cette Apocalypse au sens premier du terme. Ce jour de l'avènement, les prophètes le disent de Ténèbres, auquel succédera une Nouvelle Alliance avec ceux qui auront échappé à la mort. Dans chaque village, dans chaque assemblée de fidèles (les synagogues), dans chaque commentaire de la Loi, on discute longuement de ce qui doit venir. Jeunes et vieux, femmes et enfants écoutent enchantés les rabbis, les maîtres, évoquer cette Nouvelle Alliance qu'ils décrivent comme un temps

---

et leurs règles de vie. On estime à quelque quatre mille membres les adeptes de cette secte fortement hiérarchisée, soumis à une règle de stricte obéissance à leur supérieur. Ils refusent le sacrifice des animaux mais envoient des offrandes votives au Temple. Lors de l'invasion de la Palestine par les troupes romaines en 66 et la grande révolte juive, les esséniens ont participé aux combats. Comme la majorité des sectes juives, ils disparaîtront de la scène de l'histoire juive après la seconde destruction du Temple, en 70 de notre ère.

merveilleux, un âge d'or, une restauration de la vie paradisiaque menée aux origines du monde, avant que le monde soit perverti par le serpent et le péché. Le rassemblement des élus pour la vie bienheureuse doit advenir sur la montagne de Yahweh, ou dans sa cité ou dans son jardin, et autour de sa personne. Alors Yahweh éradiquera à jamais le mal, la souffrance, la peur.

Encore faut-il, pour faire partie des élus, que le peuple d'Israël, dans son entier, se conduise selon les attentes très précises de Yahweh, et selon son code de sainteté. Or la restauration du règne de Dieu sur le monde, si l'on en croyait les prophètes, passait par la restauration du royaume d'Israël sur la terre et surtout, celle de la maison de David. Mais après le formidable enthousiasme provoqué par la rébellion de Judas Maccabée, après l'optimisme qui avait succédé à la reconstitution géographique du royaume et à la montée d'une conscience judaïque nationale, le doute avait commencé à s'insinuer. La dynastie des Hasmonéens, loin de répondre à sa mission divine, s'évertuait à dissoudre le judaïsme dans le grand trafic du monde. Hyrcan, de toute évidence, ne rêvait pas de restauration du Royaume, mais d'assise pour son pouvoir personnel et celui de ses descendants. Plus les années passaient, plus il agissait comme ceux qui, de tout temps, avaient guerroyé et persécuté le peuple juif, flattant les bas appétits du peuple en ouvrant des théâtres et des stades, autorisant, pour amadouer les étrangers à la solde du pouvoir, l'édification dans la Ville sainte de cultes païens. Enfin et surtout, l'un de ces souverains, Jonathan, acceptait d'être nommé grand prêtre par le roi Alexandre Balas de Syrie, un païen. La double imposture de cette dynastie sautait aux yeux de tous : non seulement ses rois n'étaient pas de la lignée légitime de David, mais ils étaient encore moins de celle de Sadoq, le grand prêtre qui avait servi Israël, David et Salomon.

Ainsi, tandis que les esséniens préfèrent se mettre à l'abri des foudres divines imminentes, en se réfugiant dans les replis désertiques des abords de la mer Morte, d'autres sectes et tout autant de mouvements d'opinion sur l'irruption imminente de Dieu voient le jour. Il y a les adeptes du mandéisme (ceux qui savent), partis loin de Jérusalem et qui enseignent une doctrine du salut qui se présente comme une révélation, une sorte de gnose. Les mandéens semblent se rattacher au mouvement des baptistes et s'ils se baignent dans l'Euphrate, ils feignent de recevoir leur baptême dans le Jourdain lui-même, le fleuve dont le franchissement ouvre la porte de la Terre promise. Il y a aussi, sans qu'aujourd'hui on sache vraiment ce que théorisaient ces sectes, mais dont on est sûr qu'elles se regardaient toutes comme juives et qu'elles se recrutaient parmi les Juifs : les génistes, les méristes, les galiléens, les hassidéens, les masbothéens, les hémérobaptistes (baigneurs de l'aube), les osséniens, les hérodiens, les sabnéens, les gorthéniens. Il y a aussi les banayim, érudits qui veulent reconstruire une ville idéale dans le désert et manient la pelle et la hache. Il y a les hypsistériens, fidèles à la Loi au Iᵉʳ siècle mais qui, séparés physiquement et théologiquement de Jérusalem, élaborent à partir de Yahweh un dieu qu'ils appellent Theos Hupsistos Pantokrator (Dieu Suprême Tout-Puissant) et qui vont migrer tout le long du Bosphore où, s'ils restent fidèles à la Torah, au shabbat et aux prescriptions alimentaires, se mettent à vénérer la lumière, le feu, la Terre. Citons encore les magharites (gens des grottes), troglodytes mystiques qui confient à des cavernes les Livres et leurs écrits saints.

La « Nouvelle Alliance de Damas », de son côté, est composée de schismatiques qui se détournent du Temple. Néanmoins, ses membres restent attachés à la Loi et représentent une association de pieux légalistes qui interprètent la Torah à leur manière. Ils attendent un Messie qui sortira d'Aaron et d'Israël, donc qui ne sera ni davidien ni judéen. Un inspecteur juge tout prétendant à cette communauté. Le postulant, s'il est accepté, prête serment, renonce à la vie corrompue, et se soumet à la Loi de Moïse. Il verse une cotisation annuelle à la caisse commune qui pourvoit aux œuvres de bienfaisance et aux dépenses d'intérêt commun. L'Alliance de Damas comprend des prêtres, des lévites, des membres laïques et des prosélytes. Tous proclament un désir de plus grande justice, c'est-à-dire d'une volonté d'observance plus stricte de la Loi, par quoi ses adhérents se distinguent du commun des Juifs qu'ils jugent laxistes. Ces sectaires ont donc fait avec Dieu une nouvelle alliance par l'intermédiaire d'un législateur ou prédicateur de la justice qu'ils appellent aussi l'Étoile.

À Jérusalem, deux grands mouvements se partagent la majorité du peuple élu : les sadducéens tout d'abord, très conservateurs, opposés à toute interprétation de la Loi, refusant de considérer les écrits des prophètes comme des canons de la Bible, réfractaires à l'idée de résurrection des morts. Réunissant avant tout les anciens, ils représentent en fait l'aristocratie des familles sacerdotales et les grands prêtres qui dirigent le Temple et veillent à la stricte observance de la Torah. Ce sont les sadducéens qui se partagent l'impôt versé au Temple, une fortune colossale évaluée à vingt tonnes d'argent fin par an et qui siègent au Sanhédrin *, sous l'autorité du procurateur romain. C'est avant tout pour préserver le Temple, cœur d'Israël, et son activité cultuelle, qu'ils collaborent avec l'envahisseur. Les pharisiens, pour leur part, ne quittent ni Jérusalem ni le pays. Proches du peuple des artisans et des agriculteurs, ils sont peu à peu considérés par lui comme ses véritables chefs spirituels et, de fait, ils constituent l'essentiel de ses dirigeants religieux laïques. Tandis que les luttes continuent à Jérusalem pour le contrôle du Temple et du sacerdoce suprême, luttes auxquelles ils participent parfois, ils gardent le contrôle de l'enseignement de la Torah. Pour ce faire, ils ont de leur côté la majorité des scribes (les *soferim*) qui, dès la fin de l'exil de Babylone et avant que le mouvement des pharisiens se constitue, expliquaient au peuple le texte biblique et la tradition orale. Les scribes se récla-

* Le Sanhédrin était composé de soixante-dix-sept juges. Il se réunissait dans le Temple, dans la salle de la Pierre taillée ou *Lishkat ha-Gazit*. Il légiférait dans tous les domaines — judiciaire, législatif et administratif. (Voir aussi *infra*, note p.56.)

maient d'un maître entre tous, Esdras, le scribe par excellence — qui, en ramenant les Juifs de Babylone en Judée, initie leur âge d'or, celui-ci s'achevant avec Simon le Juste, dernier survivant des « Hommes de la Grande Assemblée * ». Les scribes comptent les lettres de la Bible (d'où leur nom, de l'hébreu *sofer*). Leur mission primordiale consiste à transmettre absolument intact et dans son intégralité le texte biblique aux générations futures. Être scribe, c'est être lettré. Il faut connaître par cœur les règles d'observance de toutes les lois liées à la confection de ces textes sacrés tout en maniant avec un art consommé le stylet de bambou. Les scribes se baignent rituellement plusieurs fois par jour pour être purs au contact des textes et chassent, chaque fois qu'ils ont à écrire le nom de Dieu ou à le prononcer, toute pensée étrangère à leur tâche.

Quant aux pharisiens, ils interprètent la loi juive et arbitrent les conflits internes à la communauté. Tout en enseignant la Loi, ils mettent peu à peu en œuvre le vaste corpus de la nouvelle législation. À la différence des sadducéens, membres de la haute aristocratie juive, longtemps pourvoyeurs des familles de grands prêtres, qui se replient autour de

* Selon le premier paragraphe du traité *Avot* de la *Michnah*, la Torah, c'est-à-dire la Loi orale, s'est transmise directement des prophètes aux « Hommes de la Grande Assemblée » qui se tenait à Jérusalem pendant la domination perse. En 444, Esdras et Néhémie ont convoqué ces hommes pour ratifier avec eux une convention. Cette assemblée comprenait les 83 chefs de la communauté, les prophètes, les prêtres, les lévites et les Israélites. Cette convention prévoyait, entre autres décisions théologiques et liturgiques, que les scribes siégeraient à la Grande Assemblée. D'après de nombreux historiens, cette institution serait l'ancêtre du Sanhédrin.

l'institution du Temple et n'acceptent que la loi écrite, les pharisiens créent et ouvrent des académies d'études religieuses. Là, loin d'une application sèche et minutieuse de la loi, les points de vue sont longuement discutés et soupesés, une loi orale est créée à partir de ces études dirigées par des maîtres — les rabbis. Là, ils réaffirment des principes fondamentaux tels que le libre arbitre humain (que réfutent les esséniens), la croyance essentielle en la vie éternelle, en la résurrection et au Messie (que nient les sadducéens). Dans leur enseignement dispensé au peuple qu'ils veulent entraîner sur la voie de la sainteté, les pharisiens et leurs scribes ne cessent jamais d'attribuer la responsabilité des malheurs durables d'Israël aux pécheurs. Nul bonheur sans conversion à Dieu. Nulle conversion sans repentir. Il faut expier ses fautes. C'est un mot d'ordre qui est répété et martelé chaque jour de chaque année, chaque décennie. Irréductibles dans leur hostilité aux maîtres étrangers, les pharisiens écoutent d'une oreille favorable toutes les doctrines nationalistes, pour peu qu'elles affichent un respect intégral de leur religion. En fait, les pharisiens envisagent l'indépendance politique du pays certes comme un simple moyen, mais comme le meilleur des moyens de parvenir à leur idéal de piétisme. S'ils n'encouragent pas la révolte, ils ne la découragent pas non plus.

Ainsi, au fur et à mesure que les sectes se multiplient, et que les tensions à l'intérieur d'Israël entre les pieux (*hassidim*) et la cour s'intensifient, une nervosité palpable, une électricité explosive irradient le climat religieux du pays dans les siècles qui précèdent la naissance de Jésus. Israël ressemble à une chaudière chauffée à blanc. Le moindre signe du ciel, un simple orage, une rumeur les enflamment tous, et les affolent à la mesure de la déliquescence du pouvoir. Plus celui-ci se vautre dans le séculier, plus les fidèles se raidissent sur une orthodoxie pure et dure née du rejet de tout ce qui n'est pas considéré comme le véritable Israël : les Juifs qui ont choisi de rester à Babylone, ceux qui ont adopté tout ou partie de la culture hellénistique, les Samaritains, la diaspora d'Égypte et encore les grands prêtres qui se sont gravement compromis avec les souverains étrangers *. Rapidement, l'idée que la restauration du Royaume de Dieu ne peut plus passer par les Hasmonéens s'enracine dans les esprits. C'est dans ce mouvement de renoncement à cet idéal monarchique que l'idée du Messie commence à s'instiller dans les prières et les attentes, à enfler dans les discours. Un messie, oui, un envoyé du Seigneur, comme l'ont annoncé les prophètes, viendrait inaugurer le temps de Yahweh. L'idée séduit d'abord dans les campagnes. Là, l'urgence de sa venue réunit toute la population des humbles, persuadés qu'Israël, comme le proclament les prophètes, vient d'entrer dans le grand combat final de son histoire, dans la

* Une bibliothèque proprement juive, imprégnée d'esprit « babylonien » et de nationalisme judéen, s'est formée sous le patronage de Néhémie au sortir de la crise maccabéenne aux alentours du milieu du IIe siècle avant J.-C. Outre le Pentateuque commun, elle comprend des textes qui réinterprètent l'histoire israélite ancienne en la centrant sur la Judée, et des textes prophétiques qui valorisent les Juifs de l'Exil. Ces textes présentent un fort lien culturel avec le judaïsme babylonien : leurs auteurs font partie d'un groupe de Juifs dans la mouvance d'Esdras et Néhémie (les réformateurs du retour de Babylone) qui se considèrent comme le véritable Israël.

« fin des temps ». Elle gagne les pharisiens, qui l'étudient au travers des textes, et finissent par l'adopter. Mais elle est repoussée par les sadducéens. C'est une divergence supplémentaire entre les deux classes dirigeantes qui sont entrées dans une lutte ouverte.

À Jérusalem, le roi Hyrcan a d'autres urgences à résoudre, et notamment la réprobation de plus en plus forte que la rue exprime contre lui. Loin de renoncer à ce qui gêne dans son mode de gouvernement, Hyrcan préfère se préoccuper de ses frontières et asseoir le pouvoir séculier du royaume. Il flatte les pharisiens, dont il est un disciple, parce qu'ils entretiennent d'étroits contacts avec ce peuple qui lui est hostile — les sadducéens ne fraient jamais avec le commun des mortels. En même temps, il s'en méfie : les pharisiens ne sont-ils pas ceux qui fomentent des complots, attisent le mécontentement pour obtenir davantage de pouvoirs ? C'est ce que les sadducéens affirment dans les arcanes du palais. Le roi veut savoir. Une rumeur insistante lui en donne l'occasion. Dans le peuple, on le dit maintenant fils d'un esclave. La diffamation, au-delà de son caractère injurieux, n'est pas, politiquement, anodine. Le descendant d'un esclave ne peut pas accéder au sacerdoce et s'il l'exerce malgré tout, le Temple en est souillé : voilà, de nouveau, le spectre du courroux divin qui se profile, et les portes du Royaume qui se ferment. Hyrcan veut démentir la rumeur et, tout d'abord, en découvrir l'origine. Les sadducéens, opposés aux pharisiens et bien décidés à obtenir du roi un contrôle absolu du Temple, lui murmurent que la diffamation a été lancée par les pharisiens eux-mêmes, ces pharisiens auxquels Hyrcan a confié beaucoup trop de pouvoirs dans la gestion du Temple et du trésor.

Hyrcan organise alors un banquet pour toute la cour[2]. Pendant le dîner, le roi demande aux pharisiens d'exprimer à haute voix leurs critiques et leurs doléances. Les pharisiens, conscients des enjeux de pouvoir et du piège tendu, évitent le débat et font l'éloge du prince. La querelle semble évitée mais il y a, parmi les hôtes, un certain Éléazar. L'individu n'est ni pharisien ni sadducéen et il relance le débat. Oui, prétend-il, le peuple est mécontent, anxieux de savoir le sacerdoce dans des mains illégitimes. Le roi, suggère-t-il, ne devrait-il pas démissionner de sa charge sacerdotale puisqu'il est de naissance douteuse, comme le prétend la foule ? Comme un seul homme, les pharisiens se lèvent pour protester, condamner les propos d'Éléazar et préciser que cet homme n'est pas des leurs. Mais l'insulte est cuisante et le roi, fou de rage, quitte le banquet. L'occasion est magnifique pour les sadducéens. L'un d'eux, Jonathan, souffle à l'oreille d'Hyrcan que certes, Éléazar n'est pas un pharisien, mais il a parlé à leur instigation, sur leur ordre. Si le roi en doute, il existe un moyen irréfutable de connaître la vérité. Que le roi demande aux pharisiens par quel châtiment ils puniraient la calomnie d'Éléazar. Pour Hyrcan, un seul châtiment peut laver le double crime de blasphème et de lèse-majesté : la mort. Jonathan n'ignore pas la clémence légendaire des pharisiens. Il a vu juste. Sans flairer le piège, les pharisiens suggèrent qu'Éléazar soit simplement flagellé et mis aux chaînes. Leur clémence confirme les accusations de Jonathan. Hyrcan, convaincu, bannit les pharisiens de son conseil puis rejoint le parti des sadducéens auxquels il confie le contrôle du Temple et le pouvoir.

Les pharisiens entrent alors dans une opposition ouverte et radicale. C'est ce qui pouvait arriver de pire à la dynastie hasmonéenne. Nul doute que dans leurs écoles, dans les assemblées de prières, ils attisent désormais les mécontentements ou les nourrissent. Ils sont le ferment de la révolte, et tisonnent le feu qui couve d'un souffle puissant, celui de la mortelle vexation qu'ils ont subie en étant chassés du pouvoir. Lorsque Hyrcan décède, en 104, Juda Aristobule Ier prend la succession de son père, puis un plus tard à peine, il se fait remplacer par son frère, Alexandre Jannée. Ce dernier rêve d'un destin à la mesure de celui d'Alexandre et d'ailleurs, il porte l'Empire hasmonéen à son apogée. Il se rend maître de toute la côte méditerranéenne depuis le Carmel jusqu'au seuil de l'Égypte, guerroie contre les nabatéens pour étendre son pouvoir vers le sud-est. Surtout, il voue un culte à la culture grecque et au pouvoir du chef, installe des idoles dans la Ville sainte. L'hostilité des pharisiens éclate au grand jour. Ils incitent le peuple à se soulever contre ce monarque indigne, inique et blasphémateur. Ce que le roi Hyrcan redoutait a lieu : les milieux populaires se révoltent.

En 95, Alexandre Jannée est conspué par la foule alors qu'il officie lors de la fête des Tabernacles.

En 93, à la suite d'un revers passager que lui infligent les nabatéens, une véritable insurrection éclate à Jérusalem. Les pharisiens révoltés reçoivent l'appui de l'un des derniers rois séleucides, Démétrius III. Un moment ébranlé, Alexandre Jannée se ressaisit et répond par la terreur. Soutenu par les sadducéens, entouré de ses mercenaires étrangers, il rentre à Jérusalem et fait crucifier huit cents prisonniers judéens après qu'il a égorgé leurs femmes et leurs enfants devant eux. Les pharisiens sont pourchassés et mis à mort. Le pays frôle la guerre civile et désormais, la situation est partout insurrectionnelle. Si par la force de l'épée tout, apparemment, rentre dans l'ordre, on sent qu'il suffit d'un rien, d'une étincelle, d'un mot de travers, d'une rumeur, et surtout d'un meneur pour que la Palestine tout entière s'embrase.

Le fils d'Alexandre Jannée, Hyrcan II, comprend qu'il faut de toute urgence apaiser les esprits, adoucir les relations entre le peuple et le pouvoir, entre les différents partis du judaïsme, entre lui et eux. Lorsque son père meurt, il décide d'abandonner à Salomé-Alexandra, la veuve de Jannée, le pouvoir séculier (comme l'usage en était connu dans les monarchies hellénistiques), tandis qu'il choisit de contrôler le Temple et de n'hériter que de la fonction sacerdotale. Ce faisant, Hyrcan II exauce l'une des revendications des pharisiens, celle de la séparation des pouvoirs. Salomé-Alexandra, quant à elle, apaise la colère du peuple par sa piété, et rappelle au pouvoir les pharisiens, auxquels elle confie de nombreuses charges. Son règne (76-69) apporte une certaine paix et une relative harmonie au pays, mais il est, hélas, de courte durée : sept ans à peine auxquels la maladie met un point final comme elle met un terme brusque à cette parenthèse d'accalmie.

En effet, puisque Hyrcan II, qui a choisi d'être grand prêtre, a renoncé à régner, son frère, Aristobule II, brigue la couronne désormais vacante. Les deux frères entrent en lutte ouverte, alternant, à la faveur des victoires de leurs clans respectifs, à la tête du Temple et à celle du royaume. Le pays entre alors dans une période de déchirements et de guerre civile entre les saduccéens, résolument aux côtés d'Aristobule II qui tout ensemble finit par reprendre la couronne et le sacerdoce, et les pharisiens, qui se rangent derrière celui qui leur semble le plus légitime, Hyrcan II, et rêvent d'assouvir leur vengeance contre les sadducéens.

Sentant ce dernier affaibli, les partisans d'Hyrcan II en appellent alors aux Romains qui bondissent sur l'occasion. La Palestine, cette ancienne possession des Grecs à qui ils ont pris l'ensemble de leur empire, les intéresse au plus haut point, d'autant qu'ils viennent de conquérir la Syrie. Le royaume des Juifs occupe une position stratégique qui en a toujours fait une proie pour les envahisseurs. Rome envoie alors son meilleur général, Cnaeus Pompeius, dit le Grand Pompée, au prétexte de rétablir la paix. En 63, Pompée franchit avec ses légions les portes de Jérusalem, s'empare d'Aristobule II qu'il envoie en captivité à Rome mais, au lieu de rasseoir Hyrcan II sur le trône, il fait abattre les remparts de la ville et colonise la Palestine qu'il adjoint à la Syrie, désormais romaine.

Les cohortes romaines règnent désormais sur l'ancien royaume de Salomon. Elles se sont emparées sans peine de cette étroite bande de terre qui s'étend le long du Jourdain et de la mer Morte, constituée au nord de la Galilée dont les terres fertiles sont baignées par le lac de Génésareth, au sud par la Samarie *, honnie par les Juifs de Jérusalem et, plus au sud encore, par l'aride Judée où trône Jérusalem. Pour briser toute possibilité de rébellion, Pompée démantèle l'ancien royaume. Il soustrait la Samarie au contrôle de la Judée, ainsi que les villes de la côte et tous les territoires de la Transjordanie. La Judée, tributaire de Rome, est réduite à ses districts ruraux.

Si Pompée est parvenu à mettre un terme à la guerre de succession, il n'a pas éteint l'esprit de révolte qui couve dans la population. Bien au contraire. La présence des cohortes romaines en terre sainte semble une insulte supplémentaire aux Juifs, et une menace pour tous ceux qui se préparent à entrer dans le Royaume de Dieu. De plus, encouragées par les offensives des Parthes contre l'Empire romain dès lors occupé à batailler ailleurs, les luttes intestines ont repris. C'est le moment rêvé

* Les Samaritains descendent des Juifs du royaume du Nord, auxquels se sont mêlés les colons assyriens installés sur ces terres après la première destruction du Temple par Nabuchodonosor. Ils sont considérés comme non juifs par ceux de Jérusalem à cause de ce métissage, et parce que, au retour de l'exil de Babylone, les Juifs qui ont refusé d'abandonner leurs épouses et leurs enfants babyloniens se sont vu interdire toute possibilité d'aider à reconstruire le Temple à Jérusalem. Ils ont alors choisi de s'installer en Samarie où ils ont construit leur propre temple, sur leur mont sacré, Garizim. Les Judéens leur ont alors interdit tout mariage avec les Juifs de Jérusalem. Il s'est ensuivi un schisme important. Les Samaritains observent le Pentateuque mais rejettent les autres livres de la Bible et toute la loi orale.

pour tous les opportunistes. Antipater, politicien rusé, ministre d'Hyrcan II, originaire d'Idumée, décide de prendre le pouvoir, de proposer une collaboration avantageuse aux Romains et d'asseoir son fils Hérode sur le trône. À force de complots, il y parvient et, en 40, Hérode est sacré roi de Judée par le Sénat de Rome. Son premier souci est de tranquilliser les Romains et de leur apporter les preuves de son allégeance : il écrase toute opposition possible à son pouvoir et à celui de l'empereur. Il exécute Hyrcan II, qui occupe toujours le sacerdoce de grand prêtre, massacre tous les membres du Sanhédrin *, composé essentiellement de sadducéens, et un peu plus tard, fait assassiner le petit-fils d'Hyrcan II dont la popularité l'inquiète.

En quelques années, Hérode a soumis le peuple. L'aristocratie de Jérusalem, terrorisée par ses meurtres, ne bronche plus. Les grands prêtres qu'il nomme parmi des Juifs de la diaspora réquisitionnés à Babylone ou en Égypte sont à sa solde. Les descendants des Hasmonéens, derniers monarques quelque peu légitimes, sont tous assassinés, jusqu'à Mariamme qu'il a pourtant épousée et qu'il finit par exécuter. En autocrate impitoyable, Hérode appuie son pouvoir sur l'autorité romaine. S'il s'emploie à la construction de routes, de ports et

* La puissance sacerdotale juive a pour organe le Grand Conseil, ou Sanhédrin, qui siège à Jérusalem. Le Sanhédrin était le domaine propre de l'aristocratie sacerdotale : elle y prévaut, mais ne le compose pas tout entier parce qu'il doit comprendre un certain nombre de laïcs et aussi parce qu'il lui faut tenir compte de l'autorité croissante des docteurs de la Loi, les scribes. Le Sanhédrin de l'époque romaine est un mélange de deux facteurs : la noblesse sacerdotale sadducéenne et les docteurs pharisiens. La *Michnah* indique que le conseil devait compter 70 ou 71 membres, conformément aux Nombres (Nb 11,16).

de villes nouvelles (comme Césarée), et à moderniser le pays, s'il se lance dans la reconstruction pharaonique du Temple, il réduit les écoles religieuses à leur plus simple expression et ne tolère plus sadducéens et pharisiens que comme de simples associations. Hérode jouit ainsi d'un grand, riche et puissant royaume grâce à la confiance d'Octave Auguste, mais il est profondément haï par la population. Et cette haine ne fait que croître lorsque, à sa mort, en l'an 4 avant J.-C., la Palestine est de nouveau partagée entre ses deux héritiers : Archélaos en Judée et Hérode Antipas en Galilée. L'incompétence du premier oblige les Romains à le déposer au bout de deux ans de règne — un préfet romain gouverne désormais avec l'appui du grand prêtre qui sera désigné directement par le Sénat. La vigilante soumission du second le fera désigner comme tétrarque par Rome, qui décide que c'en est fini des rois locaux et des guerres de succession, particulièrement dans cette région où le peuple reste hermétique aux honneurs et aux colifichets qui, d'ordinaire, agrègent si bien les populations conquises à la *Pax romana*.

En Judée, sans doute la région la plus insurrectionnelle, Rome impose strictement sa domination. Le procurateur nomme désormais tous les chefs locaux, tant civils que religieux, et possède toute autorité sur eux. Il désigne le grand prêtre, et il peut aussi, s'il le juge nécessaire, le destituer. Il tient enfermés, dans la tour Antonia, les ornements sacerdotaux des grandes cérémonies, et ne les remet aux prêtres que pour la fête qui les réclame.

Il a le pouvoir absolu de vie et de mort sur toute personne de la province qui n'a pas la citoyenneté romaine. Il agit donc comme surveillant et tuteur du culte juif. Mais sa grande affaire, c'est encore d'assurer la perception des impôts * et le maintien de la sécurité publique. Très vite, les procurateurs vont comprendre combien cette double tâche, la dernière surtout, est difficile face à ces Judéens, ombrageux, susceptibles, prompts à s'émouvoir au moindre incident, à la plus simple vétille. D'autant que, la plupart du temps, mal informés des scrupuleuses règles du culte, les Romains ne comprennent pas la gravité de leurs actes.

À Rome, la réputation des Juifs est désastreuse, et se voir désigner pour cette gouvernance est interprété comme une punition. Elle se fonde sur l'idée, qui n'a cessé de se répandre dans toute l'Antiquité, que le peuple juif est un peuple de lépreux et de parias, rendus encore plus dangereux depuis que quelques siècles auparavant, Pharaon les a chassés de ses terres. Le livre d'Esther (Est 3,8) exprime très bien l'opinion qui prévaut en rappelant ce qu'Haman, le favori du roi perse Artaxerxès, conseille au monarque : « Il y a une nation dispersée au milieu

* La charge fiscale était lourde et, pour les Juifs, l'obligation de la supporter en patience, sous le regard et la contrainte des *goyim*, demeurait très pénible. Pour l'impôt principal, les obligations fiscales des Juifs tenaient en deux prélèvements, l'un foncier (*tributum capitis*), l'autre personnel, dû par les filles à partir de douze ans et par les garçons à partir de quatorze ; les vieillards seuls en étaient dispensés. Mais l'accessoire représentait encore des obligations de poids : taxes sur le revenu, sur le bétail, et nombre d'impôts indirects à l'importation et à l'exportation, octrois, péages de ports, de ponts et de marchés. La collecte des taxes directes était remise aux mains de fonctionnaires romains, mais celle des taxes indirectes était affermée et donnait lieu, en Judée, aux excès que ce système d'exploitation entraîne toujours. C'est pourquoi les publicains avaient si mauvaise réputation dans le pays. Leur nom équivalait à l'épithète de pécheur, de transgresseur de la Loi divine.

des nations dans tout ton royaume. Leurs lois sont fort différentes de celles de toutes les nations et ils ne tiennent pas compte des lois royales. Le roi n'a pas intérêt à les laisser tranquilles. S'il plaît au roi, qu'il décide de les anéantir[3]. » À Rome, on raille les interdits alimentaires des Juifs, on s'horrifie de la circoncision qu'on assimile à une castration ; on condamne le refus implacable des Juifs de toute autre divinité que la leur, qu'on taxe d'athéisme puisqu'il exclut les dieux de la Cité, garants de l'ordre, de l'intégration sociale et des règles sacro-saintes de l'hospitalité.

En Judée, même prévenu et sur ses gardes, le procurateur demeure inquiet au milieu de cette population si singulière pour lui. Et le danger d'un soulèvement lui semble d'autant plus à craindre qu'il ne dispose pour y parer que de peu de troupes — une aile de cavalerie et cinq cohortes d'infanterie, soit environ trois mille hommes recrutés surtout en Samarie, en Syrie, à Césarée, et à Sébaste. De surcroît, ses services de renseignement l'ont informé d'un mouvement de résistance résolu à la présence des Romains en terre d'Israël — les zélotes. Ces Juifs ne sont pas — du moins pas encore, ils prendront les armes lors de la grande révolte juive, en 66 de notre ère — des révolutionnaires armés. Mais ce sont des hommes vindicatifs, de fervents pratiquants, scrupuleux observants de la Loi mosaïque, et qui haranguent sans relâche leurs compatriotes pour qu'ils évitent d'entrer en contact avec les nations impures, immorales et idolâtres qui souillent Israël — en l'occurrence les Romains. Certains peuvent être des sicaires et avoir recours au meurtre mais la plupart se contentent d'inciter le peuple à ne frayer sous aucun prétexte avec l'occupant.

Aussi les autorités romaines multiplient-elles les précautions pour ménager la susceptibilité des Juifs. Le procurateur romain juge plus sage de résider à Césarée, la cité maritime qu'a édifiée Hérode le Grand en 19, sur l'emplacement de l'ancienne tour de Straton. Il ne se rend dans la Ville sainte que pour les occasions propices aux débordements populaires, ainsi lors des grandes fêtes religieuses qui rassemblent une foule de pèlerins à Jérusalem. Il n'y reste, avec ses troupes, que le temps des pèlerinages. Dans la pratique, le procurateur laisse au grand prêtre de Jérusalem, entouré de l'aristocratie sacerdotale et laïque, le contrôle des activités intérieures du pays, à la condition qu'en contrepartie le grand prêtre et son conseil assurent l'ordre et veillent à la collecte des impôts pour Rome. La petite monnaie dont se sert le peuple est frappée dans le pays. Elle porte le nom de l'empereur, mais pas son image. L'entrée des parvis sacrés du Temple est interdite à tout non-Juif, sous peine de mort. Les soldats mandatés à Jérusalem ont l'ordre de laisser leurs enseignes à Césarée. Malgré tout, les autorités romaines n'obtiennent du peuple juif aucun signe de soumission ni aucune reconnaissance. Pourquoi ce fanatisme, ce nationalisme exacerbé, alors que Rome les a libérés de princes autrement cruels et despotiques ?

En fait, Rome voue une détestation profonde à cette Palestine irréductible, à ces Juifs inassimilables, à leur culte incompréhensible et nourrit un désir secret : rayer ce pays de la surface de l'empire. En Galilée, Hérode Antipas, qui s'emploie à étouffer dans l'œuf tout mouvement de rébellion, tout ce qui peut représenter un début de trouble pour l'ordre public, redoute le pire.

Il parvient d'ailleurs assez bien, en despote rapide et implacable dans ses sanctions, à maintenir un semblant d'ordre. Aussi, dans les années 20 de notre ère, tel que l'atteste l'historien Tacite, le pays, sous haute surveillance, est relativement calme. La Galilée, surtout, plus poreuse aux influences extérieures, vit une période de paix relative. En Judée, province plus nerveuse, Caïphe a pris la charge de grand prêtre en l'an 18, sous l'autorité et le contrôle de son beau-père Hanne. En 26, Ponce Pilate investit le palais gouvernemental de Césarée. Il a désormais la Judée sous son autorité et s'entend sans trop de heurts avec Caïphe. Les pharisiens et les sadducéens se sont regroupés autour du Temple et ne bronchent pas.

Et puis, soudain, en Galilée où coule le Jourdain, fleuve symbolique du passage, fleuve rive de la Terre promise, surgit un certain Jean dit le Baptiste, qui prêche, immerge et surtout invective la foule.

« Voici l'homme »

En cette année 28 de notre ère, quinzième année du règne de Tibère César, Béthanie *, petit bourg qui permet de franchir le Jourdain, est depuis quelques jours très fréquenté. Ils sont des dizaines à arriver de tout le pays, avec la même impatience à le voir et le même désir d'être sauvés. Avant même que les inconnus de passage leur posent la question : « Où est Jean le baptiseur ? », les villageoises sorties pour puiser l'eau répondent d'un geste de la main. Elles désignent le sentier de mule qui file vers le fleuve. Lorsque les étrangers l'empruntent pour gagner la rive, il leur suffit de quelques pas pour entendre éructer la voix du baptiseur. C'est ce qui leur vient en premier de cet ascète dont la réputation s'est largement propagée en Judée et en Galilée. Sa voix. La « voix qui crie » comme dit Jean lui-même. Est-ce la voix qu'annonce le livre d'Isaïe ? Celle qui proclame : « Dans

* Béthanie est une variante de Beth-Bara, qui signifie « Lieu de gué ». Il ne faut pas confondre ce village avec le Béthanie, à trois kilomètres de Jérusalem, situé sur la route qui monte en serpentant de Jéricho à Jérusalem, où résident Marthe et Marie ; où Jésus ressuscitera Lazare.

le désert dégagez un chemin pour le Seigneur, nivelez dans la steppe une chaussée pour notre Dieu » (Is 40,3). Beaucoup le croient, qui sont venus recevoir, de ses mains, ce baptême qui signifie solennellement leur volonté de guérir de leurs péchés. À cette époque, nombreux sont ceux qui se livrent à des rites de purification par l'eau. Mais Jean pratique un seul baptême qu'il administre lui-même aux autres. Cette unique ablution est si originale, si chargée de symbole que la rumeur populaire a affublé Jean du surnom de « Baptiste ».

Jean est bien à la place indiquée par les femmes du village. Ils en sont heureux car ils auraient pu le manquer : Jean voyage beaucoup pour baptiser. Il va vers les foules. Hier encore, il était à Aïnon, près de Salim, « parce qu'il y avait là beaucoup d'eau et on y venait se faire immerger » (Jn 3,23). Il y retournera dans quelques semaines. Pour le moment, il est debout au milieu du fleuve qu'une piscine de roches claires a dompté, le visage tourné vers le ciel. Là, les eaux, apaisées, ne montent pas au-dessus de la ceinture. D'un côté, assis, sereins, le regard heureux et le visage calme, il y a les nouveaux baptisés. De l'autre, ceux qui se déshabillent et se préparent à l'immersion. L'aspect quelque peu effrayant de Jean ne les rebute pas. Écoutons Flavius Josèphe le décrire dans *La Guerre des Juifs :*

Il y avait un homme qui parcourait la Judée dans des vêtements étonnants, des poils de bête collés sur son corps aux endroits où il n'était pas couvert de ses poils, et de visage il était comme un sauvage. En abordant les Juifs, il les appelait à la liberté en disant : « Dieu m'a envoyé vous montrer la voie de la Loi, par laquelle vous serez sauvés d'avoir plusieurs maîtres et vous n'aurez plus de maître mortel, mais seulement le Très-Haut, qui m'a envoyé. » En entendant ces paroles, le peuple était heureux ; et toute la Judée le suivait, et les environs de Jérusalem [1].

Comme le précise encore Flavius Josèphe, Jean ne fait rien d'autre que les plonger dans le cours du Jourdain : « Et il les renvoyait en leur disant de cesser de faire le mal, qu'il leur donnerait un roi qui les libérerait et soumettrait tous les insoumis, et ne serait lui-même soumis à personne [2]. »

Que disait-on de Jean pour qu'il attire ainsi autant de disciples, et pour que sa renommée lui ait valu, dans les œuvres de Flavius Josèphe, un chapitre beaucoup plus important que celui consacré à Jésus ? On le disait prophète, mais prophète indépendant, libre de tout groupe de pression. Peut-être même est-il Élie, réapparu sur terre pour annoncer le Jugement dernier, comme il est dit dans les Écritures. Ou encore le Messie, ce Messie tant attendu, que les prophètes ont annoncé et dont la silhouette, floue, imprécise, hante les récits apocalyptiques de ce Ier siècle. Cette appellation contrôlée dans la Bible hébraïque n'a rien d'anodin. « Messie », du nom hébreu *messiah*, veut dire « oint, sacré par le Seigneur » et est traduit en grec par *Christos*. Est messie, dans la tradition juive, celui qui a reçu de Dieu l'onction le consacrant comme chef du peuple, libérateur de la nation élue, celui par qui Dieu accomplit la promesse faite aux anciens.

S'il était le Messie, Jean-Baptiste ne serait pas le premier candidat dans ces temps troublés. Des agitateurs qui se proclament messies fomentent des complots contre les légions romaines et soulèvent le peuple. Ces fauteurs de troubles dénoncés par les écrivains romains, et que Marc, dans son Évangile (13,22), déclare « faux prophètes », regroupent autour d'eux de véritables terroristes, et souvent justifient leur autorité en prétendant refaire les signes et les prodiges de Moïse ou de Josué. Parmi eux, Theudas, mentionné dans les Actes des Apôtres (5,36) et chez Flavius Josèphe : « Un imposteur du nom de Theudas persuada un grand nombre de gens de le suivre jusqu'au Jourdain ; il affirmait être le Prophète et prétendait qu'à son commandement les eaux du fleuve se fendraient[3]. » À l'instar de cet auteur, les Actes mentionnent aussi un prophète égyptien qui, du haut du mont des Oliviers, tel Josué, annonce l'écroulement des remparts de Jérusalem. Ces apparitions de « messies » sont nombreuses. Flavius Josèphe ne cesse d'évoquer les nouveaux prophètes et les messies, tel Judas le Galiléen qui, en l'an 6, s'allie au prêtre Sadoq pour commander une révolte contre les Romains, auxquels il jugeait honteux de verser un impôt quand Dieu était le seul maître des Juifs. Ses deux fils, Simon et Jacob, seront crucifiés en 45 pour s'être eux aussi insurgés, et son petit-fils, Menahem, donnera le signal de la première guerre juive contre Rome. Des leaders tels qu'Athrongès, Simon, Judas le Galiléen ou Menahem ont déclenché des troubles sérieux à l'occasion de la mort d'Hérode le Grand (4 avant J.-C.) ou lors de la déposition d'Archélaos (6 avant J.-C.). Issus du peuple, ces hommes se sont levés contre le pouvoir romain, entraînant à leur suite des militants en vue de restaurer le droit de Dieu sur la terre sainte, autour d'un mot d'ordre : rendre à Dieu sa royauté en instaurant un régime théocratique en Israël[4].

La notion n'est pas très ancienne. En effet, il n'existe qu'une seule allusion au Messie dans le bas judaïsme — « le sceptre n'échappera pas à Juda et le bâton de commandement d'entre ses genoux, jusqu'à la venue de son dominateur » (Gn 49,10), affirme le Pentateuque — mais les occurrences abondent dans la littérature apocalyptique dès le IIe siècle. Ainsi, une série de dix-huit psaumes attribués à Salomon et composés sans doute entre l'an 70 et l'an 45 annonce-t-elle sa venue. Ces chants expriment une violente hostilité à l'égard de la dynastie hasmonéenne; ils disent toute l'espérance en un roi, vrai descendant de David. Dans leurs versets s'élèvent toute la détresse du peuple de Dieu et la supplication pour l'avenir. L'auteur (anonyme) décrit ensuite l'épreuve présente que la domination impie d'un pouvoir étranger porte à son comble. Il demande que le Messie, dont le règne idéal rendra à Israël la fidélité et le bonheur, les en délivre. La supplication manifeste une double résistance spirituelle au pouvoir hasmonéen et au pouvoir romain. À cette époque, les Juifs n'imaginent pas le triomphe du Messie sans combats. N'a-t-il pas été écrit que « les rois de la Terre se lèvent, /Les princes conspirent contre le Seigneur et son messie » (Ps 2,2) ? Ce même psaume n'a-t-il pas prédit la victoire de ce Roi sauveur ? Aussi, en Judée, oublie-t-on qu'Isaïe, au milieu du VIe siècle avant J.-C., avait donné au Messie un tout autre visage, non pas celui d'un combattant, mais celui d'un messie doux et pacifique « qui sera persécuté, puis mis à mort en expiation des crimes d'autrui, avant d'être glorifié par Dieu » (Is 53). Cette image d'un messie souffrant, doux, n'est pas à la mode dans la Palestine du Ier siècle.

L'attente du Messie s'appuie sur de nombreux textes prophétiques. En 735 avant J.-C., Isaïe annonce au roi de Juda, Achaz, assiégé dans Jérusalem, la naissance d'un enfant, gage de la fidélité de Dieu, en ces termes : « Voici que la jeune fille est enceinte, et enfantera un fils » (Is 7,14). Ensuite, les prédictions se sont répétées, sous d'autres termes : « Un enfant nous est né, un fils nous est donné. On l'appelle Dieu-Fort, Prince de la Paix » (Is 9,5) ; « Un rejeton sort de la souche de Jessé, sur lui repose l'Esprit du Seigneur » (Is 11,1). Beaucoup d'autres prophètes affirment son existence future : « Il naîtra à Bethléem, dans la maison de David » (Mi 5) ; « Il enseignera par paraboles » (Ps 78,2) ; « Il montera à Jérusalem comme l'héritier de la royauté davidique » (Za 9,9) ; « Haï » (Ps 35,19 ; 69,5), « trahi » (Ps 41,10), « il sera mis à mort comme un malfaiteur » (Esd 53,22) ; « On partagera ses vêtements et on tirera au sort sa tunique » (Ps 22,19) ; « Il sera transpercé » (Za 12,10) ; « Dans la sépulture, son corps ne subira pas la corruption » (Ps 16,8) ; « Dieu l'a ressuscité » (Dt 18,15).

Des thèmes récurrents apparaissent dans l'ensemble des prophéties messianiques. Le prophète Élie doit le précéder pour préparer ses voies. L'arrivée du Messie provoquera la coalition des méchants, conduits par un chef terrible. Mais l'armée du mal sera vaincue par le Messie lui-même armé par Yahweh. La défaite des mauvais sera suivie de l'inauguration du bienheureux règne messianique. Le Messie trônera à Jérusalem; mais la cité sera renouvelée par une purification plus profonde. Elle sera peut-être même remplacée par une cité céleste descendue toute construite des cieux. En elle et autour d'elle habitera le peuple élu, enfin entièrement rassemblé.

Ce sera l'âge d'or qui durera au moins mille ans, et au terme duquel une splendide purification achèvera d'anéantir les éléments corruptibles. Alors, les morts ressusciteront pour le Jugement dernier qui établira un partage entre les hommes. Les bons recevront le privilège d'entrer avec les anges dans le séjour de Dieu, tandis que les réprouvés seront, avec les démons, précipités dans la géhenne. Chacun se représente le Messie comme son groupe, son éducation, sa synagogue le lui dépeignent. Le zélote l'imagine comme une sorte de Judas Maccabée glorifié. Le pharisien comme un chef juste régnant sur le peuple de Dieu délivré du joug des *goyim*. L'essénien comme un émissaire de Dieu, armé d'un pouvoir surhumain. Aucun ne l'imagine comme les dernières prophéties le décrivent : doux et sacrifié, un agneau de Dieu envoyé à la mort. Aussi, chaque inspiré qui se dresse, chaque révolté qui pousse son cri d'appel aux armes rencontre des fidèles tout disposés à reconnaître en lui celui qui doit venir. Mais comment le reconnaître ? Comment deviner qui sera véritablement cet envoyé providentiel de Dieu ? À quelle catégorie peut bien appartenir Jean-Baptiste ? Est-il, d'ailleurs, ce messie tant attendu ou bien un simple prophète ?

Jean le baptiseur mène une vie saine et ascétique. Longtemps, il a marché dans le désert où il a vécu, comme un *nazir* (mais il n'en était pas un), sorte de *sâdhu* juif né dans la secte des esséniens : les *nazirs* ne boivent aucun alcool, ne se rasent pas la tête, ne s'approchent jamais des cadavres pour se garder de toute impureté. Jean se nourrit, selon certains, de racines et de copeaux de bois, selon d'autres, de sauterelles et de miel. Le jour de ses trente ans, raconte-t-on, Dieu lui a parlé. Il lui a demandé d'être cette « voix qui crie » et Jean a obéi avec d'autant plus de soumission qu'il était préparé, depuis sa tendre enfance, à servir le Seigneur, puisqu'il est le fils unique du prêtre Zacharie. Pour certains, la famille de Jean appartient à la branche des prêtres salocides, qui s'inspirent de Sadoq, le grand prêtre de David et de Salomon, et ces prêtres ont choisi de s'écarter des mondanités des sadducéens. Aussi la rigueur de leur observance a-t-elle pétri Jean d'absolu. Dès qu'il entend l'ordre du Seigneur, et contrairement à l'obligation qui est faite à tout fils unique d'un prêtre de se marier et de procréer pour continuer la lignée sacerdotale, Jean part pour le désert. Il fallait que cet ordre fût impérieux car ces manquements représentaient un véritable scandale pour les Juifs religieux — et qui est plus religieux que Jean ? Renoncer au mariage, c'est à la fois manquer à son devoir premier de mettre des fils au monde, et à son devoir sacré de perpétuer la lignée des prêtres de Jérusalem.

Comme nombre de ses contemporains, Jean prédit la venue du Royaume de Dieu. « Déjà la cognée est à la racine des arbres. Tout arbre donc qui ne fait pas de beaux fruits est coupé et jeté au feu », prédit-il (Lc 3,9). Au contraire des esséniens qui se pensent les seuls élus à pouvoir échapper à la géhenne, Jean veut convertir ses coreligionnaires. Il va prêcher jusque sur le parvis du Temple, à Jérusalem. Ses propos sont si vifs, qu'il est emmené devant le conseil, où siège Hérode Archélaos avec les docteurs de la Loi :

Et on lui demanda qui il était et où il avait été jusqu'alors. Il répondit en disant : « Je suis l'homme que l'esprit de Dieu m'a assigné d'être, me nourrissant de roseaux, de racines et de copeaux de bois. » Comme ils menaçaient de le torturer s'il ne cessait ses paroles et ses actes, il dit : « C'est vous qui devez cesser vos actes impurs et adhérer au Seigneur votre Dieu. » Alors, se levant avec fureur, un scribe, Simon, essénien d'origine *, dit : « Tous les jours, nous lisons la divine écriture, et toi, sorti aujourd'hui de la forêt comme une bête, tu oses nous faire la leçon et séduire le peuple avec tes paroles impies ? » Et il s'élança pour déchirer son corps. Mais lui, leur faisant reproche, dit : « Je ne vous découvrirai pas le mystère qui est parmi vous, puisque vous ne l'avez pas voulu. Ainsi est venue sur vous une perdition invincible, et par votre faute. » Ayant ainsi parlé, il s'en alla de l'autre côté du Jourdain **. Et sans que personne ose l'en empêcher, il continua d'agir comme avant[5].

Comme pour les esséniens ***, Jean s'écarte donc du sacerdoce du Temple dont il réprouve les mœurs, et il croit fermement à l'imminence de l'intervention divine dans l'histoire d'Israël. Qu'ils se hâtent vers le

* Tous les esséniens ne se sont pas retirés dans le désert. Hérode, qui les protégeait, selon Flavius Josèphe (*Antiquités judaïques*, XV, 10, 5), avait même nommé l'un d'entre eux, Menahem, à la tête du conseil des rabbins.

** Le Jourdain sépare la Judée de la Galilée. En passant sur l'autre rive, Jean échappe à la juridiction d'Archélaos.

*** Certains historiens ont émis l'hypothèse que Jean a pu être disciple des esséniens, voire l'un des enfants adoptés par eux pour être formés à Qumrân comme le relate Flavius Josèphe (*La Guerre des Juifs*, 2.8.2, §12). Ils appuient leur thèse sur la phrase de Luc : « Cependant l'enfant grandissait et son esprit se fortifiait. Et il demeurait dans les déserts jusqu'au jour de sa manifestation à Israël » (Lc 1,80).

baptême et vers la conversion, enjoint-il aux Juifs pieux. Dieu l'a envoyé pour les prévenir, il est encore temps pour eux car les ténèbres et des déluges de feu vont s'abattre d'un moment à l'autre.

Ce baptême est définitif et, pour peu que le baptisé expie vraiment ses péchés, adopte une conduite exemplaire dans un respect scrupuleux de la Loi, alors il sera pardonné, il sera régénéré et prêt à entrer dans le Royaume de Dieu. Nul besoin des sacrifices au Temple désormais, si une conversion intérieure s'opère vraiment. Mais gare à qui reste sourd à son annonce. Gare à qui s'imagine qu'être juif suffit pour être sauvé. « Faites donc des fruits dignes de la conversion et ne commencez pas à dire en vous-mêmes : nous avons Abraham pour père ; car je vous dis que Dieu peut de ces pierres susciter des enfants à Abraham » (Lc 3,8). Ni le lignage ni les sacrifices ne suffiront à préserver de la catastrophe. Seuls le repentir, la sainteté des actes personnels et le baptême de Jean, les trois associés, sauveront.

Le repentir. Le repentir, comme la foi, innerve le judaïsme et tout particulièrement, les discours religieux de ce Ier siècle. Nul pardon divin, si le peuple ne se repent pas ; le préalable est indispensable. En effet, le pardon « de la faute, la révolte et le péché » (Ex 34,6-8) est l'un des treize attributs divins que cite l'Exode*. Ce pardon est inhérent à l'Alliance

* Lors de l'*Amidah*, prière instituée après la première destruction du Temple par la Grande Assemblée, l'ancêtre du Sanhédrin, et que le fidèle doit dire trois fois par jour, Dieu est appelé « Celui qui pardonne abondamment ».

du Seigneur avec Moïse *. La propension au repentir est l'un des grands dons que Dieu accorde à l'individu. Se repentir, c'est retourner à Dieu, comme l'indique la racine du mot hébreu *techouvah* : *chouv*, retour. Depuis ce contrat fondateur entre Yahweh et Moïse, l'œuvre essentielle des prophètes est d'exhorter au repentir et au retour des voies de Dieu qu'autorise la divine miséricorde. Isaïe annonce : « J'ai dissipé comme un nuage tes transgressions, comme une nuée tes péchés. » Dieu insiste par la bouche d'Ézéchiel : « Dis-leur : Aussi vrai que je suis vivant, oracle d'Adonaï l'Éternel, je ne désire pas que le méchant meure, mais que le méchant se détourne de sa voie et qu'il vive » (Ez 33,11). Particulièrement à ce moment de l'histoire d'Israël, les rabbis rappellent combien Dieu lui-même a toujours ordonné à son peuple de se repentir. Dans les synagogues, ils ravivent les vertus de cet acte, rappellent qu'il conduit à la Rédemption **. Dans les jours sombres de son histoire, alors que catastrophes et calamités naturelles s'abattent sur lui, que l'envahisseur est ressenti comme une menace

* Rappelons les paroles de Dieu : « Le Seigneur, le Seigneur, Dieu Miséricordieux et bienveillant, lent à la colère, plein de fidélité et de loyauté, qui reste fidèle à des milliers de générations, qui supporte la faute, la révolte et le péché, mais sans rien laisser passer, qui poursuit la faute des pères chez les fils et les petits-fils sur trois ou quatre générations » (Ex 34,6-8). Dieu miséricordieux et bienveillant conclut alors une alliance, mais il pose ses conditions. Il va créer des merveilles ; il va réaliser une œuvre avec ce peuple, mais celui-ci se verra interdire, désormais, « de conclure une alliance avec les habitants du pays où tu vas monter, cela deviendrait un piège au milieu de toi ; mais leurs autels, vous les démolirez ; leurs stèles, vous les briserez ; les poteaux sacrés, vous les couperez » (Ex 34,12-14). À la suite, les obligations du peuple envers son Seigneur sont édictées ; les fautes, les révoltes et les péchés clairement indiqués.

** Dans la littérature prophétique et rabbinique, le terme de Rédemption qualifie la restauration nationale et la régénération, et un état ultime et idéal de l'univers.

pour la permanence de son existence ethnique, religieuse et culturelle, le peuple est enjoint d'examiner sa conscience et, par le jeûne et le repentir, de se convertir, de retourner à l'absolu de Dieu. Mais le jeûne et l'ablution ne suffisent pas à obtenir le pardon de Dieu. Il faut reconnaître son péché et réparer. Il faut le confesser face à Dieu, et à Dieu seul ; il faut faire acte de contrition, décider alors de sa conversion profonde, en prendre acte devant Dieu. Depuis les rives du Jourdain, Jean le Baptiste reprend cette tradition et cette prédication. Il souligne l'urgence de cette repentance. Il invective les voyageurs et, aux convertis, propose le baptême comme signe de la Nouvelle Alliance qu'ils viennent de contracter avec Dieu.

Jean n'a pas choisi ce fleuve par hasard. C'est en passant un gué du Jourdain, mille deux cents ans plus tôt, que le peuple hébreu est entré en Terre promise. Et le Jourdain s'est alors ouvert pour que le peuple, sous la conduite de Josué, foule enfin le sol de Canaan. C'est de la rive du Jourdain que le prophète Élie est monté au Ciel, d'où il redescendra annoncer la fin des Temps et la venue du Messie. « Voici que moi, je vous envoie le prophète Élie, avant que vienne le jour de l'Éternel, jour grand et terrible » (Mt 3,23). Élie qui, justement, lutta toute sa vie pour purifier la croyance dans le Dieu unique et contre l'hypocrisie religieuse.

« Engeance de vipères ! » hurle Jean en désignant les nouveaux venus qui se déshabillent maintenant pour recevoir le baptême. Et tous viennent. Et tous l'écoutent. Les militaires à qui il ordonne de ne plus brutaliser personne et de ne pas moucharder pour toucher l'argent de la délation. Les percepteurs à qui il ordonne de ne rien prélever de plus que ce qui est demandé et de ne pas chercher à s'enrichir personnellement. Et aux foules, il ordonne de donner sa deuxième tunique à celui qui n'en a pas et de partager son pain. « C'est en exhortant tant et plus qu'il évangélisait le peuple » (Lc 3,18). Outre le dédain dans lequel il tient le Temple, et les rites sacrificiels avec lui, outre un nouveau lien direct avec Dieu qui fait fi de l'entremise des prêtres et qu'il initie avec son baptême, Jean désigne les pécheurs : les scribes et les pharisiens qui se contentent de leur naissance pour se croire sauvés et se considérer à l'abri des foudres divines ; les adorateurs d'idoles ; et Hérode Antipas, tétrarque de Galilée, qu'il tient pour le parangon de l'avilissement, celui qui met Dieu en colère. Hérode ne symbolise-t-il pas le péché ? Il a construit des cités qu'il a dédiées aux césars romains. Il a épousé Hérodiade, la veuve de son frère, alors qu'elle avait déjà des fils de lui *. Il est donc coupable d'inceste et d'adultère.

Et on l'écoute. Un groupe de disciples important s'est formé autour de lui qui ne cesse de grandir. Son succès alerte les autorités. Hérode Antipas, le tétrarque, se souvient qu'il ne doit son pouvoir qu'au bon vouloir des Romains et à la condition de maintenir l'ordre en Galilée et en Idumée.

Et comme les Juifs ordinaires se rassemblaient autour de Jean et que leur excitation était à son comble quand ils écou-

* La loi dite du Lévirat exigeait qu'un frère épouse sa belle-sœur dès qu'elle était veuve, à la condition que son mari soit mort sans lui avoir fait de fils. Or Hérodiade avait quatre fils de son premier mariage, et au moins une fille, Salomé.

taient ses paroles, Hérode se mit à craindre que le grand pouvoir dont Jean faisait preuve pour persuader les gens aboutisse à une sédition, car ils semblaient prêts à le suivre en toutes ses directives. Hérode décida de faire disparaître Jean, en l'arrêtant préventivement, avant le déclenchement d'une révolte. Aussi Hérode jugea cette manière d'agir préférable, plutôt que d'attendre un changement de situation et d'en arriver alors à un état de crise qui lui ferait regretter d'avoir trop attendu pour prendre sa décision[6].

Que ce soit pour des raisons personnelles — l'adultère ou l'inceste — ou des raisons de maintien de l'ordre public, Jean est arrêté puis exécuté — certains accusent Hérodiade du crime, et d'avoir poussé Salomé, sa fille, à demander la tête de Jean-Baptiste contre une danse. Jean était si célèbre et si populaire, précise Flavius Josèphe, que ses disciples continuent à le vénérer bien après sa disparition, comme ce groupe parti pour Éphèse, du temps de Paul, et qui se réclame encore de son baptême (voir Actes des Apôtres 19,3). D'ailleurs, lorsque quelques années après son exécution l'armée d'Hérode Antipas essuie un cruel revers contre les troupes du roi nabatéen Arestas IV, ses nombreux disciples grondent : Dieu vient de venger Jean. Dorénavant, Sa colère va s'abattre sur tout le peuple.

Et enfin le voici.

Il apparaît pour la première fois aux hommes, seul, marchant sur le chemin poudré de terre rouge et de poussière. Il vient de surgir sur la ligne d'horizon et sa longue silhouette semble danser dans les vapeurs de chaleur. Jean, debout dans le cours du Jourdain, s'est immobilisé. L'eau, qu'il portait en coupe dans ses mains pour ondoyer la tête d'un des pécheurs fraîchement arrivés, s'écoule entre ses doigts.

Jésus s'avance d'un pas sûr. Il semble flotter au-dessus de la terre. Sa tunique de lin est rayée et frangée comme celle de tous les pharisiens *. D'ailleurs, il est vêtu comme eux, coiffé comme eux : la raie au milieu, la barbe, des sandales aux pieds et, sur les épaules, le *couffieh*, cette bande de tissu dans laquelle il est bon de s'envelopper quand le vent fraîchit, et dont il est sain de se couvrir la tête lorsque le soleil au zénith brûle jusqu'aux ombres. Une ceinture permet de relever la tunique pour dégager les jambes, en vue de la marche ou du travail, et elle sert de poches. Il a une trentaine d'années. Si l'on en croit Luc, il a exactement six mois de moins que Jean dont il serait le cousin. Souvenons-nous : Jean, pas encore né, a tressailli dans le ventre d'Élisabeth, sa mère, à l'approche de Marie tout juste enfantée par l'Esprit saint. Jean, déjà, avait reconnu le Seigneur en Jésus.

Les deux hommes sont maintenant l'un près de l'autre. Que disent les évangélistes des détails de cette rencontre décisive, si remarquable que tous la relatent en ouverture de leurs récits, si fondamentale qu'elle semble initier les débuts du ministère public de Jésus ? Matthieu évoque un face-à-face aussitôt complice. Jésus n'est pas arrivé par hasard à Béthanie. Il est spécialement venu de Galilée pour que Jean-Baptiste le baptise : « Alors, de Galilée, Jésus arrive au Jourdain près de Jean pour être

* L'hiver, les hommes portaient, par-dessus une longue tunique à manches, un manteau de laine garni de frange ou de houppettes conformément aux prescriptions du Deutéronome 22, 12.

immergé par lui » (Mt 3,13). Jean-Baptiste, de son côté, attendait et annonçait cette venue : « Celui qui vient derrière moi est plus fort que moi, je ne suis pas digne de porter ses chaussures ; lui vous immergera dans l'Esprit saint et le feu. Il a la pelle en main, il nettoiera son aire et il ramassera son blé dans la grange mais il brûlera la balle au feu inextinguible » (Mt 3,11-12). D'ailleurs, dès qu'il le voit, Jean reconnaît Jésus et, plein de déférence, il refuse de l'immerger : « Mais Jean l'empêchait : j'ai besoin d'être immergé par toi et c'est toi qui viens à moi ? » (Mt 3,14).

La voix du Baptiste s'est adoucie. Ce ne sont plus les cris et les invectives qui dominent la rumeur de l'eau. Ce n'est plus l'insulte, les admonestations, les « Engeance de vipères ! » jetés à la tête des pharisiens et des sadducéens qui se proposent à l'immersion, c'est d'un seul coup la douceur, l'humilité, l'amour, et la joie, sans doute. C'est le refus d'être l'officiant, et la demande d'être le baptisé. Quant à Jésus, il ne s'étonne pas de l'immédiate allégeance. « Laisse, pour l'instant ; il convient que nous remplissions ainsi toute justice » (Mt 3,15). Comme tout autre pécheur (mais il n'est pas un pécheur), Jésus va recevoir le baptême. C'est un homme qui s'immerge mais dès qu'il remonte des eaux, les cieux s'ouvrent. « Il vit l'Esprit de Dieu descendre comme une colombe et venir sur lui, et voilà que, des cieux, une voix dit : Celui-ci est mon fils, l'aimé dont je suis content » (Mt 3,16-17). C'est un homme qui est entré dans l'eau et grâce au baptême, par le baptême, c'est le fils qui surgit au soleil, les cheveux ruisselants de lumière. Qui voit la colombe ? Jésus, précise Matthieu, sans ajouter si le Baptiste ou quelqu'un parmi la foule a vu aussi, et entendu. Et puis Jésus s'en va aussitôt sans se retourner. Désormais, c'est l'Esprit qui mène ses pas.

Marc présente Jean-Baptiste comme Matthieu l'a fait : vêtu à la façon du prophète Élie, immergeant, proclamant à tout le pays de Judée et de Jérusalem : « Celui qui est plus fort que moi vient derrière moi, je ne suis pas digne de me baisser pour délier le lacet de ses chaussures ; moi je vous ai immergés d'eau, lui vous immergera d'Esprit saint » (Mc 1,7-8). Mais le second évangéliste cesse toute description détaillée. La suite est beaucoup plus elliptique. Jésus arrive *et* il reçoit le baptême de Jean. Il ne vient pas, comme avec Matthieu, *pour* recevoir ce baptême : « En ces jours-là, Jésus vint de Nazareth de Galilée et il fut immergé par Jean dans le Jourdain » (Mc 1,9). Et dès lors, que se passe-t-il entre les deux hommes ? Jean s'incline-t-il devant Jésus ? L'a-t-il même reconnu ? Ou bien l'immerge-t-il comme n'importe lequel des pèlerins venus se convertir et chercher la rémission des péchés ? Marc ne dévoile aucun détail de ce face-à-face. Nulle parole entre les deux hommes. Nulle réaction. Et même lorsque le ciel s'ouvre, Marc ne précise pas qui le voit s'ouvrir, qui entend parler Dieu en dehors de Jésus. Tout donne à croire que c'est Jésus, et Jésus seul qui voit et entend : « Aussitôt en remontant des eaux il vit les cieux se fendre et l'Esprit descendre vers lui comme une colombe. Et une voix vint des cieux : Tu es mon fils, l'aimé dont je suis content » (Mc 1,10-11). Qui d'autre voit et entend ? Jean-Baptiste ? La foule ? Nous n'en saurons rien. Avec Marc comme avec Matthieu, Jésus s'en va immédiatement. « Et aussitôt, l'Esprit le pousse au désert » (Mc 1,12).

Avec Luc, la rencontre n'a simplement pas lieu. En tout cas, elle n'a pas lieu sur le bord du Jourdain. Sous la plume de Luc, on voit bien Jean baptisant, Jean invectivant les foules, Jean annonçant l'imminence du Royaume de Dieu, Jean avertissant que déjà la cognée est à la racine de l'arbre mais jamais nous ne voyons Jésus surgir de Nazareth ou d'ailleurs. Bien sûr, au préalable, Luc a raconté dès les premières pages de son récit la conception miraculeuse de Jean — par l'entremise de Gabriel qui exauce Zacharie et Élisabeth, vieux couple stérile. D'après Luc, les parents de Jean, le prêtre Zacharie et sa femme Élisabeth, n'avaient pas d'enfant, et ils n'avaient aucun espoir d'en avoir un jour : Élisabeth était stérile et tous deux, d'un âge avancé. Or, un jour, alors que c'était son tour d'allumer l'encens au Temple, Zacharie vit un ange lui annoncer la prochaine maternité d'Élisabeth, enceinte d'un fils qui s'appellerait Jean et serait, dès le ventre de sa mère, rempli de l'Esprit saint. Cet enfant devait préparer le peuple à la venue du Seigneur. Comme Zacharie ne reconnaît pas l'ange Gabriel, celui-ci le frappe de mutisme — il en guérira quand son fils verra le jour et qu'il comprendra le prodige. Élisabeth, quelques jours plus tard, conçoit et découvre sa grossesse, si extravagante à son âge qu'elle la cache pendant cinq mois. Six mois plus tard, Marie, enceinte à son tour, et de façon encore plus merveilleuse, va visiter sa cousine Élisabeth, qu'elle salue du pas de la porte. Cette voix, l'enfant dans le ventre d'Élisabeth la reconnaît entre toutes. Il tressaille alors d'allégresse, si fortement qu'Élisabeth elle-même est remplie de l'Esprit saint; elle comprend l'Annonciation faite à Marie et la naissance prochaine du Seigneur. C'est Zacharie, nous apprend Luc, Zacharie, vieux et sceptique qui, ayant recouvré la parole, proclame alors, le jour de la circoncision de son fils : « Et toi, enfant, on t'appellera prophète du Très-Haut, car tu marcheras devant la face du Seigneur pour apprêter ses chemins » (Lc 1,76).

Mais ensuite, dans le cours du Jourdain, selon Luc, il ne se passe plus rien entre les deux hommes. Jean immerge, puis Hérode le jette en prison. Enfin — mais quand cela a-t-il lieu ? — « comme tout le peuple se faisait immerger et que Jésus, immergé lui aussi, priait, voilà que le ciel s'ouvrit, l'Esprit saint descendit sur lui sous un aspect corporel comme de colombe, et une voix vint du ciel : Tu es mon fils, l'aimé dont je suis content » (Lc 3,21-22). Est-ce Jean qui immerge le peuple ou, Jean étant déjà en prison, ses disciples le font-ils à sa place ? Ou bien Jean immergerait-il le peuple tandis que Jésus s'est immergé seul, de son côté ? Et qui voit, qui entend l'Esprit saint en forme de colombe hormis Jésus ? Nous n'en saurons pas plus sous la plume de Luc.

Et puis il y a l'Évangile de Jean. Jean est un évangéliste particulier. D'abord parce qu'il est l'un des douze apôtres du Christ, puis parce qu'il fut un disciple du Baptiste — et l'un des deux premiers à suivre le Christ après sa rencontre avec Jean-Baptiste. Ensuite, l'Évangile qu'il compose « forme, dans le Nouveau Testament, un univers à part. Sa certitude étonne, la foi y est plus que la foi [7] ». Jean le coléreux, l'ardent, le « Fils-du-tonnerre » comme l'appelle Jésus, Jean est pétri de foi et de certitude : mais aussi, il a vu Jésus, dont il a été le témoin privilégié puisqu'il était présent dans tous les moments de sa vie. « Jamais écriture n'eut à ce point conscience d'être une écriture sacrée, personne ne sut à ce point que le langage est Dieu chez Dieu [8]. » Bien qu'il ne se mette pas lui-même en scène, Jean a pu assister à la rencontre de Jésus et du Baptiste puisqu'il était un disciple de ce dernier. Écoutons-le : il est celui qui donne le plus de détails, même s'il est le plus mystique, le plus métaphorique, et le plus apocalyptique.

D'emblée, Jean attribue à chacun son rôle. Au commencement, Dieu est le Verbe, et le Verbe s'est fait chair. Ensuite apparaît le Baptiste, héraut de Dieu, délégué pour annoncer la venue de Jésus. « Il y eut un homme envoyé de Dieu, un nommé Jean. Il vint en témoin pour attester la lumière, pour que tous aient foi par lui. [...] Oui, la parole s'est faite chair, elle s'est abritée parmi nous et nous avons contemplé sa gloire, gloire que tient de son père un fils unique plein de grâce et de vérité » (Jn 1,6-7 ; 14). Puis l'évangéliste présente Jésus sans ambiguïté : Jésus est le Fils de Dieu : « Jean témoigne de lui, il crie : C'était de lui que je disais : Lui qui vient derrière moi me dépasse, car il était avant moi. [...] Personne n'a jamais vu Dieu, un dieu fils unique qui est dans le sein du Père l'a fait connaître » (Jn 1,15 ; 18).

Maintenant que nous savons qui est qui et qui fait quoi, Jean peut évoquer la rencontre entre les deux hommes. Rencontre élective : Jean-Baptiste attend Jésus depuis l'origine de son ministère et de ses prophéties. Il est là, sur terre, dans le désert ou dans le fleuve, essentiellement pour l'attendre et l'annoncer, pour préparer le peuple à sa venue. Aujourd'hui enfin, il le voit venir. Non seulement il le voit, mais il le *regarde* venir. Et quand il le voit, il reconnaît d'emblée celui dont il annonçait la venue, sans qu'il ait jamais su quels traits aurait cet homme, ni quel était son nom. C'est une révélation. Une théophanie. « Le lendemain, il regarde venir Jésus et il dit : Voici l'agneau de Dieu qui enlève le péché du monde *. C'est lui dont je disais : Derrière moi vient un homme qui me dépasse, car il était avant moi. Moi non plus je ne le connaissais pas, mais c'est pour qu'il se manifeste à Israël que je suis venu immerger dans l'eau. Et il attesta : J'ai vu l'Esprit descendre du ciel comme une colombe et demeurer sur lui » (Jn 1,29-32). Et l'évangéliste de répéter : « Moi non plus je ne le connaissais pas, mais celui qui m'a envoyé immerger dans l'eau m'a dit : Celui sur qui tu verras l'Esprit descendre et demeurer, c'est lui qui immerge dans l'Esprit saint. Et moi j'ai vu et j'atteste qu'il est le Fils de Dieu » (Jn 1,33-34).

Ainsi, selon l'évangéliste Jean, le Baptiste a reconnu l'« agneau de Dieu » en Jésus qu'il ne

* « Comme un agneau traîné à l'abattoir » (Is 53,7), telle est l'image choisie par le prophète Isaïe pour décrire le Serviteur de Dieu, le Messie qui doit venir. Et encore : « Comme une brebis devant ceux qui la tondent : elle est muette ; lui n'ouvre pas la bouche. » Tout ce passage d'Isaïe a été considéré comme le cinquième Évangile.

connaissait pas au préalable (en dépit des allégations de Luc à propos du cousinage supposé de Jésus et de Jean-Baptiste ?). Le Baptiste a clairement vu l'Esprit saint descendre sur Jésus, ce qui confirme sa révélation. Il l'atteste fermement. Mais, chose étrange, sous la plume de Jean l'Évangéliste, il n'est question d'aucun baptême de Jésus par Jean. Aucune indication de temps et de lieu n'accompagne l'apparition de l'Esprit en colombe. Cette colombe, seul Jean-Baptiste la voit. Et sous la plume de Jean l'Évangéliste, le Ciel reste muet.

Pourquoi ces divergences ? Qui doit-on croire ? Cette rencontre a-t-elle même eu lieu ? Et si elle a eu lieu, le baptême de Jésus a-t-il existé ? Nulle part, dans l'œuvre de Flavius Josèphe, il n'est fait état d'une quelconque relation entre Jésus et Baptiste, bien que l'existence de chacun soit bien attestée dans ses écrits et avérée historiquement. On sait que Jean-Baptiste a commencé à prophétiser avant que Jésus n'apparaisse à son tour comme prophète. Il a, lui aussi, en quelque sorte, converti à une Nouvelle Alliance par le baptême. Sa prédication a rencontré une immense audience, au point que les pharisiens et les sadducéens s'inquiètent et viennent l'interroger. Au point qu'Hérode Antipas, tétrarque de Galilée et de Pirée, l'arrête, le jette en prison et l'exécute. Mais pour qui ses contemporains prenaient-ils le Baptiste ? Pour le Messie ?

La question, comme le fait remarquer John Paul Meier dans *Un certain Juif, Jésus*, embarrasse les évangélistes, au point qu'ils ont unanimement soin d'écarter cette hypothèse et veillent tous à clairement préciser son rôle. Pour Matthieu et pour Marc, Jean-Baptiste est celui qu'annonce Isaïe, la voix qui crie dans le désert, et peut-être même est-il l'avatar attendu d'Élie, puisqu'il est vêtu comme Élie. Luc lui aussi le présente comme la voix qui crie, et celui qui prépare le chemin. Il reconnaît que le peuple se pose la question « Est-il le Christ ? » et écrit que Jean-Baptiste répond à cette interrogation muette en annonçant la venue d'un autre, plus fort que lui, dont il n'est pas digne de délier le lacet de ses chaussures et qui immergera dans un autre baptême, d'Esprit saint et de feu.

L'évangéliste Jean fait répondre le Baptiste à cette question embarrassante : il n'est pas le Christ, ni Élie, ni le prophète, seulement « une voix qui clame dans le désert : redressez le chemin du Seigneur comme dit le prophète Isaïe » (Jn 1,23). La grande majorité des exégètes a fini par conclure que si ce baptême n'avait pas historiquement eu lieu, les évangélistes auraient évité d'en parler. Assurément, l'immersion de Jésus par Jean leur a posé un grand nombre de problèmes. Elle a soulevé tout autant de questions. La première, dont le fond leur échappe, est la raison de ce baptême voulu par Jésus — un baptême qui doit purifier — alors que Jésus est pur. La deuxième question consiste en l'apparente soumission de Jésus (plus fort, supérieur, le Fils de Dieu) au Baptiste. On a vu comment chaque évangéliste résolvait ces questions. Or, si le baptême n'avait pas existé dans l'histoire, ils auraient évité de le relater. Mais si le baptême a existé, alors le fait était connu de tous les disciples du Baptiste, nombreux et enthousiastes comme Josèphe et les évangélistes l'attestent ; il était donc impossible aux évangélistes de faire l'impasse sur cet acte majeur, voire fondateur, du ministère public de Jésus.

Il faut aussi comprendre qu'au regard des premières communautés chrétiennes, Jean-Baptiste, célèbre et vénéré, était un concurrent possible pour Jésus. Les Évangiles et les Actes laissent d'ailleurs deviner une rivalité entre les chrétiens et les disciples du Baptiste. Pour éviter toute opposition entre les deux groupes — adeptes de Jean-Baptiste et adeptes de Jésus —, les évangélistes auraient donc pu à la fois saluer l'importance de Jean-Baptiste et le succès de ses prédications sur les foules (« Alors Jérusalem, toute la Judée et toute la contrée du Jourdain sortaient vers lui », Mt 3,5) ; et lui affirmer une mission divine dépendante de celle de Jésus-Christ : Jean-Baptiste prépare, conformément aux Écritures, la venue du Messie. En fait, Jean-Baptiste témoigne de la venue de celui que tous attendent.

Marc, par exemple, établit d'emblée cette hiérarchie entre les deux. « Ce Jean était vêtu de poil de chameau, avec une ceinture de cuir autour des reins » (Mc 1,6). Traduisons : Jean est vêtu comme Élie, le prophète qui doit venir annoncer le Messie. « Et il proclamait, Celui qui vient derrière moi, je ne suis pas digne de me baisser pour délier le lacet de ses chaussures ; moi je vous ai immergés dans l'eau, lui vous immergera d'Esprit saint » (Mc 1,7-8). Matthieu, de son côté, fait reconnaître au Baptiste la dignité de Jésus. « Mais Jean l'empêchait : J'ai besoin d'être immergé par toi et c'est toi qui viens à moi ? » (Mt 3,14). L'évangéliste Jean fait de même : « Jean témoigne de lui, il crie : « C'était de lui que je disais : Lui qui vient derrière moi me dépasse car il était avant moi » (Jn 1,15). Quant à Luc, il va encore plus loin. Il établit un lien de parenté entre Jésus et Jean. Les deux sont cousins germains et Jean-Baptiste reconnaît son Seigneur quand ils étaient encore, tous les deux, dans le ventre de leur mère *.

Aux yeux de la grande majorité des exégètes, c'est encore cette question de hiérarchie entre le Baptiste précurseur et Jésus qui le suit qui explique les théophanies relatées dans les Évangiles au moment du baptême. Ces épisodes du ciel qui s'ouvre, de l'Esprit qui se manifeste et désigne de toute évidence l'identité de Jésus seraient, au dire des spécialistes, des compositions chrétiennes. Elles auraient à la fois résolu l'embarras des évangélistes sur l'importance du Baptiste et sur sa mission, et offert aux premières communautés chrétiennes une signification au baptême de Jésus et une rigoureuse interprétation de son identité. En effet, en ces premiers temps de l'Église primitive, à qui douterait encore de l'identité du Christ et de sa supériorité sur Jean-Baptiste, les récits de la théophanie du baptême établissent clairement la répartition des rôles, en même temps qu'ils ravivent les liens avec

* Luc a-t-il inventé la famille de Jean-Baptiste pour faire joli, pour, de façon génétique, lier l'un à l'autre Jean et Jésus et les fondre dans une même foi ? Il semblerait plutôt, et le sujet soulève de nombreuses controverses chez des historiens comme John Paul Meier et une grande partie des exégètes, que Luc ait repris un récit traditionnel qui devait circuler sur le Baptiste, et qu'il l'ait intégré à son récit.

l'Ancien Testament. Désigné par l'Esprit, Jésus devient celui qu'annonce Jean et qui le dépasse. De plus, les termes que choisissent les évangélistes pour évoquer cette théophanie sont délibérément empruntés à l'Ancien Testament. « Et moi j'ai vu et j'atteste qu'il est le Fils de Dieu » (Jn 1,33). L'expression Fils de Dieu reprend le vers du deuxième psaume royal « Tu es mon fils ; moi, aujourd'hui, je t'ai engendré » (Ps 2,7) ; cette reprise implique alors que Jésus, Fils de Dieu, est aussi ce messie davidique royal que tous attendent. Enfin, comme l'explique John Paul Meier :

> Les derniers mots prononcés par la voix des cieux : « tu as toute ma faveur », viennent d'Isaïe 42,1 : « Voici mon serviteur, que j'ai moi-même en faveur, j'ai mis sur lui mon esprit. » Le Fils de Dieu Messie est donc également le serviteur de Yahweh. Dans le Deutéro-Isaïe, ce mystérieux serviteur reçoit de l'esprit de Dieu le pouvoir de rétablir la communauté d'alliance d'Israël par sa justice, son humilité, son enseignement, son ministère prophétique et (Is 52,13 - 53,12) sa mort en sacrifice pour les pécheurs. Le rassemblement d'un Israël dispersé, une tâche que certains auraient pu croire accomplie par Jean, est au contraire la mission du serviteur que Yahweh a vraiment en faveur — Jésus [9].

Grâce à ces théophanies, les évangélistes auraient voulu souligner l'imminence des prophéties de l'Ancien Testament et des prédications du Baptiste, héraut de Dieu : Jésus, oint par l'Esprit, est bien le messie royal davidique, le fils de Dieu, venu sur terre pour initier le Royaume de Dieu et y inviter tous les pécheurs repentis et convertis.

En même temps, les théophanies exposent deux

concepts clés qui vont puissamment irriguer tout le ministère public de Jésus : ce sont d'une part l'amour de Dieu son Père, d'autre part la puissance agissante de l'Esprit sur lui, sur tous ses actes et paroles. Par là même, elles esquissent l'ébauche du portrait de Jésus dont, bien qu'il ait déjà au moins trente-deux ans le jour de ce baptême, nous ne savons encore rien.

Si les récits des Évangiles divergent sur bien des points, voire sur ces théophanies, tous s'accordent pour affirmer que la raison d'être de Jean-Baptiste est de rendre témoignage à Jésus. Ce qu'il est important de retenir de cet événement, c'est que Jésus, en demandant le baptême à Jean, donne son adhésion à ce que Jean proclame. Cet héritage du Baptiste que reçoit Jésus pour l'accomplir constitue dès le début des Évangiles une indication de taille pour établir le portrait du Nazaréen. Grâce à ce baptême, d'emblée, nous apprenons que Jésus approuve et fait siennes l'ensemble des prédications de Jean — l'imminence de la fin des temps et d'Israël, celle du Royaume de Dieu, la nécessité de se convertir tout de suite et la possibilité de le faire loin du Temple : la Nouvelle Alliance. Grâce à ce baptême encore, nous savons que Jésus a reconnu en la personne du Baptiste *un* ou *le* prophète eschatologique.

Mais Jean-Baptiste a-t-il vraiment reconnu en Jésus celui qui devait venir après lui, celui dont il n'était pas digne de défaire le lacet de ses chaussures ? La question est soulevée par les nombreuses divergences entre les quatre Évangiles sur ce sujet. La possibilité que Jean n'ait rien su de la nature christique de Jésus expliquerait la suite paradoxale du ministère de Jean-Baptiste : curieusement, après avoir annoncé, voire reconnu le Messie en Jésus, Jean-Baptiste continue sa prophétie en dehors de lui — il ne le suit pas, comme le feront deux de ses propres disciples, André et Jean. De la même façon, le Baptiste n'adresse pas ses fidèles à Jésus. Il poursuit de son côté ses prédications et ses immersions. On a vu comment les trois Évangiles synoptiques semblent embarrassés par cette rencontre et cette révélation, et comment chaque évangéliste élude ou contourne le problème, quitte à le laisser resurgir plus tard. Ainsi, dans la dernière scène où nous l'entendons, enchaîné au fond d'une geôle souterraine de la forteresse de Machéronte, Jean-Baptiste, sous la plume de Matthieu, s'interroge sur la nature du Christ. « Et Jean dans sa prison entendit les œuvres du Christ; il lui envoya dire par ses disciples : Es-tu celui qui vient ? Ou si nous en attendons un autre ? » (Mt 11, 2-5).

Le doute aurait-il rongé Jean-Baptiste s'il avait vraiment reconnu le Christ le jour du baptême de Jésus, sur la rive du Jourdain ? Faillirait-il s'il avait eu la révélation qui le frappe de lumière et que décrit Jean l'Évangéliste ? Pouvait-il avoir oublié la colombe et l'Esprit ?

C'est fort peu probable. Or Jean-Baptiste veut savoir avant de mourir. Qui est Jésus de Nazareth ? Est-il vraiment le Messie ? « Celui qui vient » ?

Et sa question lève le voile sur l'un des plus beaux mystères que pose le personnage de Jésus : le mystère du secret messianique.

L'incognito de Dieu.

Le Dieu caché

Et de même, quand il plaît à Dieu de cheminer sur la terre dans un incognito si parfait que seul un tout-puissant peut le revêtir, impénétrable à toute confidence, lorsqu'il lui plaît (et pourquoi il le fait, dans quelle intention, c'est bien lui qui le sait le mieux et quelque raison ou dessein que ce fût, ils montrent que l'incognito a une signification essentielle), dans son apparence de simple serviteur, à en juger d'après l'apparence absolument comme un autre homme, lorsqu'il lui plaît, dans cette apparence, d'enseigner les hommes — lorsque, alors, quelqu'un répète, avec une grande précision, les mots qu'il a dits, mais donne l'apparence que c'était Dieu qui a prononcé ces mots : alors cela devient faux ; car il est faux qu'*il* a prononcé ces mots.

Voici comment Sören Kierkegaard, dans *Exercice en christianisme*[1], invite tout lecteur des Évangiles à considérer de très près ce point essentiel : l'incognito de Jésus et sa signification essentielle. Qu'il ait été Dieu ou non, et ceci reste essentiellement une question de foi et non de savoir, Jésus s'est présenté au monde comme un homme — le plus simple, le plus démuni. Et c'est ainsi que ses contemporains l'ont vu, regardé, entendu, avant d'avoir à s'interroger, confrontés à ses actes et à ses paroles, sur son identité. Il était un mystère dont il laissait à l'autre, en permanence, la question de la résolution, par un travail de conversion intérieure. Et souvent, comme le prouvent les contradictions et les divergences des récits évangéliques, les disciples ne résolvaient pas le sens de ses actes, ni la finalité de ses paroles, obnubilés par la définition imposée du Messie attendu qu'ils voulaient démasquer chez Jésus. Il faut donc toujours lire les Évangiles et réfléchir aux réactions des personnages qu'ils mettent en scène avec cette contemporanéité en perspective, qu'il s'agisse de la réaction des scribes et des pharisiens, des disciples ou de la foule car, comme le fait remarquer Raymond Brown, « ceux qui avaient vu et entendu Jésus furent confortés dans leur engagement par les apparitions après la résurrection (l Co 15,5-7) ; et ils eurent pleinement foi en Jésus ressuscité comme en celui par qui Dieu avait manifesté son amour salvifique définitif pour Israël, et finalement pour le monde entier. [...] Cette foi pascale illumina les souvenirs de ce qu'ils avaient vu et entendu avant la résurrection ; et ils proclamèrent ainsi ses paroles et ses actes avec un surcroît de sens[2] ». Mais cette foi pascale était *de facto* inexistante à l'instant précis des paroles, des marches sur les routes de Galilée, des nuits dans la maison de Marthe et de Marie, des repas chez ses hôtes. Jésus était alors un homme et était-il Dieu dans la même seconde et dans la même personne, il ne voulait apparaître qu'ainsi : un Juif laïque inconnu de Galilée, le plus simple des serviteurs, un homme qui invite à le suivre sans jamais préciser le titre ni l'autorité de cette invitation.

Cet incognito est déjà à l'œuvre dans la naissance même de Jésus. De qui est-il né ? Où est-il né ? Quand est-il né ? Jamais Jésus ne parle de ses premières années lorsqu'il s'exprime devant ses disciples. L'eût-il fait, on en aurait trouvé la trace, ne serait-ce que dans l'évocation de la naissance et de l'enfance que transcrivent Matthieu et Luc, les seuls à évoquer cette partie de la vie de Jésus, à manifester une volonté d'enrichir Jésus d'un passé, d'une famille, de signes providentiels. Jean et Marc, de leur côté, passent tous ces événements sous silence. En vérité, Jésus semble surgi de nulle part, ou plus précisément de Nazareth — ce qui, pour ses contemporains, ne vaut pas beaucoup mieux. Et il ne fait rien pour éclairer son entourage sur ses origines. Est-il de la maison de David ou pas ? Est-il né à Bethléem ? Autant d'indices fondamentaux pour débusquer le messie qui pourrait se cacher sous cet apparent anonymat. Le seul lien qui l'attache à ses trente premières années avant son baptême dans le Jourdain, c'est son nom, qu'il faut dès lors peser à son juste poids. À n'en pas douter, les anciens Juifs attachaient au nom attribué aux choses et aux hommes une valeur à la fois ineffable, mystique et magique où était censée s'exprimer leur vertu propre. D'où vient le nom de Jésus ? Dérivé de l'hébreu Yesû, abrégé du nom Yesûa ou Yehoshua, lui-même abrégé du nom du grand héros biblique Josué, successeur de Moïse, celui qui fit entrer le peuple hébreu en Terre promise, Jésus signifie : « Yahweh sauve », ou « le secours de Yahweh ». Jésus aurait donc un nom qui soulèverait un coin du voile de son identité réelle. En tout cas, Matthieu et Luc veulent que leurs lecteurs le pensent, puisqu'ils précisent que ce nom n'a pas été choisi par Marie sa mère, ni par Joseph son père putatif, mais d'emblée par l'ange Gabriel qui apparaît en songe à Joseph : « Elle enfantera un fils et tu l'appelleras Jésus car il sauvera son peuple de leurs péchés » (Mt 1,21) ; et en personne à Marie : « Voilà que tu vas concevoir et enfanter un fils. Tu l'appelleras Jésus » (Lc 1,31). Il faut néanmoins préciser que ce nom est particulièrement populaire chez les Juifs du Ier siècle qui, résistance à l'envahisseur oblige, aimaient donner des noms de prophètes, de héros et de patriarches de l'Ancien Testament. Dans ses évocations historiques, Flavius Josèphe cite une vingtaine de Jésus, dont plus de dix sont contemporains de Jésus de Nazareth. Parmi eux, il y a un Jésus grand prêtre, un Jésus Ananias, paysan que ses prophéties contre le Temple condamneront à la flagellation, sur l'ordre du procurateur de Judée et des sadducéens. Ce nom est si commun, en fait, qu'il faut distinguer les Jésus entre eux par l'octroi d'une épithète. Pour cela, lorsqu'il évoque Jésus de Nazareth, Flavius Josèphe précise « qu'on appelle Christ* ». Jésus devient

* Selon l'historien Charles Guignebert, le surnom Nazaréen a dû répondre au grec *Nazôraios* et exprimer une qualité propre de Jésus. C'est quand elle n'a plus été comprise des chrétiens hellénisants, qui n'entendaient plus l'araméen, que l'expression a reçu l'explication « de Nazareth ». Nazaréen peut venir de l'araméen *nazir*, « le saint de Dieu ». Charles Guignebert pense ainsi que lorsque les premiers chrétiens appelaient Jésus par son nom accompagné de son surnom, ils entendaient énoncer un nom divin tout-puissant et un surnom caractéristique comme : l'envoyé de Yahweh,

donc « de Nazareth » ou plus tard « Jésus-Christ » et, plus tard encore, au début du IIe siècle, dans les écrits des historiens Suétone et Tacite, « Christ » tout court.

Sur un autre plan, le nom de Jésus n'est pas anodin. « Yahweh sauve » : lorsque l'ange ordonne de nommer ainsi l'enfant que porte Marie, c'est bien le sens profond du nom que l'ange a en tête selon la tradition hébraïque*. Jésus, selon l'évangéliste Matthieu, a deux parents officiels : Joseph, charpentier de son métier, et Marie. Matthieu, d'emblée, tient à établir la filiation de Jésus. Trois fois quatorze générations, calcule méthodiquement cet ancien percepteur qui a suivi sans hésiter Jésus pour devenir son apôtre, soit quarante-deux générations séparent Joseph, le père officiel de Jésus, et David, le roi oint. Étrange précision puisque, dans les versets suivants, Matthieu stipule que Marie, sa mère, n'a pas été touchée par Joseph. « Marie sa mère était fiancée à Joseph ; avant qu'ils soient ensemble, elle se trouva enceinte par l'Esprit saint » (Mt 1,18). À quoi bon, dès lors, établir un arbre généalogique avec un homme dont on assure, une phrase plus loin, qu'il n'est pas le vrai père ? C'est oublier le contexte religieux et social dans lequel Jésus naît : une société d'abord patriarcale, et

---

le Saint de Dieu. Ce serait la raison pour laquelle en 18, 5 on lit : « Jésus [...] s'avança et leur dit : "Qui cherchez-vous ?" Ils lui répondirent : "Jésus le Nazôréen". Il leur dit : "C'est moi." [...] Dès que Jésus leur eut dit "c'est moi", ils eurent un mouvement de recul et tombèrent. » La réaction que suscitent le nom de Jésus et sa présence autorise la thèse — répandue — de Guignebert : la formule exprimerait l'être divin de Jésus.

* Le philosophe juif Philon, du Ier siècle, in *De Mutatione Nominum*, abonde dans ce sens : « On donne à Jésus le sens de "salut du Seigneur". »

même si des femmes comme Miriam, Déborah le juge, Houldah la prophétesse, Ruth, Yaël ou Esther, voire Salomé-Alexandra qui dirigea le pays, ont joué un rôle important dans l'histoire d'Israël, les femmes en général sont absentes des fonctions dirigeantes du pays auxquelles on les juge moralement et affectivement inaptes. Les Juifs n'acceptaient pas qu'un enfant puisse tenir de sa mère des droits attachés à sa naissance. La filiation était assurée par le père légal et lorsqu'un homme se présentait, il rappelait de qui il était légalement le fils. Jésus est souvent annoncé ainsi dans les Évangiles : fils de Joseph le charpentier.

Le second évangéliste à inscrire des récits d'enfance dans son texte est Luc. Sous sa plume, c'est encore Joseph qui est de lignée davidique. « L'ange Gabriel fut envoyé de Dieu dans une ville de Galilée appelée Nazareth, à une vierge fiancée à un homme appelé Joseph, de la maison de David, et la vierge s'appelait Marie » (Lc 1,26-27). Chez Luc, l'ange n'apparaît pas à Joseph mais à sa fiancée. Il ne se révèle pas en songe mais en plein jour. « L'ange lui dit : Ne crains pas, Marie, car tu as trouvé grâce auprès de Dieu. Voilà que tu vas concevoir et enfanter un fils. Tu l'appelleras Jésus » (Lc 1,30-31). Les annonciations angéliques et les naissances miraculeuses étaient monnaie courante dans les textes fondateurs de l'Antiquité. Les grands personnages de l'Ancien Testament n'en sont pas exempts.

Luc et Matthieu sont les seuls à évoquer ces premières années de la vie de Jésus, sans autre témoin oculaire direct puisque à l'époque de la rédaction des Évangiles tous les personnages évoqués dans ces chapitres, à la condition qu'ils aient existé, Élisabeth et le vieux Zacharie, Siméon, Joseph, Jean le Baptiste ou les bergers de Bethléem, étaient morts depuis longtemps. Il y a bien sûr la possibilité que Marie, mère de Jésus, soit celle qui, sur le tard, ait raconté ces récits de l'enfance de Jésus. Elle était la seule personne encore en vie à l'époque de la rédaction des Évangiles. Qui mieux qu'elle pouvait se souvenir de l'apparition de l'ange et de son annonciation ? Depuis la mort de son fils, elle est restée auprès des apôtres. Sur la Croix, Jésus a confié sa mère à son disciple bien-aimé : « Femme, voici ton fils. Puis il dit au disciple : Voici ta mère. Et depuis lors, le disciple la prit chez lui » (Jn 19,26-27). Et Marie ne s'en est pas séparée, comme en témoignent les textes des Actes des Apôtres : « Ils étaient tous anonymes et assidus à la prière, avec quelques femmes, dont Marie, la mère de Jésus, et ses frères » (Ac 1,14). Lorsque Jean, le disciple bien-aimé, est parti pour Éphèse, Marie l'a sans nul doute suivi. Là, pense-t-on, elle aurait rencontré Luc, ami et compagnon de Paul, rédacteur du troisième Évangile, et lui aurait raconté, comme une mère évoque son enfant, les premières années de Jésus. Certains le croient. D'autres l'infirment en objectant les erreurs de Luc concernant les visites au Temple après la naissance de Jésus, les confusions sur les rites de purification : « Et quand ce fut le jour de les purifier, selon la loi de Moïse, ils l'emmenèrent à Jérusalem pour le présenter au Seigneur » (Lc 2,22). Marie aurait-elle oublié à ce point les prescriptions de la Loi ? Ni Joseph ni l'enfant n'avaient à subir de rite de purification. En fait, il semble que les textes sur l'enfance de Jésus soient plutôt des ajouts, des inventions puisées dans les légendes qui fleurissent dès les premiers temps de l'Église, et ce pour mieux convaincre les lecteurs de la nature christique de Jésus. Tous ces détails sont écrits dans une perspective théologique, et non dans un souci de fidélité aux souvenirs de Marie ou à des récits entendus par ailleurs. Quoi qu'il en soit, rien ne prouve *a contrario* que ce qui est dit dans les Évangiles de Matthieu et de Luc n'ait pas pour autant existé, quand bien même de nombreuses divergences apparaissent entre ces deux récits.

Donc, il était une fois une jeune vierge qui vivait dans un petit village à flanc de colline, à Nazareth, en Galilée. À l'âge de douze ou treize ans — âge normal des fiançailles à cette époque —, elle est promise à Joseph, le charpentier du village. Joseph est de bonne famille. Tout d'abord parce qu'il est de lignée davidique, ce qu'attestent les deux évangélistes même si l'arbre généalogique donné par Luc ne correspond en rien à celui donné par Matthieu ; ensuite parce qu'il exerce un métier qui requiert un certain apprentissage et de bonnes connaissances. De la famille de Marie, les évangélistes ne disent rien* si ce n'est Luc : Marie a une parente, Élisabeth, mariée à Zacharie, et résidant dans une ville de montagne en Judée ; et Jean qui

* Ni dans les Évangiles, ni dans les Actes il n'est question de l'ascendance de Marie.

nous apprend, incidemment, que Marie a une sœur, nommée Marie de Clopas : « Près de la croix de Jésus, se tenaient sa mère, la sœur de sa mère, Marie de Clopas et Marie Madeleine » (Jn 19, 25).

L'essentiel de la tradition qui évoquera Marie beaucoup plus tard est tiré du Protévangile de Jacques, le plus ancien de ce qu'on a appelé les Évangiles de l'Enfance. Bien qu'il ait été condamné par l'Église comme un apocryphe *, ce texte a connu une très large diffusion dans l'Occident chrétien et les artistes se sont beaucoup inspirés des thèmes qu'il aborde. Sans doute composé pour répondre aux diffamations dont Jésus et sa mère étaient victimes au IIe siècle et que diffusait l'écrivain Celse **, Le Protévangile de Jacques, dont le titre original est « Nativité de Marie », expose en détail la vie de la jeune mère de Jésus. L'apôtre Jacques en serait l'auteur, comme l'annonce le signataire du texte dans ses derniers versets. Sa version reprend les grandes lignes de la Nativité telles qu'elles sont exposées par Luc et Matthieu, les complète et les harmonise. Les silences et les non-dits des deux évangélistes sont comblés par une abondance d'explications. Nous

* Le décret de Gélase, au VIe siècle de notre ère, cite comme apocryphes à rejeter du fait qu'ils ont été écrits par des hérétiques et des schismatiques, cette « Nativité du Sauveur », ce « Marie ou la sage-femme », et l'« Évangile de Jacques le Mineur ». Mais ces textes, largement diffusés dans l'Église d'Orient qui les conserve dans son canon, connaissent une telle faveur que Jérôme, le traducteur de la Bible, contourne l'interdiction et le publie de nouveau sous le nom d'« Évangile du Pseudo-Matthieu », manuscrit dont il prétend qu'il aurait été découvert tardivement et que l'apôtre Matthieu l'aurait rédigé en hébreu.

** Marie aurait été une pauvre fille, fileuse de son métier, qui aurait eu une aventure ou aurait été violée (selon les versions) par un centurion romain du nom de Panthère et que son mari aurait chassée du domicile conjugal. Enceinte, elle se serait cachée pour dissimuler sa grossesse et aurait mis Jésus au monde après avoir inventé la visitation de l'ange Gabriel et l'annonce de l'enfantement par l'Esprit.

apprenons ainsi que Marie est d'ancien lignage. Son père, Joachim, était un éleveur très riche et un fervent croyant mais hélas stérile, raison pour laquelle le grand prêtre Ruben le chasse du Temple. Affligé, Joaquim se retire au désert et supplie pendant quarante nuits et quarante jours de jeûne et de prières le Seigneur de lui donner un enfant. Anne, sa femme, brisée par la disparition soudaine de Joachim, porte son deuil et se lamente, mais sa servante Juthiné lui conseille de se ressaisir. Alors Anne lave ses cheveux, revêt ses habits de mariée et, assise dans son jardin, sous un laurier, prie le Seigneur d'accomplir le miracle dont il a déjà honoré Sara, la femme stérile d'Abraham, en lui donnant Isaac. Un ange surgit alors, qui lui annonce qu'elle enfantera et qu'on parlera de sa postérité dans le monde entier. Anne, éperdue de bonheur, promet que son enfant, fille ou garçon, sera consacré au Seigneur. Joachim reçoit lui aussi la visite d'un ange et la même bonne nouvelle; il rentre précipitamment chez lui pour retrouver sa femme, louer le Seigneur et préparer la naissance miraculeuse. Voilà Marie. Elle est une enfant prématurée, ce qui est un signe de grâce divine. Conformément aux promesses qu'Anne a faites au Ciel pour remercier le Seigneur de cette naissance, Marie est élevée recluse dans un sanctuaire dressé dans sa propre chambre. À un an, elle est bénie au Temple. À trois ans, elle y entre comme pensionnaire et le prêtre lui prédit : « En toi, aux derniers jours, le Seigneur manifestera la rédemption aux fils d'Israël » (7, 2). Désormais, elle vit là comme une colombe et reçoit la nourriture de la main d'un ange.

Puis Marie a douze ans et sa présence encombre le

Temple que sa puberté imminente pourrait souiller. Les prêtres décident alors de la fiancer à l'un des veufs de Judée qu'ils convoquent aussitôt. Ils distribuent des baguettes à cette assemblée d'hommes, d'où surgira un signe qui désignera l'élu. En effet, une colombe s'échappe de celle de Joseph qui proteste. Il ne veut pas prendre sous sa garde la Vierge du Seigneur. Il est vieux. Il a des fils. Il sera la risée de tout le pays. Mais on ne résiste pas à la volonté de Dieu. Alors Joseph installe Marie chez lui et lui demande de l'attendre tout le temps qu'il partira visiter ses chantiers. Cette solitude, Marie l'emploie à tisser le voile du Temple avec la pourpre et l'écarlate, dignité suprême confiée aux plus pures, aux plus remarquables vierges d'Israël. Puis un jour qu'elle va puiser l'eau, une voix lui dit : « Réjouis-toi, pleine de grâce ; le Seigneur est avec toi ; tu es bénie entre toutes les femmes » (11,1). Marie, tremblante, rentre précipitamment chez elle et, reprenant son tissage, elle voit alors un ange, debout devant elle, qui lui dit encore : « Ne crains pas, Marie, car tu as trouvé grâce devant le Maître de toutes choses. Tu concevras de sa Parole » (11,2). Et comme Marie se demande comment cela pourrait être possible, l'ange réapparaît pour lui donner tous les détails. Non, elle ne concevra pas le Seigneur Dieu vivant de la même manière qu'enfante toute femme : « La puissance de Dieu te couvrira de son ombre. Aussi le saint être qui va naître sera appelé fils du Très-Haut. Et tu lui donneras le nom de Jésus, car c'est lui qui sauvera son peuple de ses péchés » (11,3). Marie, soumise, servante du Seigneur, termine le voile du Temple et part chez sa cousine Élisabeth, qui est enceinte de Jean-

Baptiste. Celui-ci, fœtus dans le ventre de sa mère, tressaille de joie et bénit la jeune fille quand elle apparaît. Trois mois plus tard, Marie revient chez Joseph où elle s'enferme : sa grossesse commence à se deviner et elle la cache à tous. Elle a seize ans. Elle est belle. Elle est enceinte de six mois sans jamais avoir connu d'homme. Qui pourrait la croire ? Pas Joseph, enfin de retour chez lui et qui, découvrant le ventre de sa fiancée, se jette par terre, se frappe le visage et se désole amèrement. Il ne sait que faire : laver l'affront en la dénonçant, et alors, elle sera lapidée à mort, ou la croire et préserver l'enfant qui est en son sein et qu'a placé un ange ? Un songe lui donne la réponse : « Marie [lui] dit la vérité », atteste un ange pendant son sommeil, « elle a véritablement été enfantée par l'Esprit saint d'un fils qu'il faudra appeler Jésus ». Joseph loue le Ciel, mais juge plus sage de cacher la vérité aux prêtres. Hélas, intrigué par l'absence du charpentier au Temple depuis son retour au pays, le scribe Anne lui rend une visite inopinée. Et la grossesse de Marie l'horrifie : ainsi Joseph à qui on a confié une vierge, la plus pure et la plus digne des vierges, l'a souillée en consommant un mariage avant qu'il ne soit contracté et béni au Temple ! L'émoi est immense. Le grand prêtre convoque derechef Marie et Joseph, doute de leurs versions et les envoie subir l'épreuve de Dieu au désert *. Tous deux reviennent sains et saufs de cette ordalie — aussi sont-ils crus, absous, et autorisés à vivre ensemble.

* Le prêtre leur a fait, au préalable, boire l'eau d'amertume, selon les prescriptions du livre des Nombres (Nb 5,11-31). Si la femme est coupable, elle devient stérile et son ventre enfle.

Quelque temps plus tard, l'empereur Auguste donne l'ordre de recenser tous les citoyens de Bethléem en Judée ; Joseph emmène avec lui Marie puisqu'il faut qu'il aille inscrire ses fils. En route, Marie sent qu'elle va accoucher ; Joseph l'installe dans une grotte et part à la recherche d'une sage-femme. Autour de lui, des signes étranges annoncent l'événement exceptionnel. Hommes et animaux sont figés, le visage levé vers le ciel. La grotte où il retourne en compagnie de Salomé, une inconnue rencontrée sur le chemin, est nimbée d'une nuée lumineuse. La sage-femme qui est déjà présente est exaltée. Elle a eu la prémonition du salut d'Israël. Ce que Salomé découvre dans la grotte confirme ses dires : une lumière aveuglante cache Marie à tous, et quand cette lumière s'estompe, un enfant est né : Jésus. Salomé ne peut croire que la mère soit encore vierge. La sage-femme l'oblige à vérifier l'anatomie de Marie. Convaincue par cet examen, Salomé reçoit la visite d'un ange qui lui demande de ne rien dire de ce qu'elle a vu avant que Jésus se soit rendu à Jérusalem.

Les signes dans le ciel ont aussi attiré des mages venus adorer « le roi des Juifs ». À Jérusalem, ils demandent à Hérode où trouver l'enfant. Hérode frémit. Quel est ce prétendant qui fera vaciller son trône ? Il prie les souverains d'Orient de revenir vers lui dès qu'ils auront trouvé ce roi des Juifs, et de lui divulguer son lieu de naissance pour aller s'y prosterner à son tour. Mais, avertis du danger par l'ange, les mages, après avoir adoré l'enfant Jésus qu'ils ont trouvé en suivant l'étoile, repartent sans repasser par Jérusalem. Fou de rage, Hérode ordonne qu'on massacre tous les enfants de deux ans et au-dessous. Avertie par le Ciel du complot meurtrier, Marie cache Jésus dans une mangeoire à bétail et Hérode, mal informé, fait poursuivre Élisabeth, mère elle aussi, pour tuer Jean, fils du prêtre Zacharie. Élisabeth part avec Jean se cacher dans la montagne qui se fend et les abrite dans cette faille secrète. Alors les soldats d'Hérode vont interroger le père de Jean, Zacharie. Celui-ci refuse de parler. Bien qu'il soit dans le Saint des Saints, à l'intérieur du Temple, il est assassiné par les soldats d'Hérode.

Ici s'achève le Protévangile de Jacques. L'Évangile du Pseudo-Matthieu, que Jérôme composa pour remplacer celui de Jacques que venait de condamner l'Église comme faux, reprend dans son intégralité et à quelques détails près l'histoire de la Nativité de Marie, mais il prolonge son récit par l'épisode de la fuite en Égypte qu'évoque Matthieu. La composition de ce deuxième texte, les détails merveilleux qui abondent révèlent l'arrière-pensée très précise de son auteur : prouver que toutes les prophéties de l'Ancien Testament sont accomplies par la naissance de Jésus. Selon cet Évangile doublement apocryphe, Marie et Joseph, terrorisés par la rage meurtrière d'Hérode, fuient en Égypte pour cacher l'enfant Jésus, comme le leur indique l'ange du Seigneur. En cours de route, Jésus accomplit des prodiges. Il est un bébé qui parle comme un « homme mûr », qu'adorent les dragons, les lions, les loups et les léopards qui l'escortent, tous en sympathie avec les agneaux et les chèvres en pèlerinage depuis Bethléem. En route encore, Jésus ordonne aux palmiers de s'incliner pour offrir leurs fruits à Marie, et de soulever leurs racines pour libérer des sources. Il abrège les étapes ; ce qui devait être franchi en trente jours l'est en une journée. Enfin parvenus en Égypte, la présence de Marie et de Jésus dans le Capitole où ils entrent se reposer accomplit la dernière prophétie : les idoles sacrilèges se renversent et révèlent leur supercherie et la vacuité de leur culte.

Une autre divergence incite les exégètes à réfuter tout caractère historique aux éléments de l'enfance de Jésus que racontent Matthieu et Luc. Il s'agit du lieu de résidence de Joseph et Marie. Chez Matthieu, il semble que Joseph et Marie soient installés dès l'origine à Bethléem de Judée, où naîtra Jésus. Les mages, venus à Jérusalem demander à Hérode où est le roi des Juifs dont ils ont vu l'étoile se lever et qu'ils sont venus adorer, s'entendent indiquer Bethléem, « en accord avec la prophétie ». « Hérode rassembla tous les grands prêtres et scribes du peuple, et leur demanda où le christ devait naître. Ils lui dirent : “À Bethléem de Judée car il est écrit par le prophète : Et toi Bethléem, terre de Juda, tu n'es sûrement pas le moindre des chefs-lieux de Juda ; de toi en effet sortira un chef qui fera paître mon peuple Israël” » (Mt 2,4-6). En échange du renseignement, Hérode demande aux mages de lui préciser à quel moment l'étoile leur est apparue et de revenir lui dire où ils ont trouvé l'enfant-roi. Matthieu raconte ensuite qu'Hérode, trompé par les mages, incapable de trouver Jésus sans eux, décide de faire tuer tous les enfants de zéro à deux ans, « selon le temps qu'il s'était fait préciser par les mages » (Mt 2,16). On peut alors penser qu'au moment de l'adoration des mages, Jésus était né depuis un long moment déjà, puisque les calculs d'Hérode le conduisent à exterminer des garçonnets de vingt-quatre mois. En effet, si l'étoile qui a conduit les mages s'est levée à la naissance du roi des Juifs, il a fallu aux souverains d'Orient des nuits et des jours pour parvenir en terre de Judée, des mois, voire deux années, estime en tout cas Hérode. Et pendant tout ce temps, Jésus et ses parents sont restés à Bethléem, ce qui semble bien indiquer qu'ils y résidaient avant la naissance de Jésus. D'ailleurs, les mages, quand ils retrouvent la sainte famille, entrent non pas dans une auberge, ni dans une grotte, ni dans une étable, mais dans une maison, celle de Marie (Mt 2,11). Enfin, précise Matthieu, Joseph, à la mort d'Hérode, après l'épisode de la fuite en Égypte, préfère ne pas retourner à Bethléem car il craint toujours pour la vie de Jésus, et choisit de s'établir dans une ville appelée Nazareth.

Pour Luc, Marie et Joseph habitent Nazareth en Galilée dont ils sont originaires. Marie y reçoit la visite de l'ange. Elle y revient « chez elle » (Lc 1,56) après son séjour chez sa cousine Élisabeth. Quelles raisons ont ces deux-là de filer à Bethléem, à quelque cent cinquante kilomètres de distance, alors que Marie est presque parvenue au terme de sa grossesse ? Luc évoque un recensement décidé par Rome, alors que Quirinus est gouverneur de Syrie, auquel Joseph ne peut échapper puisqu'il est originaire de Bethléem. L'explication est séduisante. Grâce à cette raison d'ordre administratif,

Marie et Joseph, tous les deux résidents de Nazareth, se retrouvent à Bethléem que les prophéties situent comme le berceau de naissance du Messie (Mi 5,1 : « Il sera de Bethléem de Juda »). Il se trouve hélas que ces détails sont contredits par l'histoire. Quirinus a été nommé gouverneur de Syrie en l'an 6 de notre ère et s'il organisa effectivement un recensement, un an plus tard, celui-ci fut circonscrit à la Judée et excluait la Galilée. De plus, les mesures administratives ne concernaient pas les femmes ; Marie n'avait pas à être recensée. Pourquoi dès lors court-elle le risque de ce voyage alors qu'elle est parvenue au terme de sa grossesse ? Mais elle part quand même pour Bethléem et, ne trouvant pas de place à l'auberge, finit par accoucher dans une étable et par se servir d'une mangeoire comme berceau. C'est là que le nouveau-né, emmailloté, reçoit la visite des bergers alertés par les anges. Quelques jours, voire quelques semaines plus tard, Marie et Joseph sont en route pour Jérusalem et le Temple, où ils veulent présenter Jésus au Seigneur. Là, ils rencontrent, sans la moindre peur de tomber sur les soldats d'Hérode qu'évoque Matthieu, le vieux Syméon. L'Esprit saint avait averti ce vieil homme « qu'il ne verrait pas la mort avant d'avoir vu le christ du Seigneur » (Lc 2,26). Entraîné vers le Temple par l'Esprit, Syméon reconnaît le Christ en Jésus, le prend dans ses bras et le bénit. En même temps, il prédit à Marie qu'une épée lui passera au travers de l'âme. Enfin, après que tous les rituels sont accomplis selon la loi de Moïse, « ils s'en retournèrent en Galilée dans leur ville de Nazareth » (Lc 2,39).

En résumé, chez Matthieu, Joseph et Marie vivent à Bethléem et vont s'installer à Nazareth après la fuite en Égypte pour ne pas revenir à Bethléem où ils craignent pour la vie de Jésus (bien qu'Hérode soit mort). Et s'ils ont quitté Bethléem, c'est à cause d'un massacre perpétré par Hérode (massacre qu'aucun document historique n'atteste, ni aucun autre Évangile). Bien qu'il ne soit jamais question de Nazareth dans l'Ancien Testament, Matthieu, par un jeu de mots entre le nom de cette obscure petite ville de Galilée et *nazir,* « le consacré » en hébreu, trouve un lien avec les prophéties : « Et il vint habiter dans une ville appelée Nazareth ; pour remplir cette parole des prophètes : Il sera appelé nazaréen » (Mt 2,23). Cette précision, à laquelle il se croit obligé, éclaire son malaise à savoir Jésus, le Messie tant annoncé, l'oint glorieux, à Nazareth. En effet, le nord de la Galilée était considéré comme à peine juif par ceux de Judée, et objet de mépris par l'aristocratie sacerdotale de Jérusalem : les nez se plissaient de dégoût lorsque cette ville était citée. « Que peut-il sortir de bon de Nazareth ? » objecte aussitôt Nathanaël, lorsque Philippe vient le chercher pour qu'il le suive, en proclamant plein d'enthousiasme : « Nous avons trouvé celui dont parlent la loi de Moïse et les prophètes, c'est Jésus fils de Joseph, de Nazareth » (Jn 1,45-46). Enfin, pour balayer toute équivoque sur l'identité réelle du nouveau-né, Matthieu invite les mages, souverains venus des nations les plus lointaines, à se prosterner devant le berceau de celui qu'une étoile leur a indiqué comme le « roi des Juifs ».

Chez Luc, Joseph et Marie vivent à Nazareth. Ils se rendent à Bethléem parce qu'un ordre de recensement les y oblige. Marie accouche dans une étable de cette ville et, après un détour par le Temple de Jérusalem pour présenter Jésus au Seigneur, ils rentrent à Nazareth, leur domicile habituel. Luc a le même souci que Matthieu : faire reconnaître par des témoins extérieurs et inspirés par le Ciel la nature messianique de Jésus. Il s'agit des bergers informés par des anges, de Syméon accouru au Temple pour embrasser le Christ, et de la prophétesse Anne, fille de Phanouel — aucun de ces personnages n'ayant une historicité qu'on ait pu prouver.

Le seul point commun des deux récits est la naissance à Bethléem qui permet d'accomplir une prophétie de l'Ancien Testament sur l'apparition géographique du Messie. Mais les détails qui veulent confirmer ce fait sont si contradictoires, et si dépourvus de base historique, qu'il est permis de le réfuter.

En contrepartie, tous les spécialistes se rejoignent pour attester d'autres points sur lesquels convergent ces deux récits de l'enfance. Ainsi, le nom des parents, Joseph et Marie (que reprennent les autres évangélistes), n'est pas remis en cause. Le fait que Jésus ait grandi à Nazareth non plus. Et les dates de la naissance de Jésus données par les deux évangélistes, et qui s'accordent parfaitement avec la chronologie de la vie de Jésus, semblent tout à fait fondées. Jésus est bien né à la fin du règne d'Hérode le Grand, ce qui situe la date de sa naissance au plus tard à l'an 4 avant notre ère (date de la mort d'Hérode) et au plus tôt en l'an –6 *. Jésus est donc né, si l'on prend la solution intermédiaire, en –5 de notre ère, soit en l'an 3755 du calendrier hébraïque **. Jésus avait donc trente-quatre ans lorsqu'il s'immerge dans les eaux du Jourdain, aux côtés de Jean-Baptiste.

Il est probable que Jésus ait été le premier-né de Joseph et de Marie, mais rien ne le certifie historiquement. Seuls Matthieu et Luc présentent Jésus comme le premier enfant de sa mère. Les quatre évangélistes, Paul, Flavius Josèphe et certains des premiers Pères de l'Église n'hésitent pas à lui prêter des frères et sœurs. « Sa mère et ses frères viennent donc » (Mc 3,31). « N'est-ce pas le charpentier, le fils de Marie, le frère de Jacques, de Joset, de Jude, de Simon ? et ses sœurs ne sont-elles pas ici chez nous ? » (Mc 6,2-3). On peut donc évaluer au moins à sept les enfants qui vivent dans la famille de Jésus et ont survécu jusqu'à l'âge adulte. (Jésus, ses quatre frères et « ses » sœurs qui sont donc, pluriel oblige, au minimum deux.)

Ainsi donc, Jésus avait des frères et des sœurs... Il est impossible de mettre en doute les paroles des évangélistes mais cette assertion entrant en collision frontale avec la notion de virginité de

* Ce décalage vient d'une datation purement théorique de l'ère chrétienne : établie au ve siècle par l'évêque Cyrille, à partir des études et des spéculations des computistes d'Alexandrie, elle est reprise au siècle suivant par Denys le Petit.

** Les dates les plus fantaisistes ont été avancées. Par exemple, dans *La Vie de Jésus en arabe*, apocryphe chrétien, l'année de naissance de Jésus est située en l'an 304 d'Alexandre. L'ère d'Alexandre commençant en 312 avant J.-C., Jésus serait né en 18 avant notre ère !

Marie *, il s'est ensuivi une polémique qui ne s'est toujours pas éteinte aujourd'hui. En effet, « frères et sœurs » peuvent s'entendre au sens large du terme, c'est-à-dire comme membres d'une famille élargie, un cousinage — et les liens familiaux étaient particulièrement forts et respectés à cette époque, chez les Juifs ; le Lévirat en est un bon exemple. C'est cette acception (fondée sur le fait que le mot grec *adelphos* peut désigner à la fois le frère et le cousin) qu'a retenue l'Église catholique. Dans les premiers temps de l'Église, le sens premier de « frères et sœurs » n'a pas été remis en question comme le prouvent les épîtres de Paul : « Jacques, le frère du Seigneur ** » (Ga 1,19) ; mais dès le IIe siècle, les versions divergent. Si Hégésippe, partisan de la virginité de Marie, considère les frères et sœurs de Jésus comme ses authentiques frères et sœurs — tous ayant Marie pour mère —, de leur côté, les rédacteurs du Protévangile de Jacques et de l'Évangile de Pierre, exactement à la même époque, soutiennent que les frères et sœurs de Jésus

* Cependant, il s'est trouvé de bonne heure des chrétiens pour ne pas accepter que la mère du Christ, une fois sa mission remplie, soit ramenée au niveau des autres femmes. À la doctrine de la virginité de Marie s'est substituée celle de sa virginité perpétuelle. C'est l'ascétisme des IVe et Ve siècles qui a définitivement fondé les affirmations devenues foi touchant la parfaite et totale virginité de Marie. Il serait faux de penser que seuls les catholiques ont défendu ce dogme. Comme le souligne J. P. Meier, « de grandes figures de la Réforme protestante, par exemple Martin Luther et Jean Calvin, étaient attachées à la croyance dans la virginité perpétuelle de Marie et ne considéraient donc pas les frères et les sœurs de Jésus comme étant de vrais frères et sœurs. Ce n'est qu'au siècle des Lumières que l'idée de voir dans ces frères et sœurs les enfants biologiques de Marie et de Joseph fut de plus en plus acceptée par le « courant dominant » protestant. À l'exception de quelques membres de « Haute Église », c'est cette dernière position qui est aujourd'hui couramment adoptée dans les Églises protestantes.

** Il faut préciser que Paul a connu et rencontré tous ceux dont il parle dans ses épîtres, et notamment Jacques, qu'il nomme le frère de Jésus.

étaient issus d'un premier lit : celui de Joseph et d'Esha. D'autres font remarquer que si Marie avait eu d'autres enfants, Jésus, sur la Croix, avant de mourir, ne l'aurait pas confiée à Jean. C'est au milieu de sa famille qu'elle aurait fini ses jours, et non pas avec les disciples de son fils, comme l'attestent les Actes des Apôtres.

Ces controverses, qui n'ont jamais conduit l'Église de leur temps à excommunier leurs défenseurs, ont abouti à trois théories qui ont toujours, aujourd'hui encore, leurs farouches partisans * ! Toujours est-il que les historiens, quelles que soient leurs préférences personnelles pour l'une ou l'autre version, reconnaissent qu'il serait vain (et malhonnête) d'affirmer comme une vérité historique l'existence, ou la non-existence, de frères et sœurs biologiques à Jésus. Ce débat n'a d'ailleurs vraiment pris d'ampleur qu'à partir du moment où il s'est agi de défendre le dogme de la virginité de Marie, virginité *ante partum* (jusqu'à la naissance de Jésus) ou *post partum* (perpétuelle).

Ce que l'on sait encore, c'est que la foi en la naissance virginale est certainement postérieure à la préoccupation de fonder l'ascendance davidique du Messie, et son origine reste obscure. Certes, le bassin méditerranéen est, à la fin du Ier siècle, le lieu

* 1) L'helvidienne, soutenue par Delvidius au temps de saint Jérôme : les frères et sœurs sont des enfants de Joseph et de Marie nés après Jésus. 2) L'épiphanienne, soutenue par saint Épiphane : les frères et sœurs sont issus d'un premier mariage de Joseph. 3) La hiéronymienne, soutenue par saint Jérôme : les frères et sœurs sont des cousins et des cousines de Jésus, fils et filles d'un frère de Joseph nommé Clopas, et d'une sœur de la Vierge nommée elle aussi Marie. Cette dernière a prévalu, jusqu'à ce que des mythologues donnent ces frères et sœurs comme les groupes de fidèles de Jésus. Jérôme, dans son traité *Contre Helvidius* rédigé vers 383, soutient que Joseph était lui aussi resté perpétuellement vierge.

d'un véritable brassage culturel et religieux, et le motif de la naissance d'un enfant providentiel est très répandu à l'époque. La mythologie gréco-romaine abonde en exemples de conceptions miraculeuses : légende de Persée né de Danaé, vierge qu'une pluie d'or a fécondée ; histoire d'Attis, dont la mère, Nana, est tombée enceinte pour avoir mangé une certaine grenade. Atia adore Apollon et la nuit, elle est visitée par le dieu qui la féconde d'Auguste. L'Égypte recourt aussi à cette invention : au jour du solstice d'hiver, Hélios s'est emparé du pouvoir et sous son règne a lieu sur la terre la naissance d'un enfant mâle et d'une ère nouvelle, affirme le mythe égyptien lié au culte du soleil et à la religion d'Isis. Malgré leur fidélité radicale à la Torah, les traditions juives ne se sont pas toujours tenues à l'écart de ce type d'influence. Les *Targums* ou le Pseudo-Philon * le prouvent par les légendes qu'ils rapportent de la naissance miraculeuse d'Isaac ou de Moïse. Mais si les Juifs admettent qu'un enfant destiné aux œuvres de Dieu puisse naître dans des conditions miraculeuses, d'une mère stérile par exemple, ils n'ont encore jamais imaginé que cette mère puisse être encore vierge lorsqu'elle concevait. Aucune prophétie ne l'annonce. Aucun texte ne propose l'attente d'une naissance miraculeuse de cette espèce. Enfin, si Matthieu affirme clairement cette conception vir-

* Nom donné à l'auteur inconnu des *Antiquités bibliques*, parce que son ouvrage a été accidentellement transmis parmi d'authentiques œuvres de Philon. Le Pseudo-Philon appartenait probablement au milieu synagogal, peut-être pharisien, du Ier siècle après J.-C. et écrivait en hébreu. Il partage avec l'évangéliste Luc le même modèle synagogal d'histoire du salut et une attention particulière aux femmes.

ginale, et si Luc la concilie tant bien que mal avec l'ascendance davidique, Marc et Jean, comme Paul dans ses écrits, ne disent pas un mot de cette virginité. D'ailleurs, pour Marc comme pour Jean, c'est le baptême de Jésus par Jean-Baptiste qui le transfigure en Messie. L'Esprit saint descendant en l'homme Jésus est l'un des instants clés du quatrième Évangile : Jean affirme l'incarnation en Jésus du *Logos* co-éternel à Dieu. Dès lors, nul besoin de prouver que Jésus ait dû échapper aux lois humaines de la conception et de la naissance, car c'est au moment du baptême que s'est effectuée la divine incarnation.

Par ailleurs si ni Paul, ni Jean, ni Marc ne s'attachent à la conception virginale, les trois qualifient Jésus de « Fils de Dieu ». Selon les historiens, cette désignation est antérieure au miracle raconté par Matthieu et Luc, et ne procède pas de lui. En fait, dès qu'ils ont été persuadés que Jésus, non seulement avait été suscité par Dieu et investi de son Esprit pour réaliser ses desseins, mais encore que Dieu avait déterminé sa naissance, ces trois rédacteurs du Nouveau Testament ont voulu exprimer fortement le rapport particulier qui s'était établi entre Jésus et Dieu. Quel autre terme aurait pu, mieux que « Fils », rendre compte d'une façon intelligible, sinon parfaitement adéquate, de la relation entre Jésus et Dieu ? L'examen critique des textes où l'expression paraît, dans les synoptiques, prouve que Jésus ne se l'est pas appliquée à lui-même, et que, d'ailleurs, elle n'avait encore reçu aucune application messianique en Israël. Les Juifs ne donnaient pas par avance au Messie ce titre de

Fils de Dieu. Le Messie devait être pour eux non le fils mais le Serviteur de Dieu ; et tel était le terme consacré pour désigner les hommes de Dieu. Plus tard, les lecteurs du Nouveau Testament ont opéré naturellement l'amalgame : si Marie a été fécondée miraculeusement, et si Jésus est le Fils de Dieu, alors Dieu a fécondé Marie. En fait, il faut vigoureusement souligner que cette idée — la génération directe d'un homme par Dieu — ne pouvait paraître à l'esprit d'un Juif que comme une monstrueuse absurdité.

D'où vient donc cette notion de conception virginale ? Se peut-il que Matthieu, dans sa volonté de montrer combien Jésus est venu accomplir les prophéties, ait interprété la prédiction messianique par excellence d'Isaïe ? « Aussi bien le Seigneur vous donnera-t-il lui-même un signe : Voici que la jeune femme est enceinte et enfante un fils et elle lui donnera le nom d'Emmanuel * » (Is 7,14). Écoutons Matthieu à son tour (Mt 1,22-23) : « Tout cela arriva pour remplir cette parole du Seigneur qui dit par le prophète : Voici, la vierge sera enceinte et enfantera un fils et lui, on l'appellera Emmanuel, ce qui veut dire : Dieu est avec nous **. »

Avec le temps, l'affirmation de la virginité de Marie a fini par occuper la place centrale dans l'apologétique chrétienne et par constituer la grande preuve de l'origine divine de Jésus, mais cette version (et il n'y a aucune raison qu'elle soit

* Dans le texte hébreu d'Isaïe, il est écrit *almah*, « l'adolescente », que les Septante ont traduit par le grec *parthenos*, « la vierge ».

** Tout au long de son Évangile, Matthieu rappelle les prophéties messianiques (Mt 2,15 ; 17,23 ; 4,14 ; 8,17, etc.).

fausse du point de vue de la foi) a eu bien d'autres conséquences. Le personnage de Joseph, par exemple, a subi les implications de la virginité de Marie. Quel âge avait-il ? Les images traditionnelles le représentent comme un vieil homme. Or rien, dans les Évangiles, ne permet de lui donner un âge vénérable. Au contraire, la tradition voulait qu'un homme se marie à dix-huit ans. Si tel est l'âge de Joseph quand on le fiance à Marie, comment croire qu'il ne l'a jamais touchée après la naissance de Jésus ? Matthieu précise : « Joseph fit comme l'ange du Seigneur lui avait prescrit, il prit sa femme et il ne la connut pas jusqu'à ce qu'elle enfante un fils et il l'appela Jésus. » Cela signifie que Joseph ne répudie pas Marie mais l'épouse, et reconnaît l'enfant qu'elle porte puisque, selon la Loi, il lui donne un nom, ce qui se faisait au moment de la circoncision, au Temple, et par le père légal. Mais sont-ils restés vierges tous les deux après la naissance de Jésus, comme l'a prétendu saint Jérôme ? Saint Bernardin de Sienne argumente ainsi : « Comment un esprit clairvoyant peut-il penser que l'Esprit saint ait uni d'une union si étroite à l'âme d'une Vierge si grande quelque autre âme, sans que celle-ci lui fût très semblable par la pratique des vertus ? Je crois donc que saint Joseph fut le plus pur des hommes en virginité, le plus profond en humilité, le plus ardent en amour de Dieu et en charité, le plus élevé en contemplation[3]. »

Les tenants de la virginité *ante partum* pensent qu'après la naissance de Jésus, Joseph et Marie ont vécu leur vie conjugale comme tous les autres couples. Les frères et les sœurs évoqués par les évangélistes seraient nés de cette alliance. Les tenants de la virginité perpétuelle ont choisi de vieillir Joseph au point qu'il devienne une sorte de figure paternelle. Et puisque tout Juif normal se devait d'épouser une jeune femme, la légende en a fait un veuf vénérable. Marie aurait été la seconde épouse de Joseph et lui-même un mari andropausé tout à fait inoffensif pour sa nouvelle jeune femme. Cette deuxième version, développée dans le récit apocryphe du Protévangile de Jacques, permet en outre d'imaginer des enfants d'un premier lit que Marie aurait élevés comme les siens.

La disparition rapide du personnage de la scène corrobore la thèse d'un Joseph âgé. En effet, pendant le ministère public de Jésus, il n'est plus question de son père comme personnage vivant. Il apparaît pour la dernière fois lors de la fugue de Jésus au Temple, quand ce dernier avait douze ans, épisode conté par le seul Luc. Saint Épiphane * fait mourir Joseph cette année-là. Des légendes apocryphes disent que Jésus avait plutôt dix-neuf ans quand Joseph est mort. Nul ne sait. Joseph disparaît des récits où il n'a jamais été bien présent. On verra Jésus face à sa mère et ses frères, on verra Marie seule au pied de la Croix, on verra Jacques, le « frère », se ranger à la foi des apôtres et prendre la tête de l'Église de Jérusalem ; mais de Joseph, point. Et à cette disparition, il faut encore ajouter la volonté déterminée de Jésus de rester silencieux

* Épiphane de Salamine (310-403), inventeur de la théologie mariale et de la virginité perpétuelle de Marie.

sur sa famille, et sa détermination de rompre radicalement avec elle. En ce jour de l'an 28 de notre ère, Jésus, en rangeant ses outils de charpentier, en fermant la porte de sa maison de Nazareth pour partir vers le Jourdain, savait sans aucun doute qu'il ne reviendrait jamais « vivre parmi les siens le reste de son âge ».

Le sort de Joseph nous est donc inconnu, comme nous sont inconnues l'enfance, l'adolescence et les premières années d'homme accompli de Jésus. « L'enfant croissait, se fortifiait, se remplissait de sagesse, et la grâce de Dieu était sur lui », dit Luc (2,40). « Et Jésus avançait en sagesse, en âge et en grâce devant Dieu et les hommes » (Lc 2,52), ajoute l'évangéliste un peu plus loin. Mais quelle était sa vie ? Les historiens n'ont pu qu'avancer des hypothèses, fondées sur les connaissances du milieu social et culturel de la Galilée du Ier siècle. Pays fertile et doux, ouvert aux influences étrangères, la Galilée, pendant l'enfance de Jésus, connaît un regain de foi, un réveil d'identité nationale et religieuse. Et nul doute que ces accents aient atteint la petite ville toute rurale de Nazareth, dressée à flanc de colline, qui abritait de mille cinq cents à deux mille âmes. Depuis la dernière révolte menée par Judas de Gamala, contre une levée abusive d'impôts décidée par Quirinus, en 7 de notre ère, le pays est assez calme et la vie, à Nazareth, bien réglée. Ici, les familles respectent scrupuleusement les pratiques fondamentales de la Loi mosaïque. Tous les samedis, on se réunit dans la maison de prières, la synagogue, autour du rabbi. Pour autant, on n'argumente pas pendant des heures comme en Judée, autour des scribes et des pharisiens. On pratique une foi simple. Une fois par an au moins, si possible pour chacune des trois fêtes, et de préférence pour la Pâque, on se rend à Jérusalem, au Temple. Joseph et Marie, bien qu'ils n'appartiennent à aucune famille sacerdotale, respectent eux aussi ces pratiques. Les heures de la semaine s'égrènent entre travaux domestiques, artisanat, petits commerces et travaux des champs pour les adultes, école et jeux dans les rues ou les prés pour les enfants. Les récoltes rythment les saisons, le blé et la vigne, les olives et les figues aussi, auxquelles participent tous les membres de la famille et dont les images fleuriront tellement les paraboles de Jésus. À Nazareth, en ces années cachées, le rituel quotidien est sans surprise. Le matin, chacun part vaquer à ses occupations. Les femmes vont au puits tirer l'eau. Le soir, les artisans et les commerçants retrouvent les pasteurs qui font rentrer leurs troupeaux et les paysans qui ont cultivé leurs champs. On travaille. On loue le Seigneur. On souffle tôt les lampes à huile. On vit au rythme du soleil.

Si Jésus est bien l'aîné de la famille, nul doute que Joseph, à ce titre, lui prête une attention particulière. Il lui apprend les secrets de son métier de *tekton* (artisan du bois), les mystères du bois, le principe des nombreux outils pour travailler les différentes essences et ces mots, ces techniques resurgiront eux aussi dans ses discours. Poutres pour les toitures, petits meubles, jougs pour les charrues, portes et fenêtres — il faut transporter, tailler, couper, poncer et ces exercices ont dû développer Jésus, lui donner force et santé. Quand Jésus a eu cinq ans, Joseph a envoyé son fils à l'école, où il a appris à écrire et à lire la Bible hébraïque*. Sans recevoir une éducation particulièrement raffinée que le lieu ne devait pas prodiguer, Jésus maîtrisera vite toutes les finesses de la Torah, comme la suite le prouvera.

À douze ans, âge auquel un garçon entre dans la vie adulte, Jésus accomplit son premier pèlerinage au Temple, pour Pâque, avec ses parents. Luc (Lc 2,41-49) raconte même (mais il est le seul à divulguer cette anecdote) que Jésus fait une fugue au cours de ce voyage. Écoutons-le :

> Ses parents se rendaient chaque année à Jérusalem pour la fête de Pâque. Quand il eut douze ans, ils y montèrent comme d'habitude pour la fête et, à la fin, comme ils s'en retournaient, l'enfant Jésus resta à Jérusalem à l'insu de ses parents. Ils crurent qu'il était dans la caravane et firent une journée de chemin. Ils le cherchaient parmi les parents, les connaissances et, ne le trouvant pas, ils s'en retournèrent le chercher à Jérusalem. Ils le trouvèrent au bout de trois jours, dans le Temple, assis au milieu des maîtres, à les écouter et les questionner ; et tous ceux qui l'écoutaient s'extasiaient sur son intelligence et ses réponses. Ils furent frappés de le voir ; sa mère lui dit : Enfant, pourquoi nous as-tu fait cela ? Voilà que ton père et moi nous nous rongeons à te chercher. Il leur dit : Pourquoi me cherchiez-vous ? Ne saviez-vous pas que je dois être aux affaires de mon père ?

Cette fugue, ces discours aux docteurs de la Loi, c'est le premier signe de la grande originalité de Jésus, et de son indépendance, vis-à-vis des

* D'après S. Safrai (*The Jewish people in the first Century*, Van Goerum/Fortress, Philadelphia, 1987), chaque ville de Palestine entretenait une école élémentaire, consacrée à la lecture de la Bible, où les enfants se rendaient à partir de cinq ans.

membres de sa propre famille. C'est aussi le signe que Jésus était loin d'être illettré * — beaucoup l'ont prétendu parce que Jésus parle mais n'écrit pas.

Élevé à Nazareth, Jésus parle l'araméen, et un peu d'hébreu qu'il a appris à la synagogue. Parlait-il le grec ? Quelques rudiments sûrement : son père, charpentier, pratiquait sans doute cette langue pour son commerce, idiome largement répandu dans tout ce pays fortement et longtemps hellénisé. La famille de Jésus n'était pas riche, mais

* Le fait que Jésus n'écrive pas ne peut pas être une preuve irréfutable de son possible analphabétisme. Dans l'Antiquité, comme le fait remarquer George Steiner dans son ouvrage *Le Silence des livres* (Arléa, 2006), la « confrontation face à face, la communication orale dans des espaces publics sont de l'ordre de l'essence. La méthode socratique participe d'emblée de l'oralité, où la rencontre réelle, la présence, l'acte de présence de l'interlocuteur sont indispensables. » Comme pour Socrate, la rhétorique de Jésus, sa gestuelle « mettent en corps », selon l'expression de Shakespeare, la venue de l'argument et du sens. De plus, « le recours à l'écriture lamine le pouvoir de la mémoire. Ce qui est écrit, ce qui est ainsi stocké, ne mérite plus d'être confié à la mémoire. Une culture orale est celle du souvenir toujours réactualisé ; un texte, ou une culture du livre, autorise toutes les formes de l'oubli. La distinction touche au cœur même de l'identité humaine et de la *civilitas*. Là où la mémoire est dynamique, là où elle sert d'instrument à une transmission psychologique et commune, l'héritage se transforme en présent. La transmission de mythologies fondatrices, de textes sacrés au travers des millénaires, [...] attestent du potentiel de la mémoire. Savoir "par cœur" — que d'informations, ici, dans cette locution — suppose de prendre possession de quelque chose, d'être possédé par le contenu du savoir en question. Cela signifie que l'on autorise le mythe, la prière, le poème à venir se greffer et à fleurir à l'intérieur de nous-même, enrichissant et modifiant notre propre paysage intérieur [...]. Jusqu'à quel point, au sens propre, matériel, Jésus de Nazareth fut un illettré demeure une énigme épineuse, parfaitement insoluble. [...] La sagesse divine incarnée dans l'homme Jésus met en échec la sapience formelle et textuelle des clercs et des érudits du Temple. Jésus enseigne en paraboles, dont l'extrême concision, le caractère lapidaire en appellent éminemment à la mémoire. [...] Le maître et mage venu de Galilée est un homme qui appartient au monde oral, une incarnation du Verbe (le *logos*), dont la doctrine première et les exemples sont de l'ordre de l'existence, d'une vie et d'une passion non pas écrites dans un texte, mais réalisées en actes. [...] Le judaïsme de la Torah et du Talmud, l'islam du Coran sont comme deux branches d'une même racine "livresque". L'exemplarité du message chrétien, contenue dans la personne du Nazaréen, vient de l'oralité et se proclame à travers elle ».

elle n'était pas misérable pour autant. Dans l'échelle sociale assez sommaire de ce Iᵉʳ siècle, elle avait, sous elle, toute la catégorie des travailleurs journaliers, des esclaves agricoles ou des mendiants. Elle vit en marge de l'ébullition permanente de Jérusalem, ville cosmopolite et riche, religieusement survoltée où, de façon générale pour la population et très particulière pour les prêtres et les familles sacerdotales aristocratiques, on considère la Galilée comme le ban du pays, et les Galiléens comme des culs-terreux.

Trente-trois ans au moins à Nazareth, comme fils d'un artisan du bois.

Peut-on rêver meilleur endroit et meilleure condition pour un incognito ?

La vie nouvelle

Tous les caractères qui se sont forgés dans la lutte et au travers de forts bouleversements comme ceux, par exemple, de Paul, Augustin ou Luther, ont toujours gardé des traces indélébiles de cette lutte. Leur image a quelque chose de rude, de sévère, de sombre. On ne retrouve rien de tout cela chez Jésus. Dès le début, il se présente à nous comme une nature parfaite, soumise uniquement à sa propre loi intérieure, qui a pleine conscience d'elle-même et qui n'a aucun besoin de se convertir ni de commencer une nouvelle vie [1].

David Strauss, auteur de cette biographie « rationalisée » de Jésus en 1835, et qui fit scandale, souligne ce point si particulier du portrait de Jésus. Un caractère tout entier tendu vers une fin connue, qui déambule sur une scène comme s'il en connaissait à l'avance tous les décors, à la fois personnage principal et metteur en scène d'une tragédie dont il sait déjà les grands actes et l'aboutissement. On peut lire les Évangiles en commençant par la fin, ou les ouvrir au hasard : Jésus entrant dans son ministère public est le même que Jésus portant sa Croix — aucune évolution psychologique notable ne modifie son discours, aucune surprise n'altère sa vision du monde.

Il sait à l'avance. Il accomplit une mission dont il connaît déjà toutes les étapes. Il diffuse avec la même intensité cette lumière qui parfois aveugle. Les évangélistes ont eux-mêmes ressenti ce mystère : aucune chronologie ne structure leurs récits, comme si aucun événement n'avait entraîné la course vers la mort, aucun enchaînement tragique, aucun engrenage fatal n'avaient conduit Jésus sur la Croix, comme si tout était joué depuis toute éternité. Certes, leurs textes sont écrits dans un souci d'édification, pour éclairer un enseignement plus qu'un cheminement mais cette finalité ne suffit pas à balayer toute la chronologie des actes et des paroles de Jésus. Pourtant, dans les Évangiles, entre la Nativité et la Passion, le temps est en vrac. Ce puzzle donne le vertige. Matthieu le sait, qui raccroche son récit à la logique des prophéties et à la démonstration de leur accomplissement. Luc tente de retrouver l'équilibre en inventant des structures narratives dignes d'un romancier. Marc avoue humblement qu'il n'a rien, ou presque rien compris dans ce qu'il a recopié des souvenirs de Pierre, sauf l'éblouissement et la force du propos, saisi qu'il était par l'effroi d'en oublier un mot. « Entrez par la porte étroite », recommande Jésus, « car large est la porte et spacieux le chemin qui mène à la perdition, et ils sont beaucoup à y entrer; car étroite est la porte et resserré le chemin qui mène à la vie, et ils sont peu à la trouver » (Mt 7,14). Mais la porte franchie, rien n'est assuré pour autant : voilà les marcheurs dans un labyrinthe.

Premier désarroi : Jésus a passé quelque trente-trois ans dans l'anonymat de Nazareth. Trente-trois ans ! Pourquoi toutes ces années ? S'est-il donné le temps d'apprendre son métier d'homme, de découvrir ce qu'est un homme ? À la façon que révélera saint Irénée plus tard : « Comment d'ailleurs seras-tu Dieu, alors que tu n'as pas encore été fait homme ? Comment seras-tu parfait alors que tu viens à peine d'être créé ? Car il te faut d'abord gagner ton rang d'homme et ensuite, seulement, recevoir en partage la gloire de Dieu [2]. » Des historiens ont avancé l'hypothèse que Joseph décédé, Jésus, seul homme à la maison ou aîné à la tête d'une demi-douzaine de frères et sœurs, ou de cousins et cousines, a dû travailler pour nourrir sa famille. Les cadets grandis, enfin en âge de prendre le relais, il a rangé ses outils et pris le chemin de Beth-Bara, le lieu du gué. Et il surgit enfin sur cette route poudrée de poussière et de soleil, pour descendre dans les eaux du Jourdain.

Mais pourquoi a-t-il soudainement quitté son village et sa famille ? Hasard ? Providence ? Sans savoir même ce qui l'attendait ? Mais, si rien n'était prémédité, pourquoi, à son âge, serait-il encore célibataire ? Ni Paul ni aucun évangéliste ne posent la question. Et pourtant, on l'a vu avec le désespoir de Joachim et Anne, avec Zacharie et Élisabeth, Abraham et Sara (et qu'ils aient vécu cette stérilité ou pas n'a aucune importance, leurs lamentations traduisent l'état d'esprit des Juifs sur cette question), ne pas se marier, c'est priver Israël d'enfants ; ne pas avoir d'enfants, c'est une malédiction, celle de la stérilité absolue. Dans la religion juive, le mariage fait partie du plan de Dieu. C'est un lien sacré qui permet de s'accomplir pleinement. « Le judaïsme légitime le mariage en tant qu'institution sociale, en lui accordant un statut ontologique, en le situant à l'intérieur d'un cadre de référence cosmique et ne met jamais en question qu'il soit pour chaque adulte un état naturel et souhaitable[3]. » En s'épousant, affirme le *Zohar*, le « Livre de la splendeur », l'homme et la femme recomposent l'âme descendue du ciel en deux parts. Un grand prêtre doit être marié ; s'il ne l'est pas encore, il ne peut célébrer Yom Kippour. Un père a l'obligation de trouver une épouse à son fils. Le mariage est un sacrement. D'ailleurs, il est *qiddouchin* : sanctification. Mais Jésus, lui, n'est pas marié.

Joseph, son père, est certainement mort avant d'avoir pu lui choisir une femme, comme l'usage l'y obligeait. Mais ce n'est pas la raison de ce célibat. À l'époque de Jésus, la Loi a prévu deux occasions annuelles pour les jeunes hommes encore libres de se choisir une fiancée. Le 15 Av, c'est-à-dire entre juillet et août, et au moment de Yom Kippour, les jeunes filles à marier dansent dans les vignes sous les yeux des célibataires. Jésus a sans doute participé à ces fêtes ; tout le village y participait. Mais il n'a pas choisi. Depuis ses dix-huit ans, âge légal recommandé pour convoler, jusqu'à ce jour de l'an 15 du principat de Tibère, au Jourdain, Jésus est resté obstinément seul.

On a avancé que Jésus n'était pas marié car il était d'une laideur peu commune. Si cela avait été le cas, l'objection ne tiendrait pas pour autant. La Loi juive précise que c'est le mari qui épouse sa femme, et jamais l'inverse. L'homme choisit et la femme se soumet. De plus, on ne sait rien de la

« figure » de Jésus en dehors de légendes bien postérieures à lui et dépourvues d'autorité. Certes, une tradition ancienne, forte d'une prophétie d'Isaïe, a privilégié l'idée d'un Jésus à l'apparence misérable : « Devant lui, celui-là végétait comme un rejet/comme une racine sortant d'une terre aride / il n'avait ni aspect, ni prestance tels que nous le remarquions, / ni apparence telle que nous le recherchions. / Il était méprisé, laissé de côté par les hommes » (Is 53,2-3). Origène a conforté cette idée. Il s'est plu à décrire Jésus de Nazareth comme un être petit, disgracieux, et semblable à un homme de rien. Une seconde tradition, à l'opposé de la version d'Origène, s'est, elle, inspirée de l'influence grecque et de l'olympisme qui veut l'union de la beauté et de la divinité. Les disciples de Jésus le décrivirent comme tel, beau, et beaucoup plus grand que le commun des mortels. Après tout, un psaume (Ps 45,3) ne proclame-t-il pas : « Tu es le plus beau des enfants des hommes, la grâce est répandue sur tes lèvres » ?

Des faux témoignages ont même été fabriqués dans ce sens. La *Lettre de Lentulus*, appelée ainsi à cause de son auteur putatif, un certain Publius Lentulus, totalement fictif, qui s'intitule gouverneur de Jérusalem, adresse au Sénat de Rome la communication suivante :

Il est apparu ces derniers temps et il y a maintenant encore un homme de grande vertu, nommé Jésus-Christ, qui est appelé prophète de la vérité par les païens et que ses disciples appellent Fils de Dieu ; il ressuscite les morts et guérit les malades. L'homme est de taille moyenne et beau à voir, avec une expression digne de vénération, que peuvent aimer et craindre ceux qui le regardent. Ses cheveux ont la couleur d'une noisette précocement mûrie ; ils sont presque droits jusqu'aux oreilles, mais, à partir des oreilles, ce sont des boucles frisées, un peu plus claires et plus brillantes ; et à partir des épaules, ils flottent ; il a une raie au milieu de la tête à la manière des Nazaréens. Son front est lisse et très serein, son visage sans ride ni tache quelconque est rendu plus beau par une certaine rougeur. Son nez et ses oreilles sont irréprochables. Il a une barbe épaisse et juvénile, de la même couleur que les cheveux ; elle n'est pas longue mais se divise légèrement en deux au milieu du menton. Il a un air simple et mûr, avec des yeux verts, changeants et clairs. Redoutable quand il s'agit de blâmer, il est doux et aimable quand il s'agit d'exhorter ; il est joyeux tout en gardant son sérieux. On ne l'a jamais vu rire mais on l'a vu pleurer. Sa taille est élancée et droite ; ses mains et ses bras sont agréables à voir. Il parle peu mais avec gravité et modestie, si bien que le prophète l'a dit à juste titre éclatant de beauté plus que le fils des hommes[4].

On a aussi avancé que Jésus était marié et qu'il avait abandonné femme et enfants à Nazareth, comme il avait laissé là-bas sa mère et le reste de sa famille *. On ne voit pas pourquoi les évangélistes auraient tu ce détail qui ne pouvait que rendre Jésus plus crédible aux yeux des Juifs. Dans les Évangiles, on voit surgir des frères et des sœurs qui viennent le chercher — si Jésus avait abandonné femme et enfants comme William Phipps l'a soutenu dans son ouvrage, cette épouse fantôme se serait nécessairement trouvée dans le groupe.

* William E. Phipps, in *Was Jesus Married ? The Distortion of Sexuality in the Christian Tradition*, Harper & Row, New York, 1970, choisit de prouver que Jésus était sans aucun doute marié et père d'enfant(s) car il était inconcevable qu'il en fût autrement à l'époque. Selon Phipps, c'est parce que le mariage était un état absolument normal que personne ne parle de celui de Jésus dans le Nouveau Testament. Et s'il n'avait pas été marié, alors ce scandale aurait sans aucun doute été évoqué.

Chaque fois qu'un disciple quitte sa femme ou ses enfants pour suivre Jésus, le sacrifice est mentionné. Si Jésus avait initié cette mode, les évangélistes l'auraient cité comme exemple.

Il est à peu près certain que Jésus est bien resté célibataire. Il a consenti très tôt ce sacrifice à Dieu. Son cas est exceptionnel, mais il n'est pas unique. Les esséniens, par exemple, faisaient vœu de célibat. Ascètes retirés dans le désert, ils renonçaient au mariage pour mieux prier et se consacrer à Yahweh. En Égypte, la secte des thérapeutes pratiquait l'abstinence sexuelle et le contrôle des sens [5]. Hommes et femmes vivaient séparément et ne se retrouvaient que le temps de célébrer le shabbat. On le voit, dans la richesse et la multiplicité des courants du judaïsme de ce Ier siècle, le célibat, quand il est une consécration à Dieu, ne soulève pas toujours réprobation et dénigrement. D'ailleurs, Jean-Baptiste était lui aussi et sans aucun doute célibataire. Rien dans les Évangiles ne corrobore cette thèse mais comment imaginer une femme et des enfants quand on sait que l'homme, couvert de poils de bête, vivait dans le désert où il se nourrissait au mieux de sauterelles et de miel, au pire de racines et de copeaux de bois, ou parcourait le pays de long en large, les pieds dans l'eau pour baptiser ? Enfin, lorsque Jean est exécuté par Hérode Antipas, ses disciples viennent chercher son corps pour l'enterrer, rite éminemment sacré pour les Juifs et qui incombait aux époux et aux enfants (Mc 6,29). Or nulle part il n'est question d'une femme ou d'enfants pendant ces obsèques. La logique la plus rigoureuse permet de supposer que Jean-Baptiste était célibataire, et que Jésus l'était aussi. Les deux avaient fait ce choix radical dès l'âge de dix-huit ans. Jésus l'explique très bien : « Car il est des eunuques qui sont nés tels du ventre de leur mère, il est des eunuques qui ont été faits eunuques par les hommes, et il est des eunuques qui se sont eux-mêmes faits eunuques à cause du règne des cieux. Comprenne qui peut comprendre ! » (Mt 19,12).

Jésus n'a pas fondé de famille au sens légal et biologique (et si, un court instant, on songe qu'il était bien ce que ses disciples ont fini par deviner et par dire qu'il était le « Fils de Dieu », tout s'éclaire dans ce choix). La rupture qu'il opère avec sa propre descendance, il l'exerce aussi avec les siens, brutalement, d'abord en les quittant du jour au lendemain, ensuite en refusant de réintégrer la cellule familiale. Il faut bien mesurer la gravité de cette séparation : la famille avait une importance considérable au temps de Jésus, spécialement dans les petites villes et les campagnes, et plus particulièrement encore chez les Juifs. Elle était un élément constitutif de l'histoire et du destin de ce peuple. À travers elle, les valeurs intangibles de la Loi se transmettaient de génération en génération. Fonder une famille, c'est bâtir une maison. On est de la « maison de Juda », de la « maison de David », par où le nom se perpétue. Frapper ou maudire ses parents est sanctionné par la peine de mort (Ex 21,15-17). Le fils rebelle doit être lapidé (Dt 21,18-21).

Ces éléments en tête, on peut mieux mesurer la violence de la rupture de Jésus avec les siens et deviner, au regard de l'anecdote que racontent Marc et Matthieu, dans quels déchirements a eu lieu son départ initial : un jour, Jésus est chez Pierre, à Capharnaüm où il jette l'ancre entre deux voyages. La foule, le sachant présent, a envahi les lieux. Dès qu'ils apprennent que Jésus est de retour d'un long périple, alertés par le tapage qu'il fait autour de lui, par le nombre qui le suit et par la réaction des scribes et des pharisiens, « les siens sortirent se saisir de lui ; car ils disaient : Il est hors de lui ! » (Mc 3,21). Marie, on s'en doute, a peur pour la sécurité de Jésus. Elle sait le sort réservé aux fauteurs de troubles. Jean le baptiseur n'a-t-il pas été arrêté et jeté dans les geôles de l'imprenable forteresse de Machéronte ? Les scribes sont à Capharnaüm eux aussi, descendus de Jérusalem, et nul doute qu'ils ont été mandatés par le Sanhédrin. Ils haranguent les curieux du haut de leur autorité de religieux et de savants. Ils assurent que Jésus est possédé par le diable. Marie entend les invectives. Elle tremble. Et si la foule, versatile comme toujours et partout, croyait les scribes — docteurs de la Loi — et se retournait contre son fils ? Marie crie à son tour. Elle prétend que Jésus n'est pas responsable de ses actes. « Il est hors de lui ! » Arrêterait-on un incapable ? La famille tout entière joue des coudes, pousse les uns, se faufile entre les autres. En vain. Ils voudraient entrer à leur tour et le tirer dehors pour le ramener à Nazareth. C'est pour cela que Marie a demandé aux frères et aux sœurs de Jésus de l'accompagner — pour lui prêter main-forte. Mais on ne les laisse pas passer.

« Sa mère et ses frères viennent donc. Comme ils étaient dehors, ils l'envoyèrent appeler. Et une foule était assise autour de lui. On lui dit : Voilà dehors ta mère, tes frères et tes sœurs qui te cherchent. Et il leur répond : Qui est ma mère ? Et mes frères ? Et dévisageant ceux qui sont assis en rond autour de lui il dit : Voici ma mère et mes frères. Quiconque fait la volonté de mon Père qui est aux cieux, celui-là m'est un frère et une sœur et une mère » (Mc 3,21 ; 31-35 ; Mt 12,46-50 ; Lc 8,19-21).

Jésus s'est constitué une nouvelle famille. Il a élargi la sienne à tous les Juifs, et au-delà encore, à tous les malheureux, à *tous ses prochains*. Au centurion romain (un idolâtre), aux publicains (des impurs), aux pauvres, aux êtres prostitués. Il a choisi tous ceux-là pour être ses frères et ses sœurs, ses mères. Parce que tous ont le même père, un seul Père, Abba, aux Cieux, Dieu.

Lorsque, à douze ans, quelques jours avant sa majorité (elle était de treize ans et un jour pour les garçons), Jésus fait une fugue, il revendique son droit à rester à Jérusalem, au Temple, pour y parler des affaires de son vrai père. Déjà, il leur tourne le dos, sans état d'âme pour le désarroi de Joseph et de Marie : « Enfant, pourquoi nous as-tu fait cela ? Voilà que ton père et moi nous nous rongeons à te chercher » (Lc 2,48). Puis il était rentré, *soumis*, précise Luc. Il ne rentrera plus maintenant, et ce qu'il est, il le doit à Dieu. Il veut que chacun opère la même rupture, s'élève de la même façon, dépasse les barrières mesquines de la famille biologique, loue le Seigneur, le vrai Père pour les vertus reçues et les lumières de la conversion, et non pas pour les petits talents congénitaux. À la femme qui se dresse dans la foule, un jour, pleine d'admiration, enthousiaste, subjuguée par ses paroles et lui crie : « Magnifique le ventre qui t'a porté et le sein qui t'a allaité ! », Jésus rétorque, implacable : « Magnifiques, en tout cas, ceux qui entendent la parole de Dieu et ceux qui la gardent » (Lc 11,27-28). Jésus refuse de thésauriser le succès de ses paroles, d'en enrichir les siens, d'en redorer le blason familial, comme on avait coutume de le faire. C'est le blason de Dieu qui doit briller, et cet éclat rejaillira sur ceux qui entendent sa parole. Entendent ? Aux deux sens du terme : écouter et comprendre. Et la gardent comme un trésor.

Jésus exige le même engagement absolu de tous. À un disciple qui lui dit « Je te suivrai, seigneur, mais permets-moi d'abord de me séparer de ceux de ma maison », il répond : « Quand on a mis la main à la charrue et qu'on regarde en arrière on n'est pas apte au règne de Dieu » (Lc 9,62).

Aux grosses foules qui vont avec lui, il dit : « Si quelqu'un vient à moi et ne déteste pas son père, sa mère, sa femme, ses enfants, ses frères, ses sœurs et jusqu'à sa vie, il ne peut pas être mon disciple. [...] Ainsi donc, quiconque d'entre vous ne se sépare pas de tous ses biens, ne peut pas être mon disciple » (Lc 14,26 ; 35).

De tous ses biens, même les plus chers : les biens de chair et de sang, père, mère, frère et sœur.

De toutes ses obligations, stériles au regard des exigences de Dieu. « Seigneur, permets-moi d'aller d'abord ensevelir mon père. Jésus lui dit : Suis-moi et laisse les morts ensevelir leurs morts » (Mt 8,21-22). Les morts ? Ceux qui n'entendent pas l'appel. Ceux qui n'y répondent pas.

Mais pour le moment, Jésus est seul. Il n'est entouré d'aucun disciple. Il vient de rencontrer Jean-Baptiste et Jean-Baptiste vient de le baptiser. Encore ruisselant d'eau, sans un regard derrière lui, il part pour le désert. « Alors Jésus fut emmené au désert par l'Esprit pour être mis à l'épreuve du diable » (Mt 4,1) ; « Et aussitôt, l'Esprit le pousse au désert » (Mc 1,12) ; « Jésus, plein de l'Esprit saint, s'en retourna du Jourdain et, mené par l'Esprit à travers le désert, il y fut mis à l'épreuve du diable pendant quarante jours » (Lc 4,1).

D'où les trois évangélistes, Matthieu, Marc, et Luc, tiennent-ils cette information ? Curieusement, Jean, le seul des quatre rédacteurs du Nouveau Testament qui n'évoque pas cet épisode, est le seul qui aurait pu être le témoin du départ de Jésus pour ces terres hostiles. Il faut donc en conclure que même s'il est allé au désert fortifier sa foi, prier, ce passage des Évangiles ne relate pas une réalité. Il annonce qu'après avoir été investi par l'Esprit saint, au moment du baptême par l'eau, Jésus est désormais accompagné par l'Esprit pour recevoir le baptême du feu. Au désert, Jésus va triompher de Satan parce que l'Esprit lui souffle toute sa puissance. Grâce à celle-ci, Jésus peut vaincre à son tour toutes les épreuves qu'avant lui le peuple hébreu a traversées pendant ses quarante années d'Exode, quand il cherchait la Terre promise. Grâce à l'Esprit, Jésus pourra mener sa mission : à la fois Moïse et Josué, Nouvelle Alliance, il mènera les Juifs unis, rassemblés, au Royaume de Dieu *.

Le désert n'est pas un lieu anodin pour les Juifs. Il est même devenu un espace porteur de sens, et le parloir de Dieu. Du VIIIe au VIe siècle avant notre ère, les prophètes y ont rencontré Yahweh et les Juifs ont gardé la nostalgie de Sa voix, qu'entretiennent les prophètes tels qu'Osée, Jérémie ou Isaïe, ce dernier surtout, qui affirme que la réconciliation avec Dieu se manifestera par un retour au désert.

Tu te souviendras de toute la route que le Seigneur ton Dieu t'a fait parcourir depuis quarante ans dans le désert, afin de te mettre dans la pauvreté ; ainsi il t'éprouvait pour connaître ce qu'il y avait dans ton cœur et savoir si tu allais, oui ou non, observer ses commandements. Il t'a mis dans la pauvreté, il t'a fait avoir faim et il t'a donné à manger la manne que ni toi ni tes pères ne connaissiez, pour te faire reconnaître que l'homme ne vit pas de pain seulement, mais qu'il vit de tout ce qui sort de la bouche du Seigneur (Dt 8,2-3).

Dans le deuxième paragraphe de son *Decalogo*, Philon insiste sur le fait que Dieu a voulu donner la Loi à son peuple dans le désert parce qu'Il voulait que ce fût loin de la ville, corruptrice à la fois moralement et physiquement. C'est parce que le désert est pur que Dieu l'a choisi pour l'Alliance. Selon Isaïe (40, 3), Judas Maccabée a entraîné une dizaine d'hommes dans le désert de Judée pour y mener la

* Benoît XVI, dans son *Jésus de Nazareth* (Flammarion 2007), précise la portée théologique de ce passage : « Se tenant au cœur originaire de sa mission, Jésus doit entrer dans le drame de l'existence humaine, le traverser jusqu'au plus profond, afin de retrouver ainsi la "brebis égarée", de la prendre sur ses épaules et de la ramener au bercail. »

vie de bêtes sauvages et ne manger que des herbes, afin de se décontaminer de la souillure consécutive à la profanation du Temple par Antiochus Épiphane. Et bien que le désert soit aussi le lieu de l'épreuve, le lieu du passage que hantent les bêtes féroces, les hyènes et les démons, le lieu où les fautifs tels Caïn, Agar ou Ismaël ont été rejetés, les thérapeutes et les esséniens choisissent de fuir là-bas la pourriture du monde, et d'y vivre l'ascèse qui les rendra dignes de l'Israël céleste. Ainsi que l'écrit Marie-Madeleine Davy : « Ce creuset symbolise moins un lieu qu'un état. Il inaugure un passage du dehors au-dedans, du chaos à l'ordonnance, de l'esclavage à la liberté[6]. »

Au désert, Satan tourmente Jésus. Il lui promet trois pouvoirs : la séduction sur les foules par le don de leur distribuer pains et richesses. Le pouvoir sur les terres et les biens de ce monde pour dominer l'humanité tout entière. Le pouvoir de se relever sain et sauf d'une chute vertigineuse, depuis le pignon du Temple, et celui de subjuguer les foules. Dans ses réponses à Satan, Jésus rappelle trois principes fondamentaux de la Loi : l'homme ne se nourrit pas uniquement de pain ; il doit adorer et servir le Seigneur seul, et il ne doit pas mettre le Seigneur à l'épreuve.

Après avoir vaincu le diable, après avoir jeûné et prié pendant quarante jours, Jésus, au contraire des esséniens et des thérapeutes, ne s'installe pas au désert. Il revient au monde. « Jésus s'en retourna en Galilée, par la puissance l'Esprit » (Lc 4,14).

Il est temps pour lui d'accomplir sa mission.

Va-t-il l'accomplir seul, cette mission ?

Après son baptême, à son retour du désert, Jésus revient vers Jean-Baptiste. « Le lendemain Jean était encore là avec deux de ses disciples. Il regarda passer Jésus » (Jn I,35-36). À partir de ce verset, la question s'est posée de savoir si Jésus a été ou pas le disciple du Baptiste [7]. S'est-il joint au groupe de ces hommes qui proclamaient l'imminence de la fin des temps et réclamaient le repentir ? A-t-il baptisé avec eux, puis a-t-il constitué un petit groupe de disciples et a-t-il baptisé de son côté ?

Quelques historiens réfutent cette idée *, même si tous conviennent que Jésus avait épousé, par son baptême, l'ensemble des théories du Baptiste ; il les avait faites siennes. Aux yeux des hommes qui le voyaient passer, qui l'écoutaient, Jésus était, théologiquement parlant, de la famille de Jean-Baptiste — l'un de ses disciples. Selon l'évangéliste Jean, Jésus aurait passé un certain temps à perpétrer le rituel du baptême : Jésus lui-même immergeait dans le Jourdain : « Après quoi Jésus vint avec ses disciples dans le pays de Judée et il s'y attardait à immerger avec eux. Jean immergeait aussi, à Aïnôn, près de Salim, parce qu'il y avait là beaucoup d'eau et on y venait se faire immerger, car Jean n'avait pas encore été jeté en prison » (Jn 3,22-24).

Jean est le seul à raconter que Jésus pratiquait le rite du baptême et il est fort possible qu'il le fît. Les rites de purification faisaient partie de la vie religieuse des Juifs. Tous, quelle que soit la secte à laquelle ils appartenaient, considéraient les rituels

* Parmi eux, les historiens Ernst, Gnilka et Jéremias.

extérieurs comme des préliminaires indispensables à la prière ou à la conversion. Aux yeux d'un fidèle du Ier siècle, s'en abstenir, c'était s'exclure soi-même de la Loi. Si Jean-Baptiste avait quelque autorité à la prédication, quelque autorité au baptême par sa naissance, puisqu'il appartenait à une famille sacerdotale, Jésus, lui, était un simple laïc, venu de nulle part. Il ne pouvait pas prétendre parler de Dieu, ni apporter aucune preuve, par un geste au moins, de son respect de la Loi. Pourtant, ni Matthieu, ni Marc, ni Luc ne précisent que Jésus a baptisé à son tour. Plus incroyable encore, quelques versets plus loin, juste après sa précédente affirmation, Jean raconte : « Quand le Seigneur sut qu'on rapportait aux pharisiens que Jésus faisait et immergeait plus de disciples que Jean, *bien que ce ne fût pas Jésus qui immergeât mais ses disciples* [...] » (Jn 4,1-2) *. Alors ? Jésus baptise-t-il, oui ou non ? Pourquoi ces tergiversations ? Pourquoi cette version contradictoire, quatorze versets plus loin ?

Elles expriment le malaise qui existait entre les deux communautés : les disciples de Jésus et ceux de Jean-Baptiste. Or les seconds, dans les premiers temps de l'Église, continuaient à vénérer Jean-Baptiste comme le Messie, et traitaient donc Jésus d'usurpateur. Jean ne le cache pas. « Il y eut alors une contestation des disciples de Jean avec un Juif à propos de purification. Ils vinrent dire à Jean : Rabbi, celui qui était avec toi au-delà du Jourdain et à qui tu as rendu témoignage, voilà qu'il immerge et tous vont à lui » (Jn 3,25). Il était incon-

* C'est nous qui soulignons.

testable que Jean-Baptiste était le premier, l'inventeur du baptême. En même temps, il devait être très connu que Jésus baptisait avec ses disciples. Ne pouvant donc nier le fait, Jean élude la difficulté. Sous sa plume, le Baptiste répète : « Vous êtes vous-mêmes témoins que j'ai dit : "Je ne suis pas le Christ, je suis envoyé devant lui" » (Jn 3,28).

Mais l'attraction exercée par Jésus devait être très puissante puisque, à côté même du Baptiste, ce prophète qu'on vient voir des quatre coins de la Palestine, cette « voix qui crie », l'inconnu de Nazareth parvient à capter l'auditoire et à attirer à lui un grand nombre de fidèles et, bientôt, des foules nombreuses. « Sa renommée se répandit dans toute la contrée » (Lc 4,14).

Si l'on croit Jean l'Évangéliste, c'est Jean-Baptiste qui par deux fois a désigné Jésus à ses disciples. Une première fois lors de la rencontre initiale. Une seconde fois, le lendemain, alors que Jésus passait parmi eux. Au milieu des fidèles qui assistent à la scène, il y a André et — sans doute — Jean. Intrigués, les deux hommes décident de suivre ce maître que Jean-Baptiste révère, en qui il voit l'« agneau de Dieu ». Ils marchent dans son ombre, sans oser le rattraper, ni entamer la conversation. On peut imaginer ce premier chemin ensemble, dans la lumière bleue du matin — il est presque dix heures. L'ample silence du paysage, à peine sculpté de chants d'oiseaux et de cigales, avec au loin la rumeur du fleuve. La transparence du ciel léger comme la poussière qui étouffe le bruit des pas. Au bout d'un instant, Jésus se retourne et demande aux deux jeunes hommes : « Que cherchez-vous ? »

En l'an 3788 du calendrier hébraïque, les chemins pullulaient de brigands et les marauds n'étaient pas rares, qui attendaient le voyageur solitaire. Pourtant, pas une seconde Jésus n'a peur. À preuve, au lieu de lui répondre directement, André et Jean s'enquièrent de la maison de Jésus, où Jésus les invite à s'asseoir. S'il avait craint des voleurs, il ne leur aurait pas ouvert sa porte. Là, André et Jean écoutent attentivement Jésus. Et les paroles de Jésus doivent les convaincre au tréfonds de l'âme car dès le lendemain, André, débordant de joie, court chercher son frère Simon. Il lui annonce la grande, l'immense nouvelle : ils ont enfin trouvé le Messie ! Simon doit tout lâcher pour courir à son tour et aller, absolument, le rencontrer. Simon n'hésite pas. Filets, bateau, il laisse tout en plan et prend le chemin que lui indique André pour, à son tour, aller à la rencontre de Jésus.

Comme dans toutes les rencontres entre Juifs, la présentation prend toute son ampleur, le nom tout son sens. Tout d'abord, Jésus nomme Simon. Nommer, c'est donner vie. En le nommant, il honore l'homme, il le vitalise, lui et son ascendance : « Tu es Simon, fils de Jonas. » Le destin de Simon se joue à cette seconde précise. Simon, décide Jésus, sera le pilier des disciples, la pierre solide où l'on peut bâtir une maison. Comme Jésus est « Yahweh sauve », Simon sera ce roc : « Tu t'appelleras Kephas [c'est-à-dire Pierre] », lui dit Jésus. Simon ne proteste pas. L'alliance est conclue.

Puis Jésus demande à Philippe qu'il vient de rencontrer de le suivre. Philippe accepte sans hésitation et va chercher Nathanaël * — Nathanaël, Judéen radical, qui émet des doutes sur l'origine de Jésus parce qu'il vient de Nazareth. Mais il suffit d'un regard de Jésus et de quelques mots, « avant que Philippe t'appelle, je te voyais sous le figuier », pour que Nathanaël capitule. Ses réticences disparaissent. Il reconnaît le Messie en Jésus. « Rabbi, tu es le Fils de Dieu, tu es le roi d'Israël. »

Les évangélistes divergent dans leur façon de raconter comment Jésus constitue son équipe de disciples. Avec Jean et Matthieu, Jésus compose son groupe de fidèles dès son baptême et, pour Matthieu, à son retour du désert. Pour Matthieu, au contraire du récit de Jean, c'est Jésus qui convoque les hommes qui vont l'accompagner désormais. Et avec quelle autorité ! On l'a vu avec les réponses acerbes que Jésus donne à sa mère quand elle vient le chercher, être son disciple implique d'immenses sacrifices, d'énormes concessions —, en fait, de renoncer à tout. Être disciple, ce n'est pas le voir et l'entendre au hasard, ou aller l'écouter dans la synagogue quand il y prêche. Être disciple, c'est répondre corps et âme à son appel et le suivre partout, toujours, jusqu'au bout. « Et il appela ensemble la foule et les disciples ; il leur dit : Si quelqu'un veut venir après moi, qu'il se renie lui-même, qu'il prenne sa croix et me suive » (Mt 16,24). Et encore : « Ainsi donc, quiconque d'entre vous ne se sépare pas de tous ses biens, ne peut pas être mon disciple » (Lc 14,33). Son passé de menui-

* Les autres évangélistes lui donnent son patronyme : Barthélemy.

sier charpentier resurgit dans les explications qu'il donne pour illustrer ses exigences.

« Car qui d'entre vous, s'il veut bâtir une tour, ne s'assoit pas d'abord pour calculer la dépense et s'il a de quoi terminer ? De peur qu'après avoir posé les fondations il ne puisse pas finir et que tous ceux qui le verront ne commencent à se moquer de lui et à dire : voilà un homme qui commence à bâtir et ne peut pas finir » (Lc 14,28-30) !

Répondre à l'appel de Jésus n'implique pas seulement une rupture avec son groupe — donc avec une position honorable, une réputation établie dans la société, avec sa famille ou ses biens, cela représente une rupture avec un modus vivendi bien enraciné dans le quotidien des Juifs du Ier siècle. S'il existait des philosophes cyniques qui pratiquaient le voyage comme vecteur de l'étude, s'il existait des écoles rabbiniques qui impliquaient une présence permanente pendant tout le temps de l'apprentissage, il n'existait jusqu'alors aucun maître qui regroupât *ad vitam aeternam* des disciples autour de lui, à qui il enseignât, en même temps qu'il voyageait, prophétisait et guérissait. Cette innovation n'est pas une pure invention : il existe un exemple dans l'Ancien Testament. Élie, en effet, intime l'ordre à son disciple Élisée de tout abandonner — famille, biens et travail — pour le suivre partout où il ira dans Israël, de le servir, d'apprendre son enseignement pour un jour lui succéder dans sa mission de prophète. Élie, mais Élie seul à un seul prophète. Dès lors, on ne peut pas nier le côté exorbitant de l'invitation de Jésus à le suivre ni l'abnégation exigée en retour. Dans aucune autre tradition scolaire de l'Antiquité, on ne peut trouver un maître qui formule des prétentions aussi radicales à l'encontre de ses élèves.

Jésus lui-même le sait. Il expose sans euphémisme ses exigences. Il n'est pas un doux rêveur, inconscient des répercussions de ses paroles et de ses gestes. Il prévient ceux qu'il élit : « Ne croyez pas que je sois venu mettre la paix sur la terre ; je ne suis pas venu mettre la paix mais le sabre. Car je suis venu diviser l'homme d'avec son père, la fille d'avec sa mère, la bru d'avec sa belle-mère et que l'homme ait pour ennemis les gens de sa maison » (Mt 10, 34-36).

Et puis il y a eu de sanglants antécédents que tous ont en tête, et particulièrement Jésus. Flavius Josèphe raconte le sort réservé aux fauteurs de troubles et même si la Galilée est, en ces années 26-30 de notre ère, plutôt calme et prospère, la décapitation toute fraîche de Jean-Baptiste rappelle la disposition des autorités envers les meneurs d'hommes : « Voilà que je vous envoie comme des brebis au milieu des loups. Soyez donc sensés comme les serpents et purs comme les colombes. Prenez garde aux hommes : ils vous livreront aux sanhédrins, ils vous fouetteront dans leurs synagogues ; à cause de moi vous serez amenés devant des gouverneurs et des rois, en témoignage devant eux et les nations » (Mt 10,16-18).

Dans la foule qui vient l'écouter, certains suivront Jésus quelques jours, d'autres passeront une seule journée avec lui et rentreront chez eux le soir. D'autres, plus tard, sa renommée assurée dans le tout le pays, viendront de loin lui amener leurs malades. Certains, même s'ils ne le suivent pas, deviennent ses intimes et le reçoivent lorsqu'il est de passage dans le pays. Parmi ceux-là il y a Marthe et Marie, les sœurs de Lazare, à Béthanie, petit village à quelques kilomètres de Jérusalem. Il y a la belle-mère de Pierre qui recevra Jésus et ses disciples chaque fois qu'ils reviendront à Capharnaüm. Il y a aussi le groupe de fidèles qui le suit la plupart du temps et, parmi eux, des femmes : Marie de Magdala (Marie Madeleine), dans le sillage de Jésus depuis qu'il l'a guérie de ses sept démons ; Jeanne, femme de Chouza ; Suzanne ; Marie, la mère de Jacques le Petit et de José ; et enfin Salomé. Mais les disciples de Jésus, ceux parmi lesquels il choisira, un peu plus tard, un cercle encore plus restreint, celui des « Douze », c'est-à-dire les apôtres qu'il chargera d'aller porter la bonne parole, guérir et prêcher, sont ceux qu'il a directement appelés, et qui tous l'ont suivi, aveuglément.

Il est difficile d'établir de façon certaine, à cause des divergences entre Évangiles, ceux parmi les disciples connus qui feront aussi partie des Douze. Ainsi, Lévi, le collecteur d'impôts, ne sera pas envoyé en mission par Jésus. Il est un disciple, mais il n'est pas un apôtre. Pas plus que Nathanaël apparemment. Quels ont été les premiers disciples ? Ceux qui vont suivre Jésus sans même l'avoir entendu au préalable, ni l'avoir vu guérir ? Ceux à qui Jésus ordonne, et qui obéissent ? Écoutons Marc raconter la constitution du groupe : « Comme il passait le long de la mer de Galilée, il vit Simon et André, le frère de Simon, qui jetaient les filets dans la mer : car ils étaient pêcheurs. Et Jésus leur dit : Ici, derrière moi, que je vous fasse devenir pêcheurs d'hommes. Aussitôt ils laissèrent les filets et le suivirent. Un peu plus loin il vit Jacques, le fils de Zébédée et son frère Jean, eux aussi dans le bateau en train d'arranger leurs filets. Aussitôt il les appela, et eux, laissant Zébédée leur père dans le bateau avec les salariés, allèrent vers lui » (Mc 1,16-20).

On peut imaginer la force de la voix, le charisme de Jésus dans ces simples lignes. Jacques et Jean ne sont pas deux miséreux qui n'ont rien à perdre ni mieux à faire de leurs journées. Le père est riche : il a une entreprise de pêche puisque des employés aident à plier les filets. Les bras des deux fils ne suffisent pas. Pourtant, ils abandonnent tout comme Simon, propriétaire d'un bateau, d'une maison et chef de famille de surcroît puisque Jésus va sauver sa belle-mère qu'une fièvre brûlante cloue au lit.

Bien plus tard, Jésus rencontre Lévi, le percepteur. L'appel est tout aussi impérieux et la soumission totale : « En passant il vit Lévi, fils d'Alphée, assis à la perception. Il lui dit : Suis-moi. Il se leva et le suivit » (Mc 2,14).

Ensuite, il y a d'autres groupes de disciples : Matthieu, à qui se joignent Philippe, Barthélemy et Thomas, dit Didyme, le jumeau ; enfin, viennent encore Jacques d'Alphée, Thaddée, Simon le Cananéen dit le Zélote, et enfin Judas Iscariote. Tous, il faut le noter, sont de Galilée, sauf Nathanaël que cite Jean. La Galilée : province impure, ouverte aux nations, et rustre, que ne fréquenteraient pour rien au monde les gens de Judée, et encore moins l'aristocratie de Jérusalem.

Tous, il faut le souligner aussi, sont des hommes simples, d'une éducation plutôt rudimentaire — aucun n'est de classe sacerdotale. Certains, tels Lévi ou Matthieu — rien n'assure qu'ils aient été les mêmes —, sont considérés comme impurs. D'autres comme des pécheurs. C'est un groupe terrible, que ces pécheurs et ces impurs, pour des Juifs en attente du Royaume de Dieu et de repentir. Les pécheurs n'étaient pas seulement ceux qui donnaient des coups de canif au contrat moral qui les liait à la Loi, ceux qui rapinaient parfois, mentaient, ou convoitaient la femme du voisin. Les pécheurs étaient surtout ceux qui avaient adopté les manières de vivre des « gens des nations » et donc avaient rejeté les commandements du Dieu d'Israël. Ceux que fuyaient esséniens et thérapeutes. Ceux que méprisent les pharisiens : « Mais cette foule qui ne connaît pas la loi, ce sont des maudits » (Jn 7,49).

Or Jésus les invite à le suivre. Il ne peut se tromper sur la fonction de certains : lorsqu'il voit Lévi, Lévi est assis à la table de la perception. Il compte les drachmes de l'impôt. C'est un publicain. Un moins-que-rien. Et pourtant, Jésus lui dit « Suis-moi. »

« Est-il, celui qui invite, est-il un illuminé taré : son cortège apporte la réponse ; aucun poète ne pourrait inventer mieux. Un maître, un sage, ou alors, comme on voudrait l'appeler, une sorte de génie perdu qui se dit être Dieu — entouré par une populace qui pousse des cris d'allégresse, lui-même accompagné de publicains, de repris de justice et de lépreux ; et encore plus proche de lui, le cercle choisi, les disciples[8] », souligne Sören Kierkegaard.

À l'intérieur même du cercle des fidèles, on ne s'offusque pas de ces mixités, ni de ces promiscuités. Nathanaël, le Judéen pur et dur, marche désormais au côté de Lévi. Tous sont saisis par la force, par la voix, par l'ampleur de la prédication de Jésus. Il y a en Jésus quelque chose qui impose le respect : André et Jean ne sont-ils pas restés à quelques mètres de lui sans oser lui parler ? L'impression qu'il suscite est formidable. D'emblée, les foules l'appellent rabbi, maître. Plus tard, Ponce Pilate, qui éprouvait un mépris profond mâtiné de dégoût pour tout ce qui était juif ou avait un rapport avec la religion des Juifs, s'inclinera devant Jésus quand il le verra entrer.

Tous sont prêts, comme Jésus le leur a demandé, à le suivre jusqu'au bout.

Mais au bout de quoi ?

> Les actions symboliques des prophètes de l'Ancien Testament étaient comprises par les Israélites religieux comme imprégnées de la réalité qu'elles désignaient ; elles étaient chargées de la force qu'elles déclenchaient. Les différents gestes d'Isaïe, de Jérémie et d'Ézéchiel prophétisaient dramatiquement destruction et exil. Mais dans l'esprit des prophètes et des gens qui les suivaient, ces gestes symboliques ne se contentaient pas d'indiquer les événements futurs qu'ils prophétisaient ; les gestes symboliques *déclenchaient* les événements futurs, ils les *mettaient inexorablement en route* [1].

Ce commentaire de John Paul Meier éclaire la foi que les Juifs portent aux propos des prophètes et partant, toute l'acuité avec laquelle ils écoutent les prédications du Christ, qu'il s'agisse des foules conquises par ses prêches ou des docteurs de la Loi vigilants et sceptiques. De la même façon que nommer c'est insuffler la vie, prophétiser c'est provoquer. Si donc il était un prophète, Jésus en prédisant mettait en branle un ordre nouveau. Mais aux yeux des Juifs, Jésus était-il un prophète ? Ou bien un simple rabbi, un maître glosant sur la

Loi, ou plus encore ? Et que disait-il, qui lui valait une telle audience et soulevait un tel enthousiasme ?

Bien qu'il n'existe aucune chronologie précise de ses faits et gestes, donc aucune indication sur l'évolution de son enseignement, on peut penser que Jésus dans les premières heures de son ministère public a repris les prédications de Jean-Baptiste, auxquelles il a donné son adhésion par son baptême.

« En ces jours-là arrive Jean-Baptiste, il proclame dans le désert de Judée : Convertissez-vous, le règne des cieux approche », écrit Matthieu (Mt 3,1-2). Puis, quelques versets plus loin : « En entendant que Jean avait été livré, il se retira en Galilée ; dès lors Jésus commença à proclamer : Convertissez-vous, le règne des cieux approche » (Mt 3,12 ; 17). Matthieu est le seul évangéliste à établir un jeu de miroir aussi net entre la prédication de Jean-Baptiste et celle de Jésus, et à mettre ce « royaume des cieux » dans la bouche du Baptiste. Cette exception relativise le témoignage de Matthieu, qu'on sait très attentif à établir des relais entre Jésus et tous ses prédécesseurs. De ce passage, il convient de ne retenir que l'expression de « règne des cieux » qui apparaît pour la première fois dans le Nouveau Testament et dans les *logia* de Jésus. Or ce terme revient chez Marc, dans les mêmes circonstances : « Après que Jean fut livré, Jésus vint en Galilée proclamer l'Évangile de Dieu ; il disait : C'est l'instant, le règne de Dieu approche ; convertissez-vous et fiez-vous à l'Évangile » (Mc 1,14-15). Sous la plume de Luc, l'annonce du règne de Dieu est aussi l'un des premiers renseignements que Jésus donne sur sa mission. « Il leur dit : Il faut que j'annonce le règne de Dieu aux autres villes aussi ; car c'est pour cela que j'ai été envoyé. Et il prêchait dans les synagogues de Judée » (Lc 4,43-44).

Avant ce premier départ pour les synagogues de Judée, Jésus s'est encore peu illustré. À Nazareth, il a lu aux siens, incrédules (« N'est-ce pas le fils de Joseph ? ») le livre du prophète Isaïe, pour leur annoncer que cette écriture est en train de s'accomplir — mais il manque d'être tué par les siens. Puis, à Capharnaüm, il sauve la mère de Pierre de sa forte fièvre ; il soulage et guérit par imposition des mains tous les malades qu'on lui amène dans la foulée de cette guérison, dont la nouvelle s'est répandue par toute la ville. Le lendemain, à l'aube, Jésus se retire dans un lieu désert comme il a coutume de le faire, pour prier et contempler la splendeur du paysage autour de lui. Les villageois, affolés par son absence, le retrouvent. Ils veulent le retenir. Laisseraient-ils s'en aller un homme de paroles comme Jésus, doué du pouvoir de guérir ? « Les foules le recherchaient, elles vinrent jusqu'à lui et elles le retenaient pour qu'il ne s'en aille plus » (Lc 4,42).

Ainsi, Jésus commence son ministère par cette annonce. « L'aspect central de l'enseignement de Jésus concernait le royaume de Dieu. Il ne peut y avoir aucun doute à ce sujet et, de fait, aucun exégète ne le conteste aujourd'hui. Jésus est apparu comme quelqu'un qui annonçait le royaume[2]. » Plusieurs fois, et jusqu'aux derniers jours, il le proclame. Dans une nouvelle prière, il apprend à ses disciples : « Quand vous priez, dites : Père, que soit sanctifié ton nom ; que vienne ton règne » (Lc 11,2).

Dans les Béatitudes, il prophétise : « Magnifiques les pauvres, car le règne de Dieu est à vous. Ce jour-là sautez de joie, car voilà pour vous un bon salaire dans le ciel » (Lc 6,20 ; 23). À quelqu'un qui lui demande s'il y aura peu de sauvés, c'est encore le Royaume qu'il décrit aux renégats : « Là il y aura le sanglot et le grincement de dents, quand vous verrez Abraham, Isaac, Jacob et tous les prophètes dans le règne de Dieu, et vous, chassés dehors » (Mt 8,11-12). Lors de la Cène il avertit ses compagnons : « Oui je vous le dis, jamais plus je ne boirai du produit de la vigne jusqu'à ce jour où j'en boirai du nouveau dans le règne de Dieu » (Mc 14,24-25).

En fait, l'expression « Règne de Dieu » ou « Royaume de Dieu » abonde dans les Évangiles — treize fois chez Marc, vingt-cinq fois chez Matthieu, six fois chez Luc et deux fois chez Jean. Mais que signifie-t-elle pour les Juifs qui entendent Jésus annoncer l'imminence de ce Royaume et, le prophétisant, le met en branle ? À quoi fait-elle allusion, à quel passé prophétique se réfère-t-elle ?

Comme telle, l'expression précise de « Royaume de Dieu » est absente de l'Ancien Testament hébraïque. Elle est tout aussi rare dans les textes du judaïsme préchrétien. Autant dire que l'expression était fort peu usitée quand Jésus l'emploie. À son originalité s'ajoute la difficulté de sa définition, toute dynamique. Le concept de Royaume de Dieu [3] ne se définit pas, il raconte une histoire, celle du peuple d'Israël, ressaisi dans cette expression depuis son origine à son actualité, pour l'heure au temps de Jésus, l'an 3788 de l'ère hébraïque. Comme l'univers est en éternelle expansion, le

Royaume de Dieu est en exercice permanent de puissance et de souveraineté sur sa création, son peuple et sur l'histoire de ce peuple. Mais dès que Jésus s'exprime, dès qu'il illustre ce « Royaume de Dieu » par des paraboles, des miracles, dès qu'il en fait comprendre la portée par le partage de richesses et de repas, dès qu'il enverra les Douze en mission, alors cette notion de Royaume de Dieu devient lumineuse pour tous parce qu'elle est reliée à une notion tangible pour les Juifs, qui sous-tend leur foi et leur histoire : l'eschatologie.

Qu'est-ce encore que l'eschatologie pour les Juifs du Ier siècle ? L'idée d'un monde accompli, suscité par la volonté divine à la fin des temps qui concerne l'ensemble du peuple d'Israël et, la notion est d'importance, un monde dans lequel l'avenir de l'individu a peu d'importance. L'eschatologie juive se concentre sur la nation entière, porteuse de la promesse divine, comme l'annonce Isaïe : « Ton peuple, oui, eux tous, seront des justes, pour toujours ils hériteront la Terre, eux, bouture de mes plantations, œuvre de mes mains, destinés à manifester ma splendeur. Le plus petit deviendra un millier, le plus chétif, une nation comptant des myriades. Moi, le SEIGNEUR, en son temps, je hâterai l'événement » (Is 60,21-22).

Israël est le peuple de Dieu et la victoire ultime reviendra à la vérité et à la justice divines. Elle entraînera la paix entre tous les hommes, tous les peuples et toutes les créatures de l'univers. Le Royaume de Dieu est à venir. Et c'est ainsi que l'entendent les Juifs — même si ce n'est peut-être pas exactement ainsi que l'annonce Jésus. « Ton règne est un règne de tous les temps et ton empire dure à travers tous les âges » (Ps 145,13), proclament-ils tous en reprenant les paroles du psaume.

Depuis l'exil babylonien, les prophéties regorgent d'annonces eschatologiques ressassées par Isaïe, Ézéchiel et enfin, Jérémie. Mais Jérémie introduit une notion nouvelle dans la perspective eschatologique. S'il rapporte le combat incessant que le prophète livre contre les rois pécheurs de Juda (on a vu dans quel sens il faut interpréter la notion de pécheur), il promet plusieurs fois que Dieu, pour restaurer son royaume, va réunir l'ensemble du peuple d'Israël martyrisé, dispersé, brisé. Le thème de ce rassemblement des douze tribus pour l'avènement du Royaume de Dieu concerne tous les Juifs, jusqu'aux esséniens. Dans leurs lois, ces derniers en reprennent le principe. Selon le « Rouleau de la guerre », à la fin des temps, douze chefs prêtres, un par tribu, serviront perpétuellement ; et lors du dernier combat eschatologique, l'étendard militaire se déploiera, avec en inscription « Peuple de Dieu » ainsi que le nom d'Israël et d'Aaron, et ceux des douze tribus d'Israël.

Les douze tribus seront enfin réunies, promet Jérémie lorsqu'il évoque l'avènement du Royaume. « Dans le désert, le peuple qui a échappé au glaive gagne ma faveur. Israël va vers son rajeunissement. [...] De nouveau je veux te bâtir et tu seras bâtie, vierge Israël. [...] En ce temps-là, je deviendrai Dieu *pour toutes les familles d'Israël* * et elles, elles deviendront un peuple pour moi » (Jr 31,1-2-4).

Pour toutes les familles d'Israël : voilà les Douze.

* C'est nous qui soulignons.

Parmi ses disciples, Jésus va donc choisir douze hommes.

Le fait est reconnu dans tous les Évangiles.

Matthieu : « Puis il appela ses douze disciples et leur donna pouvoir sur les esprits impurs pour les chasser et pour soigner toute maladie et toute langueur. Et voici les noms des douze apôtres : d'abord Simon appelé Pierre et son frère André ; Jacques fils de Zébédée et son frère Jean ; Philippe et Barthélemy, Thomas et Matthieu le percepteur ; Jacques fils d'Alphée et Thaddée ; Simon le Cananéen et Judas Iscariote, celui qui le livra. »

Marc : « Puis il monte sur la montagne et appelle ceux qu'il voulait. Ils allèrent avec lui. Il fit que douze soient avec lui, pour les envoyer prêcher, avec pouvoir de chasser les démons : Simon à qui il imposa le nom de Pierre ; Jacques, fils de Zébédée, et Jean le frère de Jacques, auxquels il imposa le nom de Boanergès, c'est-à-dire fils du tonnerre ; André, Philippe, Barthélemy, Matthieu, Thomas, Jacques fils d'Alphée, Thaddée, Simon le Cananéen et Judas Iscariote, celui même qui le livra. »

Luc : « Ces jours-là, il sortit prier dans la montagne. Il passa la nuit à prier Dieu et, quand vint le jour, il interpella ses disciples et en choisit douze, qu'il nomma apôtres : Simon, qu'il nomma Pierre, André son frère, Jacques, Jean, Philippe, Barthélemy, Matthieu, Thomas, Jacques fils d'Alphée, Simon appelé le Zélote, Jude frère de Jacques, et Judas Iscariote, qui devint un traître. »

Chez Jean, l'épisode de la nomination des Douze n'est pas narré ; mais ces douze sont bel et bien désignés dans son texte. Tout d'abord sous le symbole du peuple dispersé, lors de la multiplication des pains. « Quand tous furent rassasiés, Jésus dit à ses disciples : Ramassez les restes pour que rien ne se perde. Ils les ramassèrent et remplirent douze corbeilles avec les restes d'un repas de cinq pains d'orge. Les gens voyaient quel signe il avait fait et disaient : il est vraiment le prophète qui vient en ce monde » (Jn 6,12-14). Puis, un peu plus loin, incidemment, on apprend que Jésus a choisi douze hommes parmi ses disciples : « Dès lors beaucoup de ses disciples s'en retournèrent et ils n'allaient plus avec lui. Jésus dit aux Douze : Voulez-vous partir aussi ? Simon Pierre lui répondit : Seigneur, à qui irons-nous ? Tu as les paroles de vie éternelle. Nous avons foi et nous savons que tu es le saint de Dieu. Jésus leur répondit : N'est-ce pas moi qui vous ai choisis, vous les Douze ? Et l'un de vous est un diable. Il parlait de Judas fils de Simon Iscariote, car celui-là, l'un des Douze, allait le livrer » (Jn 6,66-71).

Nul doute que Jésus connaît les prophéties, et s'il choisit expressément douze hommes parmi ses disciples pour les envoyer prêcher et guérir, c'est pour signifier que l'avènement du Royaume est en cours. Dès lors, les foules, quand Jésus choisit ses douze apôtres *, y voient la reconstitution des douze tribus issues des douze patriarches, tous fils de Jacob

* Les Douze ne sont pas non plus les apôtres *stricto sensu*. Si ce mot (du mot grec qui signifie « envoyé ») est employé, effectivement, une fois par Matthieu, deux fois par Marc et six fois par Luc pour désigner les Douze (mais jamais par Jean), il désigne surtout ceux qui, après la Résurrection du Christ, furent envoyés dans le monde pour annoncer la bonne nouvelle et fonder des églises — ainsi de Paul de Tarse.

et qui avaient reçu pour nom Israël, ces douze tribus que le roi David a rassemblées autour de lui pour en faire un royaume et qui ont été dispersées par l'Exil. Cet acte a une deuxième conséquence dans l'esprit des disciples : ils reconnaissent en Jésus le prophète Élie puisque, selon l'Écriture, c'est ce dernier qui rassemblera les douze tribus dans les derniers temps. Jean l'exprime très bien. Dès que Jésus remplit douze corbeilles avec les restes d'un repas de cinq pains d'orge pour multiplier les pains (comme le fait le prophète Élisée, successeur d'Élie *), les gens voient quel signe Jésus pose et, à partir de là, qui il est pour eux : le prophète qui vient en ce monde.

Quand il les a choisis, Jésus se retire pour prier, comme il a coutume de le faire. Il aime à se recueillir sur la montagne, ou dans un endroit désert. Ce jour-là, c'est sur les pentes escarpées d'un massif qu'il prie. Puis il appelle ses douze compagnons (Mc 6,7) et leur expose très exactement la mission qu'ils doivent remplir. Ils vont partir, deux par deux, aux confins du pays pour proclamer « que le règne des cieux approche », pour soigner toute maladie et toute langueur. « Soignez les malades, faites lever les morts, purifiez les lépreux », leur ordonne-t-il. Il leur faudra aussi

* « Un homme vint de Baal-Shalisha et apporta à l'homme de Dieu du pain de prémices : vingt pains d'orge et de blé nouveau dans un sac. Élisée dit : "Distribue-les aux gens, qu'ils mangent !" Son serviteur répondit : "Comment pourrais-je en distribuer à cent personnes ?" Il dit : "Distribue-les aux gens et qu'ils mangent !" Ainsi parle le Seigneur : "On mangera et il y aura des restes." Le serviteur fit la distribution en présence des gens ; ils mangèrent et il y eut des restes selon la parole du Seigneur » (2 R 4 ; 42-44).

chasser les démons. Et bien qu'ils soient tous, maintenant, dotés de ses pouvoirs de thaumaturge et d'exorciste, Jésus leur dresse une longue liste de mises en garde et de recommandations. Les premières sont d'ordre matériel. Cheminer léger, les mains vides, sans or ni argent dans les ceintures, avoir confiance en la providence. Voilà la première règle. Se présenter comme pauvres parmi les pauvres, riches de la seule bonne parole et des gestes qui soulagent. « Pas de besace pour le chemin, ni de deuxième tunique, ni de chaussures, ni de bâton » (Mt 10,9-10). Simples hérauts de l'annonce, ils attireront ainsi l'attention, par leurs actions, sur la seule imminence du règne.

Ensuite, pendant ce voyage, les Douze devront se comporter selon un mode de conduite, une *dèrekh èrets* * très particulière qui les rendra aimables aux yeux de ceux à qui ils prêcheront. En entrant dans la maison de leurs hôtes, « saluez-la » (Mt 10,12), recommande Jésus. Mais cette maison, il faut la choisir avec soin, ne pas aller au plus facile. Ni auberge où traînent des individus peu recommandables, ni foyer louche où une réputation de débauche entamerait la vertu de leurs discours. « Où que vous entriez, ville ou bourg, cherchez-y quelqu'un qui soit digne, et demeurez là jusqu'à votre départ » (Mt 10,11). La maison doit être digne d'eux, non par son luxe mais par sa probité ; digne de la parole qu'ils dispensent et

* Littéralement, « la voie du monde ». Les rabbins recommandent un code de conduite, qui, s'il n'est pas obligatoire, est hautement souhaitable. Il est une interprétation de la phrase de la *Michnah* : « celui dont les autres hommes sont contents, Dieu l'est également » (*Avot* 3,13).

alors, avec leur présence, les disciples devront apporter la paix. Sans doute, étant donné les prodiges qu'ils vont accomplir, leur proposera-t-on une rétribution. Ils la refuseront aussitôt, car « vous avez reçu gratis, donnez gratis », rappelle Jésus. Il ne s'agit pas non plus d'un chemin de facilité. Jésus n'a que faire d'une prédication versée dans des cœurs convertis, attentifs. « Allez plutôt vers les brebis perdues de la maison d'Israël », recommande-t-il. Craint-il qu'ils ne soient pas encore vraiment prêts pour cette mission ? Jésus circonscrit leur terrain d'action aux campagnes de Judée et de Galilée où ne vont ni les pharisiens ni les scribes, si savants et fins spécialistes de la Loi. « Ne prenez pas le chemin des nations ; n'entrez pas dans une ville de Samaritains » (Mt 10,5). Là, soit ils seraient entraînés dans de trop grandes querelles, soit ils ne seraient pas du tout entendus. D'ailleurs, à quoi servirait d'aller dans les nations ou en Samarie ? Le symbole des Douze n'y serait compréhensible pour personne puisqu'il n'a de sens que pour le peuple juif.

Enfin, comme il a déjà mis en garde les disciples au sujet de ce qu'induisait de le suivre, Jésus prévient ses apôtres. Ce n'est pas parce que la parole est belle que l'accueil sera nécessairement enthousiaste. Bien au contraire. « Prenez garde aux hommes : ils vous livreront aux sanhédrins, ils vous fouetteront dans leurs synagogues ; et à cause de moi vous serez amenés devant des gouverneurs et des rois, en témoignage devant eux et devant les nations » (Mt 10,17-18).

Curieuse précision, vraiment, de la part de Matthieu. Là, Jésus semble parler aux apôtres des temps futurs, à ceux d'après sa mort, aux disciples de l'Église des premiers temps. Sinon pourquoi évoquer les sanhédrins, présents uniquement dans les grandes villes; les nations qu'il vient tout juste de leur interdire; les gouverneurs et les rois, absents des bourgs et des campagnes des provinces où il a fixé leur mission, puisqu'il s'est réservé le terrain plus ardu des villes? « Quand il eut fini de donner ses instructions à ses douze disciples, Jésus s'en alla enseigner et prêcher dans les villes » (Mt 11,1).

Au fur et à mesure que Jésus leur parle, le tableau qu'il dresse des dangers et des persécutions que les Douze auront à affronter s'assombrit et se charge. « Le frère livrera son frère à la mort et le père son enfant; et les enfants se dresseront contre leurs parents et les feront mourir » (Mt 10,21), annonce-t-il. « Et vous serez détestés de tous à cause de moi » (Mt 10,22).

Quelle annonce! Est-ce une vision prémonitoire? « Ne croyez pas que je sois venu mettre la paix sur la terre; je ne suis pas venu mettre la paix mais le sabre. Car je suis venu diviser l'homme d'avec son père, la fille d'avec sa mère, la bru d'avec sa belle-mère, et que l'homme ait pour ennemis les gens de sa maison » (Mt 10,34-36). Sinon, comment saurait-il déjà la déchirure entre les Juifs eux-mêmes quand il s'agira de reconnaître, au moins pour l'ampleur et la beauté de la parole, l'essence de Jésus? Et plus tard, entre les chrétiens eux-mêmes? Matthieu en personne, s'il avait ajouté ces phrases aux *logia* de Jésus, savait-il déjà que c'était exactement ce qui allait advenir?

Du courage ! Et de la lumière ! exhorte encore Jésus. « Ce que je vous dis dans les ténèbres, dites-le dans la lumière, et ce que vous entendez à l'oreille, proclamez-le sur les terrasses » (Mt 10,27). Les mystères se dévoilent en pleine lumière car c'est uniquement dans la pleine lumière qu'ils deviennent mystères, au sens sacré, en vérité. Ce courage sera récompensé, pour peu que les apôtres ne se trompent pas de danger et sachent discerner le vrai du faux. « Ne craignez pas ceux qui tuent le corps sans pouvoir tuer la vie ; craignez plutôt celui qui peut perdre et le corps et la vie dans la géhenne » (Mt 10,28). Dieu sera de leur côté. Déjà, par l'Esprit, Il saura les inspirer dans les passes dangereuses. « L'esprit de votre père parlera en vous » (Mt 10,20). « Quand ils vous livreront, ne vous inquiétez pas de ce que vous direz ni comment, car ce que vous direz vous sera donné à l'heure même » (Mt 10,19). Quant à ceux qui se sont raillés, ceux qui ont refusé de les entendre, ou qui les ont dénoncés pour qu'ils subissent le martyre, malheur à eux car « le jour du jugement sera plus supportable pour le pays de Sodome et Gomorrhe que pour cette ville » (Mt 10,15). En contrepartie, précise-t-il, « qui perd sa vie à cause de moi la trouvera. Qui vous accueille m'accueille, et qui m'accueille accueille celui qui m'a envoyé » (Mt 10,40).

Et ils partent. Fallait-il donc que Jésus ait une puissance de persuasion et un charisme immense pour que ces douze hommes, pieds nus, sans manteau, sans moyen de subsistance aucun, s'engagent sur des chemins incertains et sous des ciels d'orage ! Déjà, ils ont quitté leurs biens : les fils de Zébédée leur petite entreprise de pêche familiale et florissante, Matthieu la dîme des impôts et les pièces d'or tintant entre ses doigts, Pierre sa maison douce, sa femme, sa barque et ses amis, Nathanaël son figuier et sa bonne réputation. Ils partent tous, d'un pas non pas guerrier mais guérisseur.

Ses premiers pas de rabbi et de prédicateur, Jésus les fait en Galilée. « Et il parcourait toute la Galilée, enseignait dans leurs synagogues, proclamait l'Évangile du Règne et soignait toute maladie et toute langueur parmi le peuple » (Mt 4,23). Il connaît parfaitement les hommes qui composent cette population. Simples, durs à la tâche, acharnés à leur survie, ils se partagent entre l'artisanat, la pêche, l'élevage et les travaux des champs. Depuis quelques années, ils vivent eux aussi un renouveau religieux qui leur fait prendre profondément conscience de leur identité juive. Dans la seule famille de Jésus, à Nazareth, l'attribution des prénoms de ses frères, tous empruntés aux patriarches de l'Ancien Testament, prouve un attachement et une fidélité incontestables à la Loi.

Dans un premier temps, juste après le désert, Jésus est revenu chez lui, à Nazareth. Il s'est rendu dans la synagogue. Là, tous les villageois se retrouvent pour la prière et les enfants pour l'étude. Au Ier siècle, la maison de prières où se réunissaient les pratiquants était considérée comme un lieu neutre, laïque, sans aucune destination spécifiquement sacerdotale. On n'y pratiquait aucun sacrifice, exclusivité du Temple de Jérusalem et des prêtres. Les jours de shabbat, n'importe quel membre de la congrégation, pour peu qu'il ait pratiqué les rites de purification avant de lire les Livres ou de toucher aux rouleaux de la Loi, se chargeait des commentaires et de l'office. Une liturgie s'était néanmoins instaurée. Pour l'office de shabbat, le gardien de la synagogue invitait un fidèle à proclamer sa foi en récitant le *shema*, proclamation de foi de Moïse telle que la reproduit le Deutéronome (Dt 6,4-9) :

> Écoute Israël, le Seigneur notre Dieu est le Seigneur UN. Tu aimeras le Seigneur ton Dieu de tout ton cœur, de tout ton être, de toute ta force. Les paroles des commandements que je te donne aujourd'hui seront présentes à ton cœur ; tu les répéteras à tes fils ; tu les leur diras quand tu resteras chez toi et quand tu marcheras sur la route, quand tu seras couché et quand tu seras debout ; tu en feras un signe attaché à ta main, une marque placée entre tes yeux ; tu les inscriras sur les montants de porte de ta maison à l'entrée de ta ville.

Puis on priait, on chantait des psaumes ; il se pouvait que des passages de la Loi fussent librement commentés entre les participants. Et c'est ce que va faire Jésus à Nazareth, chez lui, dans la synagogue qui l'a vu grandir, où le *hazan* * lui a sans doute enseigné à lire et à écrire, et guidé ses premiers balbutiements dans l'étude de la Loi. Lorsqu'il prend le rouleau d'Isaïe pour lire, il choisit sciemment un passage prophétique : « L'esprit du Seigneur est sur moi, à cause qu'il m'a oint pour évangéliser les pauvres, il m'a envoyé proclamer aux prisonniers la délivrance et aux aveugles, la lumière, renvoyer libres les opprimés et proclamer

* Sans être prêtre, le *hazan* était l'homme qui s'occupait de la synagogue, le servant du culte pendant les offices et celui qui enseignait, par cœur, la Loi aux enfants.

l'année jubilaire du Seigneur *. » L'assemblée l'écoute, mais ne voit pas en lui le prophète réincarné, ni aucun autre prophète, et encore moins l'« oint » que Isaïe décrit dans les Écritures. Ils voient Jésus, le fils du charpentier mort il y a quelques années, charpentier lui-même. « N'est-ce pas le charpentier, le fils de Marie ? » (Mc 6,3). Quand ils comprennent la prétention de Jésus à se dire le successeur d'Isaïe venu accomplir les Écritures, les Nazaréens s'indignent, partagés entre l'incrédulité et la peur. L'incrédulité : comment le fils de Marie, qu'ils ont vu grandir, a-t-il cette effrayante audace de se prendre pour le prophète ** ? La peur : et s'il attirait sur Nazareth les foudres du pouvoir ? Jean le baptiseur, prophète avéré, a été arrêté alors qu'il n'exhortait à rien de plus qu'à la conversion et au baptême. Furieux, les Nazaréens, ses amis ou voisins d'hier, se lèvent et menacent Jésus de mort. Ils veulent le précipiter d'un à-pic, à la sortie de la ville. Jésus, sans dire un mot, passe au milieu d'eux et quitte à jamais Nazareth.

Il décide alors de s'installer à Capharnaüm, en Galilée du Nord. Il choisit la maison de Simon Pierre comme camp de base, avant de commencer ses actions missionnaires dans les confins de cette province. La ville est stratégiquement fort bien

* Ce passage d'Isaïe (61,1-2), que lit Jésus pour annoncer aux siens qu'il est le Messie, est cité par Luc (Lc 4,17-19).

** Comme le fait remarquer Michel Léturmy dans l'appareil de notes de l'*Évangile selon Luc*, édition Pléiade, 1971, les gens de Nazareth se scandalisent de Jésus dès qu'il se présente comme prophète. « Cet épisode suffit à rejeter dans la légende les prodiges de l'enfance dont les apocryphes sont remplis. »

située. Les routes de Jérusalem, de la vallée du Jourdain et de la Samarie y confluent. Les voyageurs y croisent ceux qui, depuis des contrées plus lointaines, viennent de Damas et de Palmyre, ou des grands ports de la Méditerranée. Ce qui plaît à Jésus, ce brassage de populations, ces allées et venues, dégoûtent les purs et durs de Jérusalem, et tous les gardiens de l'orthodoxie. Mais parce que les routes de Capharnaüm rayonnent jusqu'aux frontières, Jésus s'y installe. Et très vite, la nouvelle des guérisons qu'il opère se répète et dépasse largement les limites de la ville et de la Galilée. « Sa renommée se répandit dans toute la Syrie ; on lui présenta tous les mal-portants, oppressés de maladies et de tourments divers, démoniaques, épileptiques, paralytiques, et il les soigna. » Alors, « de grosses foules le suivirent de la Galilée, de la Décapole, de Jérusalem, de Judée et d'au-delà du Jourdain » (Mt 4,24-25).

Jésus est très entouré — des foules, des disciples, douze apôtres. Il a des amis qui l'accueillent. D'autres qui pourvoient aux besoins du groupe. Il enseigne, il soigne, il guérit. Désormais, il s'est totalement démarqué de Jean-Baptiste et parfois même il prend des libertés avec certains préceptes de la Loi. Ainsi, il remet les péchés d'un paralytique ; aussitôt, les scribes qui l'entendent l'accusent de blasphème : « Qui peut remettre les péchés sinon Dieu seul ? » (Mc 2,7). Il mange avec les pécheurs et les percepteurs, bafouant ainsi les lois sur le pur et l'impur. Les jours de jeûne, que suivent les disciples de Jean-Baptiste et les pharisiens, les fidèles de Jésus ne s'abstiennent pas. Un jour de shabbat, il soigne un paralytique — geste prohibé. Une autre fois, jour de shabbat encore, Jésus et ses disciples cueillent des épis de blé, activité interdite en ce jour de fête. Un jour de shabbat toujours, Jésus guérit la main paralysée d'un homme étendu dans une synagogue. Il marque son groupe de signes particuliers : le baptême, le rejet du jeûne volontaire, le rejet du bannissement de certains Juifs tels que les publicains ou les parias. Il inaugure pour eux une nouvelle jurisprudence : il bannit le divorce. Il leur apprend même une nouvelle prière ! « Abba, Mon père chéri ». Jamais, dans l'Ancien Testament, prophète ou roi ou prêtre ne s'est adressé au Seigneur sous ce nom. Jamais une prière ou un psaume n'a formulé comme demande que « Ton règne vienne » ni, dans les temps plus modernes de Jésus, n'a expressément été enseigné aux disciples.

Si encore tout ce monde se retirait au désert, comme la secte de Qumrân ou les thérapeutes, et pratiquait son judaïsme comme il l'entend mais à l'écart, sans publicité. Mais non. Jésus marche, invite, parle à tous. Il va au-devant des Juifs, de tous les Juifs, pécheurs et gens justes, pauvres et malades. Au nom de Dieu, au prétexte de l'imminence du Règne, il donne le mauvais exemple.

Force est de le constater : Jésus n'est pas Jean-Baptiste. Nulle rage inextinguible dans sa voix — même s'il sait aussi invectiver. Nul ascétisme dans sa vie. Nulle solitude dans son ministère : lui et ses visions d'un côté, hanté par l'Apocalypse qui guette, les cieux qui s'ouvrent et déversent les cataclysmes, le feu de la géhenne qui brûle ; et de l'autre, des convertis tremblants, immergés dans l'eau et repartant chez eux, assidus au repentir. Non. Jésus s'entoure. Jésus partage. Jésus est doux ; il demande de manifester amour, pardon, compassion et seulement cela. Jésus se met à table et mange, même les jours de jeûne. Il connaît d'ailleurs sa réputation : « Le Fils de l'homme est venu, il mange et boit et on dit : Voyez le glouton, l'ivrogne, l'ami des percepteurs et des pécheurs » (Mt 11,19 ; Lc 7,34).

Plus étonnant encore, ce Royaume de Dieu qu'il annonce, comme l'annonçait le Baptiste, il le déclare déjà présent dans son ministère. « On n'épie pas la venue du règne de Dieu, on ne peut pas dire : le voilà ici, ou : là ; car voilà que le règne de Dieu est au-dedans de vous » (Lc 17,20-21). Voilà, sans doute, en quoi Jésus est le plus marginal des prophètes : il invite à une répétition générale du Royaume de Dieu dans la vie quotidienne, dans les gestes quotidiens, dans les repas où le pain et le vin sont partagés avec tous ceux qui le suivent et accomplissent la parole, par leur douceur, leur générosité, leur compassion, leur abnégation, leur tolérance, leur amour du prochain. Ceux-là, alors, connaîtront la table du roi, dans un royaume où, selon les prophéties d'Isaïe, « les aveugles voient, les boiteux marchent, les lépreux sont purifiés, les sourds entendent, les morts se relèvent, les pauvres sont évangélisés » (Mt 11,5). N'est-ce pas ce que réalise déjà Jésus ? Rendre la vue aux aveugles, la marche aux boiteux, la grâce aux lépreux, l'ouïe aux sourds, la vie aux morts et la foi aux parias ? En faisant des miracles, Jésus, *hic et nunc*, offre une entrevision du Royaume.

« Mais si c'est par le doigt de Dieu que je chasse les démons, c'est que le règne de Dieu est sur vous » (Lc 11,20). Lui, le marié de la noce, étant présent, c'est la joie, et l'abolition des souffrances — c'est pour ceux qui le trouvent *au-dedans* d'eux-mêmes, les portes ouvertes sur le Royaume de Dieu. « Tu n'es pas loin du règne de Dieu », répond Jésus au scribe qui vient de lui confirmer qu'« aimer de tout son cœur, de toute son intelligence et de toute sa force, et aimer son proche comme soi-même c'est plus que tous les holocaustes et les sacrifices » (Mc 12,33).

Voilà une nouvelle originalité : Jésus, quand il annonce le Royaume de Dieu, n'excite pas l'appétit nationaliste, ni le ressentiment politique ; il ne joue pas uniquement sur la peur que suscite la colère que Dieu manifestera au jour dernier. Il spiritualise le Royaume, l'intronise en religion intérieure. Il le dit comme une très bonne nouvelle.

Jésus répond à cette question que les foules ne cessent de lui poser : qui pourra entrer, et que faut-il faire pour entrer dans le Royaume ? Jusqu'alors, les définitions étaient précises : être juif, donc circoncis, observer rigoureusement la Loi, procéder aux rituels de purification pour bien séparer le pur de l'impur. On a vu ce que Jean-Baptiste pensait de cette typologie ou même les esséniens ou d'autres sectes du judaïsme. On a vu combien les Juifs avaient déduit, depuis les échecs de la monarchie, l'insuffisance de ces prescriptions pour le surgissement du Royaume. On a mesuré l'ampleur de leur attente et l'acuité de leur écoute dès qu'un prédicateur se présente. À quel code faut-il maintenant obéir pour bénéficier de cette nouvelle alliance, la seule à donner la clé du Royaume. « Convertissez-vous ! » hurlait Jean-Baptiste. Mais comment ? Et qui ?

Et puis, un jour, Jésus répond. « Voyant les foules il monta sur la montagne et, quand il fut assis, ses disciples s'approchèrent de lui. Alors, il ouvrit la bouche pour les enseigner, il dit : Magnifiques les pauvres par esprit car le règne des cieux est à eux » (Mt 5,3). Il ne dit pas « Engeance de vipères ! », mais « Magnifiques ». Et d'énumérer tous ceux qui le sont et, l'étant, entreront dans le Royaume *. Comme Moïse lorsqu'il a reçu les commandements de Yahweh, Jésus grimpe sur une montagne pour parler à ses disciples de Dieu et du Royaume :

Magnifiques les endeuillés car on les consolera.
Magnifiques les doux car ils hériteront de la terre.
Magnifiques les affamés et assoiffés de justice car on les rassasiera.
Magnifiques les miséricordieux car on leur fera miséricorde.
Magnifiques les cœurs purs car ils verront Dieu.
Magnifiques les pacifiques car on les appellera fils de Dieu.
Magnifiques les poursuivis pour cause de justice car le règne des cieux est à eux.
Magnifiques, vous autres, quand on injuriera et poursuivra,

* On appelle ce chapitre de Matthieu le Sermon sur la Montagne. C'est la composition la plus importante de Matthieu. Jésus s'affirme en maître. Selon Raymond E. Brown (*Que sait-on du Nouveau Testament ?*, Bayard, 2000) : « Le Jésus de Matthieu s'exprime avec *exousia*, c'est-à-dire avec puissance et autorité divine et rend par là possible une existence nouvelle. » C'est dans ce discours que sont énumérées les Béatitudes. Elles sont au nombre de huit chez Matthieu et de quatre chez Luc. Ce sermon est le premier des cinq discours que formule Jésus au cours de son ministère public.

qu'on dira de vous, à tort, toute sorte de mal à cause de moi. Réjouissez-vous, exultez ; vous avez un bon salaire dans les cieux (Mt 5,4-11).

Cœurs purs, miséricordieux, opprimés, diffamés, injuriés, affamés : en somme, les victimes. Ceux que le deuil a frappés. Ceux qui ont choisi la plus grande douceur. Il faut entendre ce discours dans le temps où il est prononcé. Un temps terrible où les faibles ne sont protégés par personne, à peine par leur famille s'ils en possèdent une. Où les pires exactions sont commises par les puissants. Où l'on capture les hommes comme des bêtes pour les vendre dans les pays des conquérants. Où, même dans cette nation dont la Loi a toujours préconisé le respect de la vie, de ne point tuer, d'honorer Dieu, certains coreligionnaires sont bannis pour être malades, impurs pour les affections qui les frappent. Au fur et à mesure du véritable discours-programme qu'il énonce, Jésus ouvre les portes du Royaume, lentement, mais de plus en plus largement : de la consolation à la vision de Dieu ; de la vision de Dieu à la joie et à la récompense — celle d'être dans les cieux *. « Vous êtes le sel de la terre.

* Les Béatitudes étaient une forme d'enseignement de sagesse courant dans l'Antiquité, que ce soit en Égypte, en Grèce ou en Israël. Présentes 26 fois dans les Psaumes et 12 fois dans les Proverbes, elles ont pour incipit « Ô le bonheur de... ». Dans l'Ancien Testament, elles annoncent une récompense dans cette vie aux bons. L'idée d'une récompense dans l'autre monde n'avait alors aucune réalité théologique. Après les persécutions d'Antiochus Épiphane, les Béatitudes sont intégrées dans les visions apocalyptiques des prophètes puisqu'il est devenu évident que les bons ne sont pas toujours, voire rarement, récompensés sur cette terre. Le livre de Daniel se clôt sur l'une de ces Béatitudes : « Heureux celui qui tiendra et qui atteindra mille trois cent trente-cinq jours. Pour toi, va à la fin, prends ton repos ; et tu le lèveras à la fin des jours » (Dn 12 12-13). Le livre d'Hénoch et le livre de Tobie usent beaucoup de ce procédé stylistique. Les Juifs du Ier siècle étaient donc accoutumés à cette forme de rhétorique.

Si le sel s'affadit, avec quoi le saler ? Il n'est plus bon à rien qu'à être jeté dehors et piétiné par les hommes. Vous êtes la lumière du monde. » Il leur révèle la beauté d'être bons, jusqu'à leur finalité à être Dieu en action, le Royaume en marche : ils donnent de la lumière et du sens à la vie dès qu'ils témoignent de la perfection de Dieu dans leurs actes et dans leur être même. « Vous donc serez parfaits comme votre père céleste est parfait » (Mt 5,48).

Mais Jésus dit plus encore, ce jour-là. Bien loin du style prophétique auquel son auditoire était habitué, qui se contente de dire tout haut ce qu'il reçoit du Ciel, Jésus puise dans son cœur pour enseigner la Loi, pour la visiter comme un architecte une maison en ruine. Alors, il l'affranchit hardiment des cadres qu'il juge trop étroits pour contenir son propre enseignement : « Car je vous le dis, si votre justice n'a rien de plus que celle des scribes et des pharisiens, vous n'entrerez pas dans le règne des cieux » (Mt 5,20).

Jésus vient de franchir un pas supplémentaire sur ce chemin qu'il crée en même temps qu'il le parcourt. Il se pose en nouveau législateur. Il annonce l'éthique de cette réforme. « Ne croyez pas que je sois venu défaire la Loi ou les Prophètes ; je ne suis pas venu pour défaire mais remplir » (Mt 5,17). Il prévient : la Loi, il la respectera, mais il ne peut plus se contenter de la peau de chagrin proposée par les pharisiens et les scribes. Dieu est exigeant, rappelle-t-il. Pas de demi-mesure avec lui. Si tuer est passible de jugement, beaucoup de mauvaises actions le sont aussi, que la plupart se croyant purs commettent pourtant. « Et moi je vous dis que quiconque se met en colère contre son frère sera passible du jugement ; celui qui dit à son frère : *raca* *, sera passible du Sanhédrin ; celui qui dit : stupide, sera passible de la géhenne ** du feu » (Mt 5,22). L'exigence de Jésus est radicale. Les tables de la Loi demeurent le socle imprescriptible mais elles sont aussi une invitation à les dépasser. Dès lors, Jésus sonde l'esprit même de la Loi. Il élargit le domaine des commandements que Dieu a dictés à Moïse. À la prohibition du meurtre, il ajoute celle de la colère. À l'interdiction de l'adultère, il adjoint celle de la concupiscence : « Vous avez entendu qu'on a dit : Tu ne seras pas adultère. Et moi je vous dis que celui qui regarde une femme pour la convoiter est déjà adultère avec elle dans son cœur » (Mt 5,27-28). Arracher le mal à la source, fouiller son cœur pour éradiquer la tentation, être impitoyable avec soi-même, tel est le nouveau code de bonne conduite. « Si ton œil droit te scandalise, arrache-le et jette-le loin de toi, car il vaut mieux pour toi perdre un de tes membres et que tout ton corps ne soit pas jeté à la géhenne. Et si ta main droite te scandalise, coupe-la et jette-la loin de toi, car il vaut mieux pour toi perdre un de tes membres et que tout ton corps ne s'en aille pas à la géhenne » (Mt 5,29-30). À quoi sert de s'abstenir si l'âme baigne dans la boue ? L'observance devient intérieure.

* Mot araméen, « tête creuse, tête vide ».

** La Géhenne désignait, à l'origine, la vallée de Hinnôm, qui borde la partie sud et sud-ouest de Jérusalem où des enfants avaient été sacrifiés en l'honneur de Moloch. Plus tard, ce brasier servit à brûler les ordures.

Pour autant, Jésus n'est pas un réformateur, même s'il proscrit des pratiques autorisées par la Loi comme le serment, et comme le divorce, qu'une simple lettre de répudiation autorise. « Et moi je vous dis que quiconque renvoie sa femme, sauf cas de prostitution, la rend adultère, et celui qui se marie avec une répudiée est adultère » (Mt 5,31). Ce que Jésus préconise, c'est un dépassement radical de la religion traditionnelle. L'amour du prochain l'emporte sur les sacrifices du Temple. « Aimer son proche comme soi-même, c'est plus fort que tous les holocaustes et les sacrifices » (Mc 12,33). L'observance intérieure balaie l'observance littérale de la Loi. Il va jusqu'à attaquer violemment les croyances et les rituels liés au pur et à l'impur, pourtant à la source de toutes les religions pratiquées dans son monde et qui perdurent aujourd'hui — parfois jusqu'au fanatisme. Sous la plume de Marc, l'injonction est sévère : « Et il rappelle la foule. Il leur dit : Écoutez-moi tous et comprenez : Rien de ce qui est extérieur à l'homme et qui entre en lui ne peut le profaner ; mais c'est ce qui sort de l'homme qui profane l'homme » (Mc 7,14-15). Il suffit d'imaginer le même discours aujourd'hui pour comprendre combien, à son époque, Jésus, déjà, était novateur.

Il bannit les manières d'être qu'encouragent certaines pratiques religieuses. Ainsi, l'hypocrisie lui fait horreur. L'ostentation le révolte. « Prenez garde à ne pas faire les justes devant les hommes pour en être remarqués ; sinon vous n'aurez pas de salaire auprès de votre père qui est dans les cieux » (Mt 6,1). Sur ce chapitre, ses mots se durcissent. Il désigne les coupables — « ces comédiens qui aiment prier debout dans les synagogues et aux coins des rues pour paraître aux yeux des hommes » (Mt 6,5). Comédiens, païens : ce sont les modèles à fuir. Pour prier le Père, à la synagogue au vu et au su de tous, il faut préférer le secret de sa resserre, la porte close, et l'intimité du murmure.

Est-ce tout ? Non. Pour Dieu, ce n'est pas assez, pas encore. Jésus demande à ceux qui veulent entrer au Royaume de renoncer aux trésors matériels et de leur préférer ceux du cœur, de ne pas juger son prochain, de ne manifester aucune inquiétude pour l'avenir car Dieu pourvoit à tout ; en douter c'est douter de Lui. « Tout ce que vous voudriez que les hommes fassent pour vous, faites-le donc aussi pour eux ; c'est cela, la Loi et les Prophètes » (Mt 7,12)*.

Mais Jésus exige plus encore. Ses prescriptions suivies, il faut encore opérer l'ultime conversion : le refus de la violence — même sous le terme de légitime défense. « Et moi je vous dis de ne pas vous opposer au mauvais. Mais quelqu'un te gifle sur la joue droite, tends-lui aussi l'autre ; et celui qui veut te faire juger pour prendre ta tunique, laisse-lui aussi le manteau » (Mt 5,39-40). Il faut encore apprendre

* Ces *logia* cités par Matthieu reprennent l'enseignement du rabbi Hillel, président du Sanhédrin, qui mourut en 70 avant notre ère. Sage, discret, Hillel a officié sous le règne d'Hérode. Il a fermement critiqué les richesses qu'étalaient les familles aristocratiques de Jérusalem. Pharisien, il enseignait dans une école dont les controverses étaient célèbres. Il fut très fidèle à la Torah, et sa piété influença beaucoup ses contemporains. Au culte du pouvoir et de l'État, il a opposé l'idéal d'une communauté d'érudits et de Juifs aimant Dieu et aimant leurs semblables. Il enseigna à l'un de ses élèves : « Ce qui t'est odieux, ne l'inflige pas aux autres hommes. Voici toute la Torah, le reste n'est qu'une illustration de ce principe. Maintenant, va et apprends. »

à pardonner, et se réconcilier avec ses ennemis. L'amour du prochain c'est aussi l'amour de l'ennemi. « Vous avez entendu qu'on a dit : Tu aimeras ton proche et détesteras ton ennemi. Et moi je vous dis : Aimez vos ennemis, priez pour ceux qui vous poursuivent » (Mt 5,43-44). Aucune offrande à l'autel ne saurait remplacer ces dispositions du cœur, ni racheter qu'on ne les ait pas pratiquées.

Alors oui, les pauvres, les opprimés, les exclus, les purs, pour peu qu'ils parviennent à ce repentir, à cette conversion — « Vous donc vous serez parfaits comme votre père céleste est parfait » (Mt 5,48) —, pourront entrer au Royaume de Dieu.

En posant ces définitions, en dessinant ce code, Jésus heurte profondément les esprits. Jusque-là, il prophétisait l'imminence du Royaume de Dieu dont il offrait une entrevision grâce aux miracles et aux repas partagés, son enseignement s'inscrivait parfaitement dans la tradition, et particulièrement la tradition prophétique. Mais dans ce Sermon de la Montagne, Jésus a franchi une autre étape :

> Sur tous ces points, et ce ne pouvait être par mégarde, il heurtait des principes bien établis dans la religion juive comme dans les autres : il détrônait le sacrifice de sa suprématie absolue, il ébranlait l'assurance de l'efficacité automatique du rite, l'assurance du mérite infailliblement obtenu par l'observance littérale de la Loi, et l'autorité de la lettre sacrée qui perd de son emprise sur les esprits si elle accepte d'être discutée par les uns et les autres et référée à une loi non écrite [4].

Autrement dit, Jésus vient de se faire de terribles ennemis.

Les gardiens du Temple.

« Jésus faisait des actions étonnantes[1]... »

Bien qu'il n'existe aucune chronologie précise ou fiable des faits, gestes et déplacements de Jésus, l'évangéliste Jean est formel : le premier miracle accompli par Jésus a lieu à Cana. Que s'y passe-t-il exactement ? Trois jours après que Jésus a rencontré Nathanaël, soit trois jours après que l'Esprit saint fut descendu sur Jésus et que Jean-Baptiste l'eut désigné comme l'agneau de Dieu, Jésus part pour Cana, en Galilée, assister à un mariage. Peut-être a-t-il été invité par son disciple Nathanaël, dont il a fait connaissance l'avant-veille, et qui est originaire de cet endroit. La petite ville se trouve à une dizaine de kilomètres au nord de Nazareth. Marie, la mère de Jésus, est là, et Jésus a été prié de se joindre à la noce avec ses disciples. Tous sont encore à table quand le vin vient à manquer. On s'agite aux cuisines. Cette carence est de mauvais augure. Le vin fait partie du rituel des fêtes juives. En quelque sorte, il sacralise l'union. Marie, la mère de Jésus — est-elle une simple servante venue aider au service du banquet ? —, s'émeut du manque. Elle vient trouver son fils pour, devinet-on, lui demander d'intervenir, ce qui implique qu'elle sait qui il est vraiment, et qu'elle connaît ses pouvoirs. Ce n'est pas encore son heure, répond énigmatiquement Jésus. (À quoi fait-il allusion, à la Cène où il donnera le vin à boire comme son sang, ou au fait qu'il ne veut pas encore faire de miracle, qu'il est encore trop tôt ? Cette deuxième hypothèse justifierait qu'il ne fasse aucun geste direct qui transforme, dans une relation de cause à effet évidente, l'eau en vin.) Marie va chercher les serviteurs et leur demande d'obéir à son fils. Sur ses ordres, ils remplissent six urnes d'une contenance de quatre-vingts à cent vingt litres d'eau, destinées aux purifications rituelles. Une fois l'eau versée à ras bord, les serviteurs, toujours aux ordres de Jésus, puisent une louche d'eau et la portent à boire au majordome. Celui-ci, après avoir goûté le breuvage, félicite le marié : « On donne d'abord le bon vin et, quand ils sont ivres, le moins bon. Toi, tu as gardé le bon jusqu'à présent » (Jn 2,10). Le premier miracle a eu lieu. « Jésus fit ce premier signe à Cana de Galilée. Il manifesta sa gloire et ses disciples se fièrent à lui » (Jn 2,11).

Les termes de ce récit sont énigmatiques. Pourquoi Jean place-t-il l'événement sept jours après la descente de l'Esprit saint sur Jésus lors de son baptême au Jourdain, avec Jean-Baptiste ? Est-ce une référence toute symbolique aux sept jours de la création du monde ? Est-ce un signe si, sous la plume de Jean, Marie est présente lors du premier miracle de Jésus, puis lors de sa crucifixion ? Et seulement dans ces deux passages ? Pourquoi, alors que Jésus a refusé ce que Marie lui demandait

(« Qu'importe, femme, ce n'est pas encore mon heure »), Marie passe-t-elle outre et ordonne-t-elle aussitôt aux serviteurs de se mettre aux ordres de son fils ? Ce ne sont pas les seules questions, toutes d'ordre théologique, que pose le miracle de l'eau changée en vin aux noces de Cana. L'événement n'est repris par aucun autre évangéliste ; sa narration est entièrement tissée de concepts théologiques et de références johanniques. La majorité des exégètes considère d'ailleurs qu'il s'agit d'une pure création de l'évangéliste pour illustrer le message que Jean veut faire entendre, par la voix de Jésus : « Au principe était la parole, la parole était chez Dieu et la parole était Dieu. Elle était au principe chez Dieu » (Jn 1,1-2).

Ce premier miracle résume toute la difficulté à traiter de cette partie pourtant essentielle du ministère de Jésus : les miracles et les exorcismes. Il y a dans les Évangiles quinze récits différents de guérisons : sept exorcismes, trois résurrections de morts et sept miracles dits de la nature — pêche miraculeuse, multiplication des pains ou, entre autres, une tempête apaisée... Ces miracles ne sont pas tous racontés par l'ensemble des évangélistes. Lorsqu'ils le sont, la narration varie beaucoup. Alors, qu'en penser ? En règle générale, il est impossible à un historien de qualifier un événement miraculeux. Tout au plus peut-il vérifier si, historiquement, un événement a bien eu lieu, puis attester que l'entourage en a tiré certaines conclusions — une guérison est jugée miraculeuse, une abondance de nourriture inexpliquée est attribuée à l'intervention d'une force surnaturelle, voire divine. Aurait-il les moyens d'apporter la preuve du miracle, le scientifique ne prouverait rien pour autant : un miracle ne pourra jamais être la preuve de l'existence de Dieu. L'historien peut tout au plus déterminer si un événement extraordinaire est advenu dans un contexte religieux précis. Il peut ensuite chercher si quelqu'un a affirmé qu'il s'agissait d'un miracle. Puis, si des témoignages vérifiables existent et le permettent, l'historien enquêtera sur la source de l'événement — intervention humaine, phénomènes physiques, supercherie ou autre hypothèse. Si toutes ces explications sont exclues, l'historien peut conclure qu'un événement reconnu comme miraculeux par certains ne trouve de cause plausible dans aucune activité humaine ni dans aucune force physique. Il n'en dira pas plus : au-delà, il ne s'agit plus d'histoire mais de croyance, de philosophie ou de théologie.

Il s'agit d'être conscient que le travail des exégètes, concernant les miracles opérés par Jésus, touche uniquement à leur historicité, non à leur réalité médicale. Comment le pourrait-on ? Il faudrait franchir un gouffre de deux mille ans, savoir à quelles pathologies correspondent réellement les diagnostics et les symptômes et enfin, connaître la vie des miraculés après le départ de Jésus : ont-ils été totalement guéris, sans rémission aucune ? La recherche des historiens consiste uniquement à découvrir si les récits des miracles ont été inventés par l'Église primitive ou bien si Jésus a effectivement accompli certains actes étonnants ou extraordinaires, comme l'expose Flavius Josèphe dans les *Antiquités judaïques* ; et dans l'affirmative, comprendre ce que signifiaient ces miracles pour ses disciples et pour les foules. D'emblée, il faut éliminer l'avis de contemporains tels Épicure, Lucrèce, Cicéron, Lucien, ou autres philosophes et rhétoriciens grecs et romains. Ceux-ci doutaient unanimement que les miracles existassent. Non parce qu'ils niaient que les dieux en fussent capables, mais parce qu'ils pensaient que les dieux n'intervenaient pas dans les affaires humaines qui ne les concernaient pas. La conception théologique grecque et latine différait radicalement de la foi des Juifs pour qui, on l'a vu, Yahweh était inscrit dans l'histoire de son peuple.

La question qui se pose est simple : Jésus a-t-il eu la réputation, de son vivant, de faire des miracles, ou l'Église primitive a-t-elle inventé ce fait ? La majorité des spécialistes incline vers l'attestation des miracles. Ils s'appuient sur deux constatations logiques. Dans une source non évangélique, Flavius Josèphe raconte que Jésus « faisait des choses étonnantes[2] ». Dans les Évangiles, Jésus acquiert très vite une grande renommée. Il rameute les foules autour de lui. Si la rumeur de thaumaturge et d'exorciste qui entourait son nom n'avait aucun fondement, la mobilisation des foules autour de lui aurait très vite décru. Or elle ne cesse d'augmenter, comme le prouve l'enquête de plus en plus incisive des scribes et des pharisiens. Jésus exerçait une indéniable attraction sur le peuple. « On lui amenait tous les mal-portants, les démoniaques ; et toute la ville était rassemblée devant la porte. Il soigna beaucoup de mal-portants de diverses maladies, il chassa beaucoup de démons ; et il ne laissait pas parler les démons, car eux le connaissaient », raconte Marc (1,32-34). « Jésus de Nazareth, cet homme qui a été un prophète puissant en œuvre et en parole devant Dieu et devant tout le peuple » (Lc 24,19), affirment deux disciples qui veulent dépeindre Jésus.

Les textes disent qu'il pratiquait des exorcismes, et des miracles. Toutes les cultures antiques s'accordent à reconnaître l'existence de démons, capables de faire souffrir l'individu soit en exerçant sur lui une action extérieure — c'est l'obsession démoniaque —, soit en s'emparant de son corps — c'est la possession démoniaque. Dans les religions sumérienne, babylonienne, assyrienne et égyptienne, les pratiques d'exorcisme et les incantations magiques abondent. Flavius Josèphe, dans les *Antiquités judaïques*, raconte l'exorcisme que pratique le Juif Éléazar en présence de Vespasien[3]. Ces croyances et ces rites n'existent pas dans le canon hébraïque de l'Ancien Testament mais fleurissent dans la littérature intertestamentaire qui apparaît après l'Exil. Dans ces textes, les esprits malins sont présentés comme les ennemis jurés des hommes. En hébreu, ils s'appellent *chedim* ; ils sont nés des amours des anges déchus avec les filles des hommes. Habituellement, ils rôdent autour des femmes en couches, des jeunes hommes encore célibataires ; ils résident dans les ruines et affectionnent les endroits déserts, les cimetières, voire le désert lui-même. Azazel est leur prince et il voue une haine particulière à Israël. C'est à lui qu'on envoie le bouc émissaire pendant Yom Kippour, pour calmer son hostilité. Ils sont très nombreux, beaucoup plus que les hommes. Ils peuvent prendre l'aspect de leur choix, voler, se rendre invisibles. Ils connaissent l'avenir. Comme les hommes, ils sont mortels. Les démons sont nombreux lorsque l'équilibre entre le bien et le mal, la sainteté et l'impureté est rompu au profit du mal à cause des péchés des hommes. Il est donc symptomatique que, selon les Évangiles, les démons soient si présents en ce Ier siècle décrit comme la fin des Temps. Ils se montrent particulièrement offensifs si l'on en croit le nombre de possédés que Jésus va exorciser. Ils viennent siffler autour de lui et tentent de dénoncer sa vraie nature.

Selon Marc, l'exorcisme constitue l'acte de guérison le plus fréquent de Jésus pendant son ministère. Au point que les autorités juives évoqueront ces exorcismes pour accuser Jésus d'intelligence avec le démon. « Et les scribes qui étaient descendus de Jérusalem disaient : Il a Béelzéboul ! Et : C'est par le chef des démons qu'il chasse les démons ! » (Mc 3,22)

Beaucoup de possédés sont délivrés par les disciples que Jésus a dotés de ses pouvoirs, mais sept seulement sont décrits avec précision dans les Évangiles où ces récits sont inégalement répartis. Jean n'en relate aucun. Chez Luc, il n'existe pas d'histoire entière d'exorcisme, mais de simples allusions : notamment l'exorcisme accompli par Jésus sur Marie Madeleine, qu'il a délivrée de sept démons. Quant à Matthieu, il ne présente qu'une seule et brève histoire d'exorcisme.

Chez Marc, ils tiennent une grande place dans les guérisons ; leur description est détaillée et ils marquent les premières heures du ministère de

Jésus. Le Nazaréen est à Capharnaüm. C'est le shabbat et il entre dans une synagogue. « Il y avait dans leur synagogue un homme avec un esprit impur et il hurla : Que nous veux-tu, Jésus de Nazareth ? Es-tu venu nous perdre ? Je sais qui tu es : le saint de Dieu. Et Jésus le tança et dit : Assez ! Sors de lui. Et l'esprit impur convulsa l'homme et sortit de lui en vociférant à grande voix. Tous en furent saisis, de sorte qu'ils se demandaient entre eux : Qu'est-ce que cet enseignement nouveau et ce pouvoir ? Il commande aux esprits impurs et eux lui obéissent ! Et sa renommée se répandit aussitôt dans toute la contrée de la Galilée » (Mc 1,23-28). Le démon a reconnu Jésus et clame son identité. Aussitôt, Jésus lui ordonne de se taire. Marc, ne l'oublions pas, développe dans son Évangile le thème du secret messianique, Jésus défendant jalousement son incognito.

Puis Jésus exorcise un démoniaque à Gérasa, ville de la Décapole, située dans la région du sud de la Syrie et du nord-est de la Galilée, sur la rive opposée du lac de Tibériade, autant dire une ville païenne, hautement impure (Mc 5,1-20), que Matthieu et Luc appellent le pays des Gadaréniens. Le possédé s'est reclus dans le cimetière — alors que tout contact avec un cadavre est une grande impureté. Dans les nécropoles, comme le veut la Tradition, les démons abondent. Livré à leur force démoniaque, l'inconnu se taillade avec des pierres. Le détail n'est pas gratuit : Le Deutéronome interdit ce qui était sans doute un rituel de deuil chez les païens : « Vous ne vous tailladerez pas le corps » (Dt 14,1). La population a tenté de l'empêcher en le liant avec des chaînes mais, investi de la force surnaturelle des démons, le possédé brise tous les liens et continue de se mutiler. Lorsque Jésus approche, l'homme court se prosterner à ses pieds. Les démons qui se sont emparés de son corps sont si nombreux qu'ils se disent « Légion ». Une fois chassés du corps du malheureux, ils se jettent sur un troupeau de cochons et, réincarnés, se précipitent dans la mer du haut de la falaise. Deux mille cochons mourront ainsi. Là encore, ce détail n'est pas dénué de symbole. Aux yeux des Juifs, et selon les prescriptions du Deutéronome, le porc est un animal impur : « Vous ne devez ni manger de leur chair ni toucher leur cadavre » (Dt 14,8). Et la mer est une puissance maléfique que maîtrise Yahweh, sous laquelle se trouve le Shéol, séjour des morts où les défunts mènent une existence lugubre.

Le symbole d'impureté représenté par les pourceaux réapparaît dans la parabole du fils prodigue. Quand ce fils ingrat part de chez lui dilapider les biens de son héritage et qu'il se retrouve, loin de la maison, les poches vides, le jeune homme est obligé de travailler pour un étranger. Suprême déchéance, il garde ses porcs et mange les caroubes que les bêtes daignent lui laisser. C'est dire le degré de péché et d'impureté auquel le garçon est réduit par son inconduite. Mais dans un cas comme dans l'autre, possédé de Gérasa ou fils prodigue, Jésus passe outre aux rituels d'impureté. Il touche, guérit, pardonne, délivre.

Un autre jour, peut-être à Capharnaüm où il est de retour, un homme surgit de la foule à qui Jésus enseigne. « Maître, lui dit-il, je t'ai amené mon fils qui a un esprit muet ; partout où il le surprend, il le déchire ; et il écume, il grince des dents, il sèche » (Mc 9,17-18). L'enfant est malade depuis son plus jeune âge. En crise, il est capable de se jeter à l'eau ou dans le feu. Jésus demande qu'on le lui amène. Aussitôt, le démon s'empare du garçon qui entre en convulsions. Le père est désespéré. Il doute des pouvoirs de Jésus puisque ses disciples n'ont pas pu guérir son fils. Jésus le sermonne : s'il doute, s'il n'a pas la foi, comment sauverait-il son enfant ? « Tout est possible à celui qui a foi » (Mc 9,23). Alors, comme pour le démoniaque de Gérasa, Jésus tance l'esprit impur et lui ordonne de sortir de l'enfant. Celui-ci, après de terribles convulsions provoquées par le démon en lutte contre le pouvoir de Jésus, perd connaissance. Il reste sur le sol, inconscient, au point que la foule le croit mort. Mais Jésus lui prend à la main et le relève. L'enfant vit. Il est sauvé. Il est normal. Le père est éperdu de reconnaissance.

Le récit de l'enfant possédé a particulièrement intéressé les exégètes. Tout d'abord parce qu'il décrit des symptômes que les médecins ont identifiés comme ceux de l'épilepsie. Ensuite parce que, dans ce récit et au contraire des autres, ni le père de l'enfant ni le démon n'identifient la nature christologique de Jésus. Il n'est question ni de Fils de l'homme, ni de Christ, ni du Fils du Très-Haut, ni de Seigneur. Enfin, au cours de cet épisode, pour la première fois, Jésus se réfère à sa propre foi, et à la foi comme force salvatrice. Jésus exorcisera encore un démoniaque muet, puis un homme aveugle et muet. Il libère Marie Madeleine des sept démons qui la possèdent. Enfin, sur le territoire de Tyr, une Grecque d'origine syro-phénicienne — autant dire une païenne de grande impureté — lui demande de libérer sa fille du démon qui la torture. Jésus la guérit à distance *.

Jamais, au cours de ses exorcismes, Jésus n'use des incantations et des adjurations que le Talmud préconise contre les démons. Pourtant, en les chassant, il se situe dans la lignée des sages capables de les écarter. Hillel et rabbi Yohanan ben Zakkaï comprenaient parfaitement leur langage et, selon les récits du Talmud, ils ont toujours gagné contre eux lorsqu'ils leur étaient confrontés. Le roi Salomon, fils du roi David, était considéré comme un puissant exorciste ainsi qu'un grand guérisseur. C'est en son nom et en portant son sceau qu'à Rome le Juif Éléazar pratiquait ses exorcismes en présence de l'empereur Vespasien. Salomon avait reçu de Dieu le pouvoir de combattre les démons afin d'aider et de guérir les humains. L'écrit apocryphe le Testament de Salomon exploite ce thème d'un roi préparant recettes et onguents miraculeux pour soulager les maux. Aussi, « Fils de David », dans la bouche d'un Juif du Ier siècle, revient à dire « guérisseur miraculeux ». C'est en référence à ses pouvoirs que par deux fois, quand il s'agit de délivrer un démoniaque, Jésus est appelé « Fils de David » par la foule. Et plus tard, les

* La majorité des exégètes tient pour historiques trois des sept récits d'exorcisme : le garçon possédé, l'exorcisme de Marie Madeleine et, de façon moins catégorique, celle du démoniaque gérasénien. Les trois autres sont des ajouts de l'Église primitive, à des fins théologiques (celle de la femme grecque illustrant la théologie missionnaire de l'Église primitive).

1

1 Piero della Francesca, *Le baptême du Christ*, 1450.
Londres, National Gallery.

2

« ... il fut nommé Jésus, qui était le nom que l'ange avait annoncé avant qu'il fût conçu dans le sein de sa mère. »

(Luc, II, 21)

3

4

2 Giotto di Bondone, *La nativité,* vers 1305.
Padoue, chapelle des Scrovegni.

3 Jean Fouquet, *Vierge à l'Enfant entourée de séraphins et de chérubins*, XVe siècle.
Anvers, musée royal des Beaux-Arts.

4 Konrad Witz, *La pêche miraculeuse*,
panneau de l'autel du cardinal de Mies, vers 1444.
Genève, musée d'Art et d'Histoire.

5

7

5 Salvador Dali, *Le Sacrement de la dernière Cène*, 1955.
Washington, National Gallery of Art.

6 Giovanni Bellini, *Le Christ au jardin des Oliviers*, vers 1465-1470.
Londres, National Gallery.

7 Giotto di Bondone, *Le baiser de Judas*, vers 1305.
Padoue, chapelle des Scrovegni.

« Je vous ai dit ces choses afin que ma joie demeure en vous, et que votre joie soit pleine et parfaite. »
(Jean, XV, 11)

6

8

8 Piero della Francesca, *La flagellation du Christ*, vers 1463-1464.
Urbino, Galleria Nazionale delle Marche.

9 El Greco, *Le Christ portant la Croix*, 1600-1610.
Madrid, musée du Prado.

10 Ercole de Roberti, *Pietà*, vers 1491-1496.
Liverpool, Walker Art Gallery – National Museums.

11 Antonello da Messina, *Ecce Homo*, XVe siècle.
Piacenza, Collegio Alberoni.

« Ainsi cette parole de l'Écriture fut accomplie :
Et il a été mis au rang des méchants. »

(Marc, XXVIII, 15)

9

10
11

12

12. Marc Chagall, *La crucifixion blanche*, 1938.
Art Institute of Chicago.

« Aimer son prochain comme soi-même
est quelque chose de plus grand
que tous les holocaustes,
et que tous les sacrifices. »
(Marc, XII, 33)

Actes des Apôtres présenteront Paul comme un exorciste.

Les nombreux passages qui témoignent d'exorcismes dans les textes du Nouveau Testament ont passé avec succès les tests d'historicité * — ce qui signifie, rappelons-le, que ces récits ne sont pas des ajouts de l'Église primitive, et non pas que les démons ont véritablement existé, ce que personne, jamais, ne pourra établir. Certains exégètes, comme Morton Smith, se sont fondés sur cette historicité pour développer la thèse d'un Jésus magicien. Le propos n'est pas anodin, car si la magie avait la même finalité que le miracle — utiliser la puissance divine ou surhumaine pour atteindre, dans le monde humain, des objectifs difficilement accessibles par des moyens ordinaires —, elle avait un dessein tout à fait intéressé d'enrichissement personnel et de manipulation. Or l'incontestable portée éthique et morale du message de Jésus, l'annonce du Royaume de Dieu toujours vivifiée par ses *logia*, interdit de réduire Jésus à un être amoral, détaché des préoccupations eschatologiques de son peuple et de son temps. Jésus lie intimement les paroles et les actes. Les seconds mettent en pratique les premières, elles les illustrent. Les exorcismes et les miracles qu'il effectue n'ont rien de personnel, ils n'indiquent spécifiquement aucun affect à quoi

* Pour évaluer l'historicité d'un fait, d'un personnage ou d'une parole, l'exégèse se fonde sur différents critères, complémentaires les uns des autres, auxquels sont soumis écrits, matériaux et sources diverses. Critères dits d'embarras, de discontinuité, d'attestation multiples, de cohérence, de rejet et d'exécution. Pour ce qui concerne les *logia* de Jésus, certains historiens ont pris d'autres éléments en compte : les traces d'araméen dans le discours, des allusions au contexte palestinien.

il céderait spontanément; ils sont la marque de la puissance libératrice de Dieu envers le peuple de sa Nouvelle Alliance.

Comme les paraboles éclairent la portée théologique de sa présence et de son discours, les miracles et les exorcismes illustrent la réalité du Royaume de Dieu en cours d'avènement; ils apportent une preuve tangible de la souveraineté divine. Le Royaume de Dieu est à venir et, dans le même temps, il est déjà là. Enfin, il faut souligner le caractère exclusivement bienfaisant des miracles de Jésus, au contraire des buts que visent les rituels magiques qui abondent au Ier siècle.

Les plus usités étaient, dans leur ensemble, les papyrus magiques grecs. Ces documents compilent des sortilèges délivrant des mauvais sorts, des envoûtements, des insomnies, voire des maladies et des langueurs. On y trouve des sorts pour rompre des alliances, empêcher des naissances ou nuire à des adversaires. La magie s'assortit de formules secrètes et de tentatives de communication avec les divinités de l'au-delà, souvent non identifiées : qu'importe leur identité, l'essentiel est le résultat. Or Jésus ne s'adresse qu'à Dieu, sans secret, en pleine lumière et devant la foule. Enfin, pour en terminer avec cette thèse d'un Jésus qui ne serait rien d'autre qu'un excellent magicien, il faut noter l'absence, dans les nombreuses accusations que ses contemporains portent à Jésus et que rapportent les évangélistes, du qualificatif de « magicien ». Jésus n'est pour autant pas épargné : chef des démons, pourfendeur des règles du shabbat, blasphémateur, imposteur, fauteur de troubles, objecteur de conscience pour ce qui concerne l'impôt à César, usurpateur (faux roi des Juifs, faux fils de Dieu, faux fils de l'Homme). La première accusation de magicien à l'encontre de Jésus n'apparaîtra qu'en l'an 150 de notre ère, sous la plume de Justin Martyr, dans ses deux œuvres, *Dialogue avec Tryphon* et *Première Apologie*. L'accusation est ensuite reprise par Celse dans son *Discours véritable*, vers 178 de notre ère. Et encore, même dans ces textes extrêmement polémiques, la seule réprobation que soulèvent certains miracles de Jésus vise des exorcismes qualifiés de connivence avec le diable, et des miracles pratiqués le jour du shabbat.

L'Ancien Testament mentionne un grand nombre de faits extraordinaires bouleversant l'ordre des lois de la nature, et dont Dieu est l'auteur. Yahweh sépare les eaux de la mer Rouge pour ouvrir un passage à son peuple. Il leur envoie de la nourriture directement du ciel — c'est la manne. Il fait monter Élie, vivant, au Ciel. Il guérit la stérilité de Sara, provoque le Déluge, détruit Sodome et Gomorrhe, fait surgir un puits devant Agar au désert, frappe Pharaon de plaies épouvantables pour le punir du rapt de Sara. Ces *gedolot*, « grandes choses », comme les nomme la Bible, ne sont jamais relatées sous le nom de miracles. Elles sont dites « merveilles », « signes » ou « prodiges » puisqu'elles sont accomplies par Dieu et illustrent ses hauts faits. Dans l'Ancien Testament, ces grandes choses ne visaient pas à apporter la preuve de l'existence de Dieu. Elles tendaient à révéler les intentions de Dieu et la nature de ses relations avec son peuple. Elles réalisaient les promesses que Dieu avait faites à son peuple. Ainsi, parvenus sur les rives du Jourdain, les Hébreux peuvent pénétrer enfin en Terre promise, comme il le leur a dit, parce que Dieu immobilise le cours du fleuve pour qu'ils le traversent sans dommages *.

Seuls Moïse, Élie et Élisée accomplissent des prodiges et sont des thaumaturges. Les récits bibliques lus dans les synagogues rappellent leurs exploits dans ce domaine. Hormis ces trois prophètes, peu de cas de miracles sont recensés. On évoque Apollonios de Tyane, maître et philosophe pythagoricien, ascète, voyageur, né en Cappadoce, à qui on a attribué des miracles mais l'historicité de ses faits et gestes, racontés par Philostrate au IIe siècle de notre ère, est très contestée, et les emprunts aux Évangiles constatés. Chez les Juifs, deux exemples de thaumaturges, *hassidim*, saints hommes, connus pour leurs prières et leurs miracles mais en marge de la loi et du Temple, sont cités par Flavius Josèphe dans les *Antiquités judaïques*. Les deux officiaient dans le nord de la Galilée. Ce sont, au Ier siècle avant notre ère, Honi, le Traceur de cercles, alias Onias, et Hanina ben Dosa (Ier siècle de notre ère). On connaît, d'Honi, un miracle météorologique : il a fait tomber la pluie. Il est mort lapidé en –65 par les partisans d'Hyrcan

* La question de l'autorité que confèrent les miracles sera soulevée par Maïmonide, homme de loi et philosophe, éminent penseur du judaïsme médiéval. Les miracles n'ayant pas pour but de prouver l'autorité divine de Moïse, si un prophète dont la seule mission est de promouvoir les enseignements de la Torah échoue dans sa mission, les miracles qu'il pourrait accomplir ne lui confèrent pas la moindre crédibilité. Maïmonide affirmera qu'il ne sera pas demandé au Messie à venir de prouver ses intentions en accomplissant des miracles.

parce qu'il avait refusé de demander une intercession divine contre les partisans d'Aristobule II pour qu'ils perdent la guerre. Hanina ben Dosa, lui, était un rabbi connu pour deviner, lorsqu'il priait auprès des malades, la gravité, voire la mortalité de leurs affections, mais il ne les en guérissait pas.

On trouve encore deux cas de guérison ou d'exorcisme accomplis par de simples hommes dans les manuscrits trouvés à Qumrân. Et dans l'apocryphe de la Genèse, autre rouleau essénien, Pharaon se fait délivrer du démon qui le menace, lui et ses gens, grâce à une imposition des mains pratiquée par Abram. Ainsi, sauf Moïse, Élie et Élisée, autrement dit des prophètes, aucun des exemples précédemment cités n'opérait véritablement de miracle. Jésus est donc beaucoup plus singulier, en guérissant les maladies jusque-là incurables, qu'en pratiquant des exorcismes. Guérir un malade avait une signification qui dépassait largement le cadre de la simple médecine. Dans le monde antique, chez les Juifs comme chez les Assyriens ou les Babyloniens, la maladie était considérée comme un châtiment divin, la conséquence d'un péché ou d'une souillure. Yahweh punissait et lui seul guérissait. Aussi regardait-on les guérisseurs, avec leurs onguents et leurs recettes originaires de Chaldée ou d'Égypte, du plus mauvais œil, et avec la plus extrême condescendance.

La controverse de la maladie et de l'innocence — ou de la culpabilité — fonde le livre de Job et pose la grande question des malheurs physiques de l'humanité. Dans cet ensemble de poèmes, l'Ancien Testament raconte comment Satan, avec l'accord du Seigneur, éprouve la foi de Job en l'accablant de maux. Il le couvre d'ulcères de la tête aux pieds après l'avoir privé de tous ses biens matériels et de ses enfants — sans jamais obtenir que Job maudisse Dieu. La femme de Job supplie son mari d'abjurer sa foi. Job refuse. Apprenant les malheurs qui accablent Job, trois de ses amis débarquent du monde oriental pour le soutenir dans son épreuve. Les trois affirment que Dieu ne pourrait être responsable de ses maux, lui qui jamais n'a infléchi la Justice. Ses souffrances et sa maladie ne peuvent provenir que de ses péchés et de son inconduite. Job se rebiffe. Il est innocent. Il n'a rien fait dont il puisse rougir et qui puisse ulcérer le Seigneur. Dans un poème qui est une longue lamentation, il rappelle à Yahweh comment il lui est toujours resté foncièrement fidèle. Pour finir, parce qu'il lui est resté fidèle et parce qu'il le prie, Dieu guérit Job qu'il rétablit dans sa fortune et ses biens ; ses enfants sont remplacés par de nouvelles et prospères naissances.

L'assurance qu'un malade ne peut qu'être coupable ou impur est profondément ancrée dans l'esprit des contemporains de Jésus. Comme les trois amis de Job qui pourtant connaissent la sainteté de ce dernier, les disciples de Jésus en sont persuadés. « Rabbi, est-ce lui qui a péché ou ses parents, pour qu'il soit né aveugle ? » demandent les compagnons du Nazaréen en passant devant un aveugle de naissance. « Jésus répondit : Ni lui ni ses parents n'ont péché, mais c'est pour que soient manifestées en lui les œuvres de Dieu » (Jn 9,1-3).

C'est d'ailleurs le prêtre qui diagnostique les

maladies, comme l'expose le Lévitique, dans un chapitre intitulé « Instructions sur le pur et l'impur » (Lv,11). Au Temple, après un examen méticuleux, le prêtre déclare s'il y a maladie ou non, si le malade est pur ou impur. Et s'il est déclaré impur, il est mis au ban de la société. Dans l'exposé des impuretés, la lèpre, c'est-à-dire toutes les maladies de peau, ainsi que l'écoulement de sang, qu'il soit dû aux règles ou à la maladie, rendent le malade ou la femme impurs, de même que tous ceux qui les touchent pendant cette période de maladie ou d'hémorragie, et tout ce qu'ils touchent. Le prêtre, s'il diagnostique, s'il décide de l'impureté ou non du malade, de la mise en quarantaine ou des sacrifices qu'il lui faut accomplir pour sa purification, ne prescrit aucun médicament. Car seul le Seigneur peut soigner, délivrer de la maladie. Pour cette raison, les guérisons de lépreux qu'opère Jésus ont une signification forte. Pour cette raison encore, les scribes, quand ils y assistent, demandent à Jésus à quel titre, de quelle autorité, de quel droit il « remet les péchés » du lépreux. Car le guérir d'un mal qui n'est infligé que par Dieu, à cause des fautes et des souillures commises, c'est se substituer à Dieu, c'est absoudre les péchés.

Pour autant, Jésus, encore une fois, n'agit pas en dehors de la Loi. À peine a-t-il guéri le lépreux, qui d'ailleurs ne demande pas à Jésus de le guérir mais de « le purifier », Jésus l'envoie au Temple. « Attention ! N'en parle à personne ! Mais va te montrer au prêtre et présente-leur en témoignage le don que Moïse a prescrit » (Mt 8,4). Jésus, attentif à préserver son anonymat, ne songe pas à dispenser le miraculé des sacrifices d'agneau et de tourterelles requis par le Lévitique en gage de purification *.

Deux récits seulement évoquent, dans les Synoptiques, la guérison de la lèpre. Celui que nous venons d'exposer, relaté par Marc (Mc 1,40-45) et par Matthieu (Mt 8,4), et la guérison de dix lépreux que Jésus rencontre en Samarie et que raconte Luc (Lc 17,11-19). « Dix lépreux vinrent au-devant de lui et se tinrent à distance. Ils élevèrent la voix et dirent : Jésus, maître, aie pitié de nous ! À cette vue, il leur dit : Allez vous montrer aux prêtres. Et pendant qu'ils s'en allaient, ils furent purifiés. L'un d'eux, dès qu'il se vit guéri, retourna en glorifiant Dieu à grande voix, tomba sur la face aux pieds de Jésus et le remercia » (Lc 17,12-16). Ici encore, le lépreux guéri comprend qu'il ne doit ce miracle qu'à Dieu. Quand il réalise que sa lèpre a disparu, qu'il est donc purifié, il revient sur ses pas. Plutôt que d'aller au Temple faire constater la fin de la maladie et de procéder aux rituels de purification nécessaires, il revient glorifier Dieu et tombe, face contre terre, aux pieds de Jésus. « C'était un Samaritain. Jésus dit à part : Est-ce que les neuf autres n'ont pas été purifiés ? Où sont les neuf autres ? On n'a donc trouvé que cet étranger pour retourner rendre gloire

* La question que soulève la lèpre tient au diagnostic de cette pathologie. Le mot araméen *sàra'at*, qui désigne la lèpre, se réfère à la législation du Lévitique 13-14, dans l'Ancien Testament. Or cette législation est largement antérieure à la lèpre proprement dite, due au bacille *Mycobacterium leprae* et qui fut introduite au Proche-Orient par les armées d'Alexandre le Grand, mort en 323 avant notre ère. Le mot *sàra'at* qu'évoque le Lévitique recouvre probablement un vaste ensemble de maladies de peau comme le psoriasis, l'eczéma ou autres mycoses, mais pas la lèpre telle que nous la connaissons aujourd'hui.

à Dieu ? Et il lui dit : Lève-toi et va ! Ta foi t'a sauvé ! » (Lc 17,16-19). Ainsi donc, Jésus lui-même rend à Dieu ce qui lui appartient : le mérite du miracle.

En guérissant de la lèpre, Jésus a bousculé par deux fois les prescriptions rigoureuses sur le pur et l'impur. La première, en s'occupant de lépreux, que leur maladie contraint à une perpétuelle quarantaine (et d'ailleurs, Luc, médecin, précise que les dix lépreux n'enfreignent pas la règle ; ils se tiennent à distance) ; la seconde, en traversant le territoire de Samarie que tous les observants évitent soigneusement d'habitude, préférant emprunter, pour traverser la Palestine, la vallée du Jourdain, en dépression de quelque trois cents mètres puisque la mer Morte que le fleuve alimente est en dessous du niveau de la mer. Vallée étouffante, rocailleuse, aux abords dangereux et désertiques mais qui évite aux pèlerins en route pour Jérusalem ou de retour des fêtes de fouler un sol souillé. En effet, la Samarie abrite un peuple beaucoup plus mélangé que celui de la Judée, plus accueillant aux influences de dehors et favorable aux combinaisons religieuses nouvelles. Elle constitue une sorte de schisme à l'intérieur du peuple d'Israël : de retour d'exil, les Juifs qui ont refusé de répudier leurs femmes assyriennes se sont installés en Samarie. Ils ont élevé un temple sur le mont Garizim, et affirment que c'est le lieu où Dieu a demandé à Moïse de le construire. Ils considèrent donc que le Temple de Jérusalem est un faux, ce que les Judéens leur rendent bien *.

* La doctrine qui prévalait chez les Samaritains excluait en principe la foi en la

Depuis l'origine, il leur est interdit d'offrir des sacrifices au Temple de Jérusalem et de se marier avec des Juifs *.

Déjà, c'est en Samarie, dans la ville de Sychar, que Jésus a choisi de se révéler à une femme pourtant doublement impure. Impure parce que Samaritaine. Impure parce qu'elle a eu cinq maris et vit maintenant en concubinage. Et pourtant, c'est à elle que Jésus annonce qu'il est le Messie. « La femme lui dit : Je sais que vient le Messie, c'est-à-dire le Christ. Quand il sera venu, il nous annoncera tout. Jésus lui dit : Je le suis, moi qui te parle » (Jn 4,26-26).

En se promenant en Samarie, en guérissant un lépreux samaritain, Jésus étend la puissance de Dieu aux nations. Le critère d'élection n'est plus l'ascendance abrahamique (celle-là même que vilipendait Jean-Baptiste sous le quolibet de race de vipères, pour son manque de sincérité), mais la foi. Cette foi que manifestent le lépreux, la femme grecque d'origine syro-phénicienne dont il a guéri

---

résurrection, mais elle finit par s'imposer. Ils attendent eux aussi un messie qu'ils nommaient Taheb, « celui qui doit revenir ou restaure ». Ils s'appuyaient sur le Deutéronome (Dt 18, 18) : « Je leur susciterai d'entre leurs frères un prophète tel que toi, je mettrai mes paroles dans sa bouche et il leur dira tout ce que je lui commanderai. » Cette attente provoqua chez eux des mouvements analogues aux crises messianiques de Palestine. Origène place au temps de Jésus la tentative de Dosithée qui, paraît-il, cherche à se faire passer pour Celui que Moïse a annoncé et se prétend Fils de Dieu. Il prêche une doctrine ascétique qui s'enracine assez solidement. À en croire Épiphane, les dosithéens ressemblaient aux esséniens et se rattachaient sans doute à Simon, dont Dosithée est dit tantôt le maître, tantôt le disciple.

* Le temple des Samaritains fut démoli deux fois, par Jean Hyrcan en 128 avant notre ère et en 486 après J.-C. L'empereur Justinien mit fin à leur autonomie et ils furent martyrisés par les musulmans qui ne les considéraient pas comme appartenant au peuple du Livre. Il ne reste d'eux qu'un petit groupe de 500 âmes, concentré en Israël, essentiellement à Naplouse.

la fille possédée par un démon, et la Samaritaine de Sychar, cette foi va s'afficher de façon éclatante chez le centurion romain, dont Jésus sauvera le serviteur. La scène se passe à Capharnaüm qui était l'une des rares villes de Galilée où, du fait de sa position stratégique, s'élevait une garnison romaine. Un jour que Jésus rentre d'une de ses missions pastorales, il reçoit la visite de vieux sages qui viennent plaider la cause d'un centurion (Lc 7,2-10). Son esclave, pour qui il a de l'estime, est gravement malade et, comme il a entendu parler des exploits de Jésus, il aimerait que ce dernier le sauve. Les vieux Juifs savent que le centurion est impur. Il est un envoyé des nations dans ce qu'elles ont de plus corrupteur : l'armée. « Accorde-lui cela, il le mérite, car il aime notre nation, c'est lui qui nous a bâti la synagogue » (Lc 7,4), plaident-ils. « Et Jésus alla avec eux. Il n'était plus bien loin de la maison quand le centurion lui envoya dire par des amis : Seigneur, ne te tourmente pas ; car je ne suis pas digne que tu entres sous mon toit ; je ne me suis même pas jugé digne de venir à toi, mais dis un mot, et que mon garçon soit guéri » (Lc 7,6-7).

Jésus, qui entend ces paroles, est heureux. La foi du centurion le touche au cœur. « Il se retourna et dit à la foule qui le suivait : Je vous dis que même en Israël je n'ai pas trouvé une telle foi. Et de retour à la maison, les envoyés trouvèrent l'esclave valide » (Lc 7,9-10).

Cette foi qui sauve, Jésus la loue dès qu'il la décèle. Il la loue publiquement chez la femme impure, qu'une hémorragie permanente a bannie depuis douze ans de la communauté et qui touche à l'insu de Jésus la frange de son manteau. Geste tabou ! Sa maladie lui interdit tout contact avec les gens normaux, les purs. Et si ceux-ci devaient en avoir un, ils doivent alors se soumettre à d'interminables rites de purification. « Mais Jésus dit : Quelqu'un m'a touché. Je sais bien qu'une force est sortie de moi ! La femme vit qu'elle n'était pas passée inaperçue et, tremblante, elle vint tomber devant lui en annonçant devant tout le peuple pour quel motif elle l'avait touché et comment elle avait tout de suite été guérie. Et il lui dit : Ma fille, ta foi t'a sauvée ; va en paix » (Lc 8,46-47).

Cette foi, il arrive même que, comme Dieu avec Job, Jésus la mette à l'épreuve. Et c'est encore une femme des nations, une impure, qui va faire la preuve de sa fidélité au Seigneur, comme Matthieu le raconte (Mt 15,21-28) : Jésus s'est mis à l'abri en terrain neutre, après sa terrible altercation avec les pharisiens et les scribes de Jérusalem, sur le pur et l'impur et l'ostentation avec laquelle Jésus et ses disciples refusent d'en suivre les prescriptions. C'est, aux yeux des docteurs de la Loi, une véritable transgression. Ils ne mâchent pas leurs mots : « Pourquoi tes disciples transgressent-ils la tradition des anciens ? Car ils ne se lavent pas les mains quand ils mangent du pain » (Mt 15,2). La question leur vaut une diatribe au cours de laquelle Jésus les traite de corrupteurs de la Loi, de comédiens, d'aveugles condamnés à la chute. Pour les accuser, Jésus invoque la prophétie d'Isaïe (Is 29,13 : « Isaïe prophétise bien de vous quand il dit : ce peuple m'honore des lèvres mais leur cœur est loin de moi. Ils me révèrent en vain puisqu'ils enseignent pour enseignements des commandements d'hommes » (Mt 15,7-9). Les disciples de Jésus eux-mêmes sont sidérés par la violence des accusations : Jésus vient d'attaquer de front les représentants de la Loi en personne. Pierre rapporte à Jésus le scandale. Mais Jésus insiste et prend les foules à témoin : « Ne comprenez-vous pas que tout ce qui entre dans la bouche va dans le ventre et est expulsé aux cabinets ? Mais ce qui sort de la bouche vient du cœur et voilà ce qui profane l'homme. Car du cœur viennent les mauvaises raisons, les meurtres, les adultères, les prostitutions, les vols, les faux témoignages, les blasphèmes ; c'est cela qui profane l'homme. Mais manger avec les mains non lavées ne profane pas l'homme » (Mt 15,17-20).

Après de tels propos, Jésus juge préférable de se mettre à l'abri. Il vient d'insulter les pharisiens et les scribes que le Sanhédrin a envoyés pour sonder ses intentions. Il a appris qu'Hérode le tétrarque s'apeure de la renommée de Jésus, qu'il prend pour Jean-Baptiste ressuscité. « C'est Jean-Baptiste ; il s'est relevé d'entre les morts, et voilà pourquoi il fait des miracles » (Mt 14,2), a dit le monarque à ses jeunes gens.

Jésus s'est retiré dans la province de Tyr et de Sidon, qu'il a lui-même décrite comme le creuset du paganisme. Une Cananéenne vient le trouver. Elle le supplie de guérir sa fille, possédée d'un mauvais démon. Jésus l'éprouve en lui opposant un épais silence et comme elle insiste, les disciples demandent à Jésus qu'il la renvoie car elle crie. Tu n'es pas juive, lui répond abruptement Jésus, et « je n'ai été envoyé qu'aux brebis perdues de la maison d'Israël » (Mt 15,24). La femme passe outre. Elle se prosterne. Elle insiste. Il est encore plus brutal : « Ce n'est pas bien de prendre le pain des enfants et de le jeter aux petits chiens » (Mt 15,26). Elle ne s'offusque pas de l'insulte. Elle croit. Elle se contentera des miettes, comme les chiens, lui répond-elle. La foi de la Cananéenne n'a pas été ébranlée pendant tout le dialogue. Jésus l'exauce. Il loue sa foi.

Et c'est encore le manque de foi qui le révolte. Jésus le doux, le miséricordieux, entre dans de terribles colères lorsque, malgré les signes qu'ils ont devant les yeux, le peuple et parfois ses disciples continuent de ne pas voir, et ne se convertissent pas.

Alors il commença à injurier les villes où avaient été faits la plupart de ses miracles, parce qu'elles ne s'étaient pas converties : Malheur à toi, Chorazim ! Malheur à toi, Bethsaïde ! Parce que si les miracles qui ont été faits chez vous l'avaient été dans Tyr et Sidon, voilà longtemps qu'elles se seraient converties sous le sac et la cendre. Mais je vous le dis, le jour du jugement sera plus supportable pour Tyr et Sidon que pour vous. Et toi, Capharnaüm, te hausserais-tu jusqu'au ciel, on te fera descendre jusqu'à l'Hadès ; parce que si les miracles qui ont été faits chez toi l'avaient été dans Sodome, elle demeurerait encore aujourd'hui (Mt 11,20-23).

Il arrive toutefois que Jésus connaisse l'échec. Ainsi, au début de son ministère, à Nazareth, il ne peut rien accomplir — la foule, qui ne voit en lui que l'ouvrier du bois, le fils du charpentier, lui conteste toute autorité et tout charisme prophétique.

Alors, parce qu'ils ne possèdent pas la foi nécessaire, aucune guérison n'a lieu.

« Et là, beaucoup se fièrent à lui... »

Au fur et à mesure de sa prédication, l'enseignement de Jésus se départ des menaces de feu et de fin, de la description du Jugement dernier qui va engloutir tout Israël et qui constituait le fond du discours de Jean-Baptiste. Il préfère annoncer un Dieu qui arrive en puissance pour rétablir et sauver son peuple pécheur et dispersé. C'est dans ce choix que Jésus dévoile l'aspect le plus radical, le plus novateur de son enseignement. La notion de Royaume de Dieu, si peu usitée par ses contemporains, on l'a vu, présente uniquement dans certains psaumes et dans une prophétie d'Isaïe, remet en pleine lumière et au cœur de l'actualité l'idée d'un Dieu Roi souverain. En même temps que cette notion renoue avec les fondements mêmes de l'histoire du peuple Israël et revivifie la parole du Seigneur à Moïse — « Tu leur diras : Soyez saints, car je suis saint, moi, le Seigneur, votre Dieu » (Lv 19,1) —, en même temps qu'elle donne un sens à l'attente eschatologique qui sous-tend l'entière Palestine, elle confère une autorité à la parole de Jésus qui, si elle ne contredit pas la Loi de Moïse, en élargit la portée.

Jésus agit comme s'il reprenait aux autorités de son peuple, aux scribes, pharisiens et sadducéens, ce que Dieu leur avait confié et dont ils faisaient, depuis des siècles, si mauvais usage. Cette position est dangereuse, à une époque où la conduite spirituelle du judaïsme appartient aux érudits, que ce soit le pouvoir sacerdotal de Jérusalem, les pharisiens ou les scribes, et alors que Jésus ne peut se prévaloir d'aucune étude supérieure sous l'autorité d'un maître renommé de Jérusalem — comme le fera saint Paul. Avec les miracles et les guérisons, avec son enseignement et la générosité surabondante des paraboles, grâce, surtout, à sa présence, Jésus ouvre une fenêtre sur le Royaume, pour que tous voient et entendent ce qui advient, et ce que la foi, et la foi seule, peut mettre en marche ; il donne à comprendre le dynamisme du Royaume. « Ce n'est pas à me dire : Seigneur, Seigneur, qu'on entrera dans le règne des cieux, mais à faire la volonté de mon père qui est dans les cieux » (Mt 7,21).

À la lumière de l'exemple qu'offre Job, il incite à l'espérance et à la fidélité. Alors tous seront guéris, réunis et sauvés. Alors, et alors seulement, les affamés seront rassasiés, les pauvres et les affligés consolés — toutes les promesses énoncées dans le Sermon de la Montagne et les Béatitudes seront accomplies. Cette entrevision du Royaume présent et du Règne à venir est donnée à comprendre par le symbole que portent certains miracles — eux aussi paraboles de la prédication de Jésus.

Les miracles peuvent être classés en trois catégories : les guérisons, qu'elles soient de paralysés ou d'estropiés, d'aveugles ou de lépreux. Les miracles dits de nature — l'impôt du Temple trouvé dans le ventre d'un poisson, la malédiction du figuier stérile, la pêche miraculeuse, la marche sur la mer, la tempête apaisée, le changement de l'eau en vin à Cana et la multiplication des pains. Enfin, dernière catégorie de miracles, la résurrection des morts.

Dans la catégorie des guérisons de paralysés, un point commun apparaît immédiatement aux yeux du lecteur attentif : les quatre miracles ont lieu un jour de shabbat, voire dans une synagogue, ce qui déclenche l'ire des pharisiens que cette infraction à la Loi mosaïque ulcère. Dans le premier cas, celui du paralytique dont on passe le brancard par le toit pour qu'il puisse entendre le Nazaréen, Jésus provoque les scribes présents pendant qu'il enseigne aux foules en disant au malade : « Fils, tes péchés te sont remis » (Mc 2,5). Jésus donne ainsi à entendre qu'il ne pourrait pas relever un grabataire s'il ne l'absolvait pas de ses péchés, puisque ceux-ci sont responsables de sa maladie. Il en a l'autorité parce qu'il est Fils de l'homme. « Pour que vous sachiez que le Fils de l'homme a pouvoir sur la terre de remettre les péchés, il dit au paralytique : Je te le dis, lève-toi, enlève ton lit et va dans ta maison » (Mc 2,10, 11).

S'il s'est montré original en restaurant la notion de « Royaume de Dieu », Jésus l'est tout autant en usant de l'expression « Fils de l'homme », tout aussi peu usitée à son époque. Autant « fils de Dieu » était couramment employé pour désigner un homme, autant « Fils de l'homme » avait un sens précis, et une histoire. Elle se réfère au livre de Daniel qui annonce, venu du ciel, un Messie : « Je regardais dans les visions de la nuit et voici qu'avec les nuées du ciel venait comme un Fils d'Homme. Et il lui fut donné souveraineté, gloire et royauté : les gens de tous peuples, nations et langues le servaient. Sa souveraineté est une souveraineté éternelle qui ne passera pas et sa royauté, une royauté qui ne sera jamais détruite » (Dn 7,13). Cette expression se réfère aussi au pseudépigraphe de l'Ancien Testament, le livre d'Hénoch qui annonce, dans un chapitre consacré à la venue de l'Élu pour le Jugement dernier (46, 1-8) :

Là, j'ai vu Celui qui détient le principe des jours *, Sa tête était comme de la laine blanche, et avec Lui un autre, dont le visage avait une apparence humaine et débordait de grâce comme l'un des saints anges. J'ai interrogé sur ce Fils d'homme l'un des saints anges qui m'accompagnait et me montrait tous les secrets : « Qui est-il ? D'où vient-il ? Pourquoi accompagne-t-il le Principe des jours ? » Il m'a répondu : « C'est le Fils d'homme auquel appartient la justice, la justice a demeuré avec lui, et c'est lui qui révélera tout le trésor des mystères. Car c'est lui que le Seigneur des Esprits a élu et dont le lot a obtenu la victoire devant le Seigneur des Esprits, selon le droit, pour l'éternité. Ce Fils d'homme que tu as vu fera lever les rois et les puissants de leurs couches, les forts de leurs sièges. Il dénouera les liens des forts et broiera les dents des pécheurs. Il chassera les rois de leurs trônes et de leur royaume, parce qu'ils ne l'exaltent pas, ne le glorifient pas et ne confessent pas d'où leur est venue la royauté.

Et un peu plus loin, le livre d'Hénoch reprend (48,1-7) :

* Celui qui détient le principe des jours : autrement dit, Dieu.

J'ai vu en cet endroit la fontaine de justice qui ne tarit pas, tout entourée de nombreuses fontaines de sagesse, où tous les assoiffés boiront et s'empliront de sagesse, et leur demeure sera avec les justes, les saints et les élus. À cette heure, le Fils d'homme fut appelé auprès du Seigneur des Esprits et son nom fut prononcé en présence du Principe des Jours. Avant que soient créés le soleil et les signes, avant que les astres du ciel soient faits, son nom a été proclamé par-devant le Seigneur des Esprits. Il sera un bâton pour les justes, ils s'appuieront sur lui sans risque de trébucher. Il sera la lumière des nations, il sera l'espoir de ceux qui souffrent dans leur cœur.

« Et quand le Fils de l'homme viendra en sa gloire et tous les anges avec lui, alors il s'assoira sur son trône de gloire, et on rassemblera devant lui toutes les nations », dit encore Jésus, sous la plume de Matthieu (Mt 25,31-32). En exauçant le paralytique qui a foi en lui, Jésus préfigure ce moment du Jugement dernier où les pauvres et les opprimés se relèveront à leur tour pour trôner à sa droite. De même, lorsqu'il soigne la main morte de l'estropié dans la synagogue, un jour de shabbat, Jésus fait valoir qu'il n'y a pas d'heure pour faire le bien, car le bien toujours sera supérieur à n'importe quelle prescription de la Loi. « A-t-on le droit, un jour de shabbat, de bien faire ou de mal faire, de sauver une vie ou de tuer ? » Comme les pharisiens se taisent, Jésus, « consterné de l'endurcissement de leur cœur » (Mc 3,4-5), rétablit la main du malade. Le sens est le même pour la femme courbée en deux dans la synagogue et qu'il délivre un jour de shabbat encore (Lc 13,10-16) ou pour l'infirme qui attend depuis trente-huit ans, près de la piscine de Bézatha, à Jérusalem, la possibilité de guérir en se trempant dans le bouillonnement des eaux (Jn 5,1-18). Jésus le relève et lui ordonne de marcher, bien que ce soit shabbat. Il enseigne alors, *de facto*, que l'amour du prochain, la compassion l'emportent sur de simples règlements, fussent-ils liturgiques ; et que l'homme, par son principe le plus plein et le plus saint, l'amour, doit rester le maître de la loi. « Le shabbat a été fait pour l'homme et non l'homme pour le shabbat ; de sorte que le Fils de l'homme est seigneur aussi du shabbat », sait-il rappeler (Mc 2,27-28).

Pour autant, il serait stérile, et déplacé, de situer Jésus hors de la sphère religieuse qui était la sienne et celle de ses contemporains. Jésus ne cesse de prêcher pour rendre les foules plus attentives à Dieu, pour les convertir à sa Parole, pour que les rituels et les pratiques matérielles ne les aveuglent pas sur l'exigence du Seigneur et la difficulté d'un chemin de conversion. Il n'est pas en marge de la religion, il la saisit, lui redonne le sens perdu, exhorte à un dépassement entier de ses cadres trop stricts — et alors rend à l'individu sa liberté fondamentale de se sauver lui-même. C'est en cela qu'il inquiète le sacerdoce du Temple. S'il avait constitué, avec ses disciples, une nouvelle secte, établi une communauté tout à fait à l'écart quelque part au désert, à la façon des esséniens ou des thérapeutes, rien n'aurait choqué de ses actes ou de ses propos. L'audace dont Jésus fait preuve en circulant géographiquement et socialement dans toute la Palestine, en tendant la main à qui bon lui semble quand bon lui semble, soulève un enthousiasme inquiétant pour les autorités. Comme il franchit les frontières jugées infranchissables entre la Judée et la Samarie d'un pas souple et allègre, comme il brise un silence jugé inviolable entre les Juifs et les Samaritains d'une parole chaleureuse et complice, il dépasse et brise le carcan des rituels qui cloisonnent — et soutiennent — la société ; qui protègent — mais enferment — Israël. Jésus ne s'adresse pas qu'aux Juifs, pas plus que Jésus ne prêche aux seuls parias.

Son enseignement touche toutes les couches de la population, nantis et pauvres, officiels et opprimés. Il s'entretient avec le riche Nicomède qui est un grand prêtre, officie au Temple et fait partie de la haute aristocratie de Jérusalem. Son ami Lazare est un homme influent. À sa mort, beaucoup de notables viennent à Béthanie, depuis Jérusalem, consoler ses deux sœurs. Jaïre, chef de la synagogue, le fait chercher quand sa petite fille tombe malade et Jésus ne conspue pas le luxe de sa maison en entrant chez lui. Il ne boude pas davantage les couches les plus marginales de la population. Dans le peuple juif, beaucoup sont considérés comme impurs : les paysans, les marins-pêcheurs, les publicains ou les filles de joie parce que leurs métiers les empêchent de respecter les prescriptions rituelles. On ne doit ni accepter leurs invitations, ni entrer chez eux, ni les inviter chez soi. Et pourtant, Jésus les fréquente, leur parle, prêche, franchit leur seuil et partage même leurs repas ! Parmi eux, il y a des femmes.

Certes, Jésus ne choisit aucun disciple qui soit une femme. Lorsqu'il compose le groupe des Douze, il écarte le sexe faible de son aréopage.

Pourtant, elles sont nombreuses à l'entendre, à le louer, et même à le suivre. Ce choix, de leur part, était osé. La femme restait à la maison. Mariée à treize ans, si elle était reine chez elle, elle bénéficiait de peu de droits dans la société. Le sang qu'elle perd tous les mois la rend impure et les prescriptions du Lévitique sur cette impureté sont nombreuses et détaillées. Elle doit subir de nombreux rituels de purification dans sa vie, notamment après ses couches, et plus ou moins importantes selon qu'elle a mis au monde un garçon ou une fille. Marie, jeune vierge nourrie au Temple par la main de l'ange, doit quitter le lieu saint dès que la puberté la menace. Sans la protection du père ou du mari, elles sont des proies, leur sort est misérable. L'attitude de Jésus à leur égard est égale à celle qu'il a pour ses disciples : une immense compassion, une grande attention qui les poussent à l'écouter et à l'aimer. Certaines quittent leur domicile pour le suivre. D'autres puisent dans leur cassette pour financer les activités du groupe. Dès les premières heures de son ministère, elles sont à ses côtés. « Par la suite, il passait de ville en bourgade, en proclamant l'Évangile du règne de Dieu. Les Douze étaient avec lui, et aussi quelques femmes qui avaient été soignées d'esprits mauvais et de maladies : Marie, appelée Madeleine, de laquelle sept démons étaient sortis, Jeanne, femme de Chouza régisseur d'Hérode, Suzanne, et beaucoup d'autres et elles les servaient de leurs biens » (Lc 8,1-3). L'Évangile de Luc est précis. Beaucoup de femmes suivent Jésus. Certaines, « soignées d'esprits mauvais », ont quitté leur mauvaise vie. Mais toutes ne sont pas des prostituées, il y a même des « nanties », capables d'aider financièrement, « de servir » Jésus et ses apôtres. La femme du régisseur d'Hérode était sans conteste de bonne famille et bien dotée. Si la mystérieuse Suzanne n'apparaît nulle part ailleurs, et ne surgira plus dans les lignes de Luc, Jeanne sera présente lors de la découverte du tombeau vide.

Luc et Marc s'entendent pour établir une relation de cause à effet entre la délivrance démoniaque de Marie Madeleine par Jésus et sa présence à sa suite. D'où lui viennent ses démons ? Était-elle vraiment une prostituée ? Les rédacteurs du Nouveau Testament n'apportent aucune réponse. La légende sulfureuse qui drape le personnage de Marie Madeleine a été créée par l'Évangile apocryphe de Philippe dans lequel Jésus est « marié » avec elle. En fait, aucun historien n'a pu encore s'accorder sur le nombre exact de Marie qui circulent dans les pages des Évangiles. Marie, la sœur de Marthe, était-elle aussi Marie Madeleine ? La thèse séduit les romantiques. Elle corrobore, en le suggérant, une fréquentation assidue de Jésus avec cette femme, et autorise toutes les dérives fantaisistes que des romanciers se sont plu à imaginer *. Il semble que ces allégations soient des plus farfelues. Marie, comme Jésus, était un nom très courant au Ier siècle, on en compte d'ailleurs six dans les seuls

* Déjà, à l'époque des Pères de l'Église, des écrits apocryphes et gnostiques ont présenté Marie Madeleine comme une adepte privilégiée de Jésus. L'Évangile de Thomas, copte, l'Évangile secret de Marc, l'Évangile selon Marie, la Pistis Sophia, la Sagesse de Jésus-Christ, le Dialogue du Sauveur, l'Évangile de Philippe et les Actes de Philippe.

Évangiles : Marie, la mère de Jésus ; Marie, la mère de Jacques ; Marie de Clopas ; Marie Madeleine ; Marie, sœur de Marthe ; Marie, mère de Jean Marc ; auxquelles il faudrait ajouter la Marie que Paul évoque dans son épître aux Romains.

Quoi qu'il en soit, le courage et la foi de ces femmes, qui choisissent de s'engager, voire de quitter leur maison à la suite de Jésus, sont remarquables, et d'autant plus extraordinaires si l'on considère l'époque. Nul besoin d'une étude sociologique pour mesurer les marges de liberté dont jouissent les femmes, ou le poids terrible de l'opinion publique sur leurs mœurs. Depuis Ève et la Genèse, elles ont mauvaise réputation. Il suffit de se rappeler que la femme adultère est mise à mort par lapidation. La femme stérile est bannie et chassée du Temple. Un écrit qumrânien s'intitule « Pièges de la femme ». Les textes de saint Paul sont ponctués d'une incontestable misogynie. Et quand Marie Madeleine annonce aux disciples la résurrection de Jésus, « quand ceux-ci entendirent qu'il vivait et qu'il avait été vu par elle, ils se méfièrent » (Mc 1,11).

Lorsqu'il accepte que ces femmes suivent ses pas, et défraient la chronique, Jésus agit dans une liberté sans précédent. Il contrevient aux tabous et bafoue les règles de bienséance. Il ne les repousse pas, au prétexte qu'elles choqueraient la morale. Il parle à la Samaritaine, doublement impure, par sa race, par ses mœurs : après cinq mariages, elle vit en concubinage. Il défend la femme adultère que de bons croyants s'apprêtent à lapider et la sauve d'une mort certaine. Il parle et touche l'hémorroïsse à qui ses pertes de sang interdisent tout contact. Il permet à une prostituée de lui laver les pieds. Et si les démons de Marie Madeleine l'ont débauchée, il accepte son repentir et sa présence. Lorsque les pharisiens lui demandent si un homme a le droit de renvoyer sa femme pour n'importe quel motif — ce que la Loi mosaïque autorise —, Jésus invoque un autre texte que le Lévitique qui réglemente ces questions. Il rappelle comment la Genèse stipule clairement que Dieu a fait sa créature, au tout commencement, mâle et femelle. Il leur rappelle qu'ils ne sont pas deux, mais un seul en deux moitiés qui doivent être réunies et ne refaire qu'une seule chair. Ce n'est pas parce que la femme est inférieure à l'homme que Dieu l'a modelée à partir d'une côte d'Adam, c'est pour qu'ils restent, justement, un être unique quand, d'un esprit moitié mâle moitié femelle, ils deviennent deux créatures distinctes, mais de la même chair. L'homme quitte son père et sa mère pour s'attacher à sa femme « et de nouveau, ils seront une seule chair » (Mt 19,3-12). Ce que Dieu a uni, rappelle Jésus, on ne le sépare pas. La femme n'est ni un objet de transaction, ni un meuble dont on se sépare avec une lettre de répudiation, fût-elle autorisée par Moïse. Dans la prière, dans l'étude de la Loi mosaïque, la femme est aussi l'égale de l'homme. Elle n'a pas à être tenue à l'écart des affaires de Dieu. À Béthanie, lorsque Marthe rabroue sa sœur parce qu'elle s'est installée, comme un disciple, aux pieds de Jésus pour écouter sa parole au lieu de l'aider à tenir la maison comme il se doit, à faire tout le service pour que tout soit en ordre, à l'heure et à sa place, Jésus intervient. Le ménage est le cadet de ses soucis. Et sa sœur, au lieu de s'inquiéter pour ces petits riens, devrait plutôt venir à côté de Marie, où est sa place en priorité : dans l'écoute et l'élévation du cœur. « Marthe, Marthe, tu t'inquiètes, tu fais beaucoup de bruit, alors qu'il y a besoin de peu de choses, ou d'une seule ! En effet, Marie a choisi la bonne part et on ne la lui arrachera pas » (Lc 10,38-42).

Dans le récit de Jean, les femmes tiennent un rôle clé. Marie, la mère de Jésus, ouvre à Cana le cycle des prodiges et du ministère public, tandis que Marthe le ferme en assistant au dernier miracle que « son Seigneur » accomplit : la résurrection de son frère Lazare. Marie a deviné la puissance de son fils. Marthe exprime sa foi et le reconnaît comme le « Messie, le fils de Dieu qui vient en ce monde » (Jn 11,27). Quand il fait entendre sa voix aux nations, Jésus choisit de parler à deux femmes. La Samaritaine, à qui il avoue qu'il est le Messie — ce qu'elle accepte en toute confiance. Et la Grecque syro-phénicienne (peut-on faire plus métissé ?), qu'il met à l'épreuve en la traitant, par métaphore, de chienne. Enfin, au pied de la Croix, hormis Jean le disciple bien-aimé, il ne reste que des femmes venues pleurer et prier Jésus, au mépris de la répression policière. « Il y avait aussi des femmes qui observaient de loin et, parmi elles, Marie Madeleine, Marie, mère de Jacques le Petit et de Joset, et Salomé, qui l'avaient suivi et étaient à son service quand il était en Galilée, beaucoup d'autres aussi, qui étaient montées avec lui à Jérusalem » (Mc 15,40-41). Enfin, c'est à Marie Madeleine qu'il apparaît pour la première fois, après sa mort. « Ressuscité à l'aube du premier jour de la semaine, il apparut d'abord à Marie Madeleine, de qui il avait chassé sept démons » (Mc 16,9). Certes, Jésus n'a pas expressément choisi ses disciples parmi les femmes. Mais l'amour qu'il porte à certaines d'entre elles est à l'égal de l'amour qu'il porte à certains de ses amis et disciples — autant dire, l'amour qu'il porte à l'humanité tout entière, hommes, femmes, enfants. La confiance qu'il leur témoigne et le pied d'égalité sur lequel il les hisse, le rôle qu'il leur fait tenir dans sa prodigieuse histoire rendent ce détail bien insignifiant.

Jésus ne guérit pas au hasard. Il accomplit la prophétie d'Isaïe (Is 29,18-20), comme il l'a rappelé aux disciples de Jean-Baptiste venus lui poser la question. Comme l'a prédit Isaïe, il a purifié les lépreux, les boiteux marchent, les pauvres sont évangélisés ; il lui faut encore rendre la vue aux aveugles et faire que les morts se relèvent (Mt 11,2-5). C'est ce qu'il accomplit en soignant Bartimée qui demande l'aumône à la sortie de Jéricho, sur la route de Jérusalem où les pèlerins se rendent pour la Pâque. Il crache dans les yeux de Bartimée et impose les mains, et Bartimée, stupéfait, voit. Au jeune aveugle de naissance à qui il rend la vue, dans les rues de Jérusalem (Jn 9,1-41), il confectionne un cataplasme de boue et de salive qu'il pose sur les paupières, avant de l'envoyer se laver les yeux à la piscine de Siloé pour qu'il voie enfin, pour la première fois de sa vie. À Bethsaïde, c'est encore un aveugle qu'on amène à Jésus (Mc 8,22-26) pour qu'il le soigne. Après lui avoir craché de la salive dans les yeux et imposé deux fois les mains sur les paupières, Jésus lui rend la lumière. À un sourd-muet, il souffle, dans les oreilles et sur les lèvres : *Effata*, « ouvre-toi », et le sourd-muet entend et parle.

Et puis il y a la résurrection des morts. Les évangélistes évoquent trois miracles de cette nature décidés par Jésus. Matthieu, Marc et Luc racontent tous les trois la résurrection de la fille de Jaïre, âgée de douze ans. La résurrection du fils unique de la veuve Naïm n'est contée que par Luc, et celle de Lazare uniquement par Jean. Aucun autre miracle ne peut rivaliser en « merveilleux » ou en « incroyable » que la résurrection d'un mort. Pour autant, la mentalité et les croyances des hommes du Ier siècle avant notre ère ne s'offusquaient pas de cette possibilité. La résurrection leur semblait sans doute extraordinaire, mais pas impossible. Il paraissait plausible qu'un homme doté de certains pouvoirs puisse ramener un autre homme à la vie. Le monde gréco-romain n'est pas exempt de cas. Pline l'Ancien, Apulée, Lucien et Philostrate relatent le cas de morts revenus à la vie. L'Ancien Testament évoque les actions dans ce sens d'Élie et d'Élisée. Élie ressuscite le fils d'une veuve :

> Donne-moi ton fils ! Il le prit des bras de la femme, le porta dans la chambre haute où il logeait et le coucha sur son lit. Puis il invoqua le Seigneur en disant : Seigneur, mon Dieu, veux-tu du mal même à cette veuve chez qui je suis venu en émigré, au point que tu fasses mourir son fils ? Élie s'étendit trois fois sur l'enfant et invoqua le Seigneur en disant : Seigneur, mon Dieu, que le souffle de cet enfant revienne en lui ! Le Seigneur entendit la voix d'Élie et le souffle de l'enfant revint en lui, il fut vivant (1R 17,17-24).

Une autre résurrection est racontée dans le deuxième livre des Rois. Cette fois-ci, c'est Élisée qui ramène un petit garçon à la vie.

En effet, le garçon était mort, étendu sur son lit. Élisée entra, s'enferma avec l'enfant et pria le Seigneur. Puis il se coucha sur l'enfant et mit sa bouche sur sa bouche, ses yeux sur ses yeux, ses mains sur ses mains ; il resta étendu sur lui : le corps de l'enfant se réchauffa. Élisée descendit dans la maison, marchant de long en large, puis il remonta s'étendre sur l'enfant. Alors le garçon éternua sept fois et il ouvrit les yeux. Élisée appela Ghéhazi et dit : Appelle cette Shounamite ! Il l'appela ; elle se rendit près d'Élisée qui lui dit : Emporte ton fils ! Elle vint tomber à ses pieds, se prosterna à terre, puis emporta son fils et sortit (2R 4,18-37).

Enfin, dernier miracle, alors qu'Élisée est mort et enterré, le contact avec ses os ressuscite un mort qu'on a déposé dans la même tombe (2R 13,20-21).

Jésus, on l'a vu, a donné pouvoir à ses apôtres de guérir et de ressusciter les morts. Bien après la crucifixion, Pierre, que les disciples sont allés chercher pour qu'il accomplisse ce miracle, va ressusciter Tabitha, « Gazelle ». Pour cela, il se met à genoux auprès du lit de la morte. Il prie, puis ordonne à la femme : « Tabitha, lève-toi ! » comme il l'a vu et entendu faire à Jésus. « Elle ouvrit les yeux et, voyant Pierre, elle s'assit. Il lui donna la main, la fit lever et, appelant les saints et les veuves, il la présenta vivante » (Ac 9,36-41).

À partir de ce récit, d'autres morts reviennent à la vie. Luc (Ac 20,7-12) décrit Paul sauvant Eutyque d'une chute mortelle d'un troisième étage. Bien plus tard, le Talmud de Babylone perpétue cette tradition, même si la connotation du récit est plutôt dérisoire. Qu'on en juge : Rabba, fortement enivré pendant la fête de Pourim, tue Rabbi Zera. Le lendemain, horrifié par la macabre découverte du corps de son ami, il prie pour le ramener à la vie, et y réussit.

Pour ce qui concerne les résurrections opérées par Jésus, les exégètes ont reconnu que les récits des évangélistes n'étaient pas des ajouts postérieurs de l'Église primitive, mais correspondaient bien à une tradition antérieure, sur laquelle tous ont fait un travail de rédaction. Encore une fois, la recherche des exégètes n'a pas consisté à établir la réalité historique de la résurrection, mais à certifier le fait que les contemporains de Jésus pensaient qu'il avait ressuscité la petite-fille de Jaïre, le fils unique de Naïm et le frère de Marthe et Marie, Lazare. Lorsque Jésus ressuscite ces trois-là, il est évident qu'il ne les délivre pas « à jamais » de la mort, en les promettant, sur cette terre, à la vie éternelle, comme Dieu l'a fait avec Élie en le ramenant au ciel sur un char de feu. Il se contente de les guérir de la maladie qui leur a été fatale. Un jour, de nouveau, ils mourront.

La Bible s'intéresse peu au sort des humains après leur mort, imaginant qu'ils descendent dans une région, le Shéol, où ils passent un séjour éternel et lugubre. C'est à partir du second Temple que s'exprime l'idée d'une immortalité des âmes, d'une rédemption messianique et d'une résurrection. La doctrine de la résurrection, très forte dans le judaïsme du Ier siècle, partagée par de nombreuses sectes, par les pharisiens et les scribes, était radicalement réfutée par les sadducéens. Pour les premiers, que défend le Talmud, à la fin des temps, l'*olam ha-ba*, le monde à venir, remplacera *l'olam ha-zeh*, le monde d'ici-bas. Alors, les justes trôneront dans la splendeur de la présence de Dieu. Lorsqu'il ressuscite ses trois morts, Jésus les renvoie à l'*olam ha-zeh*. Mais quand il ressuscitera lui-même, c'est au Ciel, près de Dieu, comme Élie, qu'il montera.

Les résurrections opérées par Jésus, outre le fait qu'elles accomplissent encore la prophétie d'Élie, exposent la foi immense et entêtée d'une part de Jaïre, d'autre part de Marthe et Marie. Celle du fils de Naïm dévoile la compassion de Jésus pour les opprimés — et rien n'est pire en ces temps que la condition de veuve ou d'orphelin. La veuve de Naïm, en perdant son fils unique après son mari, sait dans quel abîme ce deuil va la plonger — outre le chagrin, le déclassement et la misère. Jésus n'attend pas une demande de miracle. Il passe à côté du convoi funéraire du jeune homme. Il n'ignore pas ce qui attend cette femme. Il s'émeut et, spontanément, ressuscite le garçon.

La résurrection du fils de la veuve, à Naïm, n'est rapportée que par Luc. A-t-il inventé cet épisode ? On a pensé que Luc l'avait inséré dans le cours de son récit, juste avant que Jean-Baptiste questionne Jésus sur son identité. Grâce à la résurrection de Naïm, Jésus avait rempli la prophétie d'Élie à temps. Il pouvait répondre aux disciples du Baptiste qu'avec lui, les sourds entendaient, les boiteux marchaient, les aveugles voyaient, les pauvres étaient évangélisés, et les morts ressuscitaient. S'il a imaginé cette résurrection, Luc ne l'a pas pour autant inventée. Celle accomplie par Élie, dans le livre des Rois, ressemble de façon troublante à la résurrection du fils de Naïm. Dans un récit comme dans l'autre, les deux mères éplorées sont veuves, elles enterrent un fils unique, les deux prophètes les rencontrent par hasard aux portes de la ville, pour Élie à Sarepta, pour Jésus à Naïm, et tous deux sont profondément émus par la solitude et le dénuement des deux éplorées.

La résurrection de la petite-fille de Jaïre, elle, est racontée par les trois synoptiques. Qu'en est-il ? Jaïre, le chef de la synagogue, court chercher Jésus parce que sa petite-fille est morte (selon Matthieu), ou en train de mourir selon Marc et Luc. Quand Jésus parvient à la demeure de Jaïre, sa fille est décédée. La mère, les serviteurs se lamentent. « Ne crains rien, aie foi seulement, et elle sera sauvée », préconise Jésus. Alors que tous rient et se moquent, la confiance de Jaïre ne faillit pas. « Talitha, koumi ! Fillette, je te dis de te lever ! » vocifère Jésus. « Et aussitôt, la fillette fut debout » (Mt 9,18-26 ; Mc 5,21-43 ; Lc 8,40-56). On a vu combien, dans l'enseignement de Jésus, le principe de la foi était important. La foi seule permettrait l'avènement du Royaume de Dieu. La foi et la fidélité — l'origine latine (*fides*) est la même pour les deux mots, plus fortes que la mort. Pour cela, Jésus, sous la plume de Jean, annonce : « Je suis la Résurrection. »

La résurrection de Lazare est d'une élucidation beaucoup plus complexe, comme toujours avec Jean, le seul évangéliste à relater ce miracle (Jn 11,1-45).

D'abord, parce que l'évangéliste a placé ce récit comme le dernier « signe » de Jésus dans son ministère public. Ensuite, parce que la démonstration théologique tisse toute la matière du récit, au lieu de l'éclairer *a posteriori* comme Jean s'y emploie d'habitude. Là, Jésus donne la vie, la vie même de Dieu. Que se passe-t-il ? Lazare est un homme riche, considéré. Il est aussi un ami de Jésus. Depuis qu'il vient prêcher en Judée, Jésus fait souvent halte chez lui et ses deux sœurs, Marthe et Marie — sa maison est à Béthanie, joli village caché dans l'exubérance des figuiers, des lauriers et des palmiers, à une dizaine de kilomètres à peine de Jérusalem, dans un repli oriental du mont des Oliviers. Lazare et ses sœurs pourvoient aux frais de subsistance de Jésus et de ses disciples. Dès que Lazare tombe malade, les deux sœurs envoient un serviteur avertir Jésus. « Seigneur, voici malade celui que tu aimes. » D'emblée, Jésus sait ce qu'il adviendra, que le miracle qu'il va accomplir — car Lazare va mourir, Lazare doit mourir — glorifiera le fils de Dieu. Plutôt que de courir au chevet de son ami, et bien qu'il aime Marthe et Marie, il ne bouge pas de l'endroit où il se trouve. Pendant deux jours, il reste au loin. Il laisse la maladie faire son œuvre. Puis, enfin : « Notre ami Lazare s'est endormi, mais je vais aller le réveiller », annonce-t-il aux disciples. Comme toujours, ceux-ci se méprennent sur le sens profond de ses paroles qui leur échappe. Alors, il leur dit franchement : « Lazare est mort et je me réjouis pour vous de n'avoir pas été là, pour que vous ayez la foi. Mais allons près de lui » (Jn 11,14-15). Quand Jésus et les disciples arrivent enfin à Béthanie, Lazare est depuis quatre jours au tombeau. Marthe a pris les devants et elle se lamente : « Seigneur, si tu avais été ici, mon frère ne serait pas mort » (Jn 11,21). Mais la mort de Lazare ne suffit à éteindre la foi qu'elle a en Jésus. Confrontée à l'inéluctable, elle ne perd ni espoir ni confiance. « Maintenant encore, je sais que Dieu te donnera ce que tu lui demanderas » (Jn 11,22), affirme-t-elle. Et Jésus acquiesce : « Ton frère ressuscitera » (Jn 11,23).

Il s'ensuit alors un dialogue de haute portée symbolique et théologique, comme Jean en a le secret. En quelques reparties, la mission de Jésus, le sens de sa vie et celui de sa mort à venir sont révélés, ainsi que son identité. Écoutons l'échange entre Jésus et Marthe, vibrante de foi, celle qui a couru pour aller à la rencontre de son Seigneur : « Jésus lui dit : Je suis la résurrection. Qui se fie à moi, fût-il mort, vivra. Quiconque vit et se fie à moi ne mourra pas pour toujours. Le crois-tu ? Elle lui dit : Oui, seigneur, je crois que tu es le christ, le Fils de Dieu qui vient en ce monde » (Jn 11,25-27). Marthe va alors chercher sa sœur et ensemble, suivies de la foule venue de Jérusalem pour les consoler de la mort de Lazare, tous partent vers le tombeau. Jésus, face au désarroi de Marie, pleure. Alors, « Jésus, frémissant encore en lui-même, vient au tombeau. C'était un caveau avec une pierre dessus. Jésus dit : Enlevez la pierre » (Jn 11,38-39).

Mais devant l'imminence de ce fait incroyable, Marthe, la si fidèle Marthe, est ébranlée. Elle tremble :

Marthe lui dit : Seigneur, il sent déjà, c'est le quatrième jour. Jésus lui dit : Ne t'ai-je pas dit que, si tu as foi, tu verras la gloire de Dieu ? On enleva la pierre. Alors Jésus leva les yeux en haut et dit : Père, je te rends grâces de m'avoir entendu. Je savais que tu m'entends toujours, mais je le dis à cause de la foule qui m'entoure, pour qu'ils croient que tu m'as envoyé. Sur ces paroles, il cria à grande voix : Lazare, viens dehors ! Le mort sortit, les pieds et les mains liés de bandelettes et le visage enveloppé d'un suaire. Jésus leur dit : déliez-le et laissez-le aller (Jn 11, 39-44).

Étrange renversement, dans ce récit. Car Jésus semble avoir besoin de la foi de ceux qui l'entourent pour accomplir son miracle. Pourquoi, sinon, demanderait-il avec tant d'insistance à Marthe : « Le crois-tu ? » Pourquoi rend-il grâces à son père à haute voix afin, dit-il lui-même, que la foule qui l'entoure l'entende, et « qu'ils croient que tu m'as envoyé » (Jn 11,42), alors que dans quelques minutes, quelques secondes, Marthe, Marie, la foule ne pourront plus que croire puisqu'ils verront Lazare sortir du tombeau ?

À la question de la Résurrection et de la vie éternelle qui sous-tend tout le questionnement religieux de l'époque, Jésus vient d'apporter une réponse. Qui se fie à lui vivra, même mort. Il est la Résurrection, et la vie éternelle. Bien sûr, discourir sur ces *logia* appartient au domaine de la théologie ou de la philosophie. La broderie hautement spirituelle dont Jean a ourlé son récit interdit toute autre intrusion de l'historicité. En effet, nombreux sont les exégètes qui se sont interrogés sur le fait que cette résurrection, la plus extraordinaire des trois, n'était pas relatée par les autres évangélistes. Certains ont argué que Pierre et Matthieu étaient absents ce jour et n'avaient donc pas communiqué l'information. Jean, il est vrai, ne mentionne que Thomas sur les lieux du miracle, au milieu de disciples anonymes. D'autres ont prétendu que Lazare, menacé de mort comme « complice » de Jésus à cause de cette résurrection, aurait été volontairement écarté du récit par les synoptiques. Ceux-ci craignaient qu'il ne subisse des représailles de Rome ou du Temple. Les synoptiques expliquent que ce qui a décidé la condamnation de Jésus, ce sont ses propos virulents au Temple dont il chasse les marchands et les cambistes, alors que Jean expose la résurrection de Lazare comme élément déclencheur de sa mise à mort. L'épisode de la purification et de la controverse, Jean le place au tout début du ministère de Jésus, lors de sa première Pâque à Jérusalem.

D'après Jean, c'est donc en ressuscitant Lazare que Jésus déclenche l'engrenage inéluctable qui le mènera au Sanhédrin, puis à la Croix. C'est l'effroi qu'éprouvent les docteurs de la Loi et les prêtres devant ce « signe » qui les décide à perdre Jésus :

> Alors les grands prêtres et les pharisiens réunirent un conseil. Ils dirent : Que faisons-nous ? Cet homme fait beaucoup de signes. Si nous le laissons, tous se fieront à lui et les Romains viendront enlever notre lieu et notre nation. L'un d'eux, Caïphe, grand prêtre cette année-là, leur dit : Vous n'y connaissez rien, vous ne calculez pas. Mieux vaut qu'un homme meure pour le peuple, et que la nation entière ne périsse pas. Il ne disait pas cela de lui-même mais, grand prêtre, il prophétisait que Jésus allait mourir pour la nation, et non seulement pour la nation, mais pour réunir les enfants de Dieu qui sont dispersés. De ce jour-là, ils furent résolus à le tuer (Jn 11, 47-53).

La résurrection de Lazare a une finalité qui dépasse largement son simple retour à la vie : elle manifeste la gloire de Dieu, sa puissance à l'œuvre en même temps qu'elle prélude à l'autre résurrection, celle que vivra Jésus pour entrer dans la vie éternelle, la seule qui apporte la vraie vie et la vraie lumière — selon les paroles mêmes de Jésus à Marthe. Ce prodige, comme les autres, n'est pas présenté comme preuve de sa propre puissance, mais comme signe de l'immense miséricorde divine. C'est la miséricorde divine qui permet en effet les miracles dits « de la nature », et eux-mêmes augurent le grand partage et l'abondance de ces dons dans le banquet qui réunira tous les justes, dans la gloire du Père. Lors de ces miracles, la foi est toujours fondatrice du signe prodigieux. Ainsi, dans l'épisode de la pêche miraculeuse, Simon Pierre répond qu'il n'y a plus de poissons quand Jésus lui demande d'aller jeter les filets. Il a toute autorité pour refuser de retourner sur le lac. La pêche est son métier. Il le pratique depuis de nombreuses années. Or il a pêché pendant toute la nuit sans rien prendre. Où a-t-on vu qu'on puisse attraper plus de poissons le jour ? « Mais sur ta parole, je vais lâcher les filets » (Lc 5,1-11), dit-il à Jésus en rembarquant. Effectivement, Simon Pierre et ses hommes pêchent tellement de poissons que le bateau manque de couler. Parce qu'il a eu foi en Jésus malgré des raisons objectives de douter, Simon Pierre capture plus de poissons en une prise qu'en une année. Pour cette confiance, Jésus le fait pêcheur d'hommes. À l'inverse, quelques mois plus tard, juste après l'épisode de la multiplication des pains, lorsque Pierre voit Jésus marcher sur l'eau au beau milieu du lac de Tibériade, il croit voir un fantôme *. Alors il demande à Jésus de le faire marcher sur les vagues à son tour, pour être sûr qu'il n'est pas victime du mirage qu'il subodore, lui et tous les disciples. Un temps, Pierre marche, mais la peur le saisit, la foi lui fait défaut, et il manque de se noyer. « Aussitôt, Jésus tendit la main, le saisit et lui dit : Homme de peu de foi, pourquoi as-tu douté ? » (Mt 14, 26-31).

Au cours de cet épisode, comme lorsqu'il calme la tempête, Jésus maîtrise les éléments. La mer, le vent, qu'il tance, lui obéissent (Mc 4,39-41) **. Plus tard, il desséchera un figuier qui ne porte pas les fruits qu'il attendait (Mt 21,18-20). Ou encore, il placera la pièce pour payer l'impôt du Temple dans le ventre d'un poisson qui se laissera prendre par l'hameçon de Simon Pierre.

Enfin, si l'on suit les quatre Évangiles, Jésus multiplie les pains à l'envi *** comme Jean a changé

* Le « signe » de la puissance de Jésus marchant sur les eaux que décrivent Marc (Mc 6,45-52), Matthieu (Mt 14,22-23) et Jean (Jn 6,16-21) a de nombreux liens avec l'Ancien Testament. Déjà, dans la mythologie du Proche-Orient, la mer est décrite comme le chaos, la destruction, le territoire de la mort contre quoi se battent les éléments créateurs. Dans le texte massorétique du livre de Job, Dieu le créateur « piétine les hauteurs de la mer » (Jb 9,8b). Ce passage démontre les pouvoirs illimités de Dieu sur la nature (Jb 38,1-11).

** Le miracle de la tempête apaisée n'est compréhensible qu'à la lumière de l'Ancien Testament. Il fait référence d'une part à la puissance de Yahweh sur la mer, à l'origine du chaos. Ensuite à l'épisode du naufrage de Jonas, réveillé par le capitaine d'un navire en détresse, au beau milieu de la tempête. Il est acquis que Jésus a souvent traversé le lac de Tibériade en bateau, avec ses disciples. L'endroit était réputé pour ses brusques tempêtes et ses coups de vent imprévisibles. Personne ne peut attester, sans conteste, que Jésus ait calmé les éléments.

*** Ce miracle est le seul qui soit raconté dans les quatre Évangiles, et le seul qui soit raconté sous deux formes différentes par Marc et Matthieu. L'historicité de ce récit est fortement remise en question par les exégètes pour deux raisons : l'extrême similitude avec le don de nourriture d'Élisée, raconté dans le deuxième livre des l'eau en vin, même si Jésus ne modifie pas un élément en un autre. Face à une foule de cinq mille hommes qui l'a écouté prêcher tout le jour, Jésus demande à ses disciples de lui donner les cinq pains et les deux poissons qui constituent leur dîner : « Puis il prit les cinq pains et les deux poissons et, regardant vers le ciel, il bénit, rompit le pain et il les donnait aux disciples pour qu'ils les proposent aux gens. Il partagea aussi les deux poissons entre tous. Tous mangèrent et furent rassasiés et on enleva douze corbeilles remplies de restes de pain et de poisson » (Mc 6,41-44). Ici, le symbole est évident : en partageant cinq pains, Jésus nourrit cinq mille hommes. Marc introduit son lecteur dans la portée hautement théologique du banquet ouvert aux multitudes, des douze disciples partis essaimer la véritable nourriture, celle qui rassasie, aux hommes. Car nulle part il n'est dit ce qui a rassasié ces hommes : la parole de Jésus faite pain, ou un vrai pain que Jésus a multiplié sans effort, sans incantation, sans formule particulière — et par là même, il signifie l'abondance du don qu'il prodigue. Albert Schweitzer, l'auteur du *Secret historique de la vie de Jésus*, imagine que Jésus s'est contenté de distribuer un petit morceau de pain à chacun, comme avant-goût du banquet céleste que le Royaume offrirait à tous les justes, en « sacrement de rédemption ». Lorsqu'elle est évoquée

Rois (2 R 4,42-44), puis les *logia* de Jésus au moment du partage, repris par l'Église primitive au moment de l'eucharistie. Ce miracle serait donc un ajout de cette dernière. Les historiens pensent que le partage de nourriture a sans doute eu lieu, mais entre les gens de la foule venus écouter Jésus, les riches offrant la moitié de leurs provisions aux nécessiteux.

pour la seconde fois dans les Évangiles de Marc et de Matthieu, la multiplication des pains change de décor. Jésus n'est plus entouré de Juifs. Il est au pays de Tyr et de Sidon, terres des nations impies, et c'est à leurs hommes, quatre mille cette fois-ci, qu'il refait les gestes du partage et de la future eucharistie. L'un comme l'autre événement, en Judée ou à Tyr, rappellent, sans ambiguïté aucune, la manne que Yahweh envoie aux Hébreux affamés au milieu du désert, pendant l'Exode. Jésus, à ce propos, remémore aux foules que ce n'est pas Moïse qui a procuré la manne, mais Dieu. Et dans ses propos, il préfigure l'ultime repas qu'il partagera avec ses disciples, avant sa mort.

Dans les miracles qu'opère Jésus, il existe toujours cette relation de foi et d'amour entre le miraculé et Jésus : « Si tu le veux, tu peux me purifier », dit le lépreux à Jésus, dans un mouvement de confiance éperdue (Mc 1,40). Ce lien prouve le charisme exceptionnel du Nazaréen et le pouvoir que sa parole exerce sur chacun, et sur les foules. En même temps, ses miracles n'ont jamais pour objet d'éblouir les hommes — ce que Satan lui offre au désert quand il lui propose de se jeter du haut du Temple sans se briser sur le parvis. Ils n'ont qu'un sens : dévoiler le Royaume de Dieu.

La tentation de Satan, les pharisiens et les sadducéens la réitèrent. Ils mettent la foi de Jésus à l'épreuve : « Ils lui demandèrent de leur montrer un signe du ciel. Il leur répondit : Le soir venu, vous dites : Beau temps car le ciel rougeoie. Et le matin : Mauvais temps aujourd'hui, car le ciel rougeoie tristement. Vous savez bien distinguer la face du ciel, mais les signes des temps, vous ne le pouvez pas ? Une génération mauvaise et adultère recherche un signe ! Il ne lui sera donné de signe que le signe de Jonas. Et il les quitta. Il s'en alla » (Mt 16,1-4).

La réponse de Jésus est claire : les signes sont inutiles à ceux qui sont incapables de voir la vérité. Le seul signe, c'est celui que Dieu envoie à Jonas. Jonas qui désobéit et, plutôt que d'aller prêcher et convertir Ninive, païenne, qu'il hait, préfère s'enfuir en bateau. Alors Dieu provoque une tempête à laquelle Jonas pense échapper en priant le Seigneur, sans pour autant se repentir. C'est ainsi qu'il est précipité à la mer et gobé par une baleine.

« Et moi je vous le dis... »

Entre dix-huit mois et trois ans. C'est la fourchette sur laquelle s'accordent tous les historiens pour évaluer la durée de vie publique de Jésus, avec une préférence pour le temps le plus long qu'indique Jean. Les Évangiles de Matthieu, Marc et Luc, de leur côté, concordent pour regrouper le ministère de Jésus dans un laps de temps plus court : une année et demie. Et, hormis un début au Jourdain avec Jean, et une fin sur la Croix à Jérusalem, aucun autre élément chronologique ne permet de reconstituer le ministère public de Jésus *. Pour béquiller le récit de ce que Jésus a fait ou dit, chaque évangéliste a édifié un cadre chronologique. Voici le plus probable, édifié par Jean, dans ses grandes lignes.

* Les cadres chronologiques tels qu'on les trouve dans les synoptiques ou dans l'Évangile de Jean sont parfaitement arbitraires, ce sont de pures créations des évangélistes. La tradition orale de l'Eglise primitive exposait des dits de Jésus, pris individuellement, et parfois des collections de *logia* réunies autour de thèmes précis. La structure qu'a exigée leur recension ne peut pas traduire une évolution psychologique de Jésus. Aucun des scénarios élaborés par les historiens — ainsi celui qui consiste à penser et à prouver que Jésus aurait lui-même et progressivement découvert sa nature divine, et partant, ses pouvoirs d'exorciste, de thaumaturge — n'est fondé historiquement. Aucune reconstitution historique n'est sérieusement envisageable.

En l'an 28 de notre ère — il est alors âgé d'une trentaine d'années —, Jésus assiste aux noces de Cana. Puis il part avec ses disciples pour Bethsaïde, sur l'autre rive de la mer de Galilée. Il va à Jérusalem, à quelque trois cents kilomètres à vol d'oiseau, célébrer la Pâque. Là, il chasse les vendeurs du Temple et s'entretient avec le riche Nicomède, un prêtre du Sanhédrin. Après les fêtes, il revient en Galilée en prenant le chemin le plus court, celui que n'empruntent jamais les Juifs les plus observants ; il traverse la Samarie et révèle son identité à la Samaritaine — il est le Messie. De retour en Galilée, il prêche, guérit, enseigne. Il établit son camp de base chez Simon Pierre et, depuis Capharnaüm, se déplace d'une ville à l'autre : Chorazein, Tibériade, Sepphoris. Il passe la majeure partie de son ministère en Galilée, à part quelques brèves incursions en Césarée, à Tyr en Phénicie, ou à Jérusalem pour célébrer la Pâque. C'est le temps du Sermon des Béatitudes, de la pêche miraculeuse, de la guérison du serviteur du centurion, de la résurrection du fils de la veuve de Naïm. Jésus traverse souvent le lac de Tibériade. Il apaise la tempête, chasse les démons à Gadara, revient à Capharnaüm. À son retour, il guérit la femme hémorragique et ressuscite la fille de Jaïre. Sur une colline au bord du lac, il prêche à une foule de cinq mille personnes, multiplie les pains. Il a une altercation si violente avec les pharisiens qu'il juge plus prudent de se réfugier quelque temps en Phénicie ; il multiplie encore une fois les pains, revient vers la Judée. À Césarée, il est transfiguré. À l'automne de l'an 30, il quitte définitivement la Galilée pour la Judée. Il part pour

Jérusalem assister à la fête des Tabernacles, pardonne à la femme adultère, choisit soixante-douze disciples parmi ceux qui le suivent pour aider les apôtres. Il s'installe chez Marthe et Marie. Une femme lui oint les pieds. Il ressuscite Lazare et enfin, il entre triomphalement à Jérusalem pour sa dernière Pâque.

Grâce aux recommandations qu'il donne aux Douze lorsqu'il les envoie prêcher dans toute la Palestine, on peut deviner de quelle façon Jésus vit. Il voyage la plupart du temps. Il a choisi cette vie nomade, comme les enfants d'Abraham avant lui, vers l'horizon d'une nouvelle Terre promise ; il reste en esprit étranger et voyageur sur la terre. Quand il est en mission, il dort souvent à la belle étoile. Une pierre lui suffit pour oreiller. L'hiver, il demande asile dans les villages. Dès qu'il a franchi la porte du bourg, il s'enquiert de la famille la plus digne en bonté pour résider sous son toit, mais il fréquente les maisons les plus pauvres, les quartiers des parias et des laissés-pour-compte.

Très vite, il compte des disciples un peu partout et lorsque ceux-ci ne le suivent pas, ils le reçoivent chez eux, lui et ses compagnons. Il ne se préoccupe de rien. Judas Iscariote tient les cordons de la bourse et gère les dons. Les femmes qui l'entourent s'occupent du linge et de les servir. Il prie beaucoup et souvent. Il se lève à l'aube et part, sur la pointe des pieds, hors de la ville, pour se recueillir, quand tout le monde dort encore. Il aime voir le soleil monter à l'horizon. Il aime tutoyer Dieu dans l'intimité du ciel. Souvent, ses hôtes ou les apôtres craignent qu'il s'en soit allé pour de bon, et battent la campagne à sa recherche. La façon dont il prie, il l'a enseignée à ses disciples. Abba, « Père chéri ». Il inspire et tout l'inspire — un enfant, une fleur, un oiseau. Il peut rester ainsi, seul, des nuits entières. Quand il a rejoint la barque de ses disciples au milieu du lac de Tibériade, après la multiplication des pains, il priait depuis quatre nuits sur la montagne, sans personne autour de lui pour interrompre ses homélies. Parmi les paysages, ceux de la montagne ont sa préférence, et surtout ceux des hauteurs de Palestine, gigantesques éboulis où l'ardeur solaire fait craquer les roches. Peut-être leur ressemble-t-il. C'est toujours dans la montagne qu'il choisit de prononcer les paroles décisives, ou de s'entretenir des plus grands mystères avec ses disciples. Il marche beaucoup. Il aime aller à la rencontre du prochain. Il aime le partage et les moments de partage. Celui du repas lui semble essentiel, où toutes les nourritures sont données. Le pain, le vin et la parole.

La parole, c'est ce que Jésus a bien sûr de plus suave et de plus persuasif. Le rabbi Jésus, comme les prophètes hébreux qui l'ont précédé, utilise la technique du mâschâl * pour enseigner. *Mâschâl*, en hébreu, signifie « parabole », à savoir une comparaison, une analogie dont l'un des termes est une réalité sensible, expérimentale, offerte à tous,

* Au pluriel, ce mot désigne les Proverbes, qui est un livre de l'Ancien Testament. L'introduction à la *Bible de Jérusalem* (Cerf, 1998) donne l'explication suivante : « Le *mâschâl* est plus exactement une formule frappante qui retient l'attention, un dicton populaire ou une maxime. Les collections anciennes des proverbes ne contiennent que de courtes sentences. Puis le *mâschâl* se développe. Il devient parabole ou allégorie, discours et raisonnement. »

donnée dans l'expérience commune, et dont l'autre terme est une réalité spirituelle, qu'il s'agit précisément de faire connaître. Pour enseigner les choses spirituelles, les choses mystiques, les lois du royaume de Dieu en formation et, partant, la création d'une humanité nouvelle, sainte et pénétrée par la vie divine, Jésus procède à partir des expériences de la vie quotidienne. Pour aller au spirituel et au mystique, il part du concret et du sensible. Et lorsque Jésus utilise les réalités sensibles et les faits de la vie quotidienne pour enseigner les mystères, les secrets que l'on se communique de bouche à oreille de la genèse du « royaume de Dieu », c'est-à-dire de l'humanité divinisée, il s'appuie sur une analogie entre la création présente, œuvre de la Parole créatrice et increéée de Dieu, et la création à venir, celle qui est en train de se faire, par sa parole même. Pour bien comprendre la portée de ce moyen d'enseigner, il faut se rappeler combien le sensible, dans la pensée hébraïque, porte une substance intelligible. Combien nommer engendre. En effet, la première création, celle de la nature, est l'œuvre de la Parole de Dieu. « Au commencement était le Verbe. » La parole de Jésus, quand il prêche par parabole, devient le lien entre la réalité sensible et la réalité spirituelle, elle-même créée par sa Parole. Et ses mots simples, les paraboles lumineuses que Jésus choisit, font de son enseignement, si riche et complexe, une langue universelle. « Tout cela, précise Matthieu, Jésus le dit aux foules en paraboles et il ne leur disait rien sans parabole. C'est pour remplir cette parole du prophète qui dit : J'ouvrirai ma bouche avec des paraboles * ; je clamerai ce qui a été caché depuis la fondation du monde » (Mt 13,34-35). D'ailleurs, les moments où Jésus cherche à se faire entendre en paraboles sont toujours des moments décisifs. Et Jésus lui-même explique ce choix. « Les disciples s'approchèrent et lui dirent : Pourquoi leur parles-tu en paraboles ? Il répondit : Parce qu'à vous il a été donné de connaître les mystères du règne des cieux, tandis qu'à eux ce n'est pas donné. [...] Voilà pourquoi je leur parle en paraboles, parce qu'ils regardent sans regarder et entendent sans entendre ni comprendre » (Mt 13,10). Que vient-il de se passer pour que les disciples interrogent Jésus ? Tôt le matin, Jésus a quitté la maison de Simon Pierre. Comme il aime à le faire, il s'est assis au bord de la mer. Très vite, on vient le voir. On fait cercle, on l'écoute. Il y a foule. Les gens sont si nombreux qu'il s'écarte un peu d'eux, comme il lui arrive souvent. Il monte dans un bateau tandis que les auditeurs restent sur la plage.

Et il leur parla de beaucoup de choses, en paraboles ; il leur disait : Voilà que le semeur est sorti semer. De ses semences, les unes sont tombées le long du chemin ; et les oiseaux sont venus et les ont dévorées. D'autres sont tombées parmi la rocaille, où elles n'avaient pas beaucoup de terre ; elles ont levé aussitôt, faute d'avoir épais de terre ; mais au lever du soleil elles ont été brûlées et, n'ayant pas de racines, elles ont séché. D'autres sont tombées parmi les épines ; et les épines ont monté et les ont étouffées. D'autres sont tom-

* Voir dans l'Ancien Testament, le psaume 78 : « Ô mon peuple, écoute ma loi, tends l'oreille aux paroles de ma bouche. Je vais ouvrir ma bouche pour une parabole et dégager les leçons du passé. »

bées dans la bonne terre et ont donné du fruit, celle-ci cent, celle-là soixante, celle-là trente. Entende qui a des oreilles ! (Mt 13,3-9).

Qui ne comprendrait pas ce qu'il dit, parmi ses auditeurs ? Ce sont des gens simples qui sont venus. Des gens qui travaillent la terre, ou voient ceux qui la travaillent. Les semailles, dont ils attendent tout pour passer l'année sans trop souffrir, ils en savent les exigences et les soins. Puis, au cas où ses disciples n'auraient pas tout à fait saisi le sens de la parabole, Jésus explique :

Chaque fois que quelqu'un entend la parole du Règne sans la comprendre *, le mauvais vient et s'empare de ce qui avait été semé dans son cœur, c'est-à-dire le long du chemin. Ce qui a été semé parmi la rocaille, c'est celui qui entend la parole et la reçoit aussitôt avec joie ; mais il n'a pas de racine en lui, il est inconstant ; arrive une affliction ou une persécution à cause de cette parole, aussitôt il est scandalisé. Ce qui a été semé parmi les épines, c'est celui qui entend la parole, mais le tracas de l'âge et le leurre de la richesse étouffent la parole, et elle devient stérile. Ce qui a été semé sur la bonne terre, c'est celui qui entend la parole et la comprend ; aussi porte-t-il du fruit : l'un produit cent, l'autre soixante, un autre trente (Mt 13,19-23).

En fait, pour bien faire comprendre aux foules son annonce essentielle, pour bien leur faire comprendre la venue du Royaume, Jésus accumule les paraboles. Il y a celle du bon grain et de l'ivraie :

* Il est question ici de « la parole du royaume » (en grec : *ton logon tés basiléias*). Tout se joue entre *parabolé* et *logos*. La foi, c'est donner la *formule* (le *logos*) du Royaume : c'est-à-dire : le Royaume est là. Le *logos* du Royaume, c'est le message christique par excellence, dont la formulation classique est : « Le Royaume est proche. »

si un méchant les a mélangés, ils seront partagés le jour de la moisson — entendons au jour du Jugement. La plus petite graine, celle de sanve, sur laquelle on ne parierait pas grand-chose, donnera pourtant le plus bel arbre où les oiseaux du ciel viendront nicher : c'est la graine du Royaume ; semée, elle prospérera. Et encore, le Règne est semblable à la levure que cette femme a mise au cœur de la farine et qui fait gonfler les pains.

Il y a de nombreuses allusions aux textes de l'Ancien Testament dans les paraboles de Jésus. Les oiseaux qui nichent dans l'arbre de sanve rappellent dans le livre de Daniel (Dn 4,9) la strophe qui proclame que « le Très-Haut est maître de la royauté des hommes, qu'il la donne à qui il veut et y élève le plus humble des hommes » (Dn 9,14), ou les versets d'Ézéchiel (17,23 ; 31,6) sur les oiseaux du ciel.

Sur ce point, Jésus opère une révolution, au sens propre. Dans les synagogues, la parole qui est dite par les scribes commente les prophètes, elle est en quelque sorte le miroir de la Torah. Jésus inverse ce rapport. Ce ne sont plus les textes qui appellent la parole, mais la parole qui appelle les textes. Ce renversement est inouï parce qu'il libère la parole. Jusque-là, le scribe s'effaçait devant la parole qu'il énonçait, et il en attribuait toute l'autorité à la tradition et à la Torah. Avec Jésus (et avant lui Jean-Baptiste), « ce qui est dit devient, pourrait-on dire avant la lettre, parole d'Évangile. L'énonciateur devient un maître. Ceux qui se retrouvent dans ce qu'il dit deviennent ses disciples. On comprend dès lors que cette proclamation, indépendamment des mouvements populaires qu'elle suscite et des troubles qu'elle peut provoquer, soit considérée comme étant une contestation radicale des institutions sociales, politiques ou religieuses. Sur l'ordre d'Hérode, Jean est arrêté, emprisonné dans la forteresse de Machéronte et mis à mort[1] ». Sur l'ordre de Caïphe et de Ponce Pilate, Jésus sera arrêté et crucifié. Mais il faut bien écouter les paraboles de Jésus, et encore mieux les comprendre. Contrairement à ce que certains ont voulu faire du Christ, un contestataire destructeur déterminé à tout faire voler en éclats pour fonder une nouvelle religion, Jésus reste fidèle à la Torah ; en l'invoquant, il appelle les hommes à se repentir et à se convertir pour se conformer aux exigences radicales de la religion juive — son idéal de sainteté. Seulement, il refuse que la parole vive se dessèche dans le texte. Dans les synagogues, on apprenait par cœur. Le corps vivant vivifiait la parole. Le *logos* vit, il ne peut donc pas être fixé au point d'enfermer la parole à venir. La loi écrite ne peut être un mur qui ferme le chemin, mais une pierre qui balise la voie toujours ouverte. On s'est étonné que Jésus n'ait rien écrit ; il aurait fallu, plutôt, s'étonner qu'il écrivît quelque chose.

Jésus parle et telle est sa puissance. Le *logos* n'est pas une parabole. Le *logos*, c'est Jésus : « Je suis la voie, la vérité et la vie. Personne ne vient au Père que par moi » (Jn 14,6). La parabole, c'est la parole de Jésus qui veut se faire entendre. Le *logos* est inintelligible à ceux qui n'ont pas la foi. Et c'est précisément à cause de cette foncière inintelligibilité qu'il y a besoin de parabole. Alors, toute parabole est d'avance mesurée à l'entente possible de ceux à qui elle est adressée. De ce fait, la signification entière de la parole se dessine, à savoir être la révélation même de ce qui nous entoure, de ce qui nous menace, de ce qui nous enchante, de ce qui nous fait vivre et mourir, conformément à l'esprit de celui qui dit : « Père, seigneur du ciel et de la terre, tu as caché cela aux sages et aux prudents et tu l'as dévoilé aux enfants ; oui Père, tel a été ton bon plaisir » (Mt 11,25).

Jésus, en quelques mois, est devenu plus qu'un prédicateur, il est reconnu comme un rabbi, un maître, titre teinté de respect et qui confère une autorité ; celle-là même qu'il a acquise par la force de sa parole et de ses prodiges. On commence à murmurer qu'il est aussi un prophète, voire le plus grand de tous, Élie descendu du ciel. Autrement dit, non pas un nouveau prophète, ou un prophète de plus, mais celui qui accomplissait les prédictions des précédents prophètes (Mt 13,16-17 ; Lc 10,23-24) : « Heureux vos yeux parce qu'ils voient ; heureuses vos oreilles parce qu'elles entendent. En vérité je vous le dis, beaucoup de prophètes et de rois ont souhaité voir ce que vous voyez et ne l'ont pas vu, entendre ce que vous entendez et ne l'ont pas entendu. »

On dit aussi qu'il est un grand thaumaturge, qu'il accomplit des signes puissants et qu'il libère ceux que le démon possède. Quatre mille, cinq mille personnes traversent les provinces, certes pour lui apporter leurs malades, mais aussi pour l'entendre. Que prêche-t-il ? L'avènement du

Royaume de Dieu, on l'a vu. Mais qu'apporte-t-il de si nouveau, de si joyeux, de si printanier dans ses prédications, qui lui vaut cet engouement populaire et le fait que des pères de famille, des femmes riches quittent tout pour se mettre dans ses pas, et à son service ? Déjà, au grand étonnement des docteurs de la Loi venus l'écouter, des scribes et des pharisiens, Jésus ne s'intéresse aucunement aux réformes politiques et sociales de la Palestine. Pourquoi l'aurait-il fait ? Il n'est pas venu réformer le monde. Il est venu annoncer sa fin. Mais alors, sa parole ne s'inscrit pas vraiment dans la tradition prophétique : jusqu'à Jésus, tous, Jean-Baptiste compris, dénonçaient les maux sociaux et politiques de leur temps. Leurs prophéties reposaient sur elle. Que disaient-ils, en litanie, comme une antienne, tous ces prophètes ? Les Josué, Isaïe, Jérémie, Ézéchiel, les Osée, Amos Esdras et autres Daniel ? Dans tous les psaumes, dans tous leurs versets, ils dénoncent les rois et les prêtres qui s'écartent du chemin que le Roi vraiment juste, le roi d'Israël et de l'Alliance, exigeait qu'ils prissent. Ils accusaient l'inconduite des monarques qui ne défendaient ni la veuve ni l'orphelin. Jean-Baptiste s'en prenait ouvertement, dans ses prêches, à l'inconduite notoire et scandaleuse d'Hérode, en commerce honteux avec les nations, mais surtout, marié incestueusement à sa belle-sœur. Jamais, comme l'ont fait Jérémie, Isaïe ou Osée, Jésus ne condamne les conditions économiques qui affament les pauvres et les déshérités, ni l'esclavage qui sévit, ni l'insupportable domination romaine en Judée.

Dans son enseignement, il n'est pas question, une seconde, en une phrase, un seul mot, de pouvoir politique ou de revendication. Au contraire. « Rends à César ce qui est à César, et à Dieu ce qui lui appartient. » Dieu ne peut siéger au palais du prince. La restauration monarchique n'entre pas dans son programme, ni aucune visée nationaliste. Plus que la révolte, Jésus enseigne la pauvreté. « Heureux les pauvres car le Royaume de Dieu est à eux. » Heureux, parce qu'ils ne sont pas les oppresseurs. Ensuite, parce qu'ils ont le cœur libre et les richesses font obstacle à la vérité. « Ne vous amassez pas de trésors sur la terre où la teigne et la rouille rongent, où les voleurs percent et volent ; amassez-vous des trésors au ciel où la teigne ni la rouille ne rongent, où les voleurs ne percent ni ne volent ; car où est ton trésor, là aussi est ton cœur * » (Mt 6,19). Amonceler des richesses accapare le cœur qui ne se tourne plus vers Dieu ; le pouvoir qu'elles octroient est leurre et fumée : « À quoi sert de gagner le monde si l'on se perd soi-même ? » À quoi sert de vouloir approcher le Royaume de Dieu si l'on n'est pas capable de distribuer tous ses biens pour y entrer ? De renoncer à cette sorte d'idolâtrie ? « Attention, gardez-vous de toute avidité ; on a beau être dans l'abondance, les biens ne sont pas la vie » (Lc 12,15). C'est la parabole du jeune homme riche, que Jésus aime et qui aime Jésus, et observe rigoureusement tous les commandements de la Loi mosaïque ; mais il ne

* Le cœur est, pour les Juifs du Ier siècle, le siège de la mémoire, de l'intelligence et de la volonté.

veut pas distribuer ses biens aux pauvres pour suivre le Christ. Il ne le peut pas : « Comme il va être difficile à ceux qui ont des richesses d'entrer dans le règne de Dieu ! À ces paroles, les disciples furent saisis. Et Jésus leur dit à part : Mes enfants, comme il est difficile d'entrer dans le règne de Dieu ! Il est plus facile à un chameau de passer par la fente de l'aiguille, qu'à un riche d'entrer dans le règne de Dieu » (Mc 10, 23-25).

La parabole frappe le cœur des disciples. Ils ont tout quitté pour suivre Jésus et entrer avec lui dans le Règne. Ils comptent bien en obtenir une récompense, sans doute encore attachés qu'ils sont à l'idée d'une restauration monarchique d'Israël, de l'avènement d'une théocratie. Le jeune homme riche n'a rien voulu quitter de ses grandes propriétés, et il n'aura rien du Royaume. Mais eux, qui ont tout laissé, femme, maison, famille ? Pierre prend la parole pour exprimer l'inquiétude des disciples sur ce sujet, dont ils ont dû débattre ensemble : « Pierre commença à lui dire : Voilà, nous avons tout laissé et nous t'avons suivi. Jésus dit : Oui je vous le dis, personne n'aura laissé maison, frères, sœurs, mère, père, enfants ou champs à cause de moi et à cause de l'Évangile, qui ne reçoive au centuple, maintenant, à l'instant, maisons, frères, sœurs, mères, enfants et champs, avec des persécutions et, dans l'âge qui vient, la vie éternelle. Beaucoup de premiers seront derniers, et de derniers, premiers ! » (Mc 10,28-31).

On comprend que tous soient effrayés. Et qu'ils ne saisissent pas bien encore. Quoi ! Des persécutions ? Voilà la récompense du Royaume ? Et comment cela pourrait-il être puisque Jésus ne cesse d'annoncer cet avènement avec une certitude allègre ? Simon Pierre repose la question et cette fois-ci, sous la plume de Matthieu, Jésus rétribue mieux leur dévotion : « Oui je vous le dis à vous qui m'avez suivi : lors de la régénération, quand le Fils de l'homme s'assoira sur son trône de gloire, vous vous assoirez vous aussi sur douze trônes pour juger les douze tribus d'Israël. Et quiconque a laissé maisons, frères, sœur, père, mère, femme, enfants ou champs à cause de mon nom, il recevra plusieurs fois autant et héritera de la vie éternelle » (Mt 19,28-29).

Qu'enseigne encore Jésus, qui rende le cœur des foules si léger, et sa nouvelle si bonne ? La légèreté, justement. L'insouciance. « Ne vous inquiétez pas ! » N'ayez pas peur ! « Qui de vous en s'inquiétant peut ajouter à son âge une seule coudée ? » « Ne vous inquiétez donc pas, ne dites pas : que mangerons-nous ? ou : que boirons-nous ? ou : de quoi serons-nous vêtus ? toutes choses que recherchent les nations. Car votre père céleste sait que vous avez besoin de tout cela. Cherchez d'abord le règne de Dieu et sa justice, et tout cela sera ajouté. Ne vous inquiétez donc pas de demain : demain s'inquiétera de lui. À chaque jour suffit sa peine » (Mt 6,24). L'insouciance prônée par Jésus n'est pas la désinvolture, ni la paresse ou l'oisiveté enseignées par les philosophes cyniques. Elle est un élan de confiance et d'abandon au monde auquel l'homme appartient, et où il n'est jamais seul puisque dans le regard de Dieu le Père, « Abba ».

Elle est une méthode sûre pour retrouver une candeur, celle des enfants que Jésus bénit, qu'il aime et qu'il promet au Royaume. Cette insouciance, elle vaut dans les moments les pires, enseigne Jésus aux Douze, quand il les envoie en mission et qu'il prédit que peut-être leur parole ne sera pas entendue et qu'ils seront sans doute livrés au Sanhédrin : « Quand ils vous livreront, ne vous inquiétez pas de ce que vous direz ni comment, car ce que vous direz vous sera donné à l'heure même ; car ce n'est pas vous qui parlerez ; c'est l'Esprit de votre père qui parlera en vous » (Mt 10,18-20).

Mais les Douze sont revenus vers lui sans avoir rencontré ces dangers. Les nuages se sont éloignés. La sérénité du rabbi n'a pas faibli. Loin des images de tourment, de ressassement, d'austérité ou de rigidité que certains peintres, des siècles plus tard, ont voulu propager, Jésus aimait la vie, et condamnait l'angoisse : « Ici, près de moi, vous tous qui êtes fatigués et chargés, moi je vous donnerai du repos, prenez mon joug sur vous et apprenez de moi, car je suis doux et humble de cœur, et vous trouverez du repos pour votre vie ; car mon joug est commode et ma charge légère » (Mt 11,28-30).

Il enseignait encore la douceur, et la puissance de la douceur. « Heureux les doux, ils posséderont la terre. » Jésus, enseignement révolutionnaire s'il en fut, fait la part entre la puissance et le pouvoir. Le pouvoir, c'est ce que permet et octroie la violence — pouvoir de détruire, de dominer, de priver le prochain de sa liberté et de son déploiement personnel. La douceur engendre l'harmonie — elle est la condition première pour embrasser le monde.

Elle donne accès — et elle seule le peut — à la puissance, c'est-à-dire sa prise de rôle d'homme, d'enfant du Royaume, pour créer et engendrer, non pas pour détruire et nier. Les tentations de la violence sont permanentes. Ne serait-ce qu'en cette Palestine du Ier siècle *, où l'envie d'en découdre avec le Romain ne s'est jamais éteinte, et explose à intervalles réguliers.

Cette douceur appartient à la religion hébraïque. « Tu ne tueras pas », ordonne Yahweh. « Celui qui prendra l'épée, périra par l'épée », insiste Jésus. Mais elle n'est pas à la mode dans ces temps. Et dès lors, quiconque écoute Jésus qui ne cesse de répéter cet enseignement, ne peut croire à un projet d'insurrection qu'il aurait fomenté, ou dirigé, ni dans son improbable intention de rallier la résistance, si tant est qu'elle existât réellement à l'époque, ce qui n'est pas le cas — les zélotes, dans leur version armée et nationaliste, ne se constitueront que plus tard. Il ne faut pas tendre l'oreille bien longtemps pour comprendre que Jésus considère que le Règne de Dieu n'est pas une construction politique à venir, mais une conversion personnelle et immédiate.

La douceur puissante, c'est aussi la paix. Yahweh, le Dieu, unique, en donne l'exemple, si l'on peut dire, en comparaison des luttes intestines qui agitent tous les olympes de ses contemporains, Grèce antique, Égypte ancienne, Sumer ou Akkad.

* Les territoires qui constituent l'ancien royaume de David — Judée, Galilée, Décapole, Pérée, tétrarchie de Philippe — ne s'appelleront véritablement Palestine qu'après la révolte juive et la destruction du second Temple par les Romains, en 70.

Les dieux s'y entretuent férocement. La guerre y est un processus sacré. C'est dans la guerre que naissent les dieux et les héros et qu'ils s'y perfectionnent. Elle est une nécessité divine de l'histoire, pour l'histoire. En face d'eux, seul dans son genre, Yahweh, principe créateur amoureux de sa création. On peut dès lors imaginer la haine qu'il suscite et qu'il ne cessera de susciter dans les siècles à venir : « Magnifiques ceux qui font la paix car ils seront appelés fils de Dieu. »

Or, pour faire la paix, raison et conséquence irrécusable, il faut pardonner à son ennemi, résister à la tentation de la violence en ne lui résistant pas et, plus loin, plus radical encore, *l'aimer*. Jésus réfute la loi du talion, pourtant inscrite dans la Loi mosaïque (cf. Ex 21-24, Lu 24,19, Dt 19,21). Il lui oppose la docilité. Tendre la joue gauche après avoir été giflé sur la joue droite. Ne pas défendre ses biens dans les procès iniques, au contraire, donner plus encore que ce que l'on voulait vous voler. Faire du bien même à ceux qui haïssent ; bénir ceux qui maudissent ; prier pour les calomniateurs. Ne pas juger pour ne pas l'être. Ne pas condamner pour ne pas l'être. Effacer les dettes d'autrui pour qu'ils rendent la pareille : « Ce que vous voulez que les hommes fassent pour vous, faites-le aussi pour eux », commande Jésus (Lc 6,31).

Pour se préparer au pardon, il faut s'initier à la pitié et à la compassion. Avant d'aimer son ennemi, Jésus enseigne à aimer son prochain. Tous ses prochains. À leur ouvrir son cœur : « Ne jugez pas d'après l'apparence, jugez avec justice » (Jn 7,24). On le voit, ainsi, partager son repas avec des percepteurs et des pécheurs. « À cette vue, les pharisiens disaient aux disciples : Pourquoi votre maître mange-t-il avec les percepteurs et les pécheurs ? Mais lui, qui avait entendu, leur dit : Ce ne sont pas les vigoureux qui ont besoin de médecin, mais les mal-portants. Allez donc apprendre ce que signifie : Je veux la miséricorde et non le sacrifice, car je ne suis pas venu appeler les justes mais les pécheurs » (Mt 9,10-13). Il ne repousse pas la prostituée qui entre dans la maison où il se tient pour lui laver les pieds et les essuyer avec ses cheveux. Il lui prend la main et la relève : « Mon commandement est que vous vous aimiez les uns les autres comme je vous ai aimés » (Jn 15,12). Et le jour où un légiste, pour le mettre à l'épreuve, lui demande quel est ce proche qu'il doit aimer comme lui-même, Jésus répond par une parabole :

> Un homme descendait de Jérusalem à Jéricho, et il est tombé au milieu de bandits qui, après l'avoir dévêtu et couvert de plaies, s'en sont allés en le laissant à demi-mort. Un prêtre qui par hasard descendait par ce chemin-là l'a vu et s'est écarté. Et pareillement un lévite en arrivant près du lieu l'a vu et s'est écarté. Mais un Samaritain qui était en voyage est arrivé près de lui, l'a vu et s'en est ému ; il s'en est approché et a bandé ses blessures en y versant de l'huile et du vin ; il l'a fait monter sur sa bête, l'a mené à l'hôtel et a pris soin de lui. Et le lendemain il a tiré deux deniers et les a donnés à l'hôtelier en disant : Prends soin de lui et, ce que tu dépenseras de plus, je te le rendrai à mon retour. Qui de ces trois te semble avoir été le proche pour la victime des bandits ? Il dit : Celui qui a pratiqué la miséricorde envers lui. Et Jésus lui dit : Va et fais pareil (Lc 10,30-37).

Et d'ailleurs, rappelle Jésus, qui est assez pur et saint pour juger son prochain ? « Comment dire à son frère : mon frère, laisse que je retire ce fétu de ton œil, quand toi-même tu ne regardes pas la poutre de ton œil ? » (Lc 6,41), prêche Jésus aux foules. Ainsi, lorsque les scribes et les pharisiens du Temple lui demandent s'il faut lapider la femme adultère — aux yeux de la Loi mosaïque, cette femme est effectivement coupable et doit mourir —, Jésus répond : « Que celui qui n'a jamais péché lui jette la première pierre » (Jn 8,7). Or, qui n'a jamais péché si ce n'est Dieu ? C'est donc à Dieu de juger, et à lui seul. Et c'est à lui que le jugement reviendra. Pour les hommes, il faut pardonner, et pardonner encore.

Simon Pierre entend ce que lui dit Jésus. Mais ce pardon « universel » que prône son maître dépasse les bornes de son entendement. « Seigneur, combien de fois mon frère va-t-il pécher contre moi, et moi lui remettre ? Jusque sept fois ? Jésus lui dit : Je ne te dis pas jusque sept fois mais jusque soixante-dix fois sept » (Mt 18,21). Autrement dit, éternellement.

Pourtant, ses signes prodigieux, son enseignement, tous ces points élucidés — ou apparemment élucidés —, le portrait de Jésus ne se simplifie pas. La grande énigme qui continue de le concerner, c'est ce qu'il était lui-même, la façon dont il se présentait, et qu'il semble refuser de dévoiler tout au long de son ministère. Ses actions, ses paroles, sa réputation le définissent comme un Juif marginal, innovateur, exorciste et thaumaturge, prophète comme Jean-Baptiste, rabbi enseignant la Loi jusqu'à transgresser certaines de ses prescriptions (le pur et l'impur, le shabbat, le jeûne), annonçant l'imminence du Royaume de Dieu en même temps que sa présence déjà réelle. Il baptise ses disciples mais ne constitue pas une secte. Il est religieux à l'extrême mais fraie avec les étrangers qui adorent César et les idoles. Il prône l'amour, le pardon, la compassion, condamne le mépris, la vengeance et la violence. La détresse et la misère de ses contemporains l'étreignent : « Voyant les foules, il s'en émut parce qu'elles étaient excédées, rejetées, comme des brebis qui n'ont pas de berger. Alors il dit à ses disciples : Quelle moisson et si peu d'ouvriers ! Demandez donc au seigneur de la moisson qu'il pousse des ouvriers vers sa moisson » (Mt 9,36-38). Et bien qu'il y soit préparé, la douleur du deuil le frappe aussi. Jésus pleure et verse des larmes. Il ne peut les retenir quand il découvre la douleur de Marthe et de Marie, désemparées par la mort de Lazare.

Jésus dit tout cela, fait tout cela, et il est populaire entre tous. Mais à quel titre ? Dans quel dessein ? La question inquiète très vite les autorités. Les scribes et les pharisiens se déplacent depuis Jérusalem pour venir l'écouter et comprendre qui ils ont en face d'eux. Cette démarche, ils l'ont déjà faite avec Jean-Baptiste. Ils étaient sur les bords du Jourdain, quand Jean baptisait. « Et voici le témoignage de Jean quand les Juifs lui envoyèrent de Jérusalem des prêtres et des lévites pour lui demander : qui es-tu ? Il avoua, il ne nia pas. Il avoua : Je ne suis pas le Christ. Ils lui demandèrent : Alors, quoi, tu es Élie ? Il dit : je ne le suis pas. Es-tu le prophète ? Il répondit : Non. Alors ils lui dirent : Qui es-tu ? que nous donnions réponse à ceux qui nous ont envoyés. Que dis-tu de toi ? » (Jn 1,19-22).

L'exemple de Jean-Baptiste est éclairant. Déjà, avant l'irruption de Jésus sur la scène religieuse, les docteurs de la Loi s'interrogeaient et enquêtaient sur la légitimité de ceux qui parlent au nom de Dieu. Cette curiosité inquiète, ils la manifestent aussi à l'endroit de Jésus. Dans un premier temps, ils l'entourent et l'observent. Il n'y a pas de franche animosité de leur part. Comme tous les Juifs, ils attendent le Messie. Les pharisiens sont proches du peuple et ils partagent leur espérance. Au contraire des sadducéens et des scribes du Temple, ils croient au Royaume, au Jugement dernier et à la résurrection. C'est donc avec un immense intérêt qu'ils analysent les actes et les dires de Jésus. Sous la plume de Luc, on apprend que Jésus est invité à déjeuner chez un pharisien. On découvre encore que des pharisiens l'avertissent des intentions d'Hérode Antipas de l'arrêter et lui conseillent de fuir pour échapper à ses troupes.

Mais en peu de temps, le personnage les déconcerte. Jésus ne répond à aucune des catégories qu'ils connaissent et dans lesquelles ils peuvent ranger les exemples appris et décrits dans les Livres. Jésus n'est pas prophète, on l'a vu, puisqu'il n'est visiblement pas le porte-parole de Yahweh contre la faillite morale des autorités, comme tous l'ont été avant lui. Alors qui ? Les libertés qu'il prend avec la Loi les scandalisent tous. Quand ils essaient de l'accuser d'intelligence avec Satan, Jésus réfute avec éclat cette proposition : comment Satan se chasserait-il lui-même, et comment agirait-il contre ses propres troupes ? Alors les pharisiens le mettent à l'épreuve, en lui posant des questions pour tester la vérité de sa parole, et ses positions vis-à-vis de la Loi. Et quoi que réponde Jésus, ils ne comprennent toujours pas. Qui est-il ? Jean-Baptiste, lui, avait affiché son identité. Aux pharisiens, en disant qu'il était « la voix qui crie », aux foules, en se posant en juge, avec la hauteur qui convient à la charge, et en leur donnant l'ordre de se convertir. Jésus est-il le Messie ? Mais s'il est le Messie, pourquoi ne le dit-il pas ? Au contraire, il réfute cette proposition. Chaque fois que la question lui est posée, Jésus biaise. Ses desseins, son but échappent à tous. S'il était le Messie, il s'imposerait, établirait une distance, une autorité avec les foules, mais il n'en fait rien. « Qui es-tu ? » La question revient comme une litanie. « Alors les pharisiens lui dirent : Qui es-tu ? Jésus leur dit : Faut-il même que je vous parle ? » (Jn 8,25).

La popularité de Jésus grandissant, maintenant ce sont des légistes du Temple qui le cernent, tous prêtres et sadducéens de Jérusalem. La qualité des enquêteurs prouve qu'on estime, en haut lieu, que l'affaire Jésus est devenue grave et que ce personnage trouble l'ordre. Mais comment les sadducéens, gardiens du Temple, de la sécurité, du Trésor, autant dire l'État, le regardent-ils ? Un homme qui ne s'avoue pas le Messie mais appelle Dieu son Père et se dit Fils d'homme ? Contrairement aux pharisiens, ce qu'il prétend être, en fait, intéresse peu les sadducéens. Orthodoxes, fidèles uniquement à la Torah, ils éprouvent le plus profond dédain pour ce paysan de la lointaine banlieue de Jérusalem. De quel droit enseigne-t-il ? Il n'a reçu aucune formation théologique sérieuse qui lui en donne l'autorité. « Comme on était déjà au milieu de la fête, Jésus monta enseigner au Temple. Et les Juifs disaient, étonnés : Comment sait-il les lettres sans avoir appris ? » (Jn 7,14). À l'ombre du Saint des Saints, ces spécialistes de la Loi dénient à Jésus la possibilité même d'une parole : il n'est pas d'Abraham, il est de Galilée, l'impure, qui s'est mélangée aux nations. Ils lui dirent : « Notre père c'est Abraham, nous ne sommes pas nés de la prostitution » (Jn 8,41). Et à Nicomède, un chef pharisien avec qui Jésus a conversé, quelques mois plus tôt, lors d'une précédente fête de Pâque, et que la parole de Jésus a convaincu, les prêtres disent : « Es-tu de Galilée, toi aussi ? Scrute et vois qu'il ne se lève pas de prophète de Galilée » (Jn 7,52).

C'est l'attrait que Jésus exerce sur les foules qui inquiète. Caïphe, le grand prêtre, s'entend à merveille avec Ponce Pilate. Pendant le temps où ces deux ont partagé le pouvoir sur la Judée, les historiens n'ont retenu aucun incident notable. Ponce Pilate a accordé des pouvoirs et une certaine indépendance au Sanhédrin sur les affaires de Judée, contre l'assurance qu'il lèverait l'impôt pour Rome, le *tributum*, et garantirait la sécurité intérieure. La collaboration est fructueuse ; elle assure aux Romains une domination au moindre coût et aux sadducéens, longtemps écartés du pouvoir, le retour au palais et à la direction des affaires. L'historien Flavius Josèphe décrit la situation des sadducéens pendant les quelque soixante ans de domination romaine[2]. Peu nombreux, très peu suivis pas les gens du peuple, ils s'appuient sur les seuls gens riches dont ils ont toute la confiance. Ils constituent « les plus importants et les chefs » des Juifs. Sous le gouverneur romain, le grand prêtre, issu des familles aristocratiques sadducéennes, gérait la fortune du Temple et les affaires ordinaires de Judée.

Jésus exerce une autorité incontestable, immense, sur les foules, jusqu'aux gardes, pourtant chargés de l'arrêter, et qui reviennent bredouilles vers le Sanhédrin. « Jamais homme n'a parlé comme cet homme », expliquent les soldats aux prêtres ulcérés de l'échec. « Les pharisiens leur répondirent : est-ce que vous vous égarez aussi ? » (Jn 7,45-47).

À Jérusalem, les foules commencent elles aussi à s'interroger, entraînées par la puissance des paroles de Jésus. Une rumeur se propage dans la ville. « À ces paroles certains disaient dans la foule : Il est vraiment le prophète. D'autres disaient : Il est le Christ. Mais d'autres disaient : Est-ce que le Christ vient de Galilée ? » (Jn 7,40-41). « Beaucoup dans la foule se fièrent à lui, ils disaient : le Christ quand il viendra fera-t-il plus de signes que n'en fait celui-ci ? » (Jn 7,31).

Et cette puissance, que veut-il en faire, au juste ? Veut-il être roi ? rabbi ? Depuis bientôt trois ans, il parcourt les provinces, déclenche des vocations, mais il ne prend la tête de rien et se dit l'égal de tous. Que veut-il ? Mettre à bas le Sanhédrin ? Et quand dira-t-il ce qu'il espère, ce qu'il complote ?

Comme il marchait dans le Temple, les grands prêtres, les scribes, les anciens viennent à lui ; ils lui disent : Par quel pouvoir fais-tu cela ? ou qui t'a donné le pouvoir de le faire ? Jésus leur dit : Je vais vous poser une question ; répondez-moi et je vous dirai par quel pouvoir je fais cela. L'immersion par Jean était-elle du Ciel ou des hommes ? Répondez-moi. Ils se faisaient ce raisonnement : Si nous disons : Du Ciel il va dire : Pourquoi ne vous y êtes-vous pas fiés ? Mais si nous disons : Des hommes ? Ils craignaient la foule, car tous tenaient Jean pour vraiment prophète. Et ils répondirent à Jésus : Nous ne savons pas. Et Jésus leur dit : Moi non plus je ne vous dis pas par quel pouvoir je fais cela (Mc 11,27-33).

Dès lors, les enquêtes, les questions et les mises à l'épreuve se multiplient. On tente de piéger Jésus sur ses connaissances de la Loi mosaïque. En vain. Sur sa rhétorique — il est encore plus fort. Sur ce qu'il est, ce qu'il veut — il élude. Très vite, alors qu'ils ne s'entendent ni en théorie ni en pratique (les sadducéens ont réinvesti les postes clés du pouvoir), pharisiens et sadducéens s'accordent sur l'animosité qu'ils portent à Jésus. Elle est réciproque. Les docteurs de la Loi l'exaspèrent. Ils cherchent à percer son identité mais ne tendent pas l'oreille au sens de ses *logia* ; ils ne cherchent qu'à les prendre en défaut. Alors que dans le peuple juif les brebis égarées sont nombreuses et désemparées, les pharisiens les excommunient, les harcèlent de prescriptions stériles, de rites purificatoires vidés de sens quand ils devraient leur enseigner le chemin du repentir : « Malheur à vous, légistes, qui avez enlevé la clé de la connaissance ! Vous n'êtes même pas entrés et vous avez empêché qu'on entre ! » (Lc 11,52). « Malheur à vous scribes et pharisiens, comédiens qui parcourez la mer et le continent pour faire un prosélyte, et quand il l'est vous en faites un fils de géhenne deux fois comme vous » (Mt 23,15). Leurs cœurs endurcis, leur absence de compassion et surtout de foi indignent l'homme de Nazareth. Une deuxième fois, il fulmine contre eux : « Malheur à vous scribes et pharisiens hypocrites. Vous ressemblez à des sépulcres blanchis. De l'extérieur ils sont bien, et l'intérieur est plein d'ossements de morts et de toute sorte d'impuretés » (Mt 23,27-29 ; 32). Un autre jour, il ose illustrer leur infidélité à la vraie foi par une parabole :

Deux hommes étaient montés prier au temple ; l'un était un pharisien et l'autre, un percepteur. Le pharisien, debout, priait ainsi en lui-même : Ô Dieu je te rends grâces de ce que je ne suis pas comme le reste des hommes qui sont rapaces, injustes, adultères ou encore comme ce percepteur ! Je jeûne deux fois par semaine, je paie la dîme sur tout ce que je possède. Et le percepteur, qui se tenait au loin, ne voulait même pas lever les yeux au ciel, mais il se frappait la poitrine et disait : Ô Dieu, pardonne au pécheur que je suis ! Je vous le dis, celui-ci plutôt que l'autre est descendu justifié dans sa maison. Car quiconque se hausse sera abaissé et quiconque s'abaisse sera haussé (Lc 18,9-14).

De surcroît, Jésus raille leur foi et ébranle leur autorité : « Cependant, comme la foule se rassemblait par dizaines de milliers, au point qu'on se piétinait, il commença à dire, d'abord à ses disciples : Prenez garde à la levure des pharisiens, c'est de la comédie. Il n'y a rien de voilé qui ne doive être dévoilé, ni de secret qui ne doive être connu » (Lc 12,1-2).

Aux foules, Jésus non plus ne dit rien de son

identité. Dans les premières années de son ministère, il la cache avec précaution. Les démons qu'il chasse du corps des possédés sont les premiers à la révéler : « Tu es le Fils de Dieu. » Chaque fois, Jésus leur intime de se taire : « Et il leur enjoignait fort de ne pas le faire connaître » (Mc 3,12), comme s'il désirait que chacun accède à cette révélation par la force d'une conversion personnelle. Mais parfois, plutôt que d'éclairer, ses signes terrorisent, surtout en pays païen où la foi manque. Chez les Géraséniens où il a chassé une légion de démons, on préfère rester dans l'ignorance et l'opulence du péché, et que Jésus parte : « Et ils commencèrent à faire appel à lui pour qu'il s'en aille de leur territoire » (Mc 5,17). Mais les mauvais esprits n'ont pas le monopole du bavardage. Quand il guérit, Jésus prend toujours soin de demander le secret. Il ne veut pas que ses dons se disent et se répètent. Après avoir ordonné à la petite morte « Talitha, koumi ! » de se lever, Jésus calme le bonheur de la famille émerveillée. « Aussitôt, ils s'extasièrent, hors d'eux-mêmes. Il insista beaucoup auprès d'eux pour que personne ne le sache. » Lorsqu'il rend l'ouïe et la parole au sourd, « Jésus insista pour qu'ils ne le disent à personne, mais plus on le leur interdisait, plus ils le proclamaient » (Mc 7,36). À l'aveugle guéri de Bethsaïde, il demande de ne pas rentrer dans le bourg pour que cela ne se sache pas.

Si on interroge Jésus directement sur qui il est, il s'exprime de façon mystérieuse. Fils de l'homme, fils de David, il ne nie pas, sauf à dire qu'il est le Messie. Le terme semble l'effrayer, comme l'effraie l'enthousiasme des foules qui parfois, subjuguées par sa parole, veulent s'emparer de lui pour le porter en triomphe à Jérusalem. « Et il dit à ses disciples de lui réserver une barque, à cause de la foule, pour qu'on ne le serre pas » (Mc 3,9). Plus d'une fois, Jésus s'éclipse pour échapper à leur ardeur. Après la multiplication des pains, sur la plage du lac Tibériade, il doit opérer une savante retraite : que les disciples filent en barque — lui se replie dans la montagne. Témoin de leur acharnement à s'en emparer, quelques jours plus tard, sur l'autre rive, les mêmes gens qu'il a fuis sur la montagne et qui l'ont cherché le retrouvent. Ils veulent savoir à qui ils ont affaire. Alors, par le jeu d'une parabole, par le signe d'une guérison, Jésus indique la voie : « Entende qui a des oreilles pour entendre ! » (Mc 4,9).

Quelques mois avant sa dernière Pâque, au moment de la fête des Tabernacles, à Jérusalem, Jésus se promène sous le portique de Salomon, dans le Temple. Dès qu'ils le voient, des Juifs accourent vers lui et le pressent :

> Jusqu'à quand nous tiendras-tu l'âme en suspens ? Si tu es le Christ, dis-le franchement. Jésus leur répondit : Je vous l'ai dit et vous ne me croyez pas. Les œuvres que je fais au nom de mon Père témoignent de moi, mais vous ne me croyez pas parce que vous n'êtes pas de mes brebis. Mes brebis entendent ma voix, et je les connais, et elles me suivent. Je leur donne une vie éternelle, jamais elles ne seront perdues, personne ne les enlèvera de ma main. Mon Père qui me les a données est plus grand que tous et personne ne peut les enlever de la main du Père. Le Père et moi ne sommes qu'un (Jn 10, 24-30).

Les Juifs se scandalisent de la réponse ; ils la jugent blasphématoire — quoi ! Se prendre pour

Dieu dont on ne doit même pas prononcer le nom ! Dieu qui est Un ! Ils veulent un messie, mais pas n'importe quel messie — un messie à leur image, qui prenne et leur rende le pouvoir absolu.

Sans chercher à discerner le sens de la réponse, ils ramassent des pierres pour lapider Jésus. Jésus fuit la ville, et se réfugie une fois encore en Galilée.

« Et vous, qui dites-vous que je suis ? »

Longtemps, les disciples ont ignoré l'identité de Jésus. La force de ses paroles les a entraînés à sa suite. Ils ont suivi un maître exceptionnel, au charisme irrésistible. Ils ont découvert un thaumaturge et un exorciste. Et quoi d'autre ? Quel nom donner à cet esprit, à la puissance qu'il évoque ? La perception d'un je ne sais quoi de différent ne suffit pas à leur apporter de solution. Ils partagent l'incompréhension des pharisiens et des foules sur l'identité de Jésus. Ils ne comprennent rien alors que Jésus estime qu'ils savent. « Il leur dit : À vous le mystère du règne de Dieu a été donné » (Mc 4,11). Cette assertion elle-même les trouble. Comment leur aurait-il été donné ? Par la présence de Jésus ? Mais qui est-il ? L'intuition de son essence, quand elle les saisit, leur procure une grande crainte. « Effrayés d'un grand effroi, ils se disaient entre eux : Qui est-il, celui-ci, que même le vent et la mer lui obéissent ? » (Mc 4,41).

Tout le long de son ministère public, Jésus ne cesse de s'exaspérer de leur épaisseur d'esprit. Malgré les signes et les prodiges les plus flagrants, ils continuent de ne pas voir. « Ils furent encore plus hors d'eux-mêmes ; car ils n'avaient pas compris l'affaire des pains ; ils avaient plutôt le cœur endurci » (Mc, 6,51-52). Après le différend avec les pharisiens qui conduit Jésus à prononcer la parabole du pur et de l'impur, les disciples, loin de la foule, le questionnent sur le sens de la métaphore. « Il leur dit : Ainsi vous êtes, vous aussi, sans intelligence ? » (Mc 7,18). Quelques jours plus tard, Jésus les met en garde contre la levure des pharisiens et d'Hérode, et comme, au lieu de comprendre qu'il s'agit d'une comparaison, ils s'interrogent sur la quantité de pains qu'ils ont en leur possession, Jésus s'agace : « Pourquoi raisonnez-vous que vous n'avez pas de pain ? Vous ne comprenez pas encore ? Êtes-vous donc sans intelligence ? Avez-vous le cœur endurci ? Et des yeux pour ne pas voir, des oreilles pour ne pas entendre ? » (Mc 8,17).

Il faudra un certain temps pour que les écailles leur tombent des yeux. Un jour, Jésus est aux confins de la Palestine, aux portes de la ville de Césarée de Philippe, au pied de la montagne de l'Hermon. Après la fête des Tabernacles et son altercation avec le Sanhédrin, il s'est réfugié en Galilée d'abord, puis en Phénicie. Ses pas l'ont entraîné vers la Décapole avant de le ramener sur les terres du tétrarque Philippe. Il vient d'enseigner dans la synagogue et maintenant, il quitte le centre de Césarée pour se diriger vers les petits villages qui entourent la capitale. Il n'a jamais aimé les grandes villes. Naguère, il conseillait à ses disciples de les éviter. Et soudain, en chemin, Jésus pose la question qui ne cesse d'agiter les prêtres, les foules, et d'intriguer ses disciples : « Qui suis-je, au dire des hommes ? Ils lui dirent : Jean-Baptiste ; pour d'autres, Élie ; pour d'autres, un des prophètes » (Mc 8,27-28). Jésus s'immobilise un court instant, réfléchit et leur demande, de but en blanc, et pour la première fois : « Et vous, qui dites-vous que je suis ? » (Mc 8,29).

La scène se déroule quelques semaines avant la dernière Pâque. Les disciples et Jésus ont beaucoup marché ensemble. Leurs pas et leurs paroles ont fait un long chemin. La lucidité a succédé à l'effroi et à l'étonnement. Pierre, d'emblée, donne la réponse : « Tu es le Christ. » Jésus n'acquiesce ni ne dément. À son habitude, il ordonne à ses apôtres de ne parler à personne de cette conversation, ni de la conclusion à laquelle Pierre a été entraîné.

Ils ont compris ! Jésus peut enfin envisager de leur annoncer le dénouement. Mais plutôt que de reprendre le terme de messie, il emprunte celui de « Fils de l'homme ». « Il commença à leur enseigner que le Fils de l'homme doit beaucoup souffrir, être rejeté par les anciens, les grands prêtres et les scribes, être tué et trois jours après, ressusciter » (Mc 8,31).

Pierre a deviné que Jésus était le Messie, mais il ne perçoit pas les subtilités du vocabulaire de son rabbi. Depuis presque trois ans qu'ils sont ensemble, Jésus leur apprend la Bonne Nouvelle, la joie, la paix et leur annonce le Règne. Il vient enfin de consentir à son identité, celle que tout le monde en Palestine subodore et murmure. Pourquoi, dès lors, évoquer la souffrance, le rejet par les autorités, son arrestation et sa mort ? Cette résurrection qu'il évoque ne rassure personne. « Il disait le mot franchement. Pierre le prit à part et commença à le tancer (...) » (Mc 8,32). Matthieu précise les termes de cette intervention : « (...) en disant : Heureusement pour toi, seigneur, ce ne sera pas pour toi * ! » (Mt 16,22). Avec cette réponse, Pierre prouve qu'il n'a pas tout saisi. Il aime Jésus. Comment imaginer que son maître puisse mourir sans que personne intervienne ? Sans que lui, Simon Pierre, son fidèle ami, agisse. Jésus réagit violemment. « Va-t'en de moi, Satan ** ! car tu ne tends pas vers Dieu mais vers les hommes. »

En fait, aucun des disciples ne prend vraiment conscience de l'imminence de la fin, ni de la réalité des menaces qui planent sur Jésus. Tout d'abord, cet homme n'en est pas un, mais le Messie, le Fils de l'homme. Ensuite, il a des pouvoirs extraordinaires, ils les ont vus de leurs yeux. Il ordonne même au vent et à la mer. Enfin, il le leur répète, et ils se le répètent à leur tour : le Royaume de Dieu est à portée de main, ils en partageront la gloire et la lumière, comme Jésus le leur a promis. Ils trôneront ensemble, et ensemble ils jugeront les descendants des douze tribus. Ils y croient si fortement que Jean et André réclament à Jésus d'occuper les deux trônes qui l'entourent, déclenchant l'ire de leurs

* Une des versions syriaques de l'Évangile de Marc précise : « Simon Pierre, comme s'il avait pitié de lui, lui dit... » La remarque souligne la réaction de Pierre et, partant, de tous les Juifs, à l'idée que le Messie puisse subir le sort d'un quelconque agitateur, voire d'un prophète comme Jean-Baptiste, décapité, sans même évoquer l'éventualité du supplice de la croix.

** Il faut entendre Satan au sens hébraïque du terme : un tentateur, un mauvais conseilleur.

compagnons : « Maître, nous voulons que tu fasses pour nous ce que nous allons te demander. Il leur dit : Que voulez-vous que je fasse pour vous ? Ils lui disent : Donne-nous d'être assis un à ta droite, un à ta gauche, dans ta gloire » (Mc 10,35-40). « À ces paroles, les dix commencèrent à s'indigner contre Jacques et Jean » (Mc 10,41).

Tous acquiescent, évidemment, au fait qu'il faudra d'abord en passer par le Jugement dernier, mais ils se savent d'ores et déjà sauvés :

Quand vous verrez l'horreur dévastatrice établie où il ne faut pas — comprenne qui lit ! — alors, que ceux de Judée fuient vers les montagnes, que celui qui est sur la terrasse ne descende pas et ne rentre pas prendre quelque chose de sa maison, et que celui qui va au champ ne retourne pas prendre son manteau ! Malheur à celles qui seront enceintes ou qui allaiteront en ces jours-là ! Priez pour que cela n'arrive pas en hiver. Car ce seront des jours d'une affliction telle qu'il n'y en a pas eu de pareille depuis le commencement de la création que Dieu a créée et jusqu'à maintenant, et qu'il n'y en aura plus (Mc 13,14-19).

Ils ne pensent qu'à l'élection des justes dont ils font partie, depuis que Jésus les a choisis pour le suivre. Jésus les met ensuite en garde contre les dangers à venir avant cette heure de gloire :

Il se lèvera de faux christs et de faux prophètes qui feront des signes et des prodiges pour égarer, si possible, les élus. Vous donc, prenez garde. Je vous ai prévenus de tout. Mais en ces jours-là, après cette affliction-là, le soleil s'obscurcira, la lune ne donnera plus sa clarté, les étoiles se mettront à tomber du ciel et les puissances qui sont dans les cieux s'agiteront. Alors, on verra le Fils de l'homme venir sur des nuées avec beaucoup de puissance et de gloire. Alors, il enverra les anges et rassemblera ses élus, des quatre vents et du bout de la terre au bout du ciel (Mc 13,22-27).

Sous la plume de Luc, Jésus compare ces derniers jours à ceux de Noé et du Déluge, et à ceux de Sodome et de Gomorrhe. « Ce sera comme cela, le jour où le Fils de l'homme sera dévoilé » (Lc 17,30). De nombreux exégètes ont déduit de ces versets que Jésus croyait absolument à l'imminence de la fin des temps. Il pensait qu'il allait la vivre, et ses contemporains aussi. Il croyait à la lettre aux formes cosmiques qu'emprunterait cette apocalypse, faite de ténèbres et de pluies d'étoiles.

Six jours après que Pierre a déclaré à Jésus qu'il était le Messie, celui-ci l'entraîne avec Jacques et Jean. Les quatre hommes s'écartent du groupe des disciples. Ensemble, ils s'éloignent — non pas à quelques dizaines de mètres, mais loin, dans un endroit désert et qui est, comme toujours lorsque Jésus traverse un moment déterminant de son ministère, une haute montagne. Ces trois disciples, Jésus les a déjà choisis pour assister à la résurrection de la fille de Jaïre, le chef de la synagogue. Ils partent longtemps. La montagne la plus proche de Césarée que citent les évangélistes doit être l'Hermon ; elle s'élève à une altitude de deux mille huit cents mètres. Et bien que la tradition préfère situer l'événement sur le mont Thabor, il semble que l'Hermon soit l'endroit le plus probable. « Oui, la parole s'est faite chair, elle s'est abritée parmi nous et nous avons contemplé sa gloire, gloire que tient de son père un fils unique plein de grâce et vérité », témoigne Jean dans son Évangile (Jn 1,14). « En effet, ce n'est pas suivant des mythes sophistiqués que nous vous avons fait connaître la puissance et l'avènement de notre Seigneur Jésus-Christ, c'est pour nous êtres aperçus de sa magnificence », écrit Pierre, des années plus tard, dans sa deuxième épître. « Oui, il reçut de Dieu le Père honneur et gloire quand, de la gloire magnifique, lui parvint cette voix : Celui-ci est mon fils, mon aimé, celui que j'ai bien voulu. Cette voix venue du Ciel, nous l'avons entendue quand nous étions avec lui sur la sainte montagne » (2 P 1,16-17). Du troisième témoin de l'incroyable scène qui se déroule ce soir-là, sur le mont Hermon *, il n'y a que Jacques, mais aucune trace de ce qu'il a vu ou entendu ne nous est parvenue — lorsque Pierre rédige son épître, Jacques est déjà mort martyr, décapité (en 44).

Que s'est-il passé, ce soir-là ? Laissons la parole à Luc :

Jésus prit avec lui Pierre, Jean et Jacques et monta prier sur la montagne. Et pendant qu'il priait, l'aspect de sa face fut autre et son vêtement, d'un blanc éclatant. Et voilà que deux hommes parlaient avec lui ; c'étaient Moïse et Élie ; on les voyait en gloire parler de son départ qu'il allait accomplir à Jérusalem. Pierre et ceux qui étaient avec lui, alourdis de sommeil, se réveillèrent et ils virent sa gloire et les deux hommes qui se tenaient avec lui. Et comme ceux-ci se retiraient, Pierre dit à Jésus : Maître, il est bon d'être ici ; faisons trois abris, un pour toi, un pour Moïse et un pour Élie. Il ne savait pas ce qu'il disait. Et pendant qu'il disait cela, il y eut une nuée qui les couvrait ; et ils furent effrayés de leur entrée dans la nuée. Et, de

* Selon le verset du psaume 89 (Ps 13) : « Le Tabor et l'Hermon crient de joie à ton nom. »

la nuée, il y eut une voix qui disait : Celui-ci est mon fils, que j'ai choisi ; écoutez-le. Et pendant qu'il y avait cette voix, Jésus se trouva seul. Quant à eux, ils se turent et n'annoncèrent à personne, en ces jours-là, rien de ce qu'ils avaient vu (Lc 9,28).

Ce passage de l'Évangile constitue un moment clé dans les relations de Jésus avec ses disciples : Jésus confirme à ces trois témoins qui il est, de la voix même de Dieu, et, partant, il annonce ce qui doit advenir à Jérusalem, non pas advenir, mais s'accomplir. À la vue de cet événement, nul doute ne peut plus traverser l'esprit de Pierre, celui de Jean ou de Jacques. Jésus n'est pas un prophète ou un simple rabbi qu'entraînerait le cours des événements. Il est le Messie, il le sait, Dieu, Moïse et Élie l'attestent. Il sait aussi ce qu'il est venu accomplir sur terre, et par quelles souffrances et quelle infamie — la crucifixion — aura lieu le mystère pascal. Encore une fois, Jésus ordonne à ses disciples de ne rien raconter de ce qu'ils ont vu, du moins tant qu'il n'aura pas ressuscité — ce qu'on a appelé plus tard « le secret messianique ». Rien ne doit contrarier l'accomplissement de sa mission dont il connaît la fin et les moyens : non pas dans un jour de liesse, non pas dans un plébiscite du peuple ni un couronnement, mais dans la douleur et la solitude : « Il faut que le Fils de l'homme souffre beaucoup, qu'il soit rejeté par les anciens, les grands prêtres et les scribes, qu'il soit mis à mort et que, le troisième jour, il ressuscite. » Cette annonce est, en quelque sorte, confirmée par l'apparition d'Élie et de Moïse en gloire, état que possèdent ces deux grands prophètes, car ils sont associés à l'œuvre de

Dieu et sont retournés à Lui de façon mystérieuse. Élie et Moïse s'entretiennent avec Jésus de l'événement pascal qui doit *s'accomplir* à Jérusalem et qui, d'ores et déjà, le transfigure. Ces deux prophètes se manifestent à Jésus « comme il était en prière à l'écart ». Or, déjà, ce fut lorsque Jésus était en prière, après son baptême par Jean-Baptiste dans le Jourdain, que le ciel s'ouvrit : et « l'Esprit saint descendit sur Jésus sous une apparence corporelle, comme une colombe, et une voix vint du ciel : Tu es mon fils, moi, aujourd'hui, je t'ai engendré ». La symétrie entre ces deux théophanies est parfaite et limpide. La voix de Dieu a ouvert le ministère de Jésus, la voix de Dieu qui, pour la deuxième fois, parle aux disciples, ferme ce moment de révélation aux apôtres : « Celui-ci est mon Fils, celui que j'ai élu, écoutez-le ! » (Mc 8,31).

Désormais, tout peut s'accomplir — l'entrée dans Jérusalem, les marchands chassés du Temple, l'arrestation, le jugement et la mort. Les disciples ont été témoins et ils pourront dès lors témoigner, au bon moment, de ce qu'ils ont vu et entendu, si incroyable et inouï cela soit-il. Car c'est également ce qu'enseigne ce passage de Luc, que racontent aussi Marc et Matthieu. Pierre, qui a reconnu et désigné le Christ, Pierre, qui a vécu quelque trois ans dans le spectacle des guérisons et de prodiges, qui vient de voir Élie et Moïse et les reconnaît puisqu'il les nomme, Pierre ne comprend pas. « Il ne savait pas ce qu'il disait » (Lc 9,33).

Pas plus que pour les miracles, il n'est possible de trancher sur l'historicité de cet épisode de la Transfiguration. Tout porte à croire, du point de vue de l'historien, que ce passage est un ajout des évangélistes pour donner ce surcroît de sens à leurs récits, confirmer, en lui conférant des signes prophétiques, l'événement majeur de la Résurrection. Jésus n'est pas sur la montagne avec Moïse et Élie par hasard. Les deux prophètes ne sont pas morts et enterrés comme les autres mais, transfigurés, ils sont montés au Ciel. Le tissu du texte est d'une matière hautement théologique puisqu'il s'agit véritablement d'une théophanie telle qu'on en trouve dans l'Ancien Testament. Tous les accessoires classiques de la théophanie sont présents : les nuées qui cachent Dieu à la vue des hommes* ; le sommeil irrépressible qui s'empare des témoins, qu'il faut comparer à la torpeur qui s'abat sur Adam (Gn 2,21), sur Abraham (Gn 15,12) et qui s'abattra sur les apôtres le soir de la Passion ; la blancheur presque incandescente de Jésus : « Quand Moïse redescendit du Sinaï, sa figure était si éclatante qu'Aaron et le peuple entier eurent peur » (Ex 34, 30-39). Pour cette raison, cet épisode des Évangiles est peu, ou pas du tout, abordé par les exégèses ou les études purement attachées à l'historicité de Jésus. Cependant, pour la théologie, ce moment de la Transfiguration est essentiel.

* Un traité écrit par un mystique médiéval anonyme explique que Dieu est dérobé derrière (c'est son titre) « le nuage d'inconnaissance » (voir *Le Nuage d'inconnaissance*, trad. d'Armel Guerne, Seuil, 1977). François Daumas rappelle à ce propos dans *Amour de la vie et sens du divin dans l'Égypte ancienne*, Fata Morgana, 1998 : « En attendant les passages célèbres de Job et surtout d'Isaïe, où, sans qu'il soit question, à proprement parler, de l'inconnaissance de Dieu, il est dit que ses voies ne sont point nos voies, c'est-à-dire où la transcendance de sa nature est bien indiquée, il convient de rappeler la réponse de YHWH à Moïse lui demandant de voir sa gloire : "Tu ne pourras voir ma face, car l'homme ne peut me voir et vivre" (Ex, 33,20) ».

Il marque le trait d'union entre Jésus et le Christ, entre la part humaine et la part divine du personnage. À cet instant, Jésus devient le lieu tenant de la Révélation, Dieu véritablement fait homme. « Le même parfait en divinité et parfait en humanité, le même Dieu véritable et homme véritable fait d'âme intelligente et de corps, le même consubstantiel au Père selon la divinité et consubstantiel à nous selon l'humanité *. »

Jésus est recherché par les foules qui veulent le porter en triomphe et le sacrer, et par les gardes du Temple qui veulent le pendre. L'hostilité du pouvoir est maintenant manifeste. Hérode craint le retour de Jean-Baptiste qui aurait ressuscité en la personne de Jésus. Le pouvoir sacerdotal de Jérusalem désire se débarrasser de ce personnage de plus en plus encombrant — et inclassable. « Les grands prêtres et les scribes l'entendirent et ils cherchaient comment le perdre » (Mc 11,18). « Ils cherchaient à se saisir de lui, mais ils craignaient la foule » (Mc 12,12). « On était à deux jours de la Pâque et des Azymes. Les grands prêtres et les scribes cherchaient comment se saisir de lui par ruse et le tuer » (Mc 14,1). « De ce jour-là, ils furent résolus à le tuer », raconte Jean. « Alors Jésus ne circula plus franchement parmi les Juifs, il s'en alla dans le pays proche du désert, dans une ville appelée Éphraïm, et il s'y attardait avec ses disciples » (Jn 11, 53-54). Les remarques similaires abondent

* Définition donnée par le concile de Chalcédoine, en octobre 451, citée par Joseph Moingt in *L'Homme qui venait de Dieu*, Cerf, coll. « Cogitatio Fidei », 2002.

chez Jean, Luc et Matthieu. Il n'y a pas lieu de douter de cette hostilité, pas plus que de la large audience dont jouit Jésus. Sans l'une *et* sans l'autre, Jésus n'aurait pas été condamné et mis à mort. Il a prononcé suffisamment d'anathèmes pour radicaliser l'opinion des pharisiens, des scribes et des grands prêtres contre lui. Avec la résurrection de Lazare, il a opéré le signe prodigieux de trop. Maintenant, il doit mourir.

Beaucoup d'historiens ont choisi de scinder le ministère de Jésus en deux périodes. Le printemps de Galilée, qui aurait vu la gloire, son succès et l'adhésion de tous à son enseignement ; puis, à partir du choix d'enseigner en Judée et des heurts avec les autorités religieuses, le début d'une solitude. Certes, Jean note que ses propos aux grands prêtres glacent la ferveur de beaucoup de ses disciples. « Après l'avoir entendu, beaucoup de ses disciples dirent : cette parole est dure. Peut-on l'écouter ? » (Jn 6,60). De même que le contenu de sa parole et l'exigence de sa demande les déconcertent.

Cela vous scandalise ? Et quand vous verrez le Fils de l'homme monter où il était d'abord ? C'est l'esprit qui fait vivre, la chair ne sert de rien. Les paroles que je vous ai dites sont esprit et elles sont vie. Mais certains d'entre vous n'ont pas la foi. [...] C'est pourquoi je vous ai dit que personne ne peut venir à moi à moins que ce ne lui soit donné par le Père. Dès lors, beaucoup de ses disciples s'en retournèrent et ils n'allaient plus avec lui. Jésus dit aux douze : Voulez-vous partir aussi ? Simon Pierre lui répondit : Seigneur, à qui irons-nous ? tu as des paroles de vie éternelle. Nous avons foi et nous savons que tu es le saint de Dieu (Jn 6, 62-70).

Mais, pour contredire cette version d'un déclin, Jean relate ses succès quelques semaines encore avant sa mort. Dans le bref intermède de repliement en Galilée, avant la dernière montée à Jérusalem, lorsque Jésus revient littéralement à la source, sur les bords du Jourdain qui virent son baptême et sa rencontre avec le Baptiste, les foules et les disciples se regroupent autour de lui. « Beaucoup vinrent vers lui, ils disaient : Jean n'a fait aucun signe, mais tout ce que Jean a dit de cet homme était vrai. Et là, beaucoup se fièrent à lui » (Jn 10,41-42). Enfin, six jours avant la Pâque, à Béthanie, nombreux sont ceux qui accourent pour voir ensemble Jésus et Lazare ressuscité : « La foule des Juifs sut qu'il était là et ils vinrent non seulement pour Jésus mais aussi pour voir Lazare qu'il avait relevé d'entre les morts. Et les grands prêtres résolurent de tuer aussi Lazare parce qu'à cause de lui beaucoup de Juifs les quittaient et se fiaient à Jésus » (Jn 12,9-11).

Sur la volonté des autorités de le perdre, tous s'accordent, évangélistes et exégètes :

> La façon dont il a été traité était certainement motivée par des questions religieuses ; mais il y eut d'autres facteurs, tels que la méfiance des autorités de Jérusalem vis-à-vis des personnages religieux venus de l'extérieur ou de la campagne, la dépendance économique d'une bonne partie de la population de Jérusalem par rapport au Temple, les relations anciennes entre les rois hérodiens de la région de Palestine et le préfet romain de Judée, ainsi que les relations entre pharisiens et sadducéens [1].

Si l'on en croit les évangélistes, Jésus s'est préparé à sa mort. Il a annoncé sa fin aux disciples. Il en a d'ailleurs nommé soixante-dix de plus quelques semaines auparavant, avec la même mission qu'aux Douze. « Et il les envoya par deux devant sa face dans toute ville et lieux où lui-même devait venir » (Lc 10,1). Après le miracle de Lazare, il a quitté Béthanie pour Éphraïm, à une trentaine de kilomètres au nord de Jérusalem. Et puis, comme Pâque approche, Jésus se remet en route avec ses disciples. Comme d'habitude, il s'arrête sur le chemin, à Béthanie, où Marthe et Marie le reçoivent avec joie, encore tout à l'étourdissement émerveillé du retour de Lazare. Simon le Lépreux a fait préparer dans sa maison un grand dîner où tous sont conviés autour de Jésus ; Lazare le ressuscité partage l'honneur de le présider avec Jésus. Puis, tandis que Marthe sert, Marie (selon Matthieu, c'est une femme anonyme) ouvre un pot de parfum « fort coûteux » et enduit les cheveux de Jésus. Le geste est hautement symbolique. Une femme fait le geste de l'onction à celui qui, dans quelques heures, sera reconnu comme le Messie. « Si elle a renversé ce parfum sur mon corps, c'est en vue de mon ensevelissement » (Mt 26,12), explique Jésus, qui intervient pour couper court aux réprimandes des disciples, outrés qu'elle gâche un parfum si coûteux dont le prix aurait pu aller aux pauvres. « Pourquoi fatiguez-vous cette femme ? Car elle a bien travaillé pour moi. Car vous aurez toujours les pauvres avec vous, mais vous ne m'aurez pas toujours » (Mt 26,10-11). Dans cette scène que rapportent aussi Marc et Jean (mais avec Jean, Marie enduit les pieds de Jésus qu'elle essuie avec sa chevelure), Jésus répète à tous, disciples et amis, que sa mort est proche. Ce que ni Marie, ni Marie Madeleine, ni aucune femme ne pourra faire au tombeau parce qu'elles le trouveront vide quand elles apporteront les onguents pour la toilette des morts, Marie peut le faire maintenant, dans ce dîner d'adieu aux amis.

C'est aussi à Béthanie qu'apparaît Judas Iscariote. Dans le récit de Jean, il est le seul à protester contre le gaspillage de Marie. C'est la deuxième fois que son nom est cité comme celui du traître. « Jésus leur dit : N'est-ce pas moi qui vous ai choisis, vous les Douze ? Et l'un de vous est un diable. Il parlait de Judas fils de Simon Iscariote, car celui-là, l'un des Douze, allait le livrer » (Jn 6,70-71), a-t-il averti quelques mois plus tôt, avant la fête des Tabernacles.

Pendant ce temps, on s'en souvient, les pharisiens, les scribes et les grands prêtres se sont réunis. Le Sanhédrin est au grand complet. Joseph Caïphe préside. Son beau-père, le puissant Hanne, a sans doute longuement délibéré avec lui du cas Jésus *. Tous ont en mémoire la révolte de Simon et l'impitoyable répression romaine qui fit dresser plus de deux mille croix sur les hauteurs de Jérusalem pour la réprimer. Il vaut mieux qu'un homme périsse, plutôt que toute la nation, tranche Caïphe.

Le sort de Jésus est décidé. Les pontifes donnent

* Flavius Josèphe (dans *Antiquités judaïques*, 29.9.1, § 198) désigne clairement le grand prêtre Hanne comme un sadducéen. Il fut le beau-père de Joseph Caïphe. C'est un manipulateur, très actif sur la scène politique et, bien qu'il ait été démis de ses fonctions en 15 de notre ère par le préfet romain Valerius Gratus, il continue de contrôler le pouvoir dans l'ombre et de veiller aux intérêts des grandes familles aristocratiques, pour la plupart grands propriétaires terriens.

l'ordre à quiconque sait où se trouve Jésus de le dire, pour pouvoir l'arrêter. Il reste à savoir comment l'arrêter. Et surtout pourquoi. Car les foules l'aiment et il serait maladroit de déclencher ce que l'on redoute en faisant tout, justement, pour l'éviter.

Jésus entre dans la dernière partie de sa vie — celle que les chrétiens appelleront la Passion. Dans les Évangiles, la forme même du récit s'en ressent. L'impression d'une narration tendue vers un fait unique, la crucifixion, lui-même préparant l'annonce de la Résurrection, s'impose. Il s'agit en fait de la plus longue action continue qui nous soit racontée au sujet de Jésus. Derrière chaque mot, le lecteur cherche à deviner non seulement ce qu'il est réellement advenu pendant ces jours qui changeront à jamais l'histoire du monde, mais ce que Jésus a éprouvé, pensé ou dit de cette expérience dont nul ne fera l'économie : la venue de sa propre mort. Or Jésus n'a pas rédigé le récit de sa Passion, pas plus que celui de son ministère public. Et très curieusement, alors que les quatre récits des Évangiles présentent une étroite concordance entre chacune de leurs séquences, leur contenu diffère quant à leur sens profond. Ainsi existe-t-il trois versions différentes des dernières paroles du Christ sur la Croix — Marc et Matthieu partageant la même. Deux versions différentes sur la déchirure du voile, dans le Sanctuaire, à la mort du Christ — mais quel évangéliste est réellement allé à Jérusalem ? Le grand spécialiste du Nouveau Testament, Raymond

E. Brown *, fait valoir que Flavius Josèphe relate l'existence de plusieurs voiles au Temple, chacun ayant une fonction différente. Qui le savait parmi les évangélistes ? À part, de façon certaine, Jean, qui manifeste une très bonne connaissance de la ville et de toute la Palestine. Incapables que nous sommes de répondre à cette question, il est difficile de déduire de l'épisode quoi que ce soit d'historique, voire de théologique. Luc n'évoque pas l'épisode de la flagellation par les soldats romains, au contraire de Marc et Matthieu, alors qu'il est celui (et le seul) qui évoque cette flagellation dans les prédictions de Jésus : « Il prit les Douze et leur dit : Voilà que nous montons à Jérusalem, et tout ce que les prophètes ont écrit du Fils de l'homme va être fini : il sera livré aux nations, moqué, outragé, conspué, on le fouettera, on le tuera et, le troisième jour, il ressuscitera » (Lc 18,31-33). Jean est le seul évangéliste à attribuer à Pierre le coup d'épée qui tranche l'oreille du serviteur de Caïphe, au moment de l'arrestation de Jésus.

Certains exégètes ont contesté la possibilité matérielle que Jésus ait pu vivre tout ce que racontent Marc et Matthieu, entre son arrestation et sa crucifixion, dans l'espace d'une seule nuit. À la lumière de la crainte dont ils affectent le Sanhédrin — « car ils disaient : Pas pendant la fête, sinon il y aura un tumulte du peuple » (Mc 13,2) —, cette précipitation devient compréhensible. D'autres

* L'un des meilleurs, si ce n'est le meilleur, spécialiste mondial de Jésus. Professeur émérite d'études bibliques à New York, il a écrit une quarantaine d'ouvrages sur le sujet.

objectent que parfois, il existe des différences à l'intérieur du même récit. La défection des disciples, après l'arrestation de Jésus, connaît une version chaque fois différente dans l'Évangile de Marc. D'abord ils se sauvent tous. Ensuite, un jeune homme emboîte les pas de Jésus. Puis c'est Pierre qui le suit de loin. Il semble que ces distinguos révèlent le même malaise, en le soulignant : Jésus a bien été abandonné de tous ses disciples et Marc éprouve des difficultés à le dire. Aux yeux de la plupart des exégètes, ce critère d'embarras atteste l'historicité de la Passion. La trahison de Judas, l'abandon des disciples, le reniement de Pierre présentaient les Douze sous un mauvais jour. Si rien de la Passion n'avait eu lieu, quel intérêt les évangélistes auraient-ils trouvé à émailler leurs récits de ces épisodes infamants ?

Enfin, dernière précision, il faut savoir distinguer, dans ces quatre récits, ce que les évangélistes voulaient dire, de ce qu'ils voulaient transmettre. Car ils ont, à l'évidence, opéré un choix dans les événements. Ils savaient bien davantage sur Jésus que ce qu'ils en ont dit, comme le fait remarquer Jean : « Il y a encore bien d'autres choses que Jésus a faites mais si on les écrivait une à une, je ne pense pas que le monde puisse contenir les livres qu'on écrirait » (Jn 21,25). Mais ils désiraient dispenser un enseignement autant que porter un éclairage personnel sur ces événements. Il est donc essentiel de discerner comment chaque évangéliste a compris la mort de Jésus et quelles perspectives théologiques il a développées dans sa narration.

Ainsi, Marc et Matthieu dépeignent un Jésus

abandonné, seul face à sa mort et à la Croix *. Sur le mont Gethsémani, il prie Dieu que le calice soit écarté de ses lèvres. Sur la Croix, il demande pourquoi son Père l'a abandonné. Il est arrêté sur un faux témoignage. Il est accusé par les autorités juives d'avoir voulu détruire le Temple. Lorsqu'il reconnaît qu'il est le Messie, le Fils de Dieu, les prêtres l'insultent et le disent blasphémateur. Parce qu'elles ne peuvent l'exécuter, les autorités juives l'envoient à Ponce Pilate, conscient qu'on lui demande de condamner un homme juste. Jésus est conspué et flagellé par les soldats romains, condamné comme « roi des Juifs ». Il meurt seul. Au pied de la Croix, pas une voix amie, mais des railleries et des quolibets. Enfin, à sa mort, par la reconnaissance du centurion, le déchirement du voile du Sanctuaire, les phénomènes météorologiques, Dieu se manifeste enfin et reconnaît son Fils. Et des deux évangélistes, Marc est celui qui souligne le plus fortement le sentiment de déréliction éprouvé par Jésus, et l'effroi qui s'abat sur tous, jusqu'aux femmes qui observent sa mort de loin.

Avec Luc, Jésus ne souffre pas de solitude sur le mont des Oliviers parce que jamais son père ne l'abandonne. Un ange le revigore. Dieu répond à son Fils quand son fils le prie. Sur la Croix, nulle révolte, un seul cri mais d'abandon à Dieu : « Père, entre tes mains je remets mon esprit. » Bien que les disciples aient abandonné Jésus, Luc n'en dit pas

* Tel que le présentera Paul dans son épître aux Hébreux (He 5,7-8) : « Lui, les jours de sa chair, il offrit avec grands cris et larmes des demandes et des supplications à celui qui pouvait le sauver de la mort et il en fut exaucé pour sa piété. Bien que fils, il apprit l'obéissance en souffrant. »

un mot (mais il ne prétend pas le contraire). Sous sa plume, Jésus remercie les Douze pendant la cène pour leur fidélité. Il soutient Pierre du regard quand celui-ci, comme prédit, le renie et, ainsi, lui rappelle la prière qu'il a faite pour effacer ce moment de faiblesse. Avec Luc, Jésus reste le messie du pardon. Il recolle l'oreille du serviteur, pardonne à ses juges et pardonne ses péchés au bon larron, pendu à côté de lui, à qui il promet le paradis. Pendant sa Passion, les foules s'affligent de sa douleur. Les femmes se lamentent et gémissent sur lui. Et quand il meurt, les foules s'en retournent en se frappant la poitrine. Beaucoup de théologiens considèrent qu'avec Luc, la mort de Jésus ne ressemble pas à une mort expiatoire. Il guérit et pardonne, mais ne confère aucune valeur salvifique à la Croix. Pour d'autres, cette valeur existe, mais Luc inscrit cette mort comme un élément du dessein de Dieu pour le salut du monde.

La Passion de Jean est remarquable par le choix souverain de sa mort que décide Jésus. Un Jésus harcelé plus que dans aucun autre Évangile par les autorités religieuses. « C'est pourquoi le père m'aime, parce je donne ma vie, et je la reprendrai. Personne ne me l'a enlevée, je la donne de moi-même. J'ai pouvoir de la donner et j'ai pouvoir de la reprendre. C'est le commandement que j'ai reçu de mon père » (Jn 10,18). Les épisodes du doute sur le mont de Gethsémani n'ont donc pas lieu. Tout au plus son âme est-elle troublée sur le chemin de Jérusalem : « À présent mon âme est troublée. Que dire ? Père, sauve-moi à cette heure ? Mais c'est pour cela que j'en suis venu à cette heure.

Père, glorifie ton nom. Alors une voix vint du ciel : je l'ai glorifié, je le glorifierai encore » (Jn 12,27-28). Jésus ne demande jamais à son père de repousser le calice de ses lèvres. Dans cette même logique, parce qu'il sait et accepte pleinement la suite des événements, il presse Judas, pendant la Cène, d'aller faire ce qu'il doit faire. Il annonce à ses disciples qu'il est dans le Père et que le Père est dans lui. Pour cela, il n'éprouve pas de tristesse, ne connaît pas la déréliction. Même lorsque les disciples l'auront abandonné, il faudra qu'ils se souviennent qu'il n'est pas triste. « Eh bien, l'heure vient, et elle est venue, où vous serez dispersés chacun de son côté, et vous me laisserez seul, mais je ne suis pas seul, car le Père est avec moi » (Jn 16,32). Dans le jardin du Cédron où doit avoir lieu l'arrestation, il attend debout la troupe qui vient le prendre, Judas en tête. Et quand la soldatesque entend son nom, elle recule et tombe. C'est aussi parce qu'il fait un avec le Père qu'il dénie à Pilate tout pouvoir quand celui-ci, pour exhorter à la conciliation, lui dit qu'il a pouvoir de le crucifier ou de le libérer.

Au Jésus conspué et plein de doute de Marc et Matthieu, au Jésus de pardon et de guérison de Luc, Jean oppose un Jésus triomphant. La mort le glorifie. Il a accompli ce qu'il devait accomplir. Pour le tuer sur la Croix, les prêtres et Caïphe sont obligés de se renier, et par deux fois. La première lorsque, piégés par Ponce Pilate qui se venge ainsi d'avoir dû condamner un juste, ils proclament qu'ils n'ont qu'un roi et que ce roi est César. La seconde fois lorsque Pilate fait inscrire sur le *titulum*, la pancarte qui dit le motif de la condamnation : « roi des Juifs ». Ils demandent au Romain de rectifier en ajoutant : « Je suis le roi des Juifs », mais ce que Pilate a écrit, il l'a écrit.

Il est souvent objecté que l'historicité de la Passion est très douteuse, parce ses récits évoquent des épisodes où tout le monde est absent : la prière de Jésus alors que tous les disciples dorment, la tenue exacte du procès devant le Sanhédrin et devant Pilate, la crucifixion, la mise au tombeau. En réalité, ces arguments ne tiennent pas. Jésus est arrivé à Jérusalem accompagné des Douze. Et même si ceux-ci l'ont abandonné, ils n'ont certainement pas dû se désintéresser de son sort. La rumeur de ce qu'il disait, faisait, décidait loin d'eux leur venait aux oreilles, rapportée par les témoins oculaires et auriculaires présents sur les lieux que les disciples avaient désertés. « Car je vous ai transmis moi-même ce que j'avais reçu : que le Christ est mort pour nos péchés selon les Écritures, qu'il a été enseveli, qu'il a été relevé le troisième jour selon les Écritures, qu'il a été vu de Képhas puis des Douze. Ensuite, il a été vu de plus de cinq cents frères à la fois, dont la plupart vivent encore, mais quelques-uns sont morts » (1 Co, 15,3-6), écrit Paul dans les années 30. Paul était absent du théâtre des opérations — et c'est bien une tragédie qui va se jouer. Il était même absent de Jérusalem. Or, quelques mois plus tard, la rumeur de Jésus lui est parvenue, dans ses moindres détails, ainsi qu'il les révèle dans sa première épître aux Corinthiens.

Certes, beaucoup d'épisodes n'ont aucun disciple pour témoin. Mais ceux-ci, de toute évidence, même s'ils s'étaient cachés après l'arrestation, devaient chercher par tous les moyens des informations sur ce qui arrivait à Jésus, et sur ce qui se racontait à son sujet. Envisager qu'ils s'en soient désintéressés est parfaitement absurde : pendant presque trois ans, les Douze auraient donc suivi Jésus, assisté à ses signes, cru dans le Royaume et au moment le plus terrible de leur histoire avec lui, ils seraient repartis chez eux, sans un regard par-dessus leur épaule ?

Ils étaient tous à Jérusalem pendant le procès et la crucifixion, comme le prouvera la suite. Aux aguets et attentifs à tout, ne serait-ce que pour leur propre sécurité. Ils n'ont rien ignoré du déroulement de la mise à mort. La crucifixion fut publique ; la mise au tombeau dut l'être aussi *. L'aura dont jouissait Jésus induit que ces deux événements ont dû bénéficier d'un grand nombre de spectateurs.

Pour ce qui concerne le récit de la Passion, les historiens s'interrogent surtout sur sa date probable. Le temps de la préfecture de Ponce Pilate en Judée, entre 26 et 36, fournit un éventail assez large pour fixer la date de la mort de Jésus. Mais les indications données par les Évangiles quant au jour de sa mort sont assez précises. Selon Marc, Matthieu et Luc, il s'agirait d'un vendredi, le jour même de la Pâque juive. Selon Jean, il s'agirait plutôt de la

* Pour ce qui concerne la question de l'historicité de la mise au tombeau, Raymond E. Brown fait remarquer que le silence de certains auteurs ne signifie pas que l'événement n'ait pas eu lieu. Ainsi, ni Paul ni le Talmud de Babylone (Sanhédrin 43 a) ne mentionnent la participation de Pilate à l'exécution de Jésus pourtant avérée. Et ni Paul ni Tacite dans ses *Annales* (15,44) ne mentionnent le rôle des Juifs.

veille de la Pâque, soit le 14 Nissan. La majorité des historiens préfère cette date, plus probable puisqu'on n'exécutait pas de condamnés un jour de fête *. Certains scientifiques ont travaillé sur le phénomène de l'obscurcissement du ciel le jour de sa mort. Se fondant sur la probabilité d'une éclipse visible en Palestine, ils en ont conclu qu'elle devait avoir eu lieu le 3 avril 30 ou le 7 avril 33.

La semaine sainte commença donc sans doute le dimanche 2 avril. C'est ce jour, au matin, que Jésus demanda à ses disciples d'aller chercher un ânon dans le village de Bethphagé. Pour entrer dans Jérusalem comme l'avait prédit Zacharie dans les Écritures : « Réjouis-toi, fille de Sion ! Pousse des cris d'allégresse, fille de Jérusalem ! Voici que ton roi vient à toi, humble et doux, il apporte le salut. Pauvre, il est monté sur une ânesse et son ânon » (Za 9,9).

* L'interdit valait pour les Juifs. Mais l'exécution de Jésus a été ordonnée par les Romains, comme l'atteste le choix du supplice. Des historiens s'appuient sur ce fait pour objecter que face à l'empressement de Caïphe à faire disparaître Jésus de Nazareth, les autorités romaines auraient pu ne pas respecter cet interdit religieux qui ne les concernait pas.

« Ils amènent donc l'ânon à Jésus, y jettent leurs vêtements, et il s'assit dessus. Et beaucoup garnirent le chemin avec leurs vêtements ; d'autres, avec des feuillages qu'ils coupaient dans les champs. Et ceux qui marchaient devant et ceux qui suivaient criaient : Hosanna ! Béni, celui qui vient au nom du Seigneur ! Béni, le règne qui vient, le règne de notre père David ! Hosanna dans les hauteurs ! Il entra à Jérusalem » (Mc 11,7-11). Dans Jérusalem, précise Matthieu, « toute la ville secouée disait : Qui est-ce ? Et les foules répondaient : C'est Jésus le prophète, celui de Nazareth en Galilée ». On peut imaginer le voyage de Jésus depuis Béthanie, le long de la route qui monte jusqu'à la Ville sainte et que fréquentent les dizaines de pèlerins en chemin vers le Temple. Après l'ultime virage, Jérusalem surgit brusquement sur l'horizon. Ses tours carrées et ses remparts se découpent dans un ciel transparent. Posée sur un haut plateau, à sept cents mètres d'altitude, la ville est entourée de profonds ravins qui la protègent. Depuis le mont des Oliviers, la vue est à couper le souffle : les portiques et le parvis du Temple énorme qu'Hérode a refait construire, quarante-six ans auparavant, sont baignés dans la lumière que projette l'or qui revêt toute la façade du fronton, haut de trente mètres. Pour entrer dans la ville depuis cette route, il faut redescendre dans un creux de quelque deux cents mètres. Des remparts, les gardes, la foule, ne pouvaient manquer de voir Jésus arriver sur son ânesse, et les pèlerins en liesse qui l'acclamaient. « Déjà, il approchait de la descente du mont des Oliviers quand toute la multitude réjouie des disciples commença à louer Dieu à grande voix pour tous les miracles qu'ils avaient vus. Quelques pharisiens dans la foule lui dirent : Maître, tance tes disciples ! Il répondit : Je vous le dis, si eux se taisent, les pierres crieront » (Lc 19,37-40). Même si un calme relatif règne dans la région, on craint les émeutes et les mouvements de foule en ces temps de fête — et Pâque n'est-elle pas la fête par excellence ? Pessah, c'est la fête des Moissons ; les célébrations durent pendant sept jours, du 15 au 21 du mois de Nissan *. Fête de la liberté, elle commémore la fin de l'esclavage des Hébreux en Égypte et préfigure la rédemption qui s'accomplira aux temps messianiques. Jésus peut-il choisir date plus emblématique ?

Un million de personnes, venues depuis les villes lointaines de la diaspora, affluent pour ce moment culminant de la vie religieuse juive **. Les cohortes romaines, absentes le reste de l'année, s'installent

* Le mois de Nissan correspond à peu près à mars-avril.

** Évaluation des historiens faite à partir de Flavius Josèphe qui estime à 250 000 le nombre d'agneaux égorgés au Temple pour la Pâque. À raison d'un agneau pour une famille de quatre personnes, c'est le chiffre qu'on atteint.

dans la ville pour maintenir l'ordre. Les centurions ont leurs quartiers dans la forteresse Antonia, un peu à l'écart du centre. Les pèlerins campent tout autour de la ville, au pied des remparts, sur les rives du Cédron, le fleuve qui dessert la ville et sur les collines avoisinantes, dont le mont des Oliviers ou Gethsémani — on comprend que les pharisiens ne sachent où le trouver le soir s'ils ignorent le lieu de son campement, et qu'ils craignent les mouvements de foule.

De nouveau, Jésus est aux portes de Jérusalem. Et de nouveau, les pharisiens tentent de le repousser. Déjà, ils lui avaient conseillé, lors d'un précédent séjour, de s'en aller. « Sors et va-t'en d'ici car Hérode veut te tuer. Il leur dit : Allez dire à ce renard : Voilà, je chasse des démons et j'accomplis des guérisons aujourd'hui et demain ; et le troisième jour j'ai fini ; mais aujourd'hui et demain et le jour suivant, il faut que j'aille, car on ne conçoit pas qu'un prophète périsse hors de Jérusalem » (Lc 13,31-33). Et d'ajouter, en contemplant la ville : « Jérusalem, Jérusalem, qui tues les prophètes et lapides ceux qui te sont envoyés, combien de fois ai-je voulu rassembler tes enfants comme une poule rassemble sa couvée sous ses ailes, et tu ne l'as pas voulu ! Voilà, on vous laisse votre maison. Et je vous le dis, vous ne me verrez plus jusqu'à ce que vous disiez : Béni celui qui vient au nom du Seigneur ! » (Lc 13,34-35).

C'est le jour, justement. On bénit Jésus. On l'acclame. On agite des palmes sur son passage. « Hosanna * ! Béni soit celui qui vient au nom du

* L'*hosanna* est tiré du psaume 118 (Ps 118,25-26).

Seigneur ! Le roi d'Israël ! » (Jn 12, 13). La formule du triomphe dit tout le malentendu qui ne cesse de s'aggraver. Le fils de David, c'est le Messie, le Sauveur d'Israël, le libérateur victorieux, le roi messianique qu'attendent les foules. C'est le « roi des Juifs », qu'il refusait tellement d'être et pour quoi il mourra, couronné d'épines. Les disciples qui hier s'interrogeaient sur son identité la proclament aujourd'hui. Mais bien que cet instant soit de liesse, et que son arrivée soit royale, Jésus pleure sur la ville. Il prophétise : « Si tu connaissais, toi aussi, en ce jour, ce qui mène à la paix ! Mais maintenant, cela a été caché à tes yeux. Il t'arrivera des jours où tes ennemis t'environneront de tranchées, t'encercleront et te presseront de partout ; ils t'écraseront, toi et tes enfants en toi, et ne laisseront pas en toi pierre sur pierre, parce que tu n'as pas reconnu l'instant de ta visitation » (Lc 19,43-44) *.

Ce jour triomphal dont la tradition chrétienne fera la fête des Rameaux cristallise toute l'animosité des pharisiens : le signe que choisit Jésus pour entrer dans Jérusalem avec l'ânesse ne leur a pas échappé. Ni l'importance de la foule qui accompagne Jésus. Ni ce qu'elle chante dans la ferveur d'un psaume. À partir de cet instant, il s'agit de trouver un prétexte. Jésus leur en fournit plus d'un, en même temps qu'il évite, avec une science de la rhétorique exemplaire, tous leurs pièges. Selon Luc et Matthieu (Marc situe l'épisode le lendemain et

* Les exégètes s'interrogent sur l'historicité de ces *logia* : Luc les a-t-il rédigés après la destruction du Temple en 70 ? Il faut souligner, là encore, chez Luc, la compassion et la tristesse de Jésus à la perspective de cette destruction. Jésus pleure.

Jean dans les premiers jours du ministère public), à peine Jésus est-il dans la ville qu'il court au Temple pour en chasser les vendeurs *. « Il chassa tous ceux qui vendaient et achetaient dans le Temple, il renversa les tables des changeurs et les sièges des vendeurs de colombes et leur dit : Il est écrit : Ma maison sera appelée maison de prière ** ; et vous en faites un antre de bandits » (Mt 21,12-13). Cette phrase d'Isaïe en rappelle une autre, que le prophète prête au Seigneur : « Que me fait la multitude de vos sacrifices ? Les holocaustes de béliers, la graisse des veaux, j'en suis rassasié. Le sang des taureaux, des agneaux, et des boucs, je n'en veux plus. Quand vous venez vous présenter devant moi, qui vous demande de fouler mes parvis ? Cessez d'apporter de vaines offrandes, la fumée, j'en ai horreur » (Is 1,11-13). La description que fait Jean du scandale au Temple est encore plus violente. « Il trouva dans le Temple les vendeurs de bœufs, de brebis et de colombes, et les changeurs installés. Faisant un fouet avec des cordes, il les expulsa tous du Temple, et les brebis et les bœufs, et il renversa la monnaie des changeurs et retourna leurs tables. Et il dit aux vendeurs de colombes : Enlevez cela d'ici, et ne faites pas de la maison de mon Père une maison de négoce *** » (Jn 2,14-16).

* L'incident est connu sous le nom de « purification du Temple ».

** Selon la phrase d'Isaïe « Car ma maison sera appelée maison de prière pour tous les peuples » qui était inscrite au fronton des synagogues (Is 56,7).

*** 7 200 prêtres, par groupes de 24, assuraient le service du Temple en temps de fête. Le « sacrifice perpétuel » exigeait qu'on immolât un agneau matin et soir ; s'ajoutaient à ce rite les sacrifices des particuliers. Les lévites, soit à peu près 10 000 hommes dont la fonction était héréditaire, se chargeaient de la musique et du chant.

On mesure la réprobation de Jésus, telle qu'il pouvait l'exprimer quand l'impiété flagrante agressait sa vue. Là, il vient d'attaquer l'institution même, et de persister en rétorquant aux pharisiens qui lui demandent de quel droit il s'autorise ces gestes : « Défaites ce sanctuaire et dans trois jours je le relèverai » (Jn 2,19). La déclaration de guerre est lancée. Elle est entendue de tous. Cela explique sans doute que la foule ne se soulèvera pas pour sauver Jésus quand il sera exposé dans les rues de Jérusalem, à moitié nu, chargé du lourd *patibulum*, luisant des crachats de la soldatesque. Les Juifs, tous les Juifs, marquaient un attachement très profond au Temple. Deux fois déjà, l'ennemi idolâtre l'avait détruit et deux fois le peuple juif l'avait reconstruit. Là, Yahweh se manifestait. Sa présence était attestée dans le Saint des Saints. L'organisation des fêtes, l'administration du Trésor et la politique juridique et sociale fondaient toute la vie sociale juive. Les offrandes, redistribuées à la veuve et à l'orphelin, permettaient aux très pauvres de survivre, et à toute une frange de marchands et de cambistes de proliférer. Les pèlerins de la diaspora convertissaient leur monnaie ordinaire en drachmes d'argent frappées à Tyr, seules pièces autorisées pour l'acquisition des offrandes sacrées. De quel droit cet homme, qui se dit maître du shabbat, prétend-il détruire le Temple pour le reconstruire en trois jours ?

Pendant les quelques journées qui suivent, Jésus s'installe précisément au Temple, où il enseigne aux observants et soigne les lépreux. Autour de lui, le va-et-vient des scribes et des prêtres est incessant.

On le harcèle de questions. Le pouvoir sacerdotal a su que Jésus, d'un geste de la main, avait stérilisé un figuier parce que l'arbre ne portait pas de fruits. D'où lui vient ce pouvoir ? demandent les prêtres. Et d'où vient le pouvoir de Jean-Baptiste ? élude-t-il en renvoyant la question, conscient que les pharisiens ne pourront répondre : si le pouvoir de Jean venait de Dieu, alors ils ont laissé mourir un grand prophète ; s'il était une imposture, alors il faut le dire devant la foule qui les entoure et vénère Jean. Les pièges se succèdent : doit-on payer l'impôt à Rome ? La repartie de Jésus est célèbre. Le nom de César * frappant monnaie, c'est à César qu'elle appartient. Jésus enseigne la résurrection ; les sadducéens, qui n'y croient pas, ironisent en lui posant l'énigme d'une femme plusieurs fois remariée. De qui sera-t-elle l'épouse au Ciel ? Jésus retourne la moquerie contre eux : comment les âmes, dans la gloire du père, se soucieraient-elles des liens terrestres et charnels ? (Mt 22,34).

Dans le Temple dont les prêtres ont interdit l'accès à quiconque acclame Jésus, on se presse autour de lui. À son habitude, il leur enseigne par paraboles et toutes racontent la même histoire : la désertion de la maison du Père par ses fils. Elles donnent lieu à des phrases scandaleuses à l'oreille d'un orthodoxe : « Oui, je vous le dis, les percepteurs et les prostituées vous précèdent dans le règne de Dieu » (Mt 21,31). Elles laissent aussi percer la

* Le nom, et non pas la face. Toute représentation de figure humaine était interdite par la Loi. César était convenu de frapper une monnaie spéciale en Judée pour ne pas heurter la sensibilité religieuse de ses administrés.

prescience de sa mort qui ne quitte plus Jésus : dans l'une de ses métaphores, le fils qui vient, au nom de son Père propriétaire, récolter les fruits de la vigne louée à d'avares vignerons, est tué par eux. Comme l'administration sacerdotale, les vignerons se sont accaparé un trésor qui ne leur appartient pas, ils en dévorent les fruits au lieu de les partager ; ils tuent le fils légitime qui tente de récupérer son bien. « C'est pourquoi je vous dis que le règne de Dieu va vous être enlevé ; on le donnera à une nation qui le fera fructifier » (Mt 21,43). Bien d'autres paraboles annoncent l'ouverture du Royaume aux nations, parce que personne n'est venu aux noces du Fils. Mais celui qui, des nations, ne se pare pas pour le festin de l'alliance est rejeté comme les autres dans les ténèbres extérieures : « Car il y a beaucoup d'appelés et peu d'élus » (Mt 22,14). Son Verbe plaît. Après les soldats, il convertit un scribe, l'un des plus brillants du Temple.

Et puis, brusquement, Jésus harangue la foule. Il met les brebis en garde contre les faux bergers, dans des termes d'une grande violence — en attaquant les prêtres : « Malheur à vous, scribes et pharisiens, hypocrites ! » (Mt 23,13). La longue énumération frappe de stupeur les auditeurs ; elle conforte ceux que Jésus vient de conspuer dans leur détermination — faire périr Jésus. Ils sont plus que jamais résolus à le faire disparaître, dans la plus grande discrétion, et dans la plus grande urgence. Il faut se saisir de lui, à l'abri des regards. Mais où le trouver dans cette foule immense qui campe sous les remparts de la ville pendant les fêtes ? Durant la journée, on le sait au Temple, mais la nuit ? « La fête des azymes, c'est-à-dire la Pâque, approchait. Les grands prêtres et les scribes cherchaient la manière de le supprimer ; car ils craignaient le peuple » (Lc 22, 1-2).

Judas résout la question : « Alors l'un des Douze, appelé Judas Iscariote, alla vers les grands prêtres et dit : Que voulez-vous me donner, et je vous le livrerai ? Ils lui comptèrent trente pièces d'argent. Et dès lors, il cherchait une occasion pour le livrer » (Mt 26,14-16). Selon Marc : « Judas Iscarioth, l'un des Douze, s'en alla vers les grands prêtres, pour le livrer. Ils se réjouirent de l'entendre et promirent de lui donner l'argent. Il cherchait donc l'occasion de le livrer » (Mc 14,10-11). Chez Luc, Judas n'a pu commettre cet acte ignoble que sous l'influence du puissant Satan : « Et Satan entra en Judas, appelé Iscariote, qui était du nombre des Douze. Il s'en alla parler avec les grands prêtres et les officiers sur la manière de le leur livrer. Ils se réjouirent et convinrent de lui donner de l'argent. Il promit. Et il cherchait une occasion pour le leur livrer à l'écart de la foule » (Lc 22,3-6).

L'avis des évangélistes sur Judas est unanime. Les propos qu'ils tiennent à son égard sont sévères. C'est un traître qui livre le Seigneur. Un avaricieux. Et un hypocrite. Alors qu'il vient de convenir avec les prêtres de livrer Jésus, il joue les naïfs lorsque Jésus annonce que l'un des disciples va le livrer : « Très tristes, ils commencèrent chacun à lui dire : est-ce moi, Seigneur ? Il répondit : Celui qui a trempé la main dans le plat avec moi, c'est lui qui va me livrer. Le Fils de l'homme s'en va, selon ce qui est écrit de lui ; mais malheur à l'homme par qui le Fils de l'homme est livré ! Il aurait été bon pour cet homme de ne pas naître ! Judas qui le livrait lui dit à part : Est-ce moi, Rabbi ? » (Mt 26,22-25).

La conduite de Judas est incompréhensible et inqualifiable. Elle est si déplacée que Jean, comme Luc, préfère attribuer au diable cette chute dans les abîmes du mal. « N'est-ce pas moi qui vous ai choisis, vous les Douze ? Et l'un de vous est un diable. Il parlait de Judas fils de Simon Iscariote, car celui-là, l'un des Douze, allait le livrer » (Jn 6,70-71). « Pendant le dîner, comme le diable avait déjà mis au cœur de Judas Iscariote, fils de Simon, de le livrer » (Jn 13,3). « Alors il trempe la bouchée, il la donne à Judas fils de Simon Iscariote. Aussitôt après la bouchée, Satan entra en lui. Et Jésus lui dit : Ce que tu fais, fais-le vite » (Jn 13,26,29). Dans l'Ancien Testament, le diable avait déjà inspiré à Saül la même trahison : Satan s'était glissé en Saül pour exciter sa jalousie et lui inspirer quelques stratagèmes afin d'éliminer le jeune et beau David, vainqueur de Goliath.

Le cas Judas trouble si fort que de nombreuses hypothèses ont été avancées pour dédouaner le disciple de son acte. La question est si troublante, si dérangeante qu'elle a trouvé une résolution dans un Évangile apocryphe, dont un exemple a resurgi officiellement en 2005. L'Évangile de Judas participe d'un codex * appelé « Codex Tchacos » — du nom de l'antiquaire suisse qui en fut l'ultime pro-

* Ensemble de feuilles de papyrus reliées à la manière d'un livre, qui remplace le rouleau (*volumen*) à partir du Ier siècle de notre ère.

priétaire. Il aurait été retrouvé aux environs de 1978 en Moyenne-Égypte, dans la région de Minieh, près de la nécropole copte d'El-Minya. Il se trouvait en apparence dans une boîte de pierre, enseveli dans une tombe près des rives du Nil. Ces indications mises à part, on ignore presque tout de sa découverte : s'agissait-il de fouilles clandestines ? La nouvelle de son existence commence à circuler dans les milieux scientifiques à la fin de l'année 1982, par le biais de photographies de qualité médiocre. Il s'agit de soixante-six folios écrits en copte, quatre traités en tout, dont les pages 33 à 58 constituent un texte inédit, non encore identifiable. Il faut attendre l'an 2000 pour que le codex trouve un acheteur — la Zurichoise Frieda Tchacos-Nussberger — et que deux chercheurs de l'université Yale puissent lire au verso d'un folio et en clôture d'un dialogue entre Jésus et Judas — Judas Thomas, pensait-on alors — le titre d'« Évangile de Judas ». Les trois millions de dollars qu'avait longtemps exigés le premier détenteur en avaient empêché l'acquisition, et retardé l'examen scientifique complet. Plus de vingt ans auront passé entre sa découverte et sa restauration. Le manuscrit fragile se sera détérioré dans l'intervalle, entre les États-Unis et la Suisse, calé dans l'équivalent de boîtes à chaussures doublées de papier journal ou enfermé dans le coffre d'une banque de Long Island. La restauratrice Florence Dabre assistée des savants Rodolphe Kasser et Gregor Wurst se chargeront en définitive de sa publication, laquelle devra attendre cinq ans.

On connaissait l'existence d'un Évangile de

Judas grâce au témoignage d'un des Pères de l'Église, Irénée de Lyon, qui le mentionne dans *Dénonciation et réfutation de la gnose au nom menteur*, communément appelé *Contre les hérésies*, et rédigé aux alentours de 180. La version qui nous est parvenue est la copie copte d'un original écrit en grec au milieu du IIe siècle de notre ère. Comme l'avait attesté Irénée de Lyon *, l'Évangile de Judas épouse la pensée gnostique ** au sein de laquelle il est vraisemblablement né. Avec Judas placé en complément du nom, le titre s'écarte de la formulation classique des Évangiles canoniques (Évangile selon Matthieu, etc.). Il ne vise pas à présenter Judas comme auteur présumé de l'œuvre, mais informe sur le contenu de ce « discours caché », comme le

* « Tout cela, disent-ils, Judas le traître l'a exactement connu, et, parce qu'il a été le seul parmi les disciples à posséder la connaissance de la vérité, il a accompli le "mystère" de la trahison : c'est ainsi que, par son entremise, ont été détruites toutes les choses terrestres et célestes. Ils exhibent, dans ce sens, un écrit de leur fabrication, qu'ils appellent "Évangile de Judas" » (Irénée de Lyon, *Contre les hérésies*, cité dans *L'Évangile de Judas*, Flammarion, 2006).

** La gnose (du grec *gnosis*, connaissance) est une attitude intellectuelle que l'on trouve en marge de presque toutes les religions du monde. Elle fut, en Orient, comme le principe et l'aliment de toute spéculation religieuse. Science révélée du monde, de la vie et, par suite, du salut, elle ne se confond pas avec la connaissance acquise par l'étude et par l'expérience des sens — la science humaine —, car elle lui demeure infiniment supérieure. Elle est la science de soi, totale, absolue, émancipée du contrôle et de la raison de l'homme. À la suprême révélation du Vrai métaphysique, elle combine des vues cosmologiques, des spéculations sur la matière, sur la nature des puissances qui l'ont organisée et qui la régissent ; et sur l'origine et la destinée des êtres vivants, particulièrement de l'homme. Elle s'incorpore au christianisme primitif aux alentours du IIe siècle, et en marquera la pensée jusqu'au IVe siècle. Les livres du Nouveau Testament et particulièrement les écrits johanniques contiennent des allusions fréquentes à la gnose et manifestent une volonté affirmée de la combattre (cf. 1 Jn,1) Ainsi, la première épître de Jean vilipende le déni de l'humanité de Jésus. En effet, les gnostiques affirmaient que Jésus avait revêtu un corps apparent. Que ce soit la doctrine de la création, la doctrine de la rédemption, la christologie ou l'eschatologie, l'enseignement des gnostiques différait radicalement de celui des apôtres. Pour cette raison, aucun de leurs textes n'a été retenu dans le canon néotestamentaire. Voir à ce propos l'introduction de Jean-Pierre Mahé aux *Écrits gnostiques*, Gallimard, coll. « Bibliothèque de la Pléiade », 2007.

désignent les premiers mots de l'ouvrage : « Compte rendu secret de la révélation faite par Jésus en dialoguant avec Judas l'Iscariote » (33).

L'Évangile de Judas consiste en un dialogue entre le maître et son disciple, seul dépositaire d'un savoir qui doit rester secret, réservé à un petit nombre d'élus. La révélation touche aux « mystères au-delà du monde » (47), sa fin et celle des hommes, que Judas seul parmi les disciples est habilité à entendre. Il faut, pour le comprendre, se familiariser avec la gnose, selon laquelle le salut advient aux hommes par la connaissance des réalités spirituelles. L'être humain porte en lui un principe de vie, l'âme spirituelle, que le corps empiège dans la matière corruptible. Cette âme est d'origine divine ; elle aspire à remonter vers sa source et à quitter le monde phénoménal qui procède d'une divinité inférieure au Dieu suprême. Il s'agit du mauvais Démiurge dont la Loi pèse sur le monde et sur l'esprit humain. Pour s'en libérer, l'homme doit retrouver cette lumière intérieure qui le rattache à Dieu. En prendre conscience, c'est se connaître soi-même, et du même élan accéder à la connaissance salvatrice sur laquelle repose la gnose. « Jésus leur dit : Que connaissez-vous de moi ? En vérité, je vous le dis, nulle génération de ceux qui sont parmi vous ne me connaîtra » (34). Ne pas la voir, c'est rester soumis aux lois de l'histoire et du temps, subir sans perspective de salut le joug du démiurge et des puissances mauvaises. Se libérer des lois de la finitude n'est pas à la portée de tous. Seule la génération élue, « grande et sainte » comme la qualifie Jésus, accède à la connaissance.

Celle-ci provient d'une « autre semence », celle de Seth *, le troisième fils d'Adam et Ève, qui eut lui-même une descendance, Hénoch. La Genèse raconte que c'est à cette époque que l'on commença à invoquer le Seigneur sous son vrai nom. Dans l'Évangile de Judas, le Dieu suprême demeure ineffable, car Judas n'ose pas prononcer son nom. Le disciple s'adresse à Jésus après que celui-ci a demandé aux Douze que celui d'entre eux « qui est suffisamment fort parmi les êtres humains » vienne se tenir face à lui : « Je sais qui tu es et d'où tu es venu. Tu es issu du Royaume immortel de Barbèlô **. Et le nom de qui t'a envoyé, je ne suis pas digne de le prononcer » (35).

Des douze disciples, seul Judas entrevoit l'essence spirituelle de Jésus et se tient debout devant lui. S'il détourne le visage au moment de se manifester, c'est à la fois par crainte, modestie, et respect ***. Il n'en incarne pas moins l'« homme parfait », « fort parmi les êtres humains », appartenant à la « génération indomptable » (53) et éclairée que définit ailleurs Jésus dans l'Évangile

* L'Évangile de Judas participerait d'un gnosticisme ancien — apparu aux environs de 70 de notre ère — appelé gnosticisme séthien par les spécialistes en raison de la place qui y est attribuée à Seth. « Dans la Genèse, Seth, le troisième fils d'Adam et Ève, est né après les violences tragiques ayant éclaté dans la première "famille à problème" de l'histoire humaine, violences qui entraînèrent la mort d'Abel et le bannissement de Caïn. Seth, est-il suggéré, représente un nouveau commencement pour l'humanité. Ainsi, selon l'Évangile de Judas et d'autres livres séthiens, appartenir à la génération de Seth revient à faire partie de l'humanité éclairée. Telle est la bonne nouvelle annoncée par des textes séthiens comme l'Évangile de Judas » (*L'Évangile de Judas, op. cit.*).

** Dans les textes séthiens, Barbèlô est la Mère divine de tous. Elle est souvent définie comme la Prescience (connaissance que Dieu a de toute chose) du Père.

*** Voir les commentaires des professeurs Rodolphe Kasser, Marvin Meyer et Gregor Wurst dans l'édition citée.

apocryphe. Judas se distingue des autres disciples et Jésus l'en écarte pour lui révéler les « mystères du Royaume ». Était-il le disciple bien-aimé ? C'est à lui que Jésus demande d'accomplir le mystère de la trahison : « Mais toi, tu les surpasseras tous [les pouvoirs négatifs de l'univers] ! Car tu sacrifieras l'homme qui me sert d'enveloppe charnelle ! » (56). Judas livre Jésus aux grands prêtres, comme celui-ci lui en a formulé la demande.

Que le disciple devienne l'instrument d'un plan divin est une idée moins originale qu'il n'y paraît. Les Évangiles canoniques en portent déjà les germes, puisque Jésus ne fait rien pour échapper à une manœuvre qu'il connaît par avance. L'Évangile de Jean est explicite sur ce point, quand Jésus semble intimer à Judas l'ordre de livrer : « Et Jésus lui dit : Ce que tu fais, fais-le vite » (Jn 13,27). Et encore, parlant des disciples, Jésus dit à Dieu : « J'ai gardé ceux que tu m'as donnés et aucun d'eux ne s'est perdu, sinon le fils de perdition pour accomplir l'écriture » (Jn 17,12). Mais alors que dans l'Évangile de Jean l'humanité de Jésus ne s'oppose pas à son origine surnaturelle, l'Évangile de Judas pose l'incarnation comme un mal dont Jésus doit se libérer à travers la mort, seule à lui permettre de rejoindre le royaume de l'au-delà. Pour les gnostiques, le corps est une prison dont il faut s'affranchir pour accéder à la vérité sublime. Si cette libération ne peut s'effectuer que par le secours d'un intermédiaire, ici Judas, le salut n'advient quant à lui que par la connaissance. La mort et la résurrection de Jésus préfigurent le salut du gnostique mais ne conditionnent pas celui de l'humanité entière. C'est pourquoi l'Évangile de Judas s'achève sur l'entretien entre les grands prêtres et Judas, sans rien dire de la suite[1] : « Et il reçut de l'argent et le leur livra » (58). Judas livre Jésus. En grec, le verbe *paradidômi* signifie « remettre », « transmettre » ou « livrer », sans connotation péjorative. Comment ce disciple, que Paul ne mentionne jamais, a-t-il pu stigmatiser la figure du traître ?

Nous ne saurons jamais les raisons qui ont amené Judas à collaborer avec les grands prêtres. Mais on a longtemps cherché les mobiles de son action au travers de son surnom. « Iscariote » (ou Iscarioth) a ainsi donné lieu à plusieurs interprétations, toutes sujettes à controverse. Benjamin Smith a cherché dans le radical *skr* le sens de *livrer*. Le nom de Judas serait donc à entendre comme *le livreur, le traître,* que le disciple a par la suite personnifié. Julius Wellhausen a pensé à un sobriquet, le bandit, le sicaire, du latin *sicarius,* « porteur de dague », et synonyme de zélote. Judas aurait pu être de ceux qui espéraient la venue d'un prophète guerrier qui libérerait le peuple juif de la tutelle romaine. Déçu dans ses attentes, le disciple l'aurait trahi, sûr que face aux soldats, Jésus, réellement *le Messie*, aurait enfin pris les armes, et la foule à sa suite. Mais pourquoi, dans ce cas, Simon le Zélote, ou Cananéen, n'était-il pas dans la confidence de Judas ? Et, comme l'ont prouvé les dernières recherches historiques, le mouvement zélote, dans le sens de celui qui verra le jour à partir de la domination romaine sur toute la Palestine, ne se constituera qu'après la mort de Jésus. Mais « Iscariote » pourrait encore signifier, en araméen, l'homme de Kérioth, ville non identifiée à ce jour. Jean, dans son Évangile, nomme Judas « Judas fils de Simon l'Iscariote ».

Dans les Évangiles devenus canoniques, Judas agit par cupidité. L'exemple le plus clair est la scène de « L'onction de Béthanie », où une femme verse du parfum précieux sur les pieds (ou la tête) de Jésus. Les quatre évangélistes rapportent qu'on s'indigne de ce gaspillage, mais seul Jean précise qu'il s'agit de « Judas Iscariote, un de ses disciples, celui qui allait le livrer * ». L'évangéliste noircit le portrait du personnage et va jusqu'à le diaboliser, participant pleinement de cette tradition qui verra en Judas un voleur, un avare, et un incrédule comme le lui prédit Jésus dans l'Évangile de Judas : « Tu deviendras le treizième, et tu seras maudit par les autres générations » (46).

Le rédacteur de l'Évangile de Judas — qui devait connaître celui de Jean — réhabilite le personnage éponyme, en en faisant le confident de Jésus. Le maître sait que le sacrifice qu'il demande à son disciple mettra ce dernier au ban de la société humaine de l'histoire. Mais les conséquences de cet acte dans le monde terrestre n'ont aucune importance dans la perspective gnostique, en comparaison de ce qu'il advient du disciple qui accède à la connaissance. Dans cet Évangile, Judas ne se suicide pas ; il est sauvé. « Lève les yeux, et vois la nuée, et la

* « Pourquoi n'avoir pas vendu ce parfum trois cents deniers pour les donner aux pauvres ? » demande Judas. Et Jean de commenter aussitôt cette intervention : « Il ne disait pas cela par souci des pauvres, mais parce qu'il était voleur, avait la bourse et en emportait le contenu » (Jn 12,4-6).

lumière qui s'y déploie, et les étoiles qui l'entourent ! l'Étoile qui est en tête de leur cortège est ton étoile ! Judas leva les yeux, et il vit la nuée lumineuse et il la pénétra » (57).

L'Évangile de Judas fut déclaré hérétique. Et la mort du disciple, pendu selon Matthieu *, éventré selon Luc ** dans les Actes des Apôtres, infirme la thèse de ce texte apocryphe. Beaucoup le regrettent. Mis à part l'hérésie, elle effaçait le sentiment de malaise à savoir Jésus d'une certaine façon complice du traître qui va le livrer. Certes, il faut que Jésus soit livré pour que tout s'accomplisse. Sans mort, il ne peut y avoir de résurrection. Mais n'est-il pas dit dans les Écritures que quiconque sait la culpabilité d'un homme, s'il ne le met pas en garde, ne le réprimande pas et ne tente pas de le remettre sur le droit chemin, devient coupable lui aussi ? Est-ce par respect de ce code légal que Jésus annonce, au cours de la Cène, que l'un des Douze va le livrer ? Jésus offre-t-il une dernière chance de repentir ?

Quoi qu'il en soit, Judas paiera cher son reniement. L'appât du gain lui a masqué la conséquence de sa trahison — Jésus, condamné à mourir sur la Croix. Quand il sait, terrorisé, il se repent. « Alors Judas, qui l'avait livré, le voyant condamné, se repentit, retourna les trente pièces d'argent aux grands prêtres et aux anciens et dit :

* « Et il rejeta l'argent dans le sanctuaire, se retira et s'en alla se pendre » (Mt 27,5).

** « Judas donc a acquis un domaine avec le salaire de son injustice et, tombé la tête en avant, il a crevé par le milieu et toutes ses entrailles se sont répandues. Tous les habitants de Jérusalem l'ont su, si bien que dans leur dialecte on appelle ce domaine Hakeldamach, c'est-à-dire : domaine du sang » (Ac 1,18-19).

j'ai péché, j'ai livré un sang innocent. Mais ils répondirent : Que nous importe ? À toi de voir ! » (Mt 27,3-4).

Matthieu seul raconte le repentir et la mort de Judas. Chez Matthieu, le thème de la culpabilité court d'un personnage du drame à l'autre. Il prend racine dans les prescriptions de l'Ancien Testament, qui accuse d'assassinat ceux qui sont responsables d'avoir injustement laissé couler le sang d'un innocent. Il surgit dans les diatribes de Jésus contre les scribes et les pharisiens : « Vous témoignez ainsi contre vous-mêmes que vous êtes les fils de ceux qui ont tué les prophètes. C'est pourquoi voilà, j'envoie vers vous des prophètes, des sages et des scribes ; vous en tuerez et crucifierez, vous en fouetterez dans vos synagogues et en poursuivrez de ville en ville, de sorte que viendra sur vous tout le sang juste qui a été répandu sur la terre, depuis le sang d'Abel le Juste * jusqu'au sang de Zacharie fils de Barachie, que vous avez tué entre le sanctuaire et l'autel » (Mt 23,30-36).

Cette culpabilité, Judas tente de s'en dégager en rapportant les trente pièces qu'il a touchées pour livrer Jésus. Trente deniers, c'est-à-dire le prix d'un esclave **. Comme les grands prêtres refusent de prendre cet argent, Judas le jette dans le Temple et s'enfuit. « On n'a pas le droit de le jeter aux offrandes puisque c'est le prix du sang », disent les autorités religieuses. Alors, les grands prêtres

* Abel l'innocent, qui avait été assassiné par son frère Caïn qui en était jaloux parce que Dieu avait préféré son offrande.

** Selon une prophétie des Écritures : « De fait, ils payèrent mon salaire : trente sicles d'argent » (Za 11,12).

ramassent les deniers et, avec cette somme, achètent le champ du potier qui est à vendre. Il servira pour la sépulture des étrangers morts à Jérusalem. Le forfait n'est pas enterré pour autant. La tradition rebaptisera le lieu sous le nom de « champ du sang ».

Le sang de Jésus. Il n'a pas encore coulé que Judas va se pendre. Il réveille la femme de Pilate que hante un rêve prémonitoire et qui supplie son mari de ne pas condamner Jésus, un juste. Quant à Ponce Pilate, la condamnation prononcée, il débarrasse sa conscience en se proclamant innocent d'une mort dont il « se lave les mains » — dérision terrible que ce rappel au rite purificatoire juif ! En livrant Jésus, Judas est devenu le premier suicidé célèbre de l'histoire et cet acte donne la mesure de son remords : le judaïsme considérait que la vie, donnée par Dieu, ne peut être reprise que par Lui. « Pour ce qui est de votre sang, je le réclamerai », stipule la Genèse (Gn 9,5).

Le suicide est donc apparenté au meurtre. La valeur suprême de la vie oblige celui qui la détient à la préserver. « Vous vivrez par mes commandements et ne mourrez pas par eux », commande le Lévitique (Lv 18,5). Seule l'obligation par la force de transgresser les commandements concernant l'idolâtrie, le meurtre et l'inceste justifie qu'on préfère se donner la mort. Parmi les quatre suicides relatés par la Bible : Samson arrachant les colonnes du palais des Philistins pour que meurent avec lui le peuple et les chefs qui l'ont fait prisonnier et lui ont arraché les yeux (Jg 16,30) ; Saül se donnant la mort avec son serviteur pour ne pas tomber aux mains de l'armée des Philistins qui ont tué tous ses fils (1 S 31,4-5) ; et la pendaison d'Ahitofel ; seule la mort de ce dernier est un suicide véritable — et donc un cas unique. Ahitofel avait fomenté un complot pour exterminer David et son armée ; son conseil n'a pas été écouté par Absalom, l'ennemi de David. De dépit, il monte sur son âne, retourne chez lui et se pend. Matthieu reprendra les termes avec lesquels ce suicide est évoqué dans le deuxième livre de Samuel (2 S 17,23) pour raconter celui de Judas. Il y aura, plus tard, les suicidés de Massada, lors de la grande révolte juive contre Rome, en 70. Les zélotes retranchés dans la forteresse construite par Hérode résistèrent trois ans aux légions romaines avant de se donner la mort. Avant de mourir, ils détruisirent tous leurs biens, sauf un stock de provisions qui devait prouver aux Romains qu'ils ne s'étaient pas suicidés pour éviter les souffrances de la faim, mais pour ne pas capituler et se livrer ainsi à des mains impies. Israël les a reconnus comme martyrs pour n'avoir pas cédé à la tentation de renier leur foi et de basculer dans l'idolâtrie.

« Le grand problème apologétique de Judas — comment Judas et la trahison de Judas furent-ils possibles, et pourquoi nécessaires ? —, le plus épineux de tous les problèmes de justification, a occupé deux millénaires chrétiens », écrit Ernst Bertram[2]. Et d'ajouter : « L'acte et le sort de Judas ont été, pour la chrétienté, tout de suite après la chute d'Adam, l'incarnation la plus sensible, pour ainsi dire, de l'éternelle question de toujours : le sens du mal, le rapport entre liberté et nécessité. Aucune interprétation ne s'est arrêtée à la figure de Judas[3]. » Et de citer Dante qui le précipite dans l'enfer ; les « mystères » des légendes populaires où Judas est l'incarnation du Malin ; Klopstock qui voit l'acte de Judas comme un drame de la jalousie, la vengeance du moins aimé dévoré d'amour contre Jean, le disciple bien-aimé de Jésus :

Et nous possédons enfin cette légende poétique où Judas apparaît comme le second plateau de la balance dans la grande œuvre de la Rédemption, comme la seconde et plus obscure victime de la Nouvelle Alliance. Là, Judas se sacrifie parce qu'il sait que l'écriture doit s'accomplir et que, s'il ne commet point l'acte prédestiné, l'œuvre de Rédemption restera irréalisée et toute la création, tout ce qui respire, condamné à n'avoir plus de sens ; il se sacrifie, en se chargeant, consciemment, de la pire malédiction qui soit au monde, et s'en va trahir Celui qu'il faut que quelqu'un trahisse[4].

Alors, en se suicidant, Judas n'agit pas par un quelconque repentir, mais par imitation avec celui qui accomplit l'Œuvre sur la Croix. Il meurt en même temps que son Seigneur, son destin consommé, quand le reste des disciples, enfuis, renégats, se terre.

« Le premier jour des azymes, les disciples s'approchèrent de Jésus et lui dirent : Où veux-tu que nous t'apprêtions de quoi manger la Pâque ? » (Mt 26,17). Le rituel de Pessah s'ouvre par un dîner au cours duquel se partage le pain azyme, c'est-à-dire sans levain, en souvenir de l'exode précipité des Israélites qui furent obligés de quitter l'Égypte sans avoir eu le temps de préparer le pain avec le levain habituel. L'interdiction du levain perdure pendant toute la fête. Ensuite, il est traditionnel de manger un agneau cuit dans des herbes amères, pour commémorer le sang de l'agneau dont les Hébreux ont marqué leurs portes, afin que l'Ange de la mort passe au-dessus de leurs maisons sans emporter leur premier-né. Au temps de Pharaon, ce sang scelle une première alliance entre Dieu et son peuple, qu'il épargne.

Pour ce premier dîner dit repas du *séder*, les disciples cherchent une maison où, comme tous leurs coreligionnaires, ils pourront observer le rituel de Pessah. Jésus ne s'adresse pas à Judas, pourtant l'intendant des Douze, pour commander la salle. Il sait la trahison proche. Plusieurs fois déjà, il a montré ses dons divinatoires ; avant même que les hommes parlent devant lui, Jésus devine ce qu'ils ont en tête. Ainsi, il a percé à jour les complots qui mûrissaient dans l'esprit des pharisiens. Il a aussi, par une sorte d'empathie, su le désarroi ou les questions que se posaient les disciples. Jésus désire sans doute dîner en paix, sans craindre une irruption trop précoce des soldats de Caïphe. Il a encore des paroles à prononcer, et des gestes à accomplir avant son arrestation. C'est donc Pierre qui part à la recherche de l'« homme à la cruche » (Mc 14,13) dont lui parle Jésus, celui dont la maison possède une salle haute, à l'abri de la foule, où les Douze pourront se réunir.

Les gestes accomplis par Jésus ce soir-là sont devenus les plus célèbres de tous ceux qu'il a accomplis dans sa vie. Il lave les pieds de ses disciples, ce qui ne s'était jamais fait dans la liturgie habituelle des toilettes de purification — on se lavait les mains et les bras jusqu'aux coudes. Cet acte, qu'accomplissaient les serviteurs et les esclaves pour leurs maîtres est l'un des derniers enseignements de Jésus — celui de l'extrême humilité, et du dévouement. C'est la presque ultime manifestation (l'ultime sera la Croix) de l'abaissement qu'il a choisi pour cheminer sur terre — l'abaissement dont Sören Kierkegaard explore tous les symboles dans *Exercice en christianisme*. Il veut que chacun, Pierre le premier, le fasse pour les autres, ses frères dorénavant. Puis il institue l'eucharistie. Il rompt le pain. Il boit la coupe de vin pour la dernière fois avant le règne de Dieu, et ce vin-là sera du vin nouveau. Il partage avec ses disciples et, selon Luc, leur demande de faire cela en mémoire de lui (Lc 22,19). Le vin est son sang. Le pain est sa chair.

Le rituel du *séder* était très bien réglé : il fallait manger l'agneau acquis au Temple et sacrifié par les prêtres, puis rôti au feu de bois dans les herbes amères : « Voici comment vous le mangerez, stipule encore le livre de l'Exode, les reins ceints, les sandales au pied et le bâton à la main. Vous le mangerez à la hâte, c'est la Pâque du Seigneur » (Ex 12,1-11). En même temps qu'on mangeait, on buvait quatre coupes de vin bénies rituellement. De nombreux exégètes se sont interrogés sur l'absence de l'agneau pascal pendant la Cène. Chez les synoptiques, peu l'expliquent. Chez Jean, cette absence est évidente. Jésus remplace l'agneau. Le symbole remet en lumière les déclarations de Jean-Baptiste, au début du récit. « Voici l'agneau de Dieu. » Et sous la plume de Jean, Jésus va mourir au moment où les agneaux sont immolés au Temple. Jésus est la nouvelle Pâque.

Il n'y a pas d'eucharistie dans la Cène de Jean, mais un discours d'amour. Dès que Judas part pour le livrer, Jésus annonce les heures qui s'ouvrent devant lui. « Maintenant, le Fils de l'homme a été glorifié et Dieu a été glorifié en lui » (Jn 13,31). Il leur annonce sa mort, et à Pierre qui proteste, le reniement qu'il exprimera par trois fois, avant le chant du coq.

Pour chaque évangéliste, la Cène est l'occasion de donner un sens à la mort de Jésus sur la Croix — ce scandale résolument incompréhensible, inacceptable, cette ignominie. Un prophète pouvait mourir, s'il était décapité comme Jean-Baptiste, ou lapidé selon la loi, comme le prévoit la *baraïta* du Talmud de Babylone. Mais la Croix ! La Croix, « un scandale et une folie » selon Paul (1 Co 1,18-19). Elle est si inacceptable que Paul va tenter de l'expliquer et de la dédramatiser en biaisant avec les finesses de la Torah qu'il cite à dessein. Selon lui, si le Christ a accepté une mort de maudit, c'est pour délivrer les Juifs d'une malédiction originelle, la non-observance de la Loi : « Le Christ nous a rachetés de cette malédiction de la Loi en devenant lui-même une malédiction pour nous car il est écrit "Maudit soit quiconque pend au gibet", afin que la malédiction d'Abraham passe aux païens dans le Christ Jésus et que par la foi nous recevions l'Esprit de la promesse » (Ga 3,10-14).

Pour beaucoup de Juifs, la mort de Jésus sur la Croix est la preuve éclatante qu'il n'est pas le messie attendu : s'il l'était, il ne serait pas mort, il n'aurait pas été exécuté de cette façon; il aurait pris la tête de tout le peuple juif, comme le résume le pharisien Gamaliel, lorsqu'il intervient devant le Sanhédrin lors du procès de Pierre et des Apôtres : « Ne vous occupez pas de ces gens-là, car si leur entreprise ou leur œuvre vient des hommes, elle se détruira d'elle-même; mais si vraiment elle vient de Dieu, vous n'arriverez pas à les détruire » (Ac 5,38-39). Pour les Juifs, Jésus est détruit par la crucifixion. Il ne correspond en rien à ce roi dont il est question dans le psaume 2, ce messie établi par Yahweh sur le mont Sion, contre lequel se liguent en vain toutes les puissances de la terre. Le Messie est oint par Dieu qui le protège, instaure son trône et le consolide pour des générations. Il n'est pas cloué comme un esclave. La raillerie du brigand, sur le « mont du Crâne », au moment de la mort, exprime ce que beaucoup de Juifs pensaient et que l'islam reprendra : Dieu ne permet pas qu'un prophète meure ainsi. Les musulmans imaginent d'ailleurs une substitution de corps *in extremis* qui aurait évité au prophète Jésus de mourir sur la Croix. Même après la Résurrection, les premiers chrétiens rechignent à admettre la Croix. Ils préfèrent dessiner un poisson, qu'évoque l'acronyme IKTUS (*Iésus Kristos Theou Uios Sôter* : Jésus-Christ fils de Dieu Sauveur).

Pour répondre à ce scandale, ou plutôt lui donner un code de lecture qui le rende intelligible, les évangélistes auront recours aux Écritures, et ils y trouveront des éléments de prophétie qui combleront ce vide atroce qu'ouvre la croix. Judas trahit Jésus conformément au psaume 41 (Ps 10) que cite

Jean : « Mais c'est pour accomplir cette écriture : Lui qui mange mon pain a levé le talon contre moi » (Jn 13,18). Dès lors, les références vont se multiplier pour prouver que la Croix faisait partie du programme divin. Le partage des vêtements de Jésus ? C'est dit dans le psaume 22 (Ps 22,19). La flagellation ? Isaïe (Is 50,6). Jésus reçoit un coup de lance dans le flanc ? Isaïe l'annonce (Is 3,5-12). La crucifixion ? (Psaume 22 et Isaïe, 3, 5-12). La présence des malfaiteurs autour de lui, sur le mont du Crâne ? Isaïe encore (Is 53,12). Le vinaigre ? Le livre des Proverbes (Pr 31,6) et le psaume 69 (Ps 69,22).

Dans les cinq derniers chapitres de Marc, plus on approche de la Passion, plus les citations de l'Écriture juive sont nombreuses. Il y a, en effet, dix-sept références à l'Ancien Testament chez Marc, dix chez Luc, huit chez Jean et vingt-deux chez Matthieu. Matthieu introduit la notion salvifique de la mort sur la Croix, notion, on l'a vu, développée par Paul et qui sera perfectionnée par saint Augustin. Le sang est répandu pour tous, Jésus est rédempteur : « Buvez-en tous, car c'est mon sang, celui de l'alliance, répandu pour beaucoup en rémission des péchés » (Mt 26,27-28).

« En rémission des péchés », et plus spécialement, précise Paul, « en rémission du péché originel » (Rm 5,12). De la même façon qu'un seul homme, Adam, a fait entrer le péché dans le monde, un seul homme, Jésus, va tout réparer. Ce sang à répandre est ancré dans la tradition. Abraham n'hésite pas à égorger son fils Isaac pour sceller son pacte d'obéissance à Yahweh. Et Yahweh, *in extremis*, sauve le fils, à la place de qui Abraham sacrifie un bélier.

Mais à Jérusalem, Dieu ne faillit pas et sacrifie son propre fils, non plus bélier, mais agneau de Dieu, sur la Croix. Il faudrait dire encore : dans l'incognito de la Croix. Qui reconnaîtrait un prophète dans cette fin ignominieuse ?

Comme Henri Guillemin dans *L'Affaire Jésus*, il faut souligner que pas une fois dans les Évangiles il n'est question de péché originel ; et préciser que cette notion de péché originel racheté par la mort de Jésus est une invention de saint Paul. Quant à la notion de rémission, son ambiguïté est grande dans les textes des quatre évangélistes. Marc et Matthieu (Mc 10,45 ; Mt 20,28) parlent d'une rançon. Mais, comme le fait encore remarquer Henri Guillemin : « Une rançon n'est pas une dette. Une rançon est le prix qu'il faut verser à qui détient un captif pour récupérer ce prisonnier. Par conséquent, dans ces textes-là, ce n'est pas l'évocation d'un Dieu rigide, exigeant telle somme pour la grâce d'un coupable, mais l'idée, toute différente, d'un versement à faire au Démon, à Satan, pour qu'il relâche cette humanité dont il a su se saisir[5]. » Jésus, selon Matthieu, verse sa vie en rémission des péchés. Mais la rémission, c'est le pardon. C'est la référence explicite à un thème qui se retrouve dans toutes les mythologies primitives : pour se concilier la faveur des puissances occultes qui règnent sur le monde, le sacrifice humain est la bonne méthode. « Sans effusion de sang, il n'y a point de rémission » (He 9,22), écrit Paul dans son épître aux Hébreux.

Pour Luc, le sang répandu est celui de la Nouvelle Alliance. Mais il n'est pas question de rémission des péchés. Luc, dans son récit de la passion, continue de présenter Jésus comme un prophète, un « juste souffrant ». Il lui prête les actes et les paroles d'Élie et d'Élisée. Et si Jésus va mourir à Jérusalem, c'est que tous les prophètes meurent là, comme le souligne Jésus aux portes de la ville (Ac 7,52). Et tous — et Jean plus que les trois autres réunis — présentent cette mort comme un fait connu d'avance par Jésus, inscrit dans les Écritures, consenti par le Fils de l'homme, pour l'avènement du Royaume. Enfin et surtout, l'infamie de la Croix, annoncée par les Écritures, sera effacée par la Résurrection.

Dès que Judas a quitté la salle où ils dînent tous et disparaît pour livrer Jésus, celui-ci et ses disciples entonnent des cantiques, sans doute le psaume 113, chanté tout spécialement dans la liturgie des trois grandes fêtes de pèlerinage. Encore un signe : le dernier des trois quatrains dit :

> Il [le Seigneur] relève le faible de la poussière,
> Il tire le pauvre du tas d'ordures,
> Pour l'installer avec les princes,
> Avec les princes de son peuple.

Puis le groupe se lève et se met en route pour le jardin de Gethsémani, au sommet du mont des Oliviers (le jardin du Cédron pour Jean). Jésus choisit cette hauteur parce qu'il veut se retirer pour prier. D'après Matthieu, Jésus traverse un moment terrible. Il éprouve le doute, la crainte. Sa part humaine, pour une fois, le submerge. Il apprend ce qu'un homme vit face à la mort et tente de repousser l'épreuve. Son âme est « triste à mourir » (Mt 26,38). Il demande à Pierre, Jacques et Jean, qui ont été à ses côtés quand il a été transfiguré sur le mont Hermon, de prier avec lui — pour lui. Mais comme sur l'Hermon, les trois s'endorment. « Mon père, s'il est possible, que passe loin de moi cette coupe ! » (Mt 26,39), supplie Jésus une première fois. La deuxième, il s'incline, la troisième, il capitule : « Mon père, si cette coupe ne peut passer sans que je la boive, que ta volonté soit faite » (Mt 26,42). « Lorsque Jésus pria son Père d'éloigner de lui le calice, qui tenait son doigt sur le pouls du Fils de l'homme pour savoir si des larmes sanglantes venaient de la faiblesse humaine ou de l'épanouissement d'un cœur qui se fendait de charité ? » demande Chateaubriand[6], fixant pour l'éternité cette question du doute que semble éprouver Jésus, et la réponse, par cette autre question, qu'il convient de lui apporter.

On peut mesurer la différence avec le Jésus triomphant, en gloire, présenté par Jean, et qui est presque impatient que les choses s'accomplissent. D'ailleurs, lorsque Judas, suivi d'une « cohorte et des gardes fournis par les grands prêtres et les pharisiens * », surgit sous les arbres, il n'a nul besoin d'embrasser Jésus pour le désigner. La seule parole du Fils de l'homme les fait tomber comme des quilles. « Quand Jésus leur dit : C'est moi, ils reculèrent et tombèrent par terre » (Jn 18,6). Si les légionnaires qui encadrent les pharisiens peuvent prendre Jésus, c'est qu'il se laisse faire. Impressionnés par sa force, ils préfèrent le ligoter.

*. Une cohorte comptait huit cents soldats. Avec Jean, c'est une armée romaine qui vient prendre Jésus et qu'accompagnent les prêtres. Juifs et Romains sont donc solidaires dans l'arrestation de Jésus. Et le nombre d'hommes lancés à sa poursuite révèle la crainte qu'ils avaient d'un soulèvement populaire.

Pour Marc, Matthieu et Luc, le baiser de Judas scelle le destin de Jésus. Lorsque les hommes du grand prêtre lui mettent la main dessus, Jésus souligne la lâcheté de ses tortionnaires qui n'ont rien tenté quand il était au Temple et qui maintenant, dans la complicité des ténèbres, le lieu du mal, le traitent comme un bandit.

Pierre proteste en coupant l'oreille de Malchus, l'esclave du grand prêtre, mais Jésus ordonne la reddition. Elle est totale ; tous les disciples s'enfuient, abandonnant Jésus à un sort terrible. Sous la plume de Jean, Jésus avait annoncé cette fuite pour rassurer ses disciples : « Eh bien, l'heure vient, et elle est venue, où vous serez dispersés chacun de son côté, et vous me laisserez seul, mais je ne suis pas seul, car le Père est avec moi » (Jn 16,32). Pierre, un temps, suit Jésus, mais de loin. Maintenant, on entraîne le Messie dans la maison du grand prêtre Ann *. Pierre se faufile dans la cour et se réchauffe auprès d'un brasero, car la nuit est fraîche. La peur le torture. Que peut-il entreprendre ? Au moins, faire un pas vers son Seigneur. Mais il ne le peut. Pierre est reconnu et par trois fois, la troisième fois avec cet accent galiléen, épais et risible pour une oreille de Judée, il nie faire partie de ses disciples ; il nie même l'avoir jamais connu — comme l'avait prédit Jésus, se rappelle-t-il en s'enfuyant. Dans sa course, il se souvient de sa réponse si fanfaronne : « S'ils se scandalisent tous de toi, jamais moi je ne me scandaliserai » (Mt 16,33).

* Ann, ou Anne, ou Hanne. Les trois orthographes sont acceptées.

« La troisième fois, le coq chante »

Jésus va passer en jugement. Pour en comprendre les rouages, il convient de connaître le système judiciaire à Jérusalem, dans les années 30 de notre ère. Rome partageait certaines de ses prérogatives avec le Sanhédrin. Rome gardait la haute main sur toutes les décisions d'ordre politique qui étaient déléguées à son gouverneur ; il porte le titre de préfet entre 6 (date à laquelle la Judée passa sous la juridiction directe de Rome) et 41, et celui de procurateur entre 41 et 66 — date de la révolte juive. Selon Flavius Josèphe, en 6, Auguste nomma Coponius et l'investit des pleins pouvoirs, dont celui d'infliger la peine capitale. Ponce Pilate, vingt ans plus tard, dispose du même attirail législatif. Il peut condamner Jésus à mort. Il faut encore qu'il ait un motif — celui, par exemple, de déloyauté envers l'empereur et de sédition. Ce délit est sanctionné par la crucifixion, l'exécution la plus ignominieuse qui soit, si ignominieuse qu'elle était réservée aux esclaves et aux étrangers. La crucifixion appartient à l'arsenal répressif de la justice romaine, avec le carcan, le pal et la potence. Cicéron l'écrit *(In Verrem,* 5, 64) : aux yeux des Romains, c'est le moyen le plus « cruel et le plus infamant ». La flagellation fait partie du supplice. Elle a pour but d'affaiblir le condamné qui est ensuite déshabillé, chargé du *patibulum*, barre transversale de la croix, poussé le long du trajet le plus long pour servir d'exemple aux foules, sous les coups des soldats. Parvenu dans un endroit bien en vue, l'homme est fixé par des cordes et des clous à sa croix et la croix dressée. Le *titulus*, qui dit l'objet de la condamnation, est accroché au bois. Pour accélérer l'agonie, l'usage voulait qu'on fracturât les jambes (c'est le *crurifragium*). Les cadavres restaient exposés jusqu'à leur totale décomposition, sauf en Judée où cette mort, jugée ignoble, frappait le condamné de malédiction. « Si un homme, coupable d'un crime capital, a été mis à mort, et que tu l'aies pendu à un arbre, son cadavre ne pourra être laissé de nuit sur l'arbre ; tu l'enterreras le jour même, car un pendu est une malédiction de Dieu et tu ne souilleras pas la terre que le Seigneur ton Dieu te donne en héritage » (Dt 21,22-23) *. Quiconque bénéficiait de la citoyenneté romaine échappait à la crucifixion. Ponce Pilate était donc tout à fait en droit de condamner Jésus à mort d'une part, au supplice de la croix ensuite. Pour échapper à la crucifixion, et mourir d'une façon moins ignoble, il aurait fallu que Jésus fît valoir sa citoyenneté romaine. Mais même s'il l'avait voulu, hypothèse inconcevable, Pilate ne l'aurait pas pu.

* Dans ce cas prévu par le Deutéronome, la pendaison sur le bois avait lieu après la mise à mort, pour exposer le cadavre aux yeux de la population et, ainsi, l'édifier.

Le motif de la condamnation, fourni par le grand prêtre, l'interdira : « roi des Juifs ».

Le système juridique juif du Ier siècle est plus complexe à établir à cause des interactions avec le système romain. En temps normal, il est parfaitement codifié par les Écritures. Le livre des Rois, l'Exode, le Deutéronome, le Lévitique, les Nombres, pour ne citer qu'eux, fournissent l'ensemble des codes auxquels les anciens se réfèrent pour rendre la justice, en général publiquement et aux portes de la ville. Dès l'époque de la monarchie, les rois choisissent des juges pour statuer, selon le Deutéronome : « À l'intérieur des murs que Yhwh ton Dieu te donne pour tes tribus, tu te donneras des juges [...] qui jugeront le peuple par décision équitable » (Dt 16,18). Ce livre a codifié la suprématie du clergé en matière de droit, en particulier pour tous les cas graves comme l'homicide qui doivent être renvoyés devant le clergé de Jérusalem, seul habilité à statuer. « Mais l'homme qui aura ajouté avec présomption, sans écouter le prêtre qui se tient là, officiant pour le Seigneur ton Dieu, sans écouter le juge, cet homme-là mourra » (Dt 17,12). Il précise les conditions de recevabilité d'un procès ; la règle fondamentale est l'existence d'une plainte, corroborée par plusieurs témoignages fiables confirmant la culpabilité de l'accusé. En cas de peine de mort, deux témoignages au moins sont requis. « C'est sur les déclarations de deux ou trois témoins que celui qui doit mourir sera mis à mort ; il ne sera pas mis à mort sur les déclarations d'un seul témoin » (Dt 17,6) et, en cas de lapidation, « la main des témoins sera la première pour le mettre à mort, puis la main de tout le peuple » (Dt 17,7). Douze délits sont passibles de la peine capitale selon les Écritures : l'homicide, le rapt d'un être humain en vue de le vendre, l'idolâtrie, le blasphème, la transgression du shabbat, la sorcellerie, les fautes graves envers les parents, la prostitution si la femme est de famille sacerdotale, l'adultère, l'inceste, l'homosexualité masculine et la zoophilie. Les peines capitales s'exécutaient par lapidation et par crémation. La *Michnah* spécifie que le pouvoir séculier peut pratiquer la décapitation ou la strangulation.

Le Sanhédrin, sous la présidence du grand prêtre, exerçait la haute juridiction à Jérusalem. Selon Flavius Josèphe encore, cette cour suprême se compose du grand prêtre, du prophète et du conseil des anciens[1]. Celui que Flavius Josèphe appelle prophète est en fait un officier royal, spécialement nommé par le monarque. À l'époque de la domination romaine, la fonction a disparu et le grand prêtre en a hérité, avec les accessoires de divination de la charge, qui confèrent une clairvoyance prophétique à celui qui les porte. « Tu placeras dans le pectoral du jugement le Ourim et le Toummim » (Ex 28,30). Caïphe, grand prêtre, porte ce pectoral. Ce détail explique l'expression de Jean le concernant : « Il ne disait pas cela de lui-même mais, grand prêtre, il *prophétisait* que Jésus allait mourir pour la nation, et non seulement pour la nation, mais pour réunir les enfants de Dieu qui sont dispersés » (Jn 11,51-52). Enfin, selon le code de procédure, le Sanhédrin ne pouvait rendre son verdict le jour de la condamnation. Vingt-quatre heures au moins devaient avoir passé depuis l'audition des témoins. On s'est étonné qu'il n'existe aucune transcription du procès de Jésus. La règle de procédure qui interdisait la tenue d'un tribunal pour juger un délit pouvant entraîner la peine capitale la veille d'une fête ou du shabbat, à cause de ce délai de délibération, explique parfaitement cette absence, de même que le fait que le procès de Jésus ne se soit pas tenu dans la salle de la Pierre taillée, au Temple, comme il l'aurait dû, mais chez le grand prêtre.

Le procès de Jésus s'annonce comme un simulacre, décidé en totale violation de la Loi, celle-là même que les adversaires de Jésus prétendent défendre.

« Tout est accompli »

La mort de Jésus est-elle pure invention ? Le choix du supplice, inconcevable pour un Juif, atteste la véracité historique de l'événement. Dans l'épître aux Corinthiens, Paul écrit d'ailleurs que la Croix est un scandale et une folie. Jésus a été crucifié, ce qui, au regard de l'histoire, établit qu'il a été exécuté par les Romains : ce châtiment n'existe pas dans la Loi juive, seuls les Romains détenaient le droit de vie et de mort sur leurs sujets. Il a été crucifié pour des actes criminels et strictement politiques commis contre Rome : la puissance occupante n'intervenait pas dans les querelles religieuses internes des Juifs, et laissait au Sanhédrin toute latitude pour résoudre ces questions. Mais la procédure, de l'arrestation à la condamnation à mort du Nazaréen, a-t-elle été entièrement initiée par les Romains ? Pour le savoir, il faut étudier de près les quatre Évangiles, sans cesser de les replacer dans leur contexte : c'est-à-dire ne jamais oublier qu'ils ont été rédigés après les faits, à la lumière du mystère pascal, et pour des communautés de chrétiens différentes. Ces données expliquent les divergences entre ces quatre récits de la Passion du Christ, bien qu'ils soient cohérents dans leurs grandes lignes.

Qui donc avait intérêt à se débarrasser de Jésus, si ce n'est, non pas les Juifs dans leur ensemble, mais les sadducéens en particulier, gardiens du Temple et du dogme pur et dur, aristocrates que Jésus a plusieurs fois attaqués avec virulence ? Il faut noter que dans les Évangiles, lorsque Jésus s'en prend aux pharisiens et aux scribes, il est toujours précisé que ces pharisiens viennent de Jérusalem ou sont envoyés par le Temple. Ainsi, les quatre Évangiles sont parsemés de références aux vengeances qu'ourdissent les prêtres contre Jésus quand il est dans la Ville sainte. « Dans tous les Évangiles, écrit Raymond Brown, les grands prêtres sont les opposants à Jésus les plus actifs durant le récit de la Passion. Aucun des Évangiles ne mentionne ici les simples prêtres. C'est à noter, puisqu'en Jean (Jn 1,19) les prêtres sont hostiles à Jean-Baptiste et qu'en Actes (Ac 4,1-3) des prêtres sont impliqués dans l'arrestation de Pierre et de Jean. Aussi devons-nous supposer que ce n'est pas l'activité sacerdotale de ces opposants qui les rend hostiles à Jésus, mais leur rôle de *grands* prêtres[1]. »

Ce sont encore les scribes « de Jérusalem » qui sont décrits par Marc (Mc 3,22) comme férocement hostiles à Jésus durant son ministère en Galilée, et comme étroitement liés aux grands prêtres dans le complot auquel Judas prend part (Mc 14,1). Quelquefois même, certains ramassent des pierres pour le lapider sur place, en une justice expéditive, comme ils voulaient le faire à la femme adultère. Il est évident que l'extraordinaire popularité de Jésus et sa légitime colère inquiètent les autorités religieuses de Jérusalem. « Non seulement la Loi paraissait mise en péril, note Charles Perrot, mais le lien étonnant que Jésus instaurait avec Celui qu'il désignait comme son Père ne pouvait guère être ignoré : Es-tu le Christ, le Fils du Béni ? lui demande d'ailleurs, immédiatement, Caïphe. C'est l'identité de Jésus qui est finalement mise en cause, et non pas seulement son action[2]. » Jésus est arrêté sur le mont des Oliviers (où campait la foule des pèlerins venus célébrer la Pâque) par « une bande munie d'épées et de bâtons » (Mc 14,43), ce qui exclut la possibilité qu'il s'agisse de Romains, comme Jean le laisse entendre en évoquant une cohorte — véritable bataillon de soldats. Cette bande est envoyée par « les prêtres, les scribes et les anciens », affirme Marc (Mc 14,33). Puis Jésus est traduit devant le grand prêtre Ann, à la retraite — auquel Jésus refuse de répondre (Jn 18,19-21) — et enfin, devant le gendre d'Ann, Caïphe, alors en fonction.

La responsabilité des Juifs dans l'arrestation de Jésus est assumée à part entière dans un texte du Talmud de Babylone. Écrites au IVe siècle, ces lignes rapportent ce que la tradition orale colportait jusque-là à propos de la condamnation de Jésus : « La veille de la Pâque, on pendit Yeshu le Nazaréen. Le héraut avait marché quarante jours devant lui en disant : voici Jésus le Nazaréen qui va être lapidé parce qu'il a pratiqué la sorcellerie et qu'il a séduit et égaré Israël. Mais il ne se trouva personne pour prendre sa défense, et on le pendit la veille de la Pâque. » Ce texte pose aussi les motifs de la condamnation : Jésus est un faux prophète qui veut égarer Israël. Il tente également de réfuter l'accusation, émise par les chrétiens, d'un procès bâclé : pendant quarante jours, un héraut lance un appel à témoins. Curieuse précaution que cet appel à témoins pour le défendre, quand il s'agit, selon la loi, de trouver d'abord deux témoins à charge pour fonder l'accusation. Or ces témoins sont absents, alors qu'ils sont indispensables dans un procès qui doit conduire à la peine capitale — en est-il autrement puisque Jésus est remis aux Romains, seuls à exercer le droit de glaive en Judée ? « Pilate leur dit : Prenez-le, vous le jugerez selon votre loi. Les Juifs lui dirent : Nous n'avons le droit de tuer personne » (Jn 18,31).

Au demeurant, il serait abusif de corroborer, les yeux fermés, la thèse de Matthieu, de Luc, de Marc et de Jean selon quoi Pilate aurait été absolument hostile à l'idée de condamner Jésus. Rome, on l'a vu, a établi un *modus vivendi* avec les autorités juives. César leur a délégué le prélèvement de l'impôt, le maintien de la sécurité intérieure et la résolution des litiges exclusivement religieux. L'absence d'incidents graves dans la période de collaboration entre Ponce Pilate et Caïphe prouve une certaine entente entre les deux hommes. Ponce Pilate accepte de juger Jésus au nom de la raison d'État. Les autorités romaines sont sur le qui-vive lors de ces grands rassemblements religieux. Si un espion avait dénoncé un Jésus « zélote », nul doute que Pilate l'aurait aussitôt arrêté : il vient d'emprisonner Barabbas (Mt 27,16), brigand bien connu de tous, « en prison avec les insurgés qui, dans l'insurrection, avaient commis un meurtre » (Mc 15,7). Si l'on en croit Marc et Luc, Ponce Pilate n'hésitait pas à jeter en prison les fauteurs de troubles — ainsi Barabbas, accusé d'une insurrection. Ni même à les exécuter, comme le relate Luc : « Des gens lui annoncèrent ce qu'il en était de ces Galiléens dont Pilate avait mêlé le sang à celui de leurs sacrifices » (Lc, 13,1).

Si, en théorie, la peine de mort est une exclusivité romaine, en pratique, Pilate et Caïphe ont conclu un accord qui autorise le Sanhédrin à décider d'une lapidation dans le cadre strict de querelles religieuses internes *. Or c'est bien ce dont il s'agit dans ce cadre : un procès entre Juifs. Pour un motif religieux établi en toute clarté par le code religieux d'Israël, le Deutéronome : « Si quelque prophète ou faiseur de songes surgit au milieu de toi, il devra mourir, car il a prêché l'apostasie envers Yahvé ton Dieu » (Dt 13).

Jésus était donc bien un criminel aux yeux de la loi Juive. Bien avant lui, le prophète Jérémie avait été mis à mort pour avoir prophétisé la destruction du Temple. Dès lors, pourquoi les Juifs remettent-ils Jésus aux autorités romaines ? Pourquoi n'est-il pas lapidé, comme le furent Jacques et Étienne après lui ? Or Jésus a été crucifié par les Romains. Cette question pose encore celle du nombre de procès de Jésus : un ou deux ? Jusqu'à

* La *Michnah* (Sanhédrin 7,2) rapporte l'exécution de la fille d'un prêtre qui avait commis l'adultère : « Ils placèrent autour d'elle des fagots et la brûlèrent. » Les autorités juives ont aussi l'autorisation de Rome d'exécuter quiconque pénétrait dans la zone interdite du Temple.

ces dernières années, les historiens spécialistes du Nouveau Testament, se fondant sur les Évangiles de Marc et de Matthieu, avaient établi que Jésus était d'abord passé en jugement devant le Sanhédrin, pour des motifs religieux, puis devant Pilate, pour des motifs politiques. Historiquement, la succession de ces deux procès, l'un la nuit, l'autre au petit matin, paraît peu vraisemblable : le Sanhédrin se réunissait sous l'autorité de la puissance occupante. Par ailleurs, nous sommes la veille de la Pâque : les sadducéens, si sourcilleux sur l'observance de la Loi, auraient donc bravé l'interdiction de toute session d'une administration juive ? Enfin, Caïphe avait-il intérêt à réunir tous les membres du Sanhédrin, constitué de nombreux pharisiens, dont la rigueur vis-à-vis de la Loi, de ses interprétations, et le souci du respect des droits de chaque Juif étaient scrupuleusement appliqués ? Parmi les membres du Sanhédrin, il y a aussi des partisans de Jésus, comme les riches et respectés Nicodème et Joseph d'Arimathie. Jean, l'évangéliste le plus disert sur le procès de Jésus, n'évoque jamais le Sanhédrin dans son récit. On peut donc supputer que, dès lors que Jésus est arrêté, Caïphe, dans l'impossibilité de réunir le Sanhédrin avant la fin de la Pâque, n'a comme recours que le tribunal romain, qui se tient tous les matins, à l'aube, fête juive ou pas. Sans doute Caïphe craint-il, de surcroît, que l'annonce de l'arrestation du Nazaréen ne déclenche une émeute, que la légion réprimera alors dans le sang. On l'a vu, lui et les grands prêtres ont résolu de le tuer, le plus rapidement et le plus discrètement possible. En le remettant aux

Romains, les autorités juives évitent en fait le procès religieux, celui qui les obligerait à débattre de la vraie nature de Jésus et, partant, à le reconnaître au moins comme un prophète, au mieux comme le Messie. On l'a vu encore, dans l'interrogatoire auquel ils ont déjà soumis Jésus en lui demandant d'où lui vient son charisme, les grands prêtres ont éludé la question de Jésus sur l'origine du pouvoir de Jean-Baptiste — parce que, alors, précisent les évangélistes, ils auraient dû avouer qu'ils avaient laissé mourir un prophète.

Le *titulus*, c'est-à-dire la tablette de bois qui sera clouée sur la croix, porte, en trois langues (grec, hébreu et araméen), le motif de la condamnation. Il est sans équivoque : « JÉSUS DE NAZARETH, LE ROI DES JUIFS » (Jn 19,19). Or jamais ce titre n'est évoqué dans les Évangiles, ni par Jésus, bien sûr, ni par ses disciples. C'est la première fois qu'il apparaît dans le Nouveau Testament. Est-ce le motif fourni par Caïphe à Pilate pour faire condamner Jésus ? Sans aucun doute, sinon comment expliquer la question abrupte que Pilate pose à Jésus : « Es-tu le roi des Juifs ? » « C'est toi qui le dis », répond Jésus après un silence (Mc 15,2-15). Luc écrit d'ailleurs que les grands prêtres énoncent contre Jésus des charges écrasantes aux yeux de Rome, quand ils le présentent à Pilate : « Nous l'avons trouvé en train de pervertir notre nation, d'empêcher qu'on paie les impôts à César et de se faire passer pour un Christ roi » (Lc 23,2). Et pourtant, selon les Évangiles encore, Pilate répugne à s'emparer du criminel : « Prenez-le vous-mêmes, dit-il aux chefs juifs, et jugez-le selon votre loi »

(Jn 18,31). Les grands prêtres insistent ! Selon Luc, Pilate renvoie alors Jésus à Hérode Antipas, tétrarque de Galilée, qui refuse à son tour de juger cette affaire. Ce faisant, le procurateur romain respecte le code légal et l'attribution des compétences : Jésus est de Galilée, il doit être jugé par un représentant du pouvoir galiléen. Pourtant, Hérode (si cet épisode est avéré et non pas ajouté pour faire la preuve de la culpabilité des grands prêtres) renvoie Jésus devant Pilate — il a déjà le sang de Jean-Baptiste sur les mains, un sang que ne lui pardonne pas le peuple juif, il refuse sans doute de se compromettre d'avantage. Encore une fois, Pilate, « qui voulait relâcher Jésus » (Lc 23,20), tente de le sauver. Sous la plume de Luc, le gouverneur propose par trois fois aux grands prêtres et aux chefs de « le faire corriger et le relâcher » (Lc 23,22). Avec Matthieu, Pilate, persuadé de l'innocence de Jésus par le rêve de sa femme Procula *, veut profiter de la grâce rituelle pour le libérer, « car il savait qu'on l'avait livré par envie » (Mt 27,18 ; Mc 15,10). Dans le récit de Jean, Pilate, même si les grands prêtres refusent la grâce de Jésus et lui préfèrent celle de Barabbas, renouvelle plusieurs fois sa tentative de conciliation. Après que Jésus a été fouetté, après que les soldats lui ont tressé une couronne d'épines et l'ont vêtu d'un manteau pourpre, il présente Jésus dans cette tenue pitoyable à la foule, comme pour l'attendrir, et lui redit la conviction qu'il a de son innocence. Lorsque la foule hurle qu'on le crucifie, Pilate décide que c'est aux Juifs

* Nom précisé par les Évangiles apocryphes.

de commettre le meurtre : « Prenez-le, vous le crucifierez. Moi, je ne trouve pas de motif en lui » (Jn 19,6). Les Juifs le lui fournissent aussitôt : « Nous avons une loi et, d'après cette loi, il doit mourir car il s'est fait fils de Dieu » (Jn 19,7).

Mais Pilate peut-il ne pas condamner Jésus ? Si Luc a raison, si les grands prêtres formulent les motifs de son accusation (et ils sont explosifs !), pourquoi Pilate hésite-t-il ? Comment justifier sa crise de conscience quand les témoignages historiques (selon Philon d'Alexandrie et Flavius Josèphe) le présentent comme un spécialiste de violences, de tortures et de cruautés contre les Juifs ? Quand on sait, par ces mêmes historiens, que ce préfet fut nommé à ce poste par Séjanus, bras droit de Tibère, lui-même réputé pour son antijudaïsme virulent ? Alors, Pilate se plairait-il plutôt à prendre le contre-pied des grands prêtres, qu'il hait et méprise ? Ou bien, comme le note Matthieu, le gouverneur comprend que sa clémence déclenchera une émeute et qu'il vaut mieux livrer Jésus à la foule. « Pilate vit que rien ne servait à rien mais que cela tournait plutôt au tumulte » (Mt 27,24) : une foule excitée contre Jésus par les grands prêtres et les anciens, comme en témoigne encore Matthieu (Mt 27,20).

Tout aussi troublante est la relation de Jean à propos de la rédaction du *titulus*. Les grands prêtres disent à Pilate : « N'écris pas le roi des juifs, mais Je suis le roi des juifs » (Jn 19,21). Pourquoi cette demande ? C'est que le motif de la condamnation changeait du tout au tout. Avec « roi des juifs », ce n'était plus ce simple individu, mis en croix, une dérisoire couronne d'épines plantée sur la tête, qui serait ridiculisé dans sa prétention à se vouloir roi, mais tout ce que signifiait, d'un point de vue religieux, politique et eschatologique, le titre messianique de roi des Juifs. « J'ai écrit ce que j'ai écrit » (Jn, 19,22), répond Pilate. Ponce Pilate qui, jusque-là, n'a pas cessé de tergiverser, se rebiffe.

Pour certains exégètes contemporains, cette fin de non-recevoir opposée aux grands prêtres serait la preuve de la conviction qu'a soudain Pilate de la véritable identité du Christ. « Pilate prophétise, dit Hyam Maccoby. Il a une vision : Jésus est roi des Juifs[3]. » Dès lors, il s'agit en effet de le condamner : Jésus menace la sûreté de l'empire. Il n'y a plus à s'embarrasser des présomptions d'innocence qu'induisent les réponses de Jésus : « Mon règne n'est pas de ce monde » (Jn 18,36). Comme l'observe Jean-Pierre Lémonon, spécialiste du Nouveau Testament : « Le roi d'Israël (dont le peuple gratifie Jésus à son entrée à Jérusalem), c'est un titre solennel, c'est rappeler le grand passé de ce peuple. Le roi des Juifs, c'est dire le motif pourquoi, aux yeux du gouverneur romain, l'homme est exécuté. Il est exécuté parce que, d'une manière ou d'une autre, il a pu être présenté comme prétendant conduire le peuple juif. Et de fait, c'était menacer de lever une révolte contre l'occupant romain[4]. » Rome va donc crucifier « le roi des Juifs ». L'accusation est politique. Rome éliminera de la même façon Bar Kosba, « le Fils de l'Étoile », ce Juif qui, cent ans après la mort de Jésus, se dira messie et prendra la tête de la seconde révolte juive *. La Judée sera alors rebaptisée Palestine, et les Juifs seront interdits de séjour à Jérusalem.

Les Évangiles ne concordent pas dans leurs versions du procès de Jésus. Néanmoins, tous donnent une image forte de Ponce Pilate, l'un des rares — voire le seul — portrait à facettes, ambigu, de ces récits. Ce qu'en disent les évangélistes ne ressemble pas au portrait qu'ébauchent Flavius Josèphe et Philon d'Alexandrie. Par eux, nous savons que ce Romain était le protégé de Séjan, chef de la garde prétorienne de l'empereur Tibère. La situation stratégique de la Judée avait toujours attisé sa convoitise, et excité son désir de l'intégrer à l'empire. Pourtant, dès qu'il fut nommé, il manifesta son incapacité à comprendre le peuple juif dans ses rites ou dans sa mentalité. Convaincu de la bonne cause de la construction d'un aqueduc, il puisa dans le trésor du Temple. Résolu à marquer la présence de Rome, il fit pavoiser les effigies impériales à Jérusalem où les images étaient interdites. En 36, il fit massacrer, avant que le prétendu complot éclate et par traîtrise, un rassemblement de Samaritains en route pour leur montagne sacrée, Garizim. La bavure lui vaudra d'être démis de ses fonctions et exilé en Gaule. Luc et Matthieu attestent sa violence en relatant la répression d'une insurrection qui a fait au moins un mort et permis d'arrêter Barabbas, et la liquidation, dans le sang, d'un

* Les autorités juives arrêteront un autre Jésus, qu'elles remettront, en 60, aux Romains. Jésus, fils d'Ananias, imprécateur de Jérusalem et du sanctuaire, ne menaçait que la vie religieuse du Temple ; il sera néanmoins crucifié par les Romains comme agitateur et fauteur de troubles.

groupe de pèlerins. Par ailleurs, il importe de noter que la présence de Ponce Pilate a été confirmée par des découvertes archéologiques à Césarée en 1961. Une plaque de marbre, enfouie sur le site de l'ancien théâtre, porte bien le nom du préfet de Judée, Ponce Pilate, sous le règne de Tibère.

L'image que donnent les Évangiles dans l'ensemble est nuancée. On découvre un Ponce Pilate attentif à respecter la loi. Il donne la parole aux deux parties, et veut écouter Caïphe et Jésus ; il demande à chacun de s'expliquer et à Jésus de répondre aux accusations. Il semble répugner à condamner Jésus pour qui il éprouve un certain respect. La rhétorique des prêtres l'agace. Dans Jean, quand il demande aux prêtres, qui l'ont obligé à sortir du prétoire parce que eux-mêmes n'ont pas voulu y pénétrer pour ne pas se souiller avant de manger la Pâque : « Quelle accusation portez-vous contre cet homme ? », ils biaisent pour répondre : « S'il n'était pas un malfaiteur, nous ne te l'aurions pas livré » (Jn 18,30). Que demande Ponce Pilate ?

Pilate rentra dans le prétoire, appela Jésus et lui dit : Es-tu le roi des Juifs ? Jésus répondit : Dis-tu cela de toi-même ou d'autres te l'ont-ils dit de moi ? Pilate répondit : Est-ce que je suis juif ? Ta nation et les grands prêtres t'ont livré à moi, qu'as-tu fait ? Jésus répondit : Mon règne n'est pas de ce monde. Si mon règne était de ce monde, mes gardes auraient combattu pour que je ne sois pas livré aux Juifs. Mais voilà, mon règne n'est pas d'ici. Pilate lui dit : Alors tu es roi ? Jésus répondit : Tu le dis, je suis roi. Je ne suis né et ne suis venu dans le monde que pour attester la vérité. Quiconque est de la vérité entend ma voix. Pilate lui dit : Qu'est-ce que la vérité ? Et sur cette parole, il ressortit vers les Juifs leur dire : Je ne trouve en lui aucun motif (Jn 18,33-38).

Pilate propose ensuite, puisque c'est Pâque, de relâcher un malfaiteur comme le veut la coutume. Les Juifs désirent-ils qu'il libère le roi des Juifs ? Le motif de l'accusation vient d'apparaître, de façon tout à fait anodine, et Ponce Pilate se montre assez retors. De la même façon que les prêtres l'ont obligé à condamner Jésus, il les obligera à condamner à leur tour non pas Jésus, mais le prétendu roi des Juifs.

Après l'avoir fouetté et déguisé en pitoyable monarque, couronné d'épines par les soldats et couvert d'un manteau pourpre, Pilate rend Jésus aux prêtres. De nouveau, il cherche à remettre l'homme à sa nation. Mais alors, les Juifs avouent enfin pourquoi ils veulent le tuer, pour un blasphème terrible à leurs yeux : « Nous avons une loi et, d'après cette loi, il doit mourir, car il s'est fait fils de Dieu » (Jn 19,7).

Ponce Pilate, à cet instant, précise Jean, s'effraie. Il pressent l'importance d'enjeux et de motifs qu'on lui a cachés jusque-là. Il s'enquiert de l'identité de Jésus — « d'où es-tu ? » (Jn 19,9) — et comme celui-ci reste silencieux, il cherche une échappatoire pour se débarrasser de lui. Comment réagira le peuple s'il condamne celui que certains Juifs annoncent comme le Fils de Dieu et qui se prétend lui-même un roi ? Comme les prêtres s'entêtent, Pilate s'installe dans son tribunal et expose Jésus au regard de la foule. « Mais les Juifs crièrent : Si tu le relâches, tu n'es pas ami de César. Qui se fait roi s'oppose à César » (Jn 19,12).

C'est alors qu'a lieu le dernier retournement

qu'obtient Pilate. « Pilate leur dit : Crucifierai-je votre roi ? Les grands prêtres répondirent : Nous n'avons de roi que César » (Jn 19,15). Peut-on espérer humiliation plus grande pour un Juif orthodoxe que cette acclamation publique ? Et revanche plus suave pour Ponce Pilate, contre ces hommes qu'on dit incorruptibles dans leur foi ? « Alors il le livra pour le crucifiement » (Jn 19,16).

Chez les synoptiques, Pilate apparaît sous ce même visage d'un juge sourcilleux de légalité, et respectueux de Jésus. Luc est précis sur le motif qu'ont les autorités religieuses de condamner Jésus — le blasphème, puisque Jésus s'est reconnu fils de Dieu : « Qu'avons-nous besoin de témoignage ? Nous l'avons entendu nous-mêmes de sa bouche » (Lc 22,71). Mais ce motif n'est pas celui qu'ils donnent à Pilate, à qui ils fournissent des chefs d'accusation purement politiques, et qui devraient envoyer n'importe quel individu droit sur la croix : refus de l'impôt, imposture, sédition. Chez Luc encore, alors que Jésus avoue être le roi des Juifs — « Pilate le questionna : Es-tu le roi des Juifs ? Il lui répondit : Tu le dis » (Lc 23,3) —, Pilate objecte une fin de non-recevoir aux grands prêtres et aux foules : « Je ne trouve aucun motif contre cet homme » (Lc, 23,4 ; 14 ;22). Son échappatoire, c'est la nationalité de Jésus — Galiléen. Une aubaine ! Jésus ne dépend pas de sa juridiction. Alors Pilate l'envoie à Hérode, présent à Jérusalem en ces jours de pèlerinage. Hérode le moque, le couvre de la pourpre royale et renvoie Jésus à Pilate. Pilate tente une seconde fois de relâcher Jésus contre qui ni lui ni Hérode n'ont trouvé le moindre motif de mort et propose de le gracier. Mais c'est Barabbas que le peuple veut sauver.

Chez Matthieu et chez Marc, le scénario est le même, excepté le passage chez Hérode. Matthieu ajoute le détail de Ponce Pilate se lavant les mains pour avoir dû condamner un juste qu'il a tenté de sauver, comme le lui a demandé sa femme alertée par un songe. On le voit, aucun des évangélistes ne formule le moindre reproche contre Ponce Pilate *. Pourtant, assez curieusement, il ressort de l'ensemble l'impression d'une noirceur, d'une lâcheté inexcusable, née justement de ce que les évangélistes lui font reconnaître l'innocence de Jésus. En fait, ce qui apparaît en pleine lumière dans les récits du procès, c'est cette collusion, volontaire ou pas, de tous, pour condamner un juste. Raison d'État, raison religieuse, peur de l'insurrection populaire.

L'insurrection populaire ? Elle menace des deux bords. Tantôt parce qu'on veut éliminer celui qui enseigna si bien aux foules, qui les guérit, les soulagea, les comprit et les aima, ce fils de David béni, tantôt parce qu'on veut sauver Jésus, ce pitoyable prétendant à la royauté à qui la foule préfère Barabbas. Est-ce parce que, en se laissant arrêter, Jésus prouve qu'il n'y avait rien à gagner à le défendre ? D'ailleurs, s'est-il luimême défendu ? Ou, plus probablement, parce que la soldatesque de Caïphe, vigilante, est devant le

* Une tradition et des apocryphes, les Actes de Pilate, prétendument les procès-verbaux de Pilate pendant sa tutelle en Judée, le présentent même comme un sympathisant de la cause de Jésus. Sa femme, Procula, est honorée dans l'hagiographie. Une légende veut même que Pilate se soit converti et qu'il soit mort martyr, décapité à Rome sur décision de l'empereur. À l'inverse, Eusèbe insinue que Pilate s'est suicidé, comme Judas.

prétoire, manipule les badauds présents et répond à leur place ?

La responsabilité présumée des Juifs dans la mort de Jésus alimentera une détestation radicale entre les deux camps juifs : entre ceux qui refusent d'admettre Jésus pour messie et ceux qui sont persuadés qu'on a assassiné le Messie. Les premiers écrits chrétiens, et Paul en particulier, sont accablants sur ce point. Cette animosité perdurera bien après que le schisme fut consommé entre les chrétiens et les Juifs, et le soi-disant rôle néfaste de ces derniers se propagera rapidement. Si Tacite attribue sans hésitation la mort de Jésus aux Romains (« Les chrétiens : Ce nom leur vient de Christ que, sous le principat de Tibère, le procurateur Ponce Pilate avait livré au supplice[5] »), d'autres écrits païens incriminent les Juifs. La lettre du Syrien Mara bar Serapion l'atteste sans équivoque. Cet homme, prisonnier des Romains dans la région de Samosate, écrit à son fils qui fait ses études à Odessa. Mara l'interroge sur l'utilité du meurtre commis par les Athéniens sur la personne de Socrate, par les gens de Samos sur la personne de Pythagore qu'ils ont brûlé, ou sur « les Juifs d'avoir crucifié leur sage roi, puisque depuis lors leur royaume leur a été enlevé ». Pour Mara, la chute de Jérusalem résulte de la vengeance de Dieu après ce meurtre : « Les Juifs furent déportés et chassés de leur royaume, vivant depuis lors en diaspora. » Les querelles des premières communautés entre elles, judéo-juifs contre judéo-chrétiens, ne cesseront de s'envenimer, jusqu'à nourrir l'Église primitive d'une aversion profonde à l'encontre des Juifs.

Et ces guerres doctrinales ont hélas créé un écran de fumée qui cachait la plus limpide des vérités : le peuple juif n'a pas mis Jésus de Nazareth à mort. Pas plus que le peuple romain. C'est le pouvoir dans sa représentation juive et romaine, en totale collusion, qui a décidé de liquider Jésus, parce que Jésus le mettait gravement en péril, au Temple et au palais.

Comment Jésus fut-il mené au Golgotha ? Deux versions s'opposent dans les Évangiles. Les synoptiques d'un côté, Jean de l'autre. La première divergence apparaît sur la présence de Simon de Cyrène. Matthieu, Marc et Luc attestent que cet inconnu est requis par la soldatesque romaine pour porter la croix de Jésus — preuve que celui-ci a été largement battu dans le prétoire et qu'il aborde la Via dolorosa en piteux état physique. Le fouet romain se composait de chaînettes de fer terminées par des osselets et des balles de plomb ; les coups n'étaient pas limités (ils étaient limités à quarante dans la Loi juive). Flavius Josèphe évoque « les corps déchiquetés à coups de fouet » qui sont mis en croix. Cette explication, toute pratique, est contestée. Très vite, la présence de Simon de Cyrène va ouvrir de nombreuses occasions de théoriser sur la mort de Jésus. À ceux qui ne se remettent pas du scandale de la Croix, Simon de Cyrène apparaît comme le candidat idéal à une substitution. Le raisonnement était quasiment mathématique : puisque Jésus est Dieu, puisque Dieu ne peut pas mourir, Jésus n'est pas mort, et Simon de Cyrène a été crucifié à sa place. Dans l'Apocalypse de

Pierre, apocryphe découvert à Nag Hammadi, Jésus depuis le plus haut des cieux se réjouit de sa ruse en contemplant Simon de Cyrène sur la croix à sa place.

Certains exégètes ont réfuté l'historicité de Simon de Cyrène comme porteur de croix. Ils s'appuient sur le code romain, cité par Plutarque : « Tout malfaiteur qui va à l'exécution porte sa propre croix[6]. » De plus, toute activité était interdite pendant les fêtes comme pendant le shabbat. Comment les Romains auraient-ils forcé Simon à enfreindre la loi, et comment Simon aurait-il accepté ? Plusieurs fois, Flavius Josèphe atteste la ténacité des Juifs dans leur refus de transgresser les prescriptions rituelles. Et pourquoi Jean ne mentionne-t-il pas du tout Simon de Cyrène ? Les tenants de l'historicité de ce personnage s'appuient sur un escamotage voulu par Jean. Celui-ci voulait éradiquer la thèse gnostique d'une substitution sur la Croix qui circulait à l'époque de l'évangéliste. Ou bien Jean, en référence aux Écritures, pour atténuer le scandale de la Croix, a-t-il voulu que, comme Isaac (Gn 22,6), Jésus ait porté le bois de son sacrifice. Enfin et surtout, le parti pris de Jean, dans la narration de la Passion, opte résolument pour un Jésus triomphant, résolu à vivre son supplice et sa mort auxquels il consent pleinement pour que tout soit accompli. Quel meilleur symbole, alors, que le Messie, l'Agneau de Dieu, portant seul l'instrument de son exécution ?

Matthieu s'étend en détail sur l'horreur du supplice. L'agonie commence dans le prétoire. Dénudé, déguisé, moqué, frappé, arrosé de crachats, il est traîné jusqu'au Golgotha pour être cloué sur le bois, après qu'on lui a fait boire du fiel. Elle continue sur la croix, où Jésus est victime des quolibets et des insultes.

Luc est le plus disert sur la description de ce que Jésus fait sur la Via dolorosa : Jésus prophétise à des femmes la chute future de Jérusalem, et il raconte qu'une fois crucifié, l'un des deux larrons demande au Christ de se souvenir de lui quand il sera arrivé dans son règne. « Oui, je te le dis, aujourd'hui tu vas être avec moi au paradis » (Lc 23,43), lui promet Jésus.

Marc et Matthieu sont les deux seuls à prétendre qu'il y a deux offres de vin faites à Jésus. Chez Luc, elle n'advient qu'une fois, au milieu de l'agonie. Chez Jean, cette unique invitation à boire se présente aux derniers instants : les soldats placent sur les lèvres de Jésus une éponge trempée de vin vinaigré. « Il y avait là un vase rempli de vinaigre. Ils mirent au bout d'un javelot une éponge remplie de vinaigre et la portèrent à sa bouche » (Jn 19,29). Comme l'offre de vin parfumé à la myrrhe dont parlent Marc et Matthieu, le vinaigre offert à Jean n'est pas un acte agressif. « Le meilleur vin dans les premiers temps était celui épicé par le parfum de la myrrhe », témoigne Pline[7], et pour étancher la soif, les soldats romains coupaient leur eau de vinaigre, qui rendait la boisson plus désaltérante tout en la désinfectant.

Pour la plupart des historiens, l'offre de boisson (et surtout celle coupée de fiel) fait allusion au psaume 69 du juste souffrant : « Pour tout pain ils m'ont donné du fiel / Et pour ma soif ils m'ont donné à boire du vinaigre » (Ps 69,22). Tout comme le partage des habits, décrit par Jean : « Quand les soldats eurent crucifié Jésus, ils prirent ses vêtements dont ils firent quatre parts, une pour chaque soldat, et la tunique. Mais la tunique était sans couture, tissée d'une pièce depuis le haut. Ils se dirent entre eux : Ne la déchirons pas, mais tirons-la au sort » (Jn 19,23). Cet incident est précisé pour correspondre aux Écritures, et plus particulièrement au psaume 22 : « Ils se sont partagé mes habits, ils ont tiré au sort mon vêtement. C'est ce que firent les soldats (Ps 22,19). »

Il faut préciser que la notion de Chemin de Croix et les détails qui abondent sur les incidents qui surviennent à Jésus pendant sa montée vers le Golgotha sont des inventions tardives. Depuis la paix de Constantin, en 313, les pèlerins n'ont pas cessé d'affluer à Jérusalem pour mettre leurs pas dans les pas du Christ et revivre sa Passion. Aux XIVe et XVe siècles, les franciscains, qui avaient la garde des lieux saints en vertu d'un accord passé avec les Turcs, ont imaginé pour répondre à ce désir « la dévotion du chemin de la Croix ». Ils ont ponctué la Via dolorosa, du Prétoire au mont du Crâne, tel qu'ils imaginaient connaître sa localisation, de stations propres à la méditation. Leur nombre a varié jusqu'au XVIIIe. Les papes Clément XII et Benoît XIV l'ont fixé à quatorze. Parmi les personnages légendaires du Chemin de Croix, on trouve Véronique, une sainte femme qui essuie le visage du Christ avec un voile et découvre que l'image de ce visage s'est imprimée de façon indélébile sur le linge *.

L'agonie de Jésus sur la Croix dura trois heures, de la sixième à la neuvième. Jésus fut donc crucifié à midi et il mourut à quinze heures **. Les Évangiles ne donnent aucune indication sur la forme de la croix. L'horreur de ce supplice aux yeux des Juifs explique leur réticence à donner des détails. Sénèque en fournit certains, qui illustrent le bien-fondé de leur aversion. « Je vois là des croix, pas seulement d'un seul modèle, mais façonnées selon plusieurs manières différentes : sur certaines, les victimes ont la tête en bas; certaines empalent leurs parties intimes; avec d'autres, les bras sont étendus sur la barre transversale [8]. » Parce que Jésus porte le *patibulum*, c'est-à-dire la barre transversale, parce que Matthieu précise que le *titulus* fut cloué au-dessus de la tête de Jésus et Jean qu'il fallut un javelot pour porter l'éponge à la bouche de Jésus, on en a déduit que la croix utilisée pour son exécution avait quatre branches et que son cœur se situait à deux mètres du sol. À la question de clous ou de cordes pour fixer Jésus, nul ne peut répondre avec certitude. Si les mains ont été clouées, comme le suggère Luc (Lc 24,39) quand le Christ montre

* Dans l'apocryphe les *Actes de Pilate*, Véronique s'appelle Bérénice. Elle est la femme hémorroïsse guérie par Jésus parce qu'elle a touché son manteau. Elle apparaît dans le procès de Jésus devant Pilate, essuie son visage quand il monte au calvaire, mais il n'est pas question d'image sur le linge.

** Le lieu dit du Crâne, où Jésus est crucifié, n'a pas été localisé. Selon Origène et le Pseudo-Basile, cette hauteur tient son nom d'Adam, dont c'est le lieu de sépulture, où son crâne et ses ossements sont enfouis, comme beaucoup d'artistes le représenteront plus tard quand ils peindront Jésus sur la Croix.

ses membres pour attester la crucifixion, elles ont dû l'être au niveau des poignets — le poids du corps aurait déchiré les paumes si le clou avait été enfoncé à cet endroit. Mais les mains, clouées, pouvaient être attachées en même temps par des cordes.

La découverte d'un tombeau en 1968, dans Jérusalem, à Giv'at ha-Mitvar, a permis d'exhumer le squelette de Yehohanan, crucifié d'une vingtaine d'années, l'os de chaque talon percé d'un clou qui fut vraisemblablement planté de chaque côté du poteau de la croix. Combien les soldats utilisèrent-ils de clous pour pendre Jésus ? La tradition des premiers siècles a fixé leur nombre, de façon tout à fait arbitraire, à quatre. Hélène, la mère de Constantin qui déterra la croix à l'endroit où un songe le lui avait indiqué, n'en trouva que trois.

À la troisième heure, Jésus expire. Aussitôt, les ténèbres qui couvraient la terre depuis trois heures déjà, si l'on en croit Marc, s'épaississent : « Il y eut des ténèbres sur toute la terre jusqu'à la neuvième heure. À la neuvième heure, Jésus clama à grande voix : Eloï, Eloï, lama sabacthani *, ce qui veut dire : Mon Dieu mon Dieu, pourquoi m'as-tu abandonné ? » (Mc 15,33-34). La version de Matthieu est similaire en tous points à celle de Marc, mêmes ténèbres au même moment, même déchirure du voile, mêmes dernières paroles. Mais en plus de tous ces phénomènes, un tremblement de terre secoue la ville, les roches se fendent, les tom-

* Versets du psaume 22 récités par les Juifs au moment de mourir.

beaux s'ouvrent : « Et beaucoup de corps de saints dormants se relevèrent ; ils sortirent des tombeaux après sa résurrection, ils entrèrent dans la ville sainte et apparurent à beaucoup. Or à la vue de la secousse et de ce qui arrivait, le centurion et ceux qui gardaient Jésus avec lui furent fort effrayés et dirent : Celui-ci était vraiment le fils de Dieu » (Mt 27,51-54). Comme chez Marc encore : « Et le rideau du sanctuaire se fendit en deux du haut en bas. Quand le centurion qui était là en face de lui le vit expirer ainsi, il dit : Cet homme était vraiment le fils de Dieu » (Mc 15,38-39). Aux ténèbres qu'il cite, Luc donne un nom. Il s'agit d'une éclipse solaire * : « Le soleil manqua, le rideau du sanctuaire se fendit par le milieu et Jésus vociféra à grande voix et dit : Père, je remets mon esprit entre tes mains. Et ce disant, il expira. Et le centurion, voyant ce qui arrivait, glorifia Dieu et dit : Vraiment, cet homme était juste ! » (Lc 23,45-47).

Les ténèbres décrites chez les synoptiques ont une signification symbolique profonde **. Elles

* Des chercheurs ont travaillé sur l'hypothèse qu'une éclipse aurait effectivement eu lieu. On trouve plusieurs allusions sur ce phénomène astrologique. L'une, en Grèce et en Syrie, le 24 novembre 29 (donc au printemps) dura 1 min 30 ; deux autres advinrent encore, respectivement le 1er juillet 32 et le 30 juin 33.

** Dans l'Antiquité, les manifestations de Dieu ou des dieux à la mort d'un Juste, d'un héros ou d'un grand homme sont fréquentes. Le sang d'un martyr maccabéen éteint le feu du bûcher (4 M 9,20) ; une éclipse occulte la lune la nuit suivant l'exécution par Hérode le Grand de Matthias, le purificateur du Temple après les souillures romaines (Flavius Josèphe, *Antiquités judaïques*). Des éclipses se succèdent à la mort de Romulus et à celle de Jules César, les temples perdent leurs ivoires, les bronzes pleurent, l'Etna entre en fusion, les forêts se peuplent de spectres, le ciel d'éclairs (Virgile, *Géorgiques*). À la mort de Claude, le sang pleut d'un ciel que déchire une comète (Cassius Dion, *Histoire*). Tacite — pille-t-il Flavius Josèphe ? — répète qu'à la destruction du Temple par Titus, des armées combattent dans les cieux, les portes du Saint s'ouvrent brutalement, et une voix surhumaine annonce le départ de Dieu (*Histoire*, 5, 3).

soulignent les références au Juste souffrant du psaume 22 et font écho aux railleries dont Jésus a été l'objet pendant sa montée au calvaire et tout le long de son agonie — railleries supportées par ce même Juste souffrant. Le prophète Jérémie (Jr 33,19-21) ne précise-t-il pas que si le rythme naturel du jour et de la nuit se brise, c'est le signe que Dieu rompt son alliance ? La manifestation de Dieu à la mort de son fils, présentée par Matthieu, offre toutes les ressemblances avec le jour du Jugement dernier tel que Jésus l'annonçait. Séisme, ouverture de tombeaux, résurrection des corps de saints qui reviennent à Jérusalem. Il ne s'agit pas d'allusions eschatologiques, mais de l'affirmation ferme d'une théophanie, d'une apocalypse au sens premier du terme *, en même temps qu'une préfiguration de tout ce que Jésus avait en effet annoncé pendant son ministère public. À la proclamation de Dieu, qui se manifeste dans la déchirure du voile **, au sein même du sanctuaire, c'est-à-dire au lieu même réservé aux déclarations que Dieu faisait à Moïse, répond, comme en parallèle, dans un jeu de miroirs, celle du centurion romain. Sa voix est celle des nations à qui Jésus a toujours ouvert l'accès à la Loi, et offert sa parole. C'est à un Romain que les trois synoptiques défèrent le

* Du grec *apocalypsis*, « révélation ». Dans la littérature talmudique, l'Apocalypse est un ouvrage visionnaire contenant des révélations sur les mystères divins concernant les anges, le Messie et le jour du Jugement. Plusieurs apocalypses figurent parmi les manuscrits retrouvés à Qumrân.

** Selon Raymond Brown, la déchirure du voile marque la colère de Dieu contre les autorités de Jérusalem qui ont crucifié le Fils dont Dieu avait formellement établi la filiation au moment du baptême, quand l'Esprit déchire les cieux (Mc 1,10-11) et annonce : « Tu es mon Fils bien-aimé. »

privilège de confesser la nature et la grandeur de Jésus : « Vraiment, cet homme était juste ! » (Lc 23,45-47) ; « Cet homme était vraiment le Fils de Dieu » (Mc 15,39) ; « Or à la vue de la secousse et de ce qui arrivait, le centurion et ceux qui gardaient Jésus avec lui furent fort effrayés et dirent : Celui-ci était vraiment fils de Dieu » (Mt 27,54). La déchire du voile préfigure alors la destruction de Temple que Jésus a prédite.

Jean, de son côté, évoque une mort presque douce, acceptée, et même attendue. Quand la faiblesse de son corps l'avertit de l'imminence de la fin « J'ai soif * ! » (Jn 19,28), il s'éteint enfin, dans une sorte de sérénité, parce que « tout est fini » (Jn, 19,28), tout est accompli. Comme le note Jean Grosjean :

> Jean distingue l'écriture que Jésus doit « accomplir », c'est-à-dire rendre complète (littéralement « remplir ») en ajoutant l'acte au texte (comme en 13, 18 : « Mais c'est pour accomplir cette écriture : Lui qui mange mon pain a levé le talon contre moi. » En 15, 25 : « Mais c'est pour accomplir cette parole écrite dans leur loi : Ils m'ont haï sans cause. » Ou encore en 17, 12 : « J'ai gardé ceux que tu m'as donnés et aucun d'eux ne s'est perdu, sinon le fils de perdition pour accomplir l'écriture ») et les travaux que Jésus doit « finir », c'est-à-dire mener à terme (comme en 4, 34 : « Jésus leur dit : Mon aliment est de faire la volonté de celui qui m'a envoyé et de finir son œuvre. » En 5, 36 : « Moi, j'ai un témoignage plus grand que celui de Jean-Baptiste. Les œuvres que le Père m'a données à finir, ces œuvres que je fais, témoignent de moi que le père m'a envoyé. » Ou en 17, 4 : « Je t'ai glorifié sur terre, j'ai fini l'œuvre que tu m'as donnée à faire »). Mais ici où Jésus mène à leur terme ultime les

* La soif de Jésus accomplit la prédication du psaume 69 : « Et pour ma soif, ils m'ont abreuvé de vinaigre » (Ps 69,22).

œuvres du Père (« sachant que tout est fini », Jn 19,28), il arrive aussi au bout de l'accomplissement de toute l'écriture et Jean dit cette fois qu'il la finit[9].

« Quand Jésus prit le vinaigre, il dit : C'est fini. Il baissa la tête et remit l'esprit » (Jn 19,30). Tout est alors terminé, accompli. Ce dernier verset de Jean sur la mort de Jésus opère un jeu de miroirs avec le premier verset du chapitre 13 qui ouvre, chez Jean, l'épisode de la Passion : « Avant la fête de la Pâque, sachant venue son heure de passer de ce monde au Père, Jésus qui avait aimé les siens dans ce monde les aima jusqu'à la fin » (Jn 13,1). Nul doute, nulle peur ne l'habite, ne le hante, ne l'ébranle : Jésus, en pleine connaissance de son destin, accomplit la mission que lui a dévolue son Père. Alors seulement, une fois mort, il baisse la tête.

Les Sept Paroles du Christ en Croix représentent en fait une compilation des dernières paroles que Jésus a prononcées avant de mourir, selon chacun des évangélistes. Aux derniers mots prononcés par Jésus selon Marc et Matthieu, « Eloï Eloï, lama sabacthani ? Mon Dieu, mon Dieu, pourquoi m'as-tu abandonné ? », la tradition a ajouté toutes celles de Luc : « Père, pardonne-leur car ils ne savent pas ce qu'ils font » ; puis, au bon larron : « Oui, je te le dis, aujourd'hui tu vas être avec moi au paradis » ; enfin, celles de Jean, « Tout est fini », et celles dites à sa mère et au disciple bien-aimé : « Femme, voici ton fils. Puis il dit au disciple : Voici ta mère. » Cette compilation a été rendue célèbre par les musiciens Heinrich Schütz (1645), Joseph

Haydn (1787) ou Sofia Goubaïdoulina (1982) qui l'ont mise en musique. Les exégètes supposent que la dernière parole du Christ, selon Marc et Matthieu, doit être celle empruntée au psaume : « Mon Dieu, mon Dieu, pourquoi m'as-tu abandonné ? » Mais l'aspect négatif de ce *loggion* a posé un problème pour l'ordonnancement de ces paroles. On a donc retenu le « Père, en tes mains je remets mon esprit » de Luc (Lc 23,46).

Ainsi est mort Jésus de Nazareth. On lui a encore porté un coup de lance dans le flanc et du flanc ouvert de Jésus s'écoulent de l'eau et du sang — l'eau du baptême et le sang de l'alliance nouvelle, disent les théologiens.

Jésus est mort dans un scandale et une folie, abandonné de tous. Dès son arrestation connue, la majorité de ses disciples a dû quitter Jérusalem. Une preuve en est donnée dans le texte de Luc : les deux disciples, pleins de tristesse qui, le dimanche matin, sont en route vers Emmaüs, ne taisent pas leur déception. Jésus n'a pas tenu ses promesses. « Nous espérions que c'était lui qui délivrerait Israël » (Lc 24,21), confient-ils à cet homme qui marche à côté d'eux et que leurs yeux empêchent de voir. Ils disent aussi la découverte du tombeau vide par les femmes, parties procéder aux soins des morts. Ils racontent les anges apparus à ces femmes, et qui leur ont dit que Jésus était vivant. Enfin, les disciples d'Emmaüs vont comprendre. Lorsque Jésus répétera les gestes de la Cène, ils le reconnaîtront dans ce Christ transfiguré.

C'est sur cette vision que s'arrête l'histoire de

l'existence terrestre de Jésus. Le reste fait partie du dogme et constitue ce que l'on a appelé le mystère pascal. « La logique, écrit Charles Guignebert, voulait que tout s'arrêtât là. » Et pourtant, quelques jours plus tard, note Henri Guillemin :

> Ces écrasés se transfigurent. Tout désenchantement aboli. Un bonheur s'y substitue, une fulguration de bonheur. Une joie si violente, si fougueuse que la félicité d'hier, pourtant ardente lorsqu'on marchait avec le Nazaréen sur les routes, n'est qu'une braise à côté de ce flamboiement. Et la peur n'existe plus. Disparue au point que ces fuyards désemparés du « samedi saint » vont affronter le martyre même — martyre au sens propre, originel, étymologique, c'est « témoignage » — plutôt que de renoncer à dire ce qu'ils ont à dire, ce qu'il faut qu'ils disent, coûte que coûte, tant c'est prodigieux, tant cela confirme enfin, enfin, ce qu'ils avaient cru [10].

Il ne peut y avoir de constat historique pour savoir ce qui s'est passé entre la fuite des disciples et le surgissement de ces témoins, de ces apôtres de la Bonne Nouvelle qui, pour la plupart, deviendront des martyrs heureux. « Je crois, écrit Pascal, les témoins qui se font tuer. » L'histoire s'arrête à la mise au tombeau *, dans cette sépulture déserte, prêtée par Joseph d'Arimathie **. Et encore cette

* Certains exégètes estiment que Jésus, après sa mort, a été jeté à la fosse commune sans autre forme de cérémonie, comme la plupart des suppliciés. Le « champ du sang » serait cette sépulture. D'autres opposent à cette théorie que les familles pouvaient réclamer le corps, comme l'attestent Flavius Josèphe et Philon d'Alexandrie.

** Tous les évangélistes mentionnent Joseph d'Arimathie pour la première fois dans la Passion. Ils précisent d'ailleurs que ce personnage « arrive » après la mort de Jésus. Arimathie désigne le lieu de naissance ou de résidence de Joseph et indique que Joseph n'était pas de Galilée, mais de Judée (Lc 23,51). D'après Matthieu, le tombeau où Jésus fut enseveli était le propre tombeau de Joseph d'Arimathie. Bernard Dubourg, dans *L'Invention de Jésus* (Gallimard, 1987), avance que Arimathie calquerait l'hébreu HRY MWT qui veut dire « après la mort ».

dernière information est-elle contredite par les Actes, qui prétendent que ce sont les Juifs (et non Joseph et Nicomède comme le dit Jean) qui procèdent à la mise au tombeau… Curieusement encore, la localisation de ce tombeau tombe immédiatement dans l'oubli. Le Saint Sépulcre où l'on se recueille aujourd'hui a été créé en 325 sous le règne de Constantin qui reçut l'intuition de son emplacement dans un songe. Si l'on accepte que Jésus a bien ressuscité, la disparition de ce tombeau s'éclaire — pourquoi les Juifs, qui avaient l'habitude de se recueillir sur la tombe de leurs disparus, auraient-ils honoré un lieu vide ?

L'histoire de Jésus prend fin, mais celle du Christ, toute théologique, ainsi que la foi qu'elle suscite commencent avec la confiance dans les dires des témoins qui virent le Christ ressuscité, quelque cinq cents disciples, et partagèrent encore un repas avec lui. Preuve encore qu'il s'agit d'une question de foi à laquelle sont invités tous les lecteurs à venir des Évangiles, aucun des témoins de cette résurrection, ou plutôt aucun de ceux qui vont voir le Christ ressuscité, car personne n'assiste en direct à sa résurrection, ne reconnaît en lui Jésus de Nazareth. Ni Marie Madeleine qui le confond avec le jardinier, ni les pèlerins à Emmaüs, ni les disciples sur le bord du lac où ils pêchent, et que rejoint le Christ. Thomas, d'ailleurs, reste incrédule, et il lui faut toucher les plaies pour croire. Et eux, tous ces témoins, le monde a dû les croire sur parole et se fonder sur leurs kérygmes *, ces proclamations à

* Kérygme : du grec ancien *kêrugma*, « proclamation à voix haute », de *kêrux*, « le héraut ».

voix haute, cette profession de foi des premiers chrétiens qui affirment trois énoncés essentiels. Jésus-Christ est le Messie, le Fils de Dieu. Il est ressuscité et celui qui parle en rend témoignage personnellement, comme le proclame Pierre, le jour de la Pentecôte.

Hommes israélites, écoutez ces paroles : Jésus le Nazaréen, homme approuvé de Dieu auprès de vous par les miracles et les prodiges et les signes que Dieu a faits par lui au milieu de vous, comme vous-mêmes vous le savez, ayant été livré par le conseil défini et par la pré-connaissance de Dieu — lui, vous l'avez cloué à une croix et vous l'avez fait périr par la main d'hommes iniques, lequel Dieu a ressuscité, ayant délié les douleurs de la mort, puisqu'il n'était pas possible qu'il fût retenu par elle. [...] Ce Jésus, Dieu l'a ressuscité, ce dont nous, nous sommes tous témoins. [...] Repentez-vous, et que chacun de vous soit baptisé au nom de Jésus Christ, en rémission des péchés ; et vous recevrez le don du Saint-Esprit (Ac 2, 14-38) *.

Ou encore celui de Paul, dans sa première épître aux Corinthiens (1 Co 15,1-8) :

Or je vous fais savoir, frères, l'Évangile que je vous ai annoncé, que vous avez aussi reçu, et dans lequel vous êtes, que Christ est mort pour nos péchés, selon les Écritures, et qu'il a été enseveli, et qu'il a été ressuscité le troisième jour, selon les Écritures ; et qu'il a été vu de Céphas [Pierre], puis des Douze. Ensuite il a été vu de plus de cinq cents frères à la fois, dont la plupart sont demeurés en vie jusqu'à présent, mais quelques-uns aussi se sont endormis. Ensuite il a été vu de

* Les Juifs qui n'ont pas voulu croire en la résurrection de Jésus ont prétendu que le corps avait été volé pendant le sommeil des soldats romains placés devant la pierre du tombeau, à la demande expresse des grands prêtres (Mt, 28, 11-15). Les *Toledoth Yeshuh* argueront même que Judas a volé le corps de Jésus, Judas qui n'était autre que le jardinier du cimetière.

Jacques, puis de tous les apôtres ; et, après tous, comme d'un avorton, il a été vu aussi de moi.

Paul Veyne, dans son ouvrage *Quand notre monde est devenu chrétien*, cherche à comprendre comment le christianisme, « ce chef-d'œuvre de création religieuse, a pu, entre 300 et 400, s'imposer à tout l'Occident[11] » et convertir en un siècle quelque cent millions de personnes. Paul Veyne retient trois réponses : un empereur romain, Constantin, sincèrement converti ; le désir de ce césar de doter son empire d'une religion digne de lui ; et la volonté de mettre l'administration impériale au service des premières Églises. Ces trois raisons s'articulent entre elles pour faire du christianisme la religion que l'on sait. Mais aucune des trois, ni l'ensemble, n'aurait pu suffire sans le présupposé du mystère pascal, cette « graine de sanve qu'un homme a prise et semée dans son champ, la plus petite des semences » (Mt 13,31-32).

ANNEXES

CHRONOLOGIE GÉNÉRALE DES ÉVÉNEMENTS EN PALESTINE

– 63. Prise de Jérusalem par Pompée qui en laisse le gouvernement à l'Iduméen Antipater, ministre d'Hyrcan II jusqu'en 40.

– 55 à – 51. À Rome, guerre des Gaules.
– Hérode, fils d'Antipater, est nommé gouverneur de Galilée par César. Il met à mort le premier zélote révolté : Ézéchias.

– 44 à – 43. Empoisonnement d'Antipater.

– 37. Hérode le Grand, nommé par Rome roi des Juifs, entre à Jérusalem.

– 30. Hérode met à mort Hyrcan II, puis sa femme Mariamme, les derniers Hasmonéens et tous ses opposants. Il élève les palais, construit et reconstruit des villes (Sébaste et Césarée), donne à la Palestine la paix et une richesse inégalée.

– 20. Hérode entreprend la reconstruction du Temple.

– 7. Hérode fait étrangler ses fils Alexandre et Aristobule qu'il avait eus de Mariamme I.

– 6. Naissance probable de Jésus.

– 4. Mort d'Hérode. Archélaos hérite de la tétrarchie de Judée et de Samarie jusqu'en 6. Hérode Antipas, tétrarque de Galilée et de Pérée jusqu'en 39 ; Philippe de l'Auranitide et de la Bétanée jusqu'en 34.

4. Mort d'Archélaos. La Judée est rattachée à la province de Syrie, gouvernée par un procurateur : Quirinus.

6. Rome ordonne un nouveau recensement. Judas le Galiléen soulève une révolte contre Rome et la perception des impôts.

14-15. Mort d'Auguste. Tibère empereur.

17. Fondation de Tibériade par Hérode Antipas pour remplacer Sepphoris.
25. Caïphe, gendre d'Ann, grand prêtre jusqu'en 36.
26. Ponce Pilate, procurateur de Judée jusqu'en 36.
28. Prédication de Jean-Baptiste. Début du ministère public de Jésus.
30. Décapitation de Jean-Baptiste.
33 (?). Crucifixion de Jésus.
37. Mort de Tibère. Caligula empereur.
41. Mort de Caligula. Claude empereur.
54. Mort de Claude. Néron empereur.
62. Premières persécutions des chrétiens. À Jérusalem, lapidation de Jacques.
64. Mort de Néron. Titus empereur. Persécutions. Saint Pierre crucifié. Saint Paul décapité.
68. Début de la révolte juive.
70. Prise de Jérusalem par Titus. Les remparts sont rasés. Le Temple est détruit.
73. Prise de Massada. Suicide collectif des derniers résistants zélotes.
132. Seconde révolte juive menée par Bar Kosba. Les Juifs sont bannis de Jérusalem qui leur est interdite.
135. Jérusalem devient Aelia Capitolina.
325. L'empereur Constantin se convertit au christianisme.

CHRONOLOGIE APPROXIMATIVE DE LA VIE DE JÉSUS (SELON JEAN POUR LE TEMPS DU MINISTÈRE PUBLIC)

–6 ou –4. Naissance de Jésus à Bethléem, présentation au Temple à Jérusalem et retour à Nazareth.
12. Fugue de Jésus à Jérusalem lors de sa première Pâque.
28. Baptême de Jésus dans le Jourdain par Jean le Baptiste. Début de son ministère public. Jésus baptise et prêche. Il assiste aux noces de Cana et transforme, à la demande de sa mère, l'eau en vin.
28-30. Jésus a désigné ses disciples et part avec eux pour Bethsaïde, sur l'autre rive de la mer de Galilée. Il va à Jérusalem pour Pâque et chasse les vendeurs du Temple. Il s'entretient avec le riche Nicomède, puis revient en Galilée par le

chemin le plus court : la Samarie. Là, il révèle son identité de Messie à la Samaritaine.

Il établit son camp de base chez Simon Pierre et, depuis sa maison, parcourt les villes de Chorazein, de Tibériade, de Sepphoris.

Jésus fait de brèves incursions en Césarée, à Tyr, en Phénicie, et à Jérusalem pour célébrer la Pâque.

Il prononce le Sermon des Béatitudes.

C'est le temps de la pêche miraculeuse, de la guérison du serviteur du centurion, de la résurrection du fils de la veuve de Naïm.

Jésus apaise la tempête sur le lac Tibériade, chasse les démons à Gadara, revient à Capharnaüm où il guérit la femme hémorragique et ressuscite la fille de Jaïre.

Sur une colline, au bord du lac, il prêche à une foule de cinq mille personnes et multiplie les pains.

Il a une altercation si violente avec des pharisiens qu'il se réfugie quelques mois en Phénicie. Il y multiplie encore une fois les pains.

Il revient vers la Judée. Près de Césarée, il est transfiguré.

30. *Septembre* : Jésus quitte définitivement la Galilée pour la Judée.

À Jérusalem, pour la fête des Tabernacles, il pardonne à la femme adultère, choisit soixante-douze nouveaux disciples parmi ceux qui le suivent.

Il s'installe chez Marthe et Marie à Béthanie. Une femme lui oint les pieds.

31. *Mars* : Jésus ressuscite Lazare et monte à Jérusalem pour sa dernière Pâque.

Avril : Trahi par Judas, arrêté par les hommes de Caïphe et une cohorte romaine, il est jugé par Ponce Pilate et condamné à la crucifixion.

RÉFÉRENCES BIBLIOGRAPHIQUES

DOMAINE SPIRITUEL

L'Évangile de Marie. Myriam de Magdala, Albin Michel, coll. « Spiritualités vivantes », 2000.

L'Évangile de Thomas, Albin Michel, coll. « Spiritualités vivantes », 1986.

L'Évangile de Jean, Albin Michel, coll. « Spiritualités vivantes », 1989.

L'Évangile de Philippe, Albin Michel, coll. « Spiritualités vivantes », 2003.

Armand ABECASSIS, *En vérité je vous le dis. Une lecture juive des Évangiles*, Le Livre de poche, coll. « Biblio essais », 1999.

Marie-Madeleine DAVY, *Le Désert intérieur*, Albin Michel, coll. « Spiritualités vivantes », 1985.

Monseigneur Michel DUBOSC, *Priez le Notre Père*, Desclée de Brouwer, 2007.

Josy EISENBERG et Armand ABECASSIS, *À Bible ouverte. La Genèse ou le Livre de l'Homme*, Albin Michel, coll. « Spiritualités vivantes » édition en un volume, 2004.

Adolphe GESCHE, *Le Christ*, Cerf, 2001.

Jacques LACARRIÈRE, *Les Gnostiques*, Albin Michel, coll. « Spiritualités vivantes », 1994.

Roland MEYNET, *L'Évangile de Luc*, Lethielleux, coll. « Rhétorique sémitique», 2005.

Joseph MOINGT, *L'Homme qui venait de Dieu*, Cerf, coll. « Cogitatio Fidei », 2002.

Jérôme PRIEUR et Gérard MORDILLAT, *Jésus, illustre et inconnu*, Albin Michel, coll. « Spiritualités vivantes », 2004.
Claude TRESMONTANT, *L'Enseignement de Ieschoua de Nazareth*, Seuil, 1970.

SUR LES ORIGINES DU CHRISTIANISME

Armand ABECASSIS, *L'Univers hébraïque. Du monde païen à l'humanisme biblique*, Albin Michel, 2003.
Henri CAZELLES, *Le Messie de la Bible. Christologie de l'Ancien Testament*, Desclée, coll. « Jésus et Jésus-Christ », 1995.
Alain HOUZIAUX (sous la dir. de), *Jésus de Qumrân à l'Évangile de Thomas. Les judaïsmes et la genèse du christianisme*, Bayard, 1999.
Frédéric MANNS, *Les Racines juives du christianisme*, Presses de la Renaissance, 2006.
Simon Claude MIMOUNI, *Les chrétiens d'origine juive dans l'Antiquité*, Albin Michel, coll. « Présences du judaïsme », 2004.
Gérard MORDILLAT et Jérôme PRIEUR, *Jésus après Jésus. L'origine du christianisme*, Seuil, coll. « Points », 2004.

BIOGRAPHIES DE JÉSUS

Joseph RATZINGER-BENOÎT XVI, *Jésus de Nazareth*, Flammarion, 2007.
Gérard BESSIÈRE, *Jésus, le dieu inattendu*, Gallimard, coll. « Découvertes », 1993.
Jacques DUQUESNE, *Jésus*, Desclée de Brouwer/Flammarion, 1994.
Khalil GIBRAN, *Jésus Fils de l'homme*, Albin Michel, coll. « Spiritualité », 1990.
Charles GUIGNEBERT, *Jésus*, Albin Michel, coll. « L'évolution de l'humanité », 1969.
Philippe LE GUILLOU, *Jésus*, Pygmalion/Gérard Watelet, coll. « Chemins d'éternité », 2002.
John Paul MEIER, *Un certain Juif, Jésus : les données de l'histoire*, Cerf, coll. « Lectio divina », t. I : *Les Sources, les origines, les dates*, 2005 ; t. II : *La parole et les gestes*, 2005 ; t. III : *Attachements, affrontements, ruptures*, 2006.
Alexandre MEN, *Jésus, le maître de Nazareth*, Nouvelle Cité, 1999.
Jean-Paul ROUX, *Jésus*, Fayard, 1989.

Donald SPOTO, *Un inconnu nommé Jésus*, trad. de l'américain par Jérôme Pernoud, Le Pré aux Clercs, 2000.

SUR JUDAS

L'Évangile de Judas, traduction intégrale et commentaires des professeurs Rodolphe Kasser, Marvin Meyer et Gregor Wurst, Flammarion, 2006.

Ernst BERTRAM, *Nietzsche. Essai de mythologie*, Éditions du Félin, 2007.

Pierre-Emmanuel DAUZAT, *Judas. De l'Évangile à l'Holocauste*, Bayard, 2006.

Herbert KROSNEY, *L'Évangile perdu. La véritable histoire de l'Évangile de Judas*, Flammarion, 2006.

James M. ROBINSON, *Les Secrets de Judas. Histoire de l'apôtre incompris et de son Évangile*, Michel Lafon, 2006.

DICTIONNAIRES ET ENCYCLOPÉDIES

Dictionnaire encyclopédique du judaïsme, Robert Laffont, coll. « Bouquins », publié sous la dir. de Geoffrey Wigoder, adapté en français sous la dir. de Sylvie Anne Goldberg, 1996.

Théo. Nouvelle encyclopédie catholique, Droguet-Ardant/Fayard, 1989.

André-Marie GÉRARD, *Dictionnaire de la Bible*, Robert Laffont, coll. « Bouquins », 1989.

Alan UNTERMAN, *Dictionnaire du judaïsme. Histoire, mythes et traditions*, Thames & Hudson, 1997.

HISTOIRE

Aux origines du christianisme, texte présenté par Pierre Geoltrain, Gallimard/Le Monde de la Bible, coll. « Folio histoire », 2000.

Pierre BORDREUIL et Françoise BRIQUEL-CHATONNET, *Le Temps de la Bible*, Gallimard, coll. « Folio histoire », 2003.

François BROSSIER, *La Bible dit-elle vrai ?*, Éditions de l'Atelier, 1999.

Raymond E. Brown, *La Mort du Messie. Encyclopédie de la Passion du Christ, de Gethsémani au tombeau*, Bayard, 2005.
— *Que sait-on du Nouveau Testament ?*, Bayard, 2000.
Alain Corbin (sous la dir. de), *Histoire du christianisme*, Seuil, coll. « L'univers historique », 2007.
Jean Delumeau, Gérard Billon, *Jésus et sa Passion*, Desclée de Brouwer, 2004.
Éric Edelmann, *Jésus parlait araméen. À la recherche de l'enseignement originel*, Éditions du Relié, 2005.
Israel Finkelstein et Neil Asher Silberman, *La Bible dévoilée*, Gallimard, coll. « Folio histoire », 2002.
Ennio Floris, *Sous le Christ, Jésus*, Flammarion, 1987.
Pierre Grelot, *Jésus de Nazareth, Christ et seigneur*, Cerf, 1998.
Charles Guignebert, *Le Monde juif vers le temps de Jésus*, Albin Michel, coll. « L'évolution de l'humanité », 1969.
Henri Guillemin, *L'affaire Jésus*, Le Seuil, 1982.
Mireille Hadas-Lebel, *Entre la Bible et l'Histoire. Le peuple hébreu*, Gallimard, coll. « Découvertes », 1997.
Lucien Jerphagnon, *Histoire de la Rome antique. Les armes et les mots*, Tallandier, 2002.
Jean-Pierre Lemonon, *Pilate et le gouvernement de Judée*, Gabalda, 1981.
— *Le Monde où vivait Jésus*, Cerf, 1987.
Hyam Maccoby, *Paul et l'invention du christianisme*, Lieu commun, 1987.
Gérard Mordillat et Jérôme Prieur, *Corpus Christi. Enquête sur l'écriture des Évangiles*, Arte Éditions/Mille et Une Nuits, 1998.
Charles Perrault, *Jésus et l'histoire*, Desclée, 1993.
— *Les Premiers Temps de l'Église, de saint Paul à saint Augustin*, Gallimard/Le Monde de la Bible, texte présenté par Marie-Françoise Baslez, 2004.
Pline, *Histoire naturelle*, 14, 15, Gallimard, coll. « Folio classique », 1999.
Plutarque, *Sur les délais de la justice divine*, § 554, Actes Sud, coll. « Babel », 1995.
Maurice Sachot, *L'Invention du Christ. Genèse d'une religion*, Odile Jacob, coll. « Le champ médiologique », 1998.
Sénèque, « Consolation à Marcia », in *Entretiens, Lettres à Lucilus*, 20, 3, Robert Laffont, coll. « Bouquins », 1993.
Tacite, *Annales*, 15, 44, Garnier-Flammarion, 1999.

Javier Teixidor, *Le Judéo-Christianisme*, Gallimard, coll. « Folio histoire », 2006.
Geza Vermes, *Les Énigmes de la Passion. Une histoire qui a changé l'histoire du monde*, Bayard, 2004.
Paul Veyne, *Quand notre monde est devenu chrétien (312-394)*, Albin Michel, coll. « Idées », 2007.

OUVRAGES BIBLIQUES DE RÉFÉRENCE

Ancien Testament, Cerf/Les Bergers et les Mages, 1979.
François Bovon, Pierre Geoltrain et Jean-Daniel Kaestly (sous la dir. de), *Écrits apocryphes chrétiens*, Gallimard, coll. « Bibliothèque de la Pléiade », t. I, 1997 ; t. II, 2005.
André Dupont-Sommer et Marc Philonenko (sous la dir. de), *Écrits intertestamentaires*, Gallimard, coll. « Bibliothèque de la Pléiade », 1987.
Jean Grosjean et Michel Leturmy (sous la dir. de), *Le Nouveau Testament*, Gallimard, coll. « Bibliothèque de la Pléiade », 1971.
Jean-Pierre Mahé et Paul-Hubert Poirier (sous la dir. de), *Écrits gnostiques*, Gallimard, coll. « Bibliothèque de la Pléiade », 2007.

FILMS DISPONIBLES EN DVD

Pier Paolo Pasolini, *L'Évangile selon saint Matthieu*, 1964.
Franco Zeffirelli, *Jésus de Nazareth*, 1976.
Martin Scorcese, *La Dernière Tentation du Christ*, 1989.
Mel Gibson, *La Passion*, 2005.

Notes

APPROCHES DE JÉSUS

1. Toutes les citations des Évangiles sont tirées du Nouveau Testament, Gallimard, coll. « Bibliothèque de la Pléiade », édition établie par Jean Grosjean, 1971.

2. Alain Houziaux, *Jésus-Christ, de quoi est-on sûr ?*, L'Atelier, 2006.

3. Ernest Renan, *La Vie de Jésus*, Robert Laffont, « Bouquins », 2007.

4. *Ibid.*

5. Frédéric Nietzsche, *L'Antéchrist*, traduit de l'allemand par Éric Blondel, Garnier-Flammarion, 1994.

6. Rudolf Bultmann, *Jésus, mythologie et démythologisation*, Seuil, 1968.

7. *Ibid.*

8. Flavius Josèphe, *Antiquités judaïques*, Les Belles Lettres, 2003 (XX, 200).

9. Flavius Josèphe, *Le Témoignage de Flavien* (XVIII, 63-64), Les Belles Lettres, 2003.

10. Agapios, *Histoire universelle*. Voir Serge Bardet, *Le Testimonium Flavianum. Considérations historiques*, Cerf, 2002.

11. *Aggadoth du Talmud de Babylone*, Verdier, 1983.

12. Tacite, *Annales*, Gallimard, coll. « Folio classique », 1993.

13. Toutes les citations de l'Ancien Testament sont tirées de la *TOB*, Cerf, 1979.

14. Ennio Floris, *Sous le Christ, Jésus*, Flammarion, 1987.

15. John Paul Meier, *Un certain Juif, Jésus*, Cerf, 2006.

« AU COMMENCEMENT... »

1. Flavius Josèphe, *Antiquités judaïques*, Cerf, 4 volumes, 1992-2005.

2. Flavius Josèphe, *Antiquités judaïques, op. cit.*, 13.10.5, § 288-296.

3. *Le Livre d'Esther, Ancien Testament*, TOB, Cerf, 1979.

« VOICI L'HOMME »

1. Flavius Josèphe, *La Guerre des Juifs*, Les Belles Lettres, 1975-1982.

2. *Ibid.*

3. Flavius Josèphe, *Antiquités judaïques, op. cit.*, XX, 97-99.

4. Flavius Josèphe, *Antiquités judaïques, op. cit*, 17, 273-281 ; *La Guerre des Juifs, op. cit.*, 2, 117-118 et 433-434.

5. Flavius Josèphe, *La Guerre des Juifs, op. cit.*

6. Flavius Josèphe, *Le Témoignage de Flavien, op. cit.*, Les Belles Lettres, 2003.

7. Jean Grosjean, préface à *L'Évangile selon Jean, Nouveau Testament*, Gallimard, coll. « Bibliothèque de la Pléiade », 1971.

8. *Ibid.*

9. John Paul Meier, *Un certain Juif, Jésus : les données de l'histoire*, Cerf, 2005.

LE DIEU CACHÉ

1. Sören Kierkegaard, *Exercice en christianisme*, présentation et traduction de Vincent Delecroix, Éditions du Félin, 2006.

2. Raymond E. Brown, *Que sait-on du Nouveau Testament ?*, Bayard, 2000.

3. *Opera Omnia Bernardini Senensis*, ofm edit. Quaracchi, 9 vol. (1950-1965).

LA VIE NOUVELLE

1. David Friedrich Strauss, *Das Leben Jesus*, 1835, Fortress Press, Philadelphia, 1977.
2. Irénée, *Contre les hérésies*, §4, Cerf, coll. Sagesses Chrétiennes, 1984.
3. Geoffrey Wigoder et Sylvie Anne Goldberg, *Dictionnaire encyclopédique du judaïsme*, Robert Laffont, coll. « Bouquins », 1996.
4. *Lettre de Lentulus. Écrits apocryphes chrétiens*, t. II, Gallimard, coll. « Bibliothèque de la Pléiade », 2005.
5. Voir Philon, *De la vie contemplative*, Cerf, 1963.
6. Marie-Madeleine Davy, *Le Désert intérieur*, Albin Michel, 2005.
7. Lire à ce sujet Rudolf Bultmann, *Jésus et le monde*, Seuil, 1968 ; Jürgen Becker, *Johannes der Täufer*, De Gruyter, 1998.
8. Sören Kierkegaard, *Exercice en christianisme*, *op. cit.*

LE ROYAUME DE DIEU

1. John Paul Meier, *Un certain Juif, Jésus*, *op. cit.*, vol. III §B, p. 120.
2. Norman Perrin, *Rediscovering the Teaching of Jesus*, cité par John Paul Meier, *op. cit.*
3. Sur l'idée de ce « symbole à haute potentialité », voir Philip Wheelwright, *Metaphor and Reality*, Indiana University Press, 1971.
4. Joseph Moingt, *L'Homme qui venait de Dieu* », Cerf, 2002.

« JÉSUS FAISAIT DES ACTIONS ÉTONNANTES... »

1. Flavius Josèphe, *Antiquités judaïques*, 18.3.3, § 63.
2. *Ibid.*
3. *Ibid.*, 8.2.5, § 45.

« ET MOI JE VOUS DIS... »

1. Maurice Sachot, *L'Invention du Christ, Genèse d'une religion*, Odile Jacob, 1998.

2. Flavius Josèphe, *Antiquités judaïques, op. cit.*, 3. 10.6, § 298 ; 18.1.4, § 16.

« ET VOUS, QUI DITES-VOUS QUE JE SUIS ? »

1. Raymond E. Brown, *La Mort du Messie, op. cit.*

LA PASSION

1. Voir l'article de Maurice Sartre, professeur à l'université de Tours, « " Évangile de Judas " : retour sur une découverte », *L'Histoire*, n° 315, décembre 2006.

2. Ernst Bertram, *Nietzsche. Essai de mythologie*, Éditions du Félin, 2007.

3. *Ibid.*

4. *Ibid.*

5. Henri Guillemin, *L'Affaire Jésus*, Seuil, 1984.

6. René de Chateaubriand, *Vie de Rancé*, Gallimard, coll. « Folio classique », 1986.

« LA TROISIÈME FOIS, LE COQ CHANTE »

1. Flavius Josèphe, *Antiquités judaïques, op. cit*, 4, 218.

« TOUT EST ACCOMPLI »

1. Raymond E. Brown, *La Mort du Messie. Encyclopédie de la Passion du Christ*, Bayard, 2005.

2. Charles Perrot, *Jésus et l'histoire*, Desclée, 1993.

3. Hyam Maccoby, *Paul et l'invention du christianisme*, Lieu commun, 1987.

4. Jean-Pierre Lémonon, *Pilate et le gouvernement de Judée*, Gabalda, 1981.

5. Tacite, *Annales*, 15, 44, Garnier-Flammarion, 1999.

6. Plutarque, *Sur les délais de la justice divine*, § 554, Actes Sud, coll. « Babel », 1995.

7. Pline, *Histoire naturelle*, 14,15, Gallimard, coll. « Folio Classique », 1999.

8. Sénèque, « Consolation à Marcia », in *Entretiens, Lettres à Lucilius*, 20, 3, Robert Laffont, coll. « Bouquins », 1993.

9. Jean Grosjean, *Le Nouveau Testament, Évangile selon Jean*, Gallimard, coll. « Bibliothèque de la Pléiade », 1971.

10. Henri Guillemin, *L'Affaire Jésus*, Seuil, coll. « Points », 1982.

11. Paul Veyne, *Quand notre monde est devenu chrétien*, Albin Michel, coll. « Idées », 2007.

ANNEXES

FOLIO BIOGRAPHIES

Attila, par ÉRIC DESCHODT

Joséphine Baker, par JACQUES PESSIS

Balzac, par FRANÇOIS TAILLANDIER

Baudelaire, par JEAN-BAPTISTE BARONIAN

James Brown, par STÉPHANE KOECHLIN

Le Caravage, par GÉRARD-JULIEN SALVY

Jules César, par JOËL SCHMIDT

Cézanne, par BERNARD FAUCONNIER

Albert Cohen, par FRANCK MÉDIONI

Colette, par MADELEINE LAZARD

James Dean, par JEAN-PHILIPPE GUERAND

De Gaulle, par ÉRIC ROUSSEL

Diderot, par RAYMOND TROUSSON

Marlene Dietrich, par JEAN PAVANS

Fellini, par BENITO MERLINO

Freud, par RENÉ MAJOR et CHANTAL TALAGRAND

Gandhi, par CHRISTINE JORDIS

Geronimo, par OLIVIER DELAVAULT

Billie Holiday, par SYLVIA FOL

Ibsen, par JACQUES DE DECKER

Jésus, par CHRISTIANE RANCÉ

Janis Joplin, par JEAN-YVES REUZEAU

Kafka, par GÉRARD-GEORGES LEMAIRE

Kerouac, par YVES BUIN

Louis XVI, par BERNARD VINCENT

Michel-Ange, par NADINE SAUTEL

Modigliani, par CHRISTIAN PARISOT

Molière, par CHRISTOPHE MORY

Marilyn Monroe, par ANNE PLANTAGENET

Pasolini, par RENÉ DE CECCATTY

Picasso, par GILLES PLAZY

Shakespeare, par CLAUDE MOURTHÉ

Jacques Tati, par JEAN-PHILIPPE GUERAND

Tchekhov, par VIRGIL TANASE

Toussaint Louverture, par ALAIN FOIX

Van Gogh, par DAVID HAZIOT

Boris Vian, par CLAIRE JULLIARD

Virginia Woolf, par ALEXANDRA LEMASSON

Stefan Zweig, par CATHERINE SAUVAT

Composition Bussière
Impression Maury-Imprimeur
45330 Malesherbes
le 4 février 2008.
Dépôt légal : février 2008.
Numéro D'imprimeur : 135100
ISBN 978-2-07-033944-0. / Imprmé en France.